LA SÉQUENCE
DES CORPS

PATRICIA CORNWELL

LA SÉQUENCE DES CORPS

TRADUIT DE L'ANGLAIS (ÉTATS-UNIS)
PAR ANDREA H. JAPP

ÉDITIONS DES 2 TERRES

La première édition de cet ouvrage a paru en France en 1995
aux Éditions du Masque. La présente édition, publiée sous le
même titre, en propose une nouvelle traduction.

Titre original américain :
THE BODY FARM

Éditeur original : Scribner, New York, 1994

© original : Patricia D. Cornwell, 1994
ISBN original : 0-684-19597-6

Pour la traduction française :
© Éditions des Deux Terres, octobre 2006

ISBN 2-84893-034-9

www.les-deux-terres.com

Descendus en mer sur des vaisseaux
pour faire du négoce sur les grandes eaux,
ceux-là ont vu les œuvres de Yahvé
et Ses merveilles dans le gouffre.

PSAUMES 107 ; 23-24.
Traduction de la Bible Osty,
éd. du Seuil, 1973, p. 1251.

1

Les silhouettes fantomatiques des cerfs s'avancèrent jusqu'à l'orée de la masse sombre formée par les bois sur lesquels ouvrait ma fenêtre. Nous étions le 16 octobre. Peu à peu, le soleil se leva, diluant la nuit. Les canalisations d'eau regimbèrent et se plaignirent aux étages environnants. Des lumières s'allumèrent dans les autres chambres. Les rafales péremptoires des armes à feu pointillèrent l'aube naissante, provenant de stands de tir que je devinais sans les apercevoir. Je m'étais assoupie au son des détonations et je me réveillais de même.

Il s'agit là d'un bruit permanent, à Quantico, Virginie, où l'Académie du FBI m'évoque une île entourée de Marines. Je m'installais quelques jours chaque mois à l'étage de haute sécurité, où nul ne pouvait me joindre, à moins que je ne le souhaite, et encore moins m'emboîter le pas, encouragé par un nombre excessif de bières englouties en salle de réunion.

Au contraire des coutumes spartiates qui prévalaient dans les chambres destinées aux jeunes recrues et aux policiers en visite, la suite que j'occupais pouvait s'enorgueillir d'un téléphone, d'un poste de télévision, d'une cuisine et d'une salle de bains que je n'avais à partager avec personne. En théorie, l'alcool et les cigarettes étaient proscrits. Cependant, j'étais bien certaine que les agents spéciaux ou les témoins protégés en ces lieux se conformaient à ces règles avec à peu près autant de constance que moi.

Tandis que le café réchauffait dans le four à micro-ondes, j'ouvris ma serviette et en tirai le dossier qui y patientait déjà lorsque j'étais arrivée hier soir. Il m'était si pénible de m'immerger dans une telle chose, de m'installer dans mon lit pour l'étudier, que j'avais repoussé jusque-là sa lecture. En ce sens, j'avais changé.

Depuis mes années de médecine, je m'étais accoutumée à être confrontée à n'importe quel genre de choc, à quelque heure du jour ou de la nuit que ce fût. Je ne comptais plus les jours et les nuits sans dormir passés dans des services d'urgence, les autopsies pratiquées jusqu'à l'aube, seule dans une morgue. Au fond, le sommeil n'avait jamais été pour moi qu'un bref intermède me menant vers un lieu vide et sombre dont je ne me souvenais ensuite qu'épisodiquement. Pourtant, quelque chose avait pernicieusement basculé au fil des années. J'en étais arrivée à redouter de travailler la nuit, et des cauchemars générés par les épouvantables images de mes journées prenaient d'assaut mon inconscient par intermittence.

Emily Steiner était âgée de onze ans. Sa sexualité naissante avait à peine commencé à bouleverser son petit corps frêle lorsqu'elle avait écrit dans son journal intime, en date du 1er octobre, quinze jours plus tôt :

« Oh, comme je suis heureuse ! Il est presque une heure du matin et maman ne sait pas que j'écris dans mon journal. Je suis couchée et je m'éclaire d'une lampe de poche. Nous sommes allées au dîner organisé par l'église et Wren était là ! J'ai bien remarqué qu'il me jetait des regards discrets. Après il m'a offert un roudoudou, un vrai Fireball. Je l'ai caché pendant qu'il regardait ailleurs et ensuite je l'ai rangé dans ma boîte à secrets. Cet après-midi, nous avons une réunion de jeunes. Il a dit que ce serait bien si on pouvait se rencontrer tous les deux un peu avant, mais qu'il ne fallait pas qu'on en parle aux autres !!! »

À trois heures trente, cet après-midi-là, Emily sortit de chez elle, une maison située à Black Mountain, grosse bourgade de 7 000 habitants, au nord-ouest de l'État de Caroline, à l'est d'Asheville. Elle devait parcourir trois kilomètres afin de rejoindre l'église. Les autres adolescents se rappelèrent l'avoir vue quitter l'église seule après leur réunion. Il était environ six heures du soir et le soleil déclinait sur les collines. Son étui à guitare sous le bras, elle abandonna la route principale pour emprunter un raccourci qui contournait le petit lac. Si l'on en croyait les enquêteurs, c'était durant ce trajet qu'elle devait rencontrer l'homme qui lui ravirait sa vie, quelques heures plus tard. S'était-elle arrêtée pour lui répondre ? N'avait-elle pas senti sa présence parmi les ombres qui s'amassaient comme elle rentrait chez elle ?

La police locale de Black Mountain n'avait jusque-là eu à résoudre que de très exceptionnelles affaires de meurtres ou de viols d'enfants. Sans doute n'avaient-ils jamais accordé d'intérêt particulier à Temple Brooks Gault, natif d'Albany, Georgie, et cela bien que son portrait souriant s'étalât en bonne place parmi ceux des dix hommes les plus recherchés du pays. Les stars du crime et leurs forfaits n'avaient pas encore envahi la vie de ce pittoresque petit coin surtout réputé pour ses deux célébrités : Thomas Wolfe, l'écrivain, et Billy Graham, le prédicateur évangéliste.

En dépit de mes efforts, je n'arrivais pas à comprendre ce qui avait pu attirer Gault vers cette petite communauté, vers cette enfant menue nommée Emily qui regrettait tant l'absence de son père et celle d'un adolescent prénommé Wren. Cela étant, lorsque les instincts violents de Gault s'étaient révélés deux ans plus tôt à Richmond, ses actes nous avaient semblé tout aussi irrationnels qu'aujourd'hui. Autant l'admettre, il nous était toujours impossible de leur trouver une logique quelconque.

Je sortis de la suite que j'occupais et suivis de longs boyaux de verre inondés de soleil. Les réminiscences de la carrière sanglante de Temple Gault voilaient le matin de leur ombre.

Un jour, Gault avait été à ma portée… Durant un fugace instant, j'aurais presque pu le toucher de la main, juste avant qu'il ne parvienne à disparaître en sautant par une fenêtre. Je n'étais pas armée ce jour-là et, de toute façon, ma fonction ne consistait pas à tirer sur les gens. Pourtant, un doute glaçant s'était installé dans mon esprit depuis cet instant précis, un doute dont je ne parvenais plus à me débarrasser. Je ne cessais de me demander ce que j'aurais pu tenter de plus.

Le FBI n'est pas réputé pour les grands crus que l'on y sert, et je regrettai d'avoir bu plusieurs verres de vin dans la salle de réunion la veille au soir. Mon jogging matinal le long du parcours dédié à J. Edgar Hoover s'avérait encore plus pathétique qu'à l'accoutumée.

«Mon Dieu, je n'y arriverai jamais», songeai-je.

Des Marines installaient des chaises en toile de camouflage et des télescopes le long des routes qui dominaient les champs de tir. Des regards masculins effrontés escortaient ma course. Certes, le blason doré du ministère de la Justice qui ornait mon tee-shirt ne passait pas inaperçu. Les soldats en concluaient sans doute que j'étais une femme-flic en visite ou un agent. Ma nièce empruntait le même parcours, et cette similitude me dérangeait un peu. J'aurais préféré que Lucy choisisse un autre lieu de formation. J'avais influencé ses choix, c'était indiscutable, mais autant l'admettre, peu de choses m'effrayaient autant que cette influence. Me ronger les sangs à son sujet durant ces séances d'exercice qui me crucifiaient, en prenant, de surcroît, en pleine figure la pénible démonstration de mon âge, semblait devenir une de mes routines.

Le HRT, la section d'intervention créée par le FBI pour secourir les victimes de prises d'otage, s'entraînait. Les pales de leur hélicoptère battaient l'air sans enthousiasme. Un camion remorquant des portes criblées de balles passa non loin de moi dans un rugissement de moteur, suivi par d'autres véhicules qui transportaient des soldats. J'obliquai avant d'entreprendre les deux bons kilomètres qui me séparaient de mon point de départ. L'Académie du FBI aurait pu ressembler à un hôtel moderne de brique ocre, n'eût été la profusion d'antennes qui hérissaient ses toits et le fait qu'elle s'élevait au milieu de nulle part, encerclée par la forêt.

J'atteignis enfin la guérite du poste de garde, contournai une déchiqueteuse à pneus et levai la main pour saluer d'un geste épuisé le planton. Ruisselante de sueur et à bout de souffle, j'envisageais sérieusement de rentrer en marchant au pas de promenade lorsque je sentis qu'une voiture ralentissait à ma hauteur.

«Le but, c'est de vous suicider ou quoi?»

Le capitaine de police Pete Marino beuglait depuis le siège conducteur de sa Crown Victoria gris métallisé, briquée comme un sou neuf. Les antennes de radio qui surmontaient le toit de la voiture s'agitaient comme des cannes à pêche. En dépit de mes innombrables sermons, il avait, à nouveau, omis d'attacher sa ceinture de sécurité.

«Je vous assure qu'il existe des moyens beaucoup moins pénibles d'y parvenir… Tenez, par exemple : ne pas attacher sa ceinture de sécurité, rétorquai-je.

– Ben, j'sais jamais quand il faudra que je me tire de ma caisse à toute blinde !

– Oh, vous en sortirez certainement très vite si vous avez un accident... mais par le pare-brise ! »

L'expérience policière de Marino n'était plus à démontrer. Il avait longtemps fait partie de la brigade des homicides de Richmond, ville dans laquelle nous officions tous deux. Récemment promu, il venait d'être nommé au commissariat de la première circonscription de la ville : le quartier le plus sanglant. Marino faisait partie depuis des années du VICAP du FBI, le *Violent Criminal Apprehension Program,* programme utilisant une base de données nationale gérée par un ordinateur capable, entre autres, de lier des crimes en série.

En dépit de sa petite cinquantaine, Marino était le consternant résultat d'une alimentation aberrante, d'ingestions abusives d'alcool et de contacts répétés avec des doses concentrées des aspects les plus répugnants de la nature humaine. Son visage, buriné par les épreuves de l'existence, était surmonté d'une couronne de cheveux gris qui commençait à se clairsemer. Marino était bien trop en chair, complètement hors de forme et n'était pas réputé pour son charmant caractère. Je n'ignorais pas que la raison de sa venue n'était autre que la réunion concernant l'affaire de la petite Steiner. Cependant, je me demandai ce que pouvaient contenir les bagages posés sur la banquette arrière de sa voiture.

« Vous restez quelque temps ? m'enquis-je.

– Benton m'a inscrit au programme de Survie urbaine.

– Et qui d'autre ? »

Il avait, en effet, pour objet d'entraîner des brigades d'intervention, et non des individus.

« À part moi, y'a que mon équipe d'assaut du commissariat.

– Ne me dites pas que votre nouvelle fiche de poste inclut l'enfonçage de portes à coups de pied !

– Un des gros bonheurs des promotions, c'est que vous vous retrouvez le cul sanglé dans un uniforme, à arpenter les rues. Au cas où vous ne l'auriez pas remarqué, Doc, on n'en est plus aux petits calibres au rabais, là-bas !

– Merci pour le renseignement, lâchai-je, pince sans rire, surtout n'oubliez pas de porter des vêtements épais.

– Hein ? »

Ses yeux, dissimulés derrière des lunettes de soleil, surveillaient dans les rétroviseurs les voitures qui nous dépassaient.

« Les balles de peinture peuvent cingler.

– Ouais, ben, j'ai pas l'intention de me faire tirer comme un lapin.

– Je connais peu de gens dont ce soit le désir.

– Vous êtes arrivée quand ?

– La nuit dernière. »

Marino récupéra le paquet de cigarettes coincé dans son pare-soleil.

« Est-ce qu'ils vous ont mise au parfum ?

– J'ai parcouru quelques documents. Il semble que les policiers de Caroline du Nord doivent apporter la presque totalité des rapports ce matin.

16

– Je vous dis que c'est Gault. C'est pas possible autrement.

– Certaines ressemblances sont indiscutables», rétorquai-je avec prudence.

Marino coinça une Marlboro entre ses lèvres.

«Je vais me faire ce connard d'enfoiré, même si je dois aller jusqu'en enfer pour le pincer.

– S'il est bien en enfer, soyez gentil : surtout ne l'en sortez pas ! Je vous invite à déjeuner ?

– Si c'est vous qui payez.

– Je paie toujours.»

Il s'agissait d'une évidence.

«Ouais, et c'est comme ça que les choses doivent être puisque vous êtes un fichu docteur», commenta-t-il en redémarrant lentement.

Je remontai le chemin en trottinant puis obliquai pour me diriger vers le gymnase. Trois jeunes femmes athlétiques et plus ou moins dévêtues me regardèrent pénétrer dans les vestiaires.

«Bonjour, madame», lancèrent-elles en canon, avec une telle courtoisie que j'en déduisis aussitôt qu'elles appartenaient à la brigade des stupéfiants. Ces agents sont réputés dans tout le FBI pour leur galanterie, galanterie si parfaite qu'elle en devient agaçante.

Un peu embarrassée, je commençai d'enlever mes vêtements trempés de sueur. Je n'étais toujours pas parvenue à m'accoutumer à l'ambiance virile et quasi militaire qui régnait ici. Les filles y papotaient sans arrière-pensée, exhibant leurs contusions et leurs égratignures seulement nimbées de lumière. Agrippée à ma serviette comme à une bouée de sauvetage, je me précipitai vers la douche. Je n'avais pas ouvert le robinet qu'un regard vert que je connaissais bien apparut au coin du rideau de plastique et me dévisagea. J'en lâchai le savon qui fila sur le sol carrelé avant de s'arrêter contre les Nikes boueuses de ma nièce. Refermant d'un geste sec le rideau de douche, je pestai :

«Lucy, peut-on remettre notre petit bavardage *après* ma douche?»

D'un coup de pied, elle réexpédia le savon qui atterrit dans ma cabine, tout en déclarant d'un ton guilleret :

«La vache! J'ai bien cru que Len aurait ma peau ce matin. C'était super! La prochaine fois qu'on entreprend le Yellow Brick Road, je lui demanderai si tu peux nous accompagner.

– Merci et très peu pour moi, protestai-je en me shampouinant, la perspective de ligaments froissés ou d'os fracturés ne me fait pas saliver d'impatience.

– Il faudrait vraiment que tu tentes le coup au moins une fois, tante Kay. C'est un rite de passage ici.

– Pas dans mon cas.»

Lucy demeura silencieuse quelques instants, avant de poursuivre d'une voix qui manquait d'assurance :

«Je voulais te demander un truc.»

Je me rinçai les cheveux et les lissai vers l'arrière avant de repousser le rideau de douche. Ma nièce se tenait debout à quelques pas de la cabine, moite et boueuse de la tête aux pieds, son tee-shirt gris du FBI maculé de sang. À vingt et un ans, elle serait bientôt diplômée de l'université de Virginie. Son visage s'était émacié et de beaux angles le dessinaient maintenant. Ses cheveux auburn coupés court avaient blondi au soleil. Le souvenir de la gamine boulotte aux longs cheveux roux qui portait des appareils dentaires me revint.

«Ils souhaitent que je revienne à Quantico après mon diplôme. Mr Wesley a rédigé un profil de poste pour moi. Selon lui, il y a de bonnes chances pour que les Fédéraux l'approuvent.

– Et quelle est ta question? demandai-je, mon ambivalence resurgissant sans me ménager.

– C'est-à-dire que je voulais savoir ce que tu en pensais.

– Tu es au courant que le recrutement est bloqué au FBI?»

Le regard de Lucy me scruta, tentant de découvrir les informations que je ne tenais pas à lui communiquer.

«Je ne pourrais pas devenir agent du FBI aussitôt après ma sortie de fac. En fait, l'idée c'est de me permettre d'intégrer l'EFR grâce à une bourse.»

Elle haussa les épaules avant de conclure:

«Quant à ce que je ferai ensuite, qui vivra verra.»

L'EFR était la nouvelle unité de recherche en ingénierie du FBI, un complexe austère situé non loin de l'Académie. Tout ce qui s'y déroulait était classé top-secret, et j'admettais que j'étais un peu vexée qu'on ne m'ait jamais accordé l'autorisation de pénétrer dans ce sanctuaire alors que ma jeune nièce y passait le plus clair de ses journées. J'étais tout de même le médecin expert général de l'État de Virginie et l'anatomopathologiste que le FBI avait recrutée comme consultante pour son unité de soutien à l'investigation.

Lucy se débarrassa de ses tennis et de son short, et retira son tee-shirt et son soutien-gorge de sport. Je sortis de la cabine de douche pendant qu'elle y pénétrait, puis déclarai :

« Nous reprendrons cette conversation plus tard. »

Le jet d'eau qui dévala sur ses ecchymoses lui arracha un cri.

« C'est le moment de frotter avec un peu d'eau et beaucoup de savon. Comment as-tu fait ton compte pour t'esquinter la main de la sorte ?

– J'ai glissé en dévalant un talus et la corde m'a éraflée.

– Tu devrais mettre un peu d'alcool là-dessus.

– Oh que non !

– À quelle heure sors-tu de l'ERF ?

– Aucune idée, ça dépend.

– Je passerai te voir avant de reprendre la route pour Richmond », promis-je avant de me diriger vers les vestiaires pour m'y sécher les cheveux.

Une minute, à peine, s'écoula avant que Lucy – que la pudeur n'étouffait pas non plus – ne déboule dans la pièce, seulement vêtue de la montre Breitling que je lui avais offerte pour son anniversaire.

Elle attrapa ses vêtements et souffla :

« Merde ! Si je te disais tout ce que j'ai à faire aujourd'hui, tu ne me croirais pas ! Je dois partitionner le disque dur, tout réinitialiser parce que je n'ai jamais assez de mémoire... D'ailleurs, il faut que j'en dégote quelque part. En plus, certains fichiers doivent être modifiés. J'espère que nous n'aurons plus d'ennuis de hardware.»

Sa véhémence n'était que de pure forme. Lucy adorait chaque minute de ce qu'elle faisait.

«J'ai croisé Marino tout à l'heure. Il séjournera ici toute la semaine, annonçai-je.

– Demande-lui s'il veut s'entraîner un peu au tir, proposa Lucy en balançant ses chaussures de sport dans son placard, avant d'en claquer la porte avec un bruyant enthousiasme.

– J'ai l'impression qu'il en aura largement l'occasion», lui lançai-je.

Elle sortit des vestiaires comme une demi-douzaine d'agents des stupéfiants, toutes vêtues de noir, y pénétraient.

«Bonjour, madame.»

Elles ôtèrent leurs bottes, les lacets cinglant le cuir.

Je déposai mon sac de sport dans ma chambre et terminai de m'habiller. Il était déjà neuf heures et quart et j'étais en retard.

Je franchis les deux sas de sécurité, dévalai les trois étages jusqu'à la salle d'armes où se trouvait l'ascenseur qui m'emmena vingt mètres plus bas, jusqu'au dernier niveau de l'Académie. J'étais prête à patauger, comme à l'accoutumée, dans la routine de l'horreur. Neuf autres personnes étaient déjà installées autour de la longue table en chêne de la salle de conférence : des policiers, des profileurs du FBI et un technicien du VICAP. Les commentaires allaient

21

bon train et se carambolaient. Je m'assis à côté de Marino.

« Ce qui est certain, c'est que ce mec s'y connaît en médecine légale !

— C'est le cas de tous les taulards.

— L'aspect important, c'est qu'il semble parfaitement à l'aise.

— C'est la raison pour laquelle je penserais plutôt qu'il n'a *jamais* fait de prison. »

J'ajoutai mon dossier à ceux qui circulaient déjà autour de la pièce et demandai dans un murmure à l'un des profileurs de me fournir une photocopie du journal intime d'Emily Steiner.

« Ouais, ben je suis pas d'accord : c'est pas parce qu'un mec s'est déjà fait boucler qu'il a peur de retourner en taule, rétorqua Marino.

— Ça effraie pourtant la plupart des gens. C'est la fameuse métaphore du chat sur un toit brûlant…

— Gault, c'est pas "la plupart des gens" et Gault, il adore ce qui brûle. »

On me passa une série de photos laser de la maison à un étage des Steiner. Une des fenêtres du rez-de-chaussée donnant sur l'arrière avait été forcée, permettant à l'agresseur de pénétrer dans une petite buanderie aux murs décorés de petits carreaux bleus et au sol recouvert d'un linoléum blanc.

« Si l'on considère le voisinage, la famille et même l'identité de la victime, Gault devient de plus en plus téméraire. »

Je suivis le couloir moquetté jusqu'à la chambre des

parents. Un papier peint de teinte pastel orné de petits bouquets de violettes et de ballons d'enfants s'envolant recouvrait les murs. Six coussins étaient disposés sur le lit à baldaquin, d'autres s'alignaient sur l'étagère d'une penderie.

«Si l'on ajoute tous ces paramètres, la fenêtre d'opportunité est bien étroite.»

Cette chambre à la décoration enfantine était celle de la mère d'Emily : Denesa. Selon la déposition qu'elle avait faite à la police, elle s'était réveillée vers deux heures du matin, pour découvrir un revolver braqué sur elle.

«Peut-être nous nargue-t-il?

– Ce ne serait pas une première.»

Mrs Steiner avait décrit son agresseur comme étant un homme de taille et de carrure moyenne. Il portait des gants, un masque, une veste sur un pantalon, aussi avait-elle été dans l'incapacité de préciser sa race. Il l'avait bâillonnée et entravée à l'aide d'un ruban adhésif orange fluorescent, semblable à ceux qu'on utilise pour entourer les canalisations, puis l'avait enfermée dans la penderie. Il était alors descendu jusqu'à la chambre d'Emily, disparaissant avec la fillette dans le clair-obscur du petit matin.

«Je crois qu'il faut prendre garde à ne pas nous focaliser sur ce type... sur Gault.

– Je suis de cet avis. Il faut que nous restions ouverts à d'autres hypothèses.»

Je demandai à la cantonade :

«Le lit de la mère était fait?»

Les conversations s'interrompirent.

Un policier entre deux âges, dont le visage trahissait la vie de dissipation, me considéra d'un air rusé. Ses yeux gris s'allumèrent et son regard descendit de mes cheveux blond cendré vers mes lèvres, jusqu'à la lavallière qui dépassait du col ouvert de mon chemisier blanc à fines rayures grises. Il continua son inspection, examinant mes mains, s'arrêtant sur ma chevalière intaillée en or et mon annulaire dépourvu d'alliance.

«Je suis le docteur Scarpetta, me présentai-je sans la moindre trace d'affabilité lorsque ses yeux se posèrent avec insistance sur mes seins.

– Max Ferguson, d'Asheville.»

Un homme vêtu d'un costume kaki impeccable et assez âgé pour pouvoir prétendre à la retraite se pencha au-dessus de la table pour me tendre une main calleuse.

«Et moi, je suis le lieutenant Hershel Mote, de la police de Black Mountain. Vrai, c'est un sacré plaisir de vous rencontrer, docteur. Ça, on peut dire que j'ai rudement entendu parler de vous.»

Ferguson reprit la parole :

«De toute évidence, Mrs Steiner a refait son lit avant l'arrivée de la police.

– Pour quelle raison?», insistai-je.

La seule femme profileur de l'unité, Liz Myre, proposa une explication :

«La pudeur, sans doute... Un étranger s'était déjà introduit dans sa chambre et ensuite, la maison est envahie par les flics...

– Comment était-elle vêtue à leur arrivée?», continuai-je.

Ferguson consulta un rapport et lut:

«Une robe de chambre rose à fermeture Éclair et des chaussettes.

— S'agissait-il de ses vêtements de nuit?» demanda, derrière moi, une voix que je connaissais bien.

Benton Wesley, le directeur de l'unité, me jeta un bref regard avant de refermer la porte de la salle de conférence. L'allure toujours soignée, il était svelte et de grande taille. Ses cheveux argentés entouraient un visage aux traits bien dessinés. Il était ce matin-là vêtu d'un costume sombre et embarrassé d'un monceau de dossiers surmontés de carrousels de diapositives. Wesley s'installa sans perdre de temps en bout de la longue table, accueilli par un silence total, et griffonna quelques notes avec son stylo-plume Montblanc.

Sans même lever les yeux de sa feuille, il répéta:

«Sait-on si elle portait cette robe de chambre au lit lorsqu'elle a été agressée, ou bien s'est-elle changée après les faits?

— Je dirais que c'était davantage une robe d'intérieur qu'un vêtement de nuit, rectifia Mote. Vous voyez, en flanelle, à manches longues et qui descend jusqu'aux chevilles, avec une fermeture Éclair sur le devant.

— Et elle ne portait rien en dessous, sauf un slip, précisa Ferguson.

— J'vous demanderai pas comment vous pouvez le savoir, insinua Marino.

— La marque de sa culotte était visible, en revanche pas celle d'un soutien-gorge. L'État me paie pour être observateur. Et, pour la petite histoire, les Fédéraux me paient de la merde», commenta Ferguson en appuyant sa tirade d'un regard circulaire.

Marino rétorqua:

«Y'aurait pas de raison de payer pour de la merde, à moins que vous bouffiez de l'or.»

L'autre sortit un paquet de cigarettes:

«Ça dérange quelqu'un si je fume?

– Oui, moi!

– Ouais, moi aussi.»

Faisant glisser une épaisse enveloppe rembourrée vers moi, Wesley m'indiqua:

«C'est pour vous, Kay. D'autres rapports d'autopsie et des photos.

– Des photos laser?»

À l'instar des photos matricielles, les tirages laser ne sont vraiment satisfaisants qu'avec un certain recul, et je ne les appréciais pas beaucoup.

«Non, non… des vraies de vraies.

– Parfait.

– Donc, nous commençons par tenter de dégager les caractéristiques et les stratégies de l'agresseur, c'est bien cela? Nous avons un suspect potentiel ou, du moins, croyons-nous en avoir un.»

Le regard de Wesley passa de l'un à l'autre et plusieurs personnes acquiescèrent.

«Ça fait pas l'ombre d'un doute dans mon esprit, approuva Marino.

– Bien, passons d'abord en revue la scène du crime et ensuite nous nous intéresserons à la victimologie…, poursuivit Wesley en fourrageant dans les rapports.

Pour l'instant, mieux vaut exclure du problème toutes nos suppositions concernant l'identité éventuelle de l'assaillant... »

Nous regardant par-dessus la monture de ses lunettes, il demanda :

« ... A-t-on une carte ? »

Ferguson en fit circuler des photocopies.

« La maison de la victime et l'église sont indiquées, de même que le raccourci que la fillette a probablement emprunté pour rentrer chez elle après la réunion d'adolescents. »

Emily Steiner semblait âgée de huit ou neuf ans, tout au plus. Tout chez elle était fin et fragile, même son petit visage. Sur la photo d'école prise au printemps dernier, elle portait un sweater vert boutonné jusque sous le menton. Une raie de côté séparait ses cheveux très blonds et une barrette en forme de perroquet retenait sa mèche.

À notre connaissance, aucune photo d'elle plus récente n'existait, jusqu'à celles prises ce clair matin du samedi 7 octobre. Ce matin-là, un vieil homme s'était installé sur les berges du lac Tomahawk, se promettant une bonne partie de pêche. Au moment où il plantait sa chaise pliante de jardin sur un rebord boueux à proximité de l'eau, il avait remarqué une socquette rose. Elle dépassait des buissons qui poussaient non loin. Il avait également remarqué que la petite chaussette en question recouvrait un pied.

Ferguson passa les diapositives. La pointe du stylo qu'il utilisait comme une baguette projetait une petite tache sombre sur l'écran.

« On a suivi le sentier. Le corps se trouvait à cet endroit.

– C'est à quelle distance de chez elle et de l'église ?

– À peu près un kilomètre et demi dans les deux cas en voiture, un peu moins à vol d'oiseau.

– Votre évaluation concernant le chemin qui contourne le lac ? C'est plutôt un vol d'oiseau ou une distance parcourue en voiture ?

– Je dirais à peu près la même distance qu'à vol d'oiseau. »

Ferguson poursuivit son résumé :

« Elle était couchée, la tête tournée vers le nord. La chaussette droite recouvrait normalement son pied, la gauche était à moitié tirée. Nous avons une montre et un collier. On sait qu'elle portait un pyjama de flanelle bleue et une culotte, mais ils sont toujours manquants. Ce que vous voyez là, c'est un gros plan de sa blessure située à l'arrière du crâne. »

L'ombre projetée par son stylo se déplaça. Au-dessus de nos têtes, l'écho étouffé des rafales de balles nous parvenait, en dépit de l'épaisseur des murs.

Emily Steiner était nue. Lors de son expertise minutieuse, le médecin légiste du comté de Buncombe avait souligné que la fillette avait subi des violences sexuelles et que les larges plaques brillantes qui s'étalaient à l'intérieur des cuisses, à la gorge et à l'épaule correspondaient de toute évidence à des zones de dépeçage. Elle avait, tout comme sa mère, été bâillonnée et ligotée à l'aide d'un ruban adhésif fluorescent orange vif. La cause de la mort était une balle unique, tirée d'un petit calibre, dont on apercevait l'orifice d'entrée à l'arrière du crâne.

Ferguson fit défiler les diapos du corps livide de la petite fille les unes derrière les autres. Un silence massif régnait dans la salle. Je n'ai jamais rencontré un seul policier qui se soit habitué à la vision d'un enfant mutilé, assassiné.

« Avons-nous des précisions sur les conditions météorologiques qui régnaient à Black Mountain entre le 1er et le 7 octobre ? » m'enquis-je.

Ferguson me répondit :

« Couvert, dans l'ensemble. La température avoisinait les 5 °C la nuit et les 10 °C le jour.

– Dans l'ensemble ? »

Un flot de lumière inonda soudain la salle de conférence. Il expliqua en détachant chaque syllabe :

« En moyenne, quoi. Vous savez, c'est quand vous additionnez toutes les températures quotidiennes et qu'ensuite vous divisez par le nombre de jours. »

Je conservai un ton plat et calme en dépit de mon animosité croissante pour le bonhomme :

« Agent Ferguson, n'importe quelle fluctuation météorologique peut se révéler importante. Une seule journée plus chaude que les autres peut avoir altéré l'état de décomposition du corps. »

Wesley attaqua une nouvelle page de son calepin de notes, puis s'interrompit en me fixant :

« Docteur Scarpetta, si l'on admet qu'elle a été tuée peu de temps après avoir été enlevée, dans quel état aurait-on dû retrouver le cadavre le 7 octobre ?

– Si l'on se fie aux conditions météo qui viennent de nous être rapportées, je pencherais pour un état de décomposition partielle. Cela étant, on devrait retrouver des traces d'activité d'insectes, peut-être même d'autres dommages survenus *post mortem*. Tout dépend de l'accessibilité du corps aux carnivores.

– En d'autres termes, le corps devrait être dans un état beaucoup plus délabré que ceci (il tapota les photos étalées devant lui), du moins si elle est morte depuis une semaine.

– C'est cela.»

La transpiration fonçait la racine des cheveux de Wesley et trempait le col amidonné de sa chemise blanche. Les veines saillaient sur son front et le long de son cou.

«Ben, moi, je suis pas qu'un peu surpris que les chiens aient pas déniché le corps…

– Moi pas, Max. On n'est pas dans une ville, y'a pas de clébards galeux qui traînent un peu partout. Nous, on garde nos chiens enfermés ou en laisse.»

Marino ne nous épargna pas une nouvelle démonstration de son exécrable habitude, qui consistait à dépiauter les gobelets en mousse de polystyrène.

Le cadavre de la fillette était si pâle qu'il semblait presque gris. Une zone de décoloration verdâtre s'étalait sur le quart inférieur droit de son corps. Le bout de ses doigts était sec, l'épiderme se rétractant au contour des ongles. La peau de ses pieds et ses cheveux commençaient à se désolidariser de la chair. Aucune marque de lutte ne permettait de conclure qu'elle se fût débattue: ni coupure, ni hématome, ni ongle cassé, aucune des habituelles blessures de défense. «Les arbres et la végétation environnante ont pu protéger le corps du soleil, commentai-je, repoussant les ombres vagues qui se frayaient un chemin dans mon esprit. Il ne semble pas que ses blessures aient beaucoup saigné, peut-être même pas du tout, sans quoi nous aurions trouvé beaucoup plus de traces de l'intérêt d'animaux prédateurs.

– Nous pensons qu'elle a été abattue ailleurs. L'absence de sang, les vêtements introuvables, la localisation du corps ainsi que le reste tendent à prouver qu'elle a été brutalisée et achevée dans un autre endroit, puis transportée. Selon vous, les excisions de chair ont-elles été perpétrées avant ou après la mort?

– Au moment ou juste après la mort.

– Pour faire disparaître des marques de morsure cette fois encore?

– Je ne dispose pas d'assez d'éléments pour vous donner une réponse formelle.

– À votre avis, les blessures d'Emily sont-elles similaires à celles retrouvées sur le corps d'Eddie Heath?»

Wesley faisait référence au jeune garçon de treize ans que Temple Gault avait assassiné à Richmond.

Je tirai d'une autre enveloppe un paquet de photos d'autopsie réunies par une bande élastique, avant de poursuivre:

«Oui. Dans les deux cas, la peau a été excisée au niveau de l'épaule et de la face interne supérieure de la cuisse. Ajoutez à cela qu'Eddie Heath a été abattu d'une balle dans la tête et son corps abandonné derrière une boutique.

– D'autant qu'autre chose me frappe : en dépit de la différence de sexe, les deux enfants se ressemblent. Heath était de petite taille et prépubère, tout comme la petite Steiner. »

Je précisai :

« Cependant, une différence notable existe : je ne vois pas d'égratignure en croix ni de coupure superficielle le long de la zone d'excision dans le cas de la fillette. »

Marino y alla d'une explication au profit des policiers de Caroline du Nord :

« Dans le cas du gamin Heath, on croit que Gault a d'abord tenté de planquer les marques de ses morsures en les tailladant avec un couteau. Et puis, il se rend compte que c'est du boulot dégueulasse, du coup il arrache des bouts de peau, de la taille de ma poche de chemise. Alors, peut-être qu'avec la gamine qu'il a enlevée, il a directement coupé la chair après l'avoir mordue.

– Marino, vos conclusions à l'emporte-pièce m'embarrassent *vraiment*. Rien ne nous permet d'affirmer à ce stade que nous avons de nouveau affaire à Gault.

– Liz, ça va faire bientôt deux ans. Je crois sincèrement pas que Gault a reçu la grâce et qu'il bosse maintenant pour la Croix-Rouge !

– Qu'en savez-vous ? Bundy a bien travaillé pour un centre d'aide sociale.

– Ouais... Et Dieu a causé au fils de Sam !

– Je peux vous assurer que Dieu ne s'est jamais manifesté à Berkowitz, rectifia Wesley d'un ton plat.

– Ce que je voulais souligner, c'est que peut-être

que Gault – si c'est bien lui – a juste découpé les marques de morsure cette fois-ci.

– On ne peut, en effet, pas exclure cette possibilité. C'est comme pour le reste, l'expérience profite à ces types.

– Dieu du ciel! J'espère que ce mec deviendra pas encore meilleur, lâcha Mote en se tamponnant la lèvre supérieure d'un mouchoir plié.

– Bien, sommes-nous prêts à établir un début de profil du tueur? (Wesley jeta un regard circulaire autour de la table.) L'hypothèse selon laquelle il s'agi-rait d'un homme de race caucasienne vous semble-t-elle cohérente?

– Ben, le voisinage est majoritairement blanc.

– C'est exact.

– Son âge?

– Il fait preuve de logique, ce qui indique une cer-taine maturité.

– Je suis d'accord. Je ne crois pas que nous ayons affaire à un agresseur très jeune.

– Je dirais entre vingt et trente ans, sans doute plus près de la trentaine.

– Quant à moi, j'opte pour trente à trente-cinq ans.

– Il s'agit d'un individu très organisé. Il amène avec lui l'arme qu'il souhaite, plutôt que d'essayer de trou-ver quelque chose sur place. Ajoutons à cette particula-rité qu'il ne semble avoir rencontré aucune difficulté pour maîtriser sa victime.

– Si l'on en croit la famille et les gens qui connais-saient la gamine, ça n'a pas dû être très difficile. Elle était timide et assez peureuse.

– Ouais, d'autant que c'était une gosse de santé fragile. Elle a passé sa vie chez les médecins. En d'autres termes, elle avait l'habitude d'être prise en charge par des adultes et elle faisait ce qu'on lui disait de faire. » Le visage impassible, Wesley parcourait attentivement le journal intime de la petite fille morte.

«Pas toujours. Ainsi, elle ne voulait pas que sa mère sache qu'elle ne dormait toujours pas à une heure du matin mais qu'elle écrivait dans son lit, éclairée par une lampe de poche. Elle n'avait pas non plus l'intention de lui avouer qu'elle se rendrait en avance à la réunion de l'église ce dimanche après-midi. Sait-on si ce garçon, Wren, est arrivé comme prévu un peu en avance ?

– Il ne s'est pas montré avant le début de la réunion, c'est-à-dire à dix-sept heures.

– Avons-nous des précisions sur les relations qu'entretenait Emily avec les autres garçons ?

– Les relations classiques d'une gamine de son âge. Est-ce que tu m'aimes ? Prière de cocher la case "oui" ou "non".

– Ouais, et alors ? », demanda Marino.

Tout le monde s'esclaffa.

Je continuai d'étaler devant moi les photographies, comme les lames d'un jeu de tarot, mon malaise semblant croître. Le projectile avait pénétré à l'arrière du crâne, dans la zone temporale-pariétale droite de l'encéphale, lacérant la dure-mère et l'une des branches de l'artère méningée médiane. Pourtant, il n'existait aucune évidence de contusion, pas plus que d'hématome subdural ou épidural. Je ne constatai pas non plus de signes réactionnels vitaux sur les organes génitaux.

«Combien y a-t-il d'hôtels dans les parages?

– Oh, je dirais une dizaine. Deux d'entre eux sont plutôt des *bed and breakfast*. Vous savez, des particuliers qui louent des chambres.

– Avez-vous vérifié les registres?

– Ben, pour être franc, on n'y avait pas pensé.

– Si Temple Gault est dans le coin, il doit bien loger quelque part.»

Les résultats des analyses de laboratoire étaient également troublants: le sodium de l'humeur vitrée était très élevé, presque 180 milliéquivalents par litre, quant à la concentration de potassium, elle plafonnait à 58 milliéquivalents.

«Max, je propose qu'on commence par le Travel-Eze... Si tu te charges de celui-ci, moi je m'occupe du Acorn and Apple Blossom. Ça vaudrait peut-être aussi le coup d'aller jeter un œil au Mountaineer, bien que ce soit plus loin.

– Le choix de Gault se portera sur un établissement qui lui garantisse le maximum d'anonymat. Il n'a pas intérêt à ce que le personnel remarque ses allées et venues.

– Ben, il aura pas l'embarras du choix dans le coin. On n'a rien de très grand comme hôtel.

– Le Red Rocker et le Blackberry Inn sont donc hors jeu.

– Ouais, c'est aussi mon avis, mais on va quand même vérifier.

– Et à Asheville? Il doit bien exister quelques grands hôtels?

– Il faut dire qu'ils ont un peu de tout, maintenant qu'ils autorisent la vente d'alcool au verre.

– Vous croyez qu'il a pu entraîner la gamine dans sa chambre pour la tuer ?

– Non, vraiment pas.

– On ne peut pas boucler dans une chambre d'hôtel une gosse qu'on a kidnappée sans que personne s'en aperçoive, que ce soit une femme de chambre ou un garçon d'étage.

– C'est la raison pour laquelle je serais étonné que Gault soit resté à l'hôtel : l'enquête de police a débuté peu après la disparition d'Emily. Tout le monde en parle, sans oublier les médias. »

L'autopsie avait été réalisée par un certain docteur James Jenrette, le médecin légiste appelé auprès du corps. Jenrette était praticien hospitalier à Asheville et sous contrat avec l'État pour s'acquitter des rares autopsies requises dans un endroit aussi protégé que les collines de Caroline du Nord-Ouest. Sa conclusion selon laquelle « la blessure par balle ne suffisait pas à expliquer certains détails » était pour le moins insatisfaisante. Je retirai mes lunettes et massai la base de mon nez lorsque Benton Wesley reprit la parole :

« Et les chalets pour touristes ou les appartements à louer ?

– Oui, monsieur. Y'en a un paquet dans le coin, acquiesça Mote en se tournant vers Ferguson. Max, je crois qu'il faut qu'on vérifie ça aussi. Trouve-nous une liste de qui loue quoi. »

Je compris que Wesley avait perçu mon malaise lorsqu'il me demanda :

«Docteur Scarpetta? J'ai le sentiment que vous souhaitez ajouter quelque chose?

– L'absence de réaction vitale aux zones de traumatisme me surprend. De plus, bien que l'état de conservation du cadavre suggère que l'enfant est morte depuis quelques jours seulement, les concentrations d'électrolytes sont incohérentes avec sa condition physique...»

Mote me jeta un regard vide:

«Les quoi?

– Son taux de sodium est très important. Or la concentration de cet électrolyte reste assez stable après la mort, ce qui tendrait à indiquer qu'il était déjà anormalement élevé au moment du décès.

– Et ça signifie quoi?

– Cela pourrait indiquer que l'enfant était dans un état de déshydratation sévère. Tant que j'y suis, elle est trop menue pour son âge. Avons-nous des indications qui aillent dans le sens d'un désordre alimentaire? Était-elle malade? Des nausées, la diarrhée? Prenait-elle des diurétiques?»

Je scrutai les visages autour de la table. Personne ne répondit jusqu'à ce que Ferguson déclare:

«Je vais vérifier auprès de la mère. De toute façon, il fallait que je lui parle en rentrant.

– Le taux de potassium est également élevé, poursuivis-je. Cela mérite aussi une explication puisque cet électrolyte du corps vitré augmente de façon progressive et linéaire après la mort, conséquemment à la rupture cellulaire qui le libère.

– Vitré? demanda Mote.

– Le corps vitré de l'œil. C'est un fluide très appré-
ciable pour les déterminations. En effet, il est isolé et
très protégé, et donc moins sujet à la putréfaction ou à
la contamination. En conclusion, ce que je veux dire,
c'est que si l'on se fie à sa concentration de potassium,
l'enfant devrait être morte depuis plus longtemps que
ne le suggèrent les autres paramètres.

– Combien ? demanda Wesley.

– Six ou sept jours.

– Voyez-vous une autre explication ?

– Si le corps avait été exposé à une importante chaleur... Dans ce cas, le processus de décomposition
aurait été accéléré, proposai-je.

– Ce n'est pas le cas.

– Ou alors une erreur.

– Pourriez-vous le déterminer, docteur ? »

J'acquiesçai d'un hochement de tête. Ferguson reprit
la parole :

« Selon le docteur Jenrette, la balle l'aurait tuée sur
le coup. Moi, il me semble que si vous mourez sur le
coup, ça implique que vous aurez pas de réaction
vitale.

– Le problème, c'est que cette blessure par balle
n'aurait pas dû être immédiatement fatale », expliquai-je.

Mote demanda :

« Combien de temps elle a pu survivre ?

– Des heures.

– Existe-t-il d'autres possibilités ? me questionna
Wesley.

– *Commotio cerebri.* Il s'agit d'une sorte de court-circuit électrique. Vous recevez un coup violent sur la tête et vous mourez instantanément. L'analyse des blessures ne donnera pas grand-chose, voire rien du tout. »

Je m'interrompis un instant avant de poursuivre :

« ... Autre possibilité, les blessures ont été infligées *post mortem*, toutes, y compris la blessure par balle. »

Un silence total accueillit cette hypothèse.

Le gobelet de Marino ressemblait à un petit monticule de neige de polystyrène et le cendrier posé en face de lui débordait de boulettes d'emballages de chewing-gum. Il demanda :

« Y'aurait pas un détail qui indique qu'elle a été étouffée avant ? »

Je répondis par la négative.

Il martyrisait son stylo, faisant entrer et sortir la mine :

« Bon, ben, reparlons un peu de sa famille. Qu'est-ce qu'on sait du père, à part qu'il est mort ?

– Il était professeur à Broad River Academy, une école religieuse de Swannanoa.

– La gamine suivait les cours là-bas ?

– Non, elle allait à l'école primaire à Black Mountain. Son papa est mort il y a à peu près un an, répondit Mote.

– Ah, en effet, j'ai lu cela quelque part, acquiesçai-je. Son prénom était Charles, c'est bien cela ? »

Mote eut un hochement de tête affirmatif.

« Connaît-on la cause du décès ? poursuivis-je.

– J'sais pas trop, sauf que c'était une mort naturelle.

Ferguson précisa :

– Il avait un problème cardiaque. »

Wesley se leva et se dirigea vers le tableau blanc. Il décapuchonna un marqueur et entreprit d'écrire.

«Passons les détails en revue. La victime appartient à la petite bourgeoisie, elle est de race blanche, âgée de onze ans. La dernière fois qu'on l'a vue, c'était le 1er octobre à dix-huit heures. Elle rentrait chez elle, seule, après une réunion à l'église. Ce soir-là, elle a pris un raccourci qui contourne le lac Tomahawk… Il s'agit, en fait, d'un grand étang artificiel.

«Si vous consultez votre carte, vous constaterez qu'à l'extrémité nord du lac se trouvent le pavillon du country-club et une piscine publique. Ils ne sont ouverts que l'été. Dans ce coin, le court de tennis ainsi qu'une aire de pique-nique, ouverts tous deux toute l'année. Selon sa mère, Emily est arrivée chez elle peu après dix-huit heures trente. Elle est montée directement dans sa chambre et s'est entraînée à la guitare jusqu'à l'heure du dîner.»

Je demandai à la ronde :

«Mrs Steiner a-t-elle précisé ce qu'avait mangé Emily ce soir-là ?

— Elle m'a dit qu'elles avaient dîné de macaronis au fromage accompagnés d'une salade, précisa Ferguson.

— À quelle heure ? Si l'on se fie au rapport d'autopsie, on a retrouvé seulement un peu de fluide brunâtre dans le contenu gastrique de l'enfant.

— Mrs Steiner dit qu'elles ont dîné vers dix-neuf heures trente.

— Aurait-elle eu le temps de digérer son repas à l'heure où elle a été kidnappée, c'est-à-dire vers deux heures du matin ?

– Bien avant même, affirmai-je.

– Peut-être qu'on ne lui a pas donné grand-chose à boire ou à manger pendant sa captivité ?

– Cela pourrait-il expliquer son taux de sodium élevé et son état de déshydratation ? me demanda Wesley.

– C'est vraisemblable. »

Il se replongea dans ses notes.

« La maison ne possède pas de système d'alarme et il n'y a pas de chien.

– A-t-on dérobé quelque chose ?

– Peut-être des vêtements.

– Lesquels ?

– Des vêtements appartenant à la mère. Elle a cru entendre l'agresseur tirer des tiroirs alors qu'elle était bâillonnée et enfermée dans la penderie.

– Dans ce cas, il était rudement méticuleux, puisqu'elle a précisé qu'elle ne parvenait pas à savoir si quelque chose manquait ou avait été dérangé.

– Qu'enseignait le père d'Emily ?

– La religion.

– Broad River est une de ces écoles fondamentalistes. Les gosses commencent leur journée en chantant : "Le péché n'aura pas prise sur mon âme."

– Vous êtes sérieux ?

– Autant qu'une crise cardiaque.

– Mon Dieu !

– Ouais, ils parlent pas mal de Lui, également.

– Peut-être qu'ils pourraient s'occuper un peu de mon petit-fils ?

– Merde, Hershel, personne peut plus rien faire de

41

ton petit-fils parce que tu l'as pourri-gâté. Combien de motos il a, maintenant? Trois?»

Je les interrompis:

«J'aimerais avoir davantage d'informations au sujet de la famille d'Emily. Je suppose qu'ils sont religieux?

— Très, oui.

— Emily était fille unique?»

Le lieutenant Mote poussa un long soupir atterré:

«Voyez, c'est vraiment tragique, leur histoire. Il y avait un autre enfant, il y a quelques années, un bébé. Il est mort au berceau.

— Cela s'est produit à Black Mountain? demandai-je.

— Non, m'dame. C'était avant que les Steiner emménagent dans le coin. Ils sont originaires de Californie. Vous savez, on ramasse des gens d'un peu partout dans notre coin.»

Ferguson opina de la tête et renchérit:

«Une foule d'étrangers se retirent dans nos collines, ou alors ils viennent y passer des vacances, ou suivre des conventions religieuses. Merde, si on me filait dix *cents* par tête de baptiste, je ne serais plus ici.»

Je jetai un coup d'œil à Marino. Sa rage était palpable et son visage virait au pourpre malsain.

«C'est exactement le genre d'endroit qui doit faire bander Gault. Les gens du coin lisent l'histoire de ce fils de pute dans les grands magazines comme *People* ou le *National Enquirer*, mais y'en a pas un à qui ça traverserait l'esprit que ce mec peut débarquer dans leur ville. Pour eux, c'est comme l'histoire de Frankenstein, c'est du pipeau.»

Mote ajouta :

« Ouais, mais enfin, quand même, ils ont fait ce télé-film sur lui.

– Quand ça ? grogna Ferguson.

– Le capitaine Marino m'a dit qu'ils l'avaient passé l'été dernier. Je me souviens plus du nom de l'acteur, mais c'est ce gars qui fait tous ces films dans lesquels y'a des terminateurs, enfin des trucs de ce genre. Hein, c'est bien ça ? »

Marino s'en moquait. Il semblait à deux doigts d'éclater. Il repoussa sa chaise d'un geste brusque et lança une autre boulette de papier chewing-gum dans le cendrier.

« Je suis convaincu que ce fils de pute est toujours dans le coin.

– Tout est possible », concéda Wesley d'un ton plat.

Après s'être éclairci la gorge, Mote déclara :

« Eh bien, quoi que vous fassiez, les gars, votre aide est la bienvenue. »

Wesley consulta sa montre :

« Pete ? Pourriez-vous éteindre la lumière ? Je voudrais que nous repassions les cas antérieurs afin que nos visiteurs de Caroline du Nord puissent juger de la façon dont Gault occupait ses journées lorsqu'il était en Virginie. »

Durant toute l'heure qui suivit, des scènes d'abomination se succédèrent sur l'écran, zébrant l'obscurité qui régnait dans la salle. Il me sembla parfois qu'on les avait tirées de mes pires cauchemars. Ferguson et Mote ne baissèrent jamais leurs regards. Ils n'émirent pas un son et je ne les vis pas une seule fois cligner des paupières.

2

Quelques marmottes dodues s'offraient un bain de soleil sur les pelouses, et je les contemplais par les fenêtres de la cafétéria. J'en étais encore à avaler ma salade alors que Marino récurait avec soin le fond de son assiette, récupérant les dernières miettes de son poulet frit « Spécial ».

Le ciel m'évoquait une serge bleue délavée et les feuillages des arbres annonçaient déjà la splendeur qui les enflammerait lorsque l'automne culminerait à son apogée. Dans un certain sens, j'enviais assez Marino. La semaine à venir allait exiger de lui une telle dépense d'énergie. Un vrai soulagement comparé à ce que j'allais devoir affronter. Je la sentais, cette ombre planant au-dessus de moi, une ombre maléfique et insatiable.

« Lucy espère que vous aurez un peu de temps à consacrer à quelques petites séances de tir durant votre séjour. »

Marino repoussa son plateau :

« Ouais, ben ça dépendra si elle est un peu moins mal élevée qu'avant.

– Tiens, voilà qui est amusant. C'est en général ce qu'elle dit de vous. »

Il tira une cigarette de son paquet :

« Ça vous dérange ?

– Quelle importance ? De toute façon vous allez la fumer quand même.

– Vous ne faites jamais aucun crédit à personne, pas vrai, Doc ? »

La cigarette bringuebalait entre ses dents au rythme de ses paroles. Il alluma son briquet :

« Remarquez, c'est pas comme si j'avais pas un peu réduit. Soyez franche… Avouez que vous passez pas un moment sans penser à la clope.

– Quelle perspicacité ! Il ne s'écoule, en effet, pas une minute sans que je me demande comment j'ai pu tolérer de faire quelque chose de si déplaisant et anti-social et durant si longtemps.

– Foutaises ! Ça vous manque comme pas possible. Je suis sûr qu'en ce moment même vous donneriez n'importe quoi pour être à ma place. »

Il exhala une longue bouffée de fumée et son regard se perdit en direction des pelouses :

« Un jour, cette taule finira dans un trou de chiottes à cause de ses foutues marmottes.

– Marino… À votre avis, pourquoi Gault est-il allé jusqu'en Caroline du Nord ? »

Son regard se figea :

« Pourquoi il va n'importe où, bordel ? Vous pouvez poser n'importe quelle question sur ce fils de pute et à chaque fois la réponse est la même : parce que ça le branche super. Et il va pas s'arrêter à la petite Steiner. Un autre gosse, ou une femme ou même un mec – il en a rien à cirer – se trouvera au mauvais moment et au mauvais endroit le jour où ça reprendra Gault !

– Selon vous, il est toujours là-bas ? »

Il tapota une cendre :

« Ouais, j'en donnerais ma main à couper.

– Pourquoi ?

– Mais parce qu'il commence tout juste à prendre son pied ! Le grand feu d'artifice vient juste de débuter, il est assis dans son coin, et il contemple le spectacle. Et il se bidonne comme un tordu. Il regarde les flics de Black Mountain tourner en rond sans trop savoir quoi faire. Tiens, ils ont en moyenne un meurtre par an dans ce coin. Vous saviez ça ? »

Wesley venait d'entrer dans la cafétéria et je le suivis du regard comme il s'avançait vers le comptoir à salades. Il se servit un bol de soupe accompagnée de crackers. Il régla son repas en déposant quelques dollars dans une assiette en papier laissée là à l'intention des clients lorsque le caissier était de repos. Nous avait-il aperçus ? Rien dans son attitude ne le laissait supposer, mais je savais qu'il possédait le don d'enregistrer les moindres détails de son environnement, bien qu'il semblât en permanence avancer dans le brouillard. Il se dirigea vers notre table.

« Certaines des données physiques me perturbent et je finis par me demander si le corps d'Emily Steiner n'a pas été réfrigéré », repris-je au profit de Marino.

Celui-ci me jeta un regard étrange :

«J'suis bien certain qu'il l'a été... À la morgue de l'hôpital.»

Wesley tira une chaise et s'installa à notre table en déclarant :

«J'ai l'impression que je rate quelque chose d'important.

— Je me demandais si le corps d'Emily Steiner n'avait pas été réfrigéré avant qu'on ne l'abandonne près du lac, répétai-je.

— Sur quoi vous basez-vous ?»

Il tendit le bras pour attraper le poivrier et j'aperçus l'un de ses boutons de manchette en or aux armes du département de la Justice.

«La peau était molle et sèche, répondis-je. Le corps était bien conservé et étonnamment épargné par les insectes ou les petits carnivores.

— Ça démolit pas mal l'idée que Gault s'est planqué dans un de ces motels à touristes, lança Marino. Il a pas fourré le cadavre dans son mini-bar.»

Wesley mangeait sa soupe de poisson avec délicatesse, approchant sa cuiller de ses lèvres sans en renverser une seule goutte, prenant garde à ne pas tacher sa veste.

«Quels indices avez-vous récupérés ? demandai-je.

— Ses bijoux et ses socquettes. Et bien sûr le ruban adhésif orange qui malheureusement a été décollé du corps avant que quiconque pense à rechercher d'éventuelles empreintes. Il a été pas mal découpé à la morgue, expliqua Wesley.

— C'est pas Dieu possible», grommela Marino.

Wesley me jeta un regard et reprit :

«Cependant, il est assez inhabituel pour qu'on puisse espérer en tirer quelque chose. Je crois que je n'en avais jamais vu d'identique avant.»

Je renchéris:

«C'est également mon cas. Vos labos ont-ils déniché quelque chose à son sujet?

– Rien pour l'instant, si ce n'est qu'on distingue des traînées de graisse. Ça peut vouloir dire que les bouts de ruban ont été collés sur une surface maculée de gras. J'ignore si nous en tirerons quelque chose de significatif.

– Rien d'autre du côté des labos? insistai-je.

– Des écouvillons de prélèvements, des échantillons du sol sur lequel on a retrouvé le corps, le drap et la housse qui ont servi à son transport à la morgue.»

Un sentiment de frustration m'envahissait peu à peu, croissant à mesure que Wesley parlait. Une question m'obsédait: étions-nous passés à côté de quelque chose, des traces microscopiques n'avaient-elles pas été irrémédiablement perdues?

«J'aimerais recevoir des doubles de toutes les photographies et des photocopies des rapports existants, sans oublier les résultats de labo qui vous parviendront.

– Ce qui est à nous est à vous. Le labo vous contactera directement», acquiesça Wesley.

Marino reprit la parole:

«Il faut qu'on arrive à cerner l'heure précise du décès parce que, pour l'instant, ça colle pas.

– Il s'agit là d'un point crucial, en effet, approuva Wesley. Que pouvez-vous faire d'autre, docteur Scarpetta?

– Tout mon possible.»

Marino se leva et jeta un coup d'œil à sa montre.

«J'ai rendez-vous à Hogan Alley. Ils ont dû commencer sans moi.

– J'espère que vous aviez l'intention de vous changer, intervint Benton Wesley. Je vous conseille de porter un sweat-shirt avec une capuche.

– Pour crever d'insolation !

– Ça vaut mieux que de se faire descendre par des balles de peinture de 9 millimètres. Ça fait un mal de chien.

– Non, mais je rêve… Vous vous êtes donné le mot en douce, ou quoi ?»

Nous le regardâmes quitter la salle. Il boutonna sa veste de blazer sur son ventre bedonnant tout en marchant, lissa vers l'arrière sa maigre chevelure et remonta son pantalon. C'était une habitude chez Marino : il rectifiait toujours sa tenue d'un air un peu gêné, lorsqu'il pénétrait dans une pièce ou en sortait, un peu à la manière d'un chat.

Wesley fixa le cendrier débordant qui signalait la place qu'avait occupée le grand flic un instant plus tôt. Il leva les yeux vers moi et ils me parurent étonnamment sombres. Sa bouche avait pris un pli qui aurait pu suggérer qu'il ignorait comment sourire :

«Il faut que vous fassiez quelque chose au sujet de Marino, Kay.

– Je ne pense pas que j'en aie le pouvoir, Benton.

– En tout cas, vous êtes la seule à presque le détenir.

– Et c'est assez effrayant.

– En revanche, moi, ce qui m'a inquiété, c'était la

congestion de son visage, durant notre réunion. Il s'acharne à faire l'inverse de ce qu'il devrait faire : une alimentation bien grasse, les cigarettes et l'alcool. (Wesley détourna le regard.) Il est sur une mauvaise pente, depuis le départ de Doris, sa femme.

– J'avais pourtant constaté de petites améliorations.»

Me fixant à nouveau, il répondit :

«Des rémissions transitoires, rien de plus. Mais, d'une façon plus générale, il est en train de se détruire.»

D'une façon plus générale, c'était ce que Marino avait toujours fait et je ne voyais pas trop comment m'y prendre.

«Quand rentrez-vous à Richmond, Kay?»

Des questions me trottaient dans la tête au sujet de la vie de Wesley, de sa femme aussi.

«Je ne sais pas au juste. Je comptais m'occuper un peu de Lucy.

– Vous a-t-elle dit que nous espérions la garder après son stage?»

Mon regard balaya les pelouses ensoleillées. Les feuilles des arbres s'agitaient dans les tourbillons de vent.

«Elle est aux anges, concédai-je.

– Mais pas vous.

– Non.»

Son visage s'adoucit presque imperceptiblement :

«Je vous comprends. Vous ne souhaitez pas que Lucy partage votre réalité. Finalement, cela devrait plutôt me rassurer que, sur ce point au moins, vous ne soyez pas toujours admirablement objective et rationnelle.»

Je manquais de rationalité et d'objectivité dans plus d'un domaine, et Wesley ne l'ignorait pas.

«Vous rendez-vous compte que je ne sais même pas au juste ce qu'elle fabrique ici? Comment réagiriez-vous, Benton, s'il s'agissait d'un de vos enfants?

– De la même façon qu'à chaque fois qu'ils sont concernés, je suppose. Je ne souhaite pas qu'ils finissent dans la lutte contre le crime, ou à l'armée. Je ne veux pas qu'ils se familiarisent avec les armes. Pourtant, en même temps, je veux qu'ils se sentent impliqués.»

Je le détaillai, m'attardant sur son visage un peu plus longtemps que nécessaire:

«Parce que vous savez ce qui les attend à l'extérieur.»

Il froissa sa serviette en papier et la déposa sur son plateau:

«Lucy aime ce qu'elle fait avec nous, Kay. Et nous sommes enchantés de son travail.

– Je suis enchantée de l'apprendre.

– Elle est stupéfiante. Le logiciel qu'elle nous aide à mettre au point pour le VICAP va tout bouleverser. Grâce à lui et dans peu de temps, nous pourrons traquer ces monstres dans le monde entier. À votre avis, Kay, si Gault avait assassiné la petite Steiner en Australie, l'aurions-nous su?

– J'en doute fort. Du moins pas tout de suite. Cela étant, je vous rappelle que nous ne pouvons pas affirmer que le coupable est Gault.»

Récupérant mon plateau pour le joindre au sien, il rétorqua:

« Ce dont nous sommes sûrs, en revanche, c'est que dans ce type d'affaires le temps se chiffre en nouvelles vies humaines. »

Nous nous levâmes et Wesley reprit :

« Nous pourrions passer rendre visite à Lucy.

– Mon badge ne me permettra sans doute pas de pénétrer dans ce secteur.

– En effet. Toutefois, si vous m'accordez quelques instants, je devrais pouvoir y remédier.

– J'en serais ravie.

– Voyons. Il est treize heures. Nous pourrions peut-être nous retrouver à seize heures trente ? proposa-t-il comme nous sortions de la salle de restaurant. À ce propos, comment Lucy s'en sort-elle à Washington ? Je suis désolé que nous n'ayons pu lui offrir davantage d'intimité. »

Washington n'était autre que le dortoir-que-tous-fuyaient, lequel pouvait s'enorgueillir de petits lits inconfortables et de serviettes de toilette si minuscules qu'elles ne couvraient même pas l'essentiel.

« Ne soyez pas désolé. C'est une excellente chose qu'elle ait des compagnes de chambre, même si elle ne s'entend pas avec.

– C'est une caractéristique assez classique des génies : ils ont parfois du mal à fonctionner avec leurs congénères.

– La camaraderie était toujours le seul point noir de ses bulletins de notes. »

Je passai les heures suivantes collée au téléphone, tentant de joindre sans succès le docteur James Jenrette qui profitait, semblait-il, d'une journée de vacances pour se détendre sur un terrain de golf.

Je fus, en revanche, soulagée d'apprendre que tout se passait pour le mieux dans mes bureaux de Richmond. Les affaires du jour requéraient seulement des examens externes. Miraculeusement, il n'y avait pas eu d'homicide la nuit précédente, quant aux deux procès auxquels je devais participer cette semaine, ils étaient réglés.

Wesley et moi nous retrouvâmes au moment et à l'endroit convenus.

« Agrafez ceci. »

Il me tendit un badge d'autorisation spéciale réservé aux visiteurs que j'épinglai sur la poche de poitrine de ma veste, à côté d'une autre carte d'identification précisant mon nom et ma fonction.

« Vous n'avez pas rencontré trop de problèmes ?

– Ça n'a pas été sans discussion, mais je m'en suis sorti !

– Quel soulagement d'apprendre que je suis parvenue à passer au travers de l'inspection, commentai-je, non sans une certaine ironie.

– Il s'en est fallu d'un cheveu.

– Merci mille fois. »

Il s'arrêta pour me faire passer devant lui et sa main m'effleura le dos.

« Inutile de vous préciser que rien de ce que vous verrez ou entendrez dans les locaux de l'ERF ne doit en sortir, n'est-ce pas, Kay ?

– En effet, Benton, il était inutile de le préciser. »

À l'extérieur de la cafétéria, une horde d'étudiants

de l'Académie revêtus de la chemise rouge tradition-
nelle se massait dans le hall de réception du public. Ils
s'attardaient devant tout ce qui arborait l'emblème du
FBI. Filles et garçons, tous admirablement athlétiques,
nous dépassèrent courtoisement dans l'escalier pour
rejoindre leurs salles de cours. Pas une seule chemise
bleue ne se singularisait au milieu de cette foule dont
les vêtements réglementaires servaient de code. En
d'autres termes, il n'y avait pas eu de nouveaux recru-
tements depuis un an.

Nous suivîmes un long couloir pour déboucher dans
le hall d'entrée où un affichage digital rappelait aux
visiteurs qu'ils devaient arborer en permanence leurs
badges. L'écho distant des détonations d'armes à feu
nous parvenait malgré l'épaisseur des portes d'entrée,
perçant par instant la paix de cet après-midi parfait.

L'Engineering Research Facility avait investi trois
cocons beiges de béton et de verre, troués de larges
portes vitrées et protégés de hautes clôtures métalliques.
Le parking était bondé de véhicules dont je n'avais
jamais aperçu les propriétaires puisque l'ERF semblait
avaler les membres de son personnel pour les relâcher à
des heures où nous autres, profanes, dormions.

Une fois parvenu devant l'entrée principale, Wesley
s'arrêta à hauteur d'un module de détection scellé au
mur et flanqué d'un petit clavier numérique. Il
appuya son pouce droit sur une lentille optique qui
déchiffra son empreinte digitale. L'écran d'affichage
l'informa aussitôt qu'il devait taper son code secret
d'identification. Le verrou biométrique se débloqua
dans un petit cliquetis discret.

Il me tint la porte.

«De toute évidence, cet endroit ne vous est pas inconnu, commentai-je en passant devant lui.

– Certes pas.»

Il n'ajouta rien qui puisse m'éclairer sur les raisons qui motivaient sa présence entre ces murs. Nous suivîmes un interminable couloir moquetté de beige qu'une douce lumière éclairait. Il régnait un parfait silence. Nous dépassâmes des laboratoires dans lesquels des scientifiques en costume sombre ou blouse blanche étaient plongés dans d'incompréhensibles tâches. Des hommes et des femmes s'activaient dans des alcôves, ou se penchaient vers des paillasses jonchées d'outils, d'écrans de contrôle, de matériel de programmation, d'objets divers et d'appareils étranges. Le gémissement d'une scie attaquant le bois nous parvint de derrière une porte close dépourvue d'imposte vitrée.

Nous atteignîmes un ascenseur, et le pouce de Wesley fut encore requis avant que nous soyons autorisés à pénétrer dans le petit univers très clos et très protégé auquel ma nièce destinait ses journées. Ce premier étage, balayé par l'air conditionné, n'était autre qu'un crâne protégeant un encéphale artificiel. Une moquette d'un gris éteint recouvrait murs et sol et l'espace était divisé avec une précision maniaque, comme un compartiment à glaçons. Chaque alcôve était dotée de deux bureaux modulaires sur lesquels se côtoyaient ordinateurs, imprimantes laser et monceaux de papier. Lucy était repérable de loin. C'était la seule qui portât un treillis à l'emblème du FBI.

Elle nous tournait le dos. Elle était engagée dans une conversation téléphonique, son récepteur-émetteur sur la tête, promenant d'une main un stylo informatique sur un carnet et de l'autre tapant sur son clavier. Si j'avais ignoré la nature exacte de son travail, j'aurais pu croire qu'elle composait de la musique.

« Non, non. Un long "bip" suivi de deux courts. Je me demande si nous n'avons pas affaire à un dysfonctionnement du moniteur, peut-être même de la carte à puces », expliquait-elle.

Lorsque nos silhouettes franchirent enfin son champ de vision, elle pirouetta sur son fauteuil à roulettes.

« Oui, bien sûr que ça fait un monde de différence si c'est juste un "bip" court, reprit-elle au profit de son interlocuteur. Parce que dans ce cas, c'est qu'on se retrouve avec un problème qui concerne le système. Écoute, Dave, est-ce que je peux te rappeler un peu plus tard ? »

Je repérai un scanner biométrique posé sur son bureau, à moitié enseveli sous une pile de papiers. Le sol, à l'instar de l'étagère située juste au-dessus de sa tête, disparaissait sous un océan de documents, d'incompréhensibles manuels de programmation, de boîtes de disquettes, de rubans informatiques, de piles de magazines consacrés aux ordinateurs ou aux logiciels, sans oublier une collection de brochures dont les reliures bleu pâle étaient frappées du sceau du ministère de la Justice.

Wesley s'adressa à Lucy :

« J'ai pensé que je pouvais montrer ce que tu fais à ta tante. »

Lucy se débarrassa de son écouteur. Ma visite lui faisait-elle plaisir? À son expression, je n'aurais pu en jurer.

«Pour l'instant, j'ai des problèmes par-dessus la tête. Deux de nos machines affichent des messages d'erreurs.»

Elle ajouta, pour mon seul bénéfice:

«Nous utilisons des PC pour développer un réseau d'intelligence artificielle contre le crime: le Crime Artificial Intelligence Network, mieux connu sous le nom de CAIN.

– CAIN? m'étonnai-je. L'acronyme est plutôt savoureux pour un programme dont l'objet est de traquer les criminels dangereux, non?»

Wesley répondit:

«Essayons de considérer cela comme l'ultime acte de contrition de la part du premier criminel de l'histoire humaine. Ou alors, admettons que seul un assassin peut en débusquer un autre.»

Lucy reprit la parole:

«En réalité, ce que nous cherchons à créer grâce à CAIN, c'est un programme automatique qui modélise le monde réel de façon aussi vraisemblable que possible.

– En d'autres termes, dis-je, ceci devrait penser et agir comme nous?

– Tout à fait. Le formulaire d'analyse d'un cas criminel, celui que tu manipules depuis longtemps, est stocké là-dedans», déclara-t-elle comme ses doigts volaient au-dessus de son clavier.

Sur l'écran apparurent les questions qui noircissaient

les quinze pages de l'imprimé si familier. Je les avais remplies des années durant, à chaque fois que l'identité d'un cadavre demeurait une énigme ou que nous avions lieu de croire que la victime en question s'ajoutait à la liste d'un criminel qui avait déjà tué et allait continuer.

Faisant défiler les pages du document sur son écran, Lucy précisa :

« Nous l'avons un peu condensé.

– Les questions ne comportent pas de difficultés particulières, remarquai-je. En revanche, c'est une autre paire de manches pour convaincre l'enquêteur chargé de l'affaire de remplir ce fichu truc et de l'envoyer.

– Maintenant, ils auront le choix, rétorqua Wesley. Ils disposeront d'un terminal au commissariat qui leur permettra de saisir directement leur rapport. Et pour les irrécupérables luddites, nous allons garder la version papier qui sera toujours expédiée par courrier ou par fax.

– Nous travaillons parallèlement sur une technique de reconnaissance graphique, renchérit ma nièce. Les inspecteurs auront à leur disposition des carnets électroniques. Ils pourront ainsi y écrire leurs notes, que ce soit dans leur voiture ou au poste de police ou encore pendant qu'ils poireautent au tribunal. De cette façon, tout ce que nous recevrons en version papier, que ce soit tapé ou manuscrit, sera scanné dans notre système. Quant aux possibilités interactives de CAIN, elles se manifesteront lorsque le système formulera une hypothèse ou lorsqu'il aura besoin d'informations complémentaires. CAIN pourra alors communiquer directement avec le policier *via* un modem ou par l'intermédiaire d'une messagerie électronique ou même par serveur vocal.

– Le potentiel de CAIN est colossal, Kay», conclut Wesley.

C'est à ce moment-là que je compris le but de ma présence ici, et la raison pour laquelle Wesley avait tenu à m'y amener : cette alcôve semblait tellement à l'écart des réalités urbaines auxquelles étaient confrontées les forces de lutte contre le crime. Elle était protégée des attaques de banques à main armée, des coups de filet antidrogue. Wesley cherchait à me convaincre que si Lucy travaillait pour le Bureau rien ne pourrait l'atteindre. Il n'y parviendrait pas. Je connaissais trop bien les pièges de l'esprit.

Les pages vierges que ma nièce faisait défiler sur son bel écran lumineux seraient bientôt remplies de noms et de descriptions qui prouveraient à quel point la violence était réelle. Elle mettait sur pied une banque de données qui se métamorphoserait bien vite en décharge où s'entasseraient des membres et des torses, des récits de torture, des armes et des blessures. Et puis, un jour, elle finirait aussi par entendre ces hurlements silencieux, par reconnaître le visage d'une victime au milieu d'une foule.

Me tournant vers Wesley, je demandai :

«Ce que vous préparez pour les forces de police aura également des applications dans notre cas, n'est-ce pas ?

– Il va sans dire que les légistes du ministère de la Justice seront également intégrés au réseau.»

Lucy nous fit découvrir d'autres contenus d'écran, nous expliqua d'autres merveilles technologiques en termes ardus à comprendre, même pour moi. J'étais parvenue, depuis quelque temps, à la conclusion que les ordinateurs représentaient notre nouvelle Babel. Plus la technologie devenait sophistiquée, plus les échanges verbaux s'avéraient confus.

« En fait, c'est le grand truc avec ce programme sur la structure du langage, expliquait-elle. C'est beaucoup plus *déclaratif* que *navigationnel*. En d'autres termes, l'utilisateur doit préciser à *quoi* il veut avoir accès plutôt que *comment* il veut y accéder. »

Je détaillais depuis quelques instants la femme de grande taille qui se dirigeait vers nous. Sa démarche était assurée bien qu'élégante, et sa blouse blanche frôlait ses genoux à chaque pas. Elle tournait avec lenteur un pinceau dans un petit récipient en aluminium.

Wesley continua de discuter avec ma nièce :

« Et savons-nous sur quel type d'appareils nous utiliserons ce programme ? L'ordinateur central ?

– La tendance actuelle va plutôt dans le sens des environnements clients/bases de données de taille réduite. Plutôt le genre mini-ordinateur. Tout tend vers la miniaturisation. »

La femme pénétra dans notre alcôve. Son regard accrocha le mien avec une rare intensité, puis elle détourna les yeux brusquement.

Posant le récipient sur le bureau, elle demanda avec un sourire dépourvu de chaleur :

« Une réunion était-elle programmée sans que j'en sois informée ? »

J'eus le sentiment très net qu'elle se serait volontiers passée de notre intrusion.

« Carrie, je crois qu'il va falloir qu'on reporte un peu notre projet. Je suis désolée, annonça ma nièce avant d'ajouter : je suppose que tu connais déjà Benton Wesley et voici le docteur Kay Scarpetta, ma tante. Je vous présente Carrie Grethen. »

Carrie Grethen me salua, et son regard me mit mal à l'aise :

« Ravie de vous rencontrer. »

Je l'observai. Elle se glissa dans un fauteuil, lissant d'un geste inconscient ses longs cheveux bruns, ramassés en catogan. Elle devait avoir trente-cinq ans. La peau fine, les yeux sombres et les méplats bien dessinés du visage accentuaient la rare et sidérante beauté patricienne de Carrie Grethen.

Lorsqu'elle tira l'un des tiroirs de son bureau, le soin avec lequel étaient rangées ses affaires me frappa, tant il contrastait avec l'univers de ma nièce. Lucy était beaucoup trop captivée par son monde mental pour se préoccuper de rangement de livres ou de dossiers. Ses extraordinaires facultés intellectuelles auraient pu appartenir à un être millénaire, en revanche, elle avait conservé des habitudes de collégienne, mâchant du chewing-gum et s'accommodant de désordre.

« Lucy, je suis sûr que ta tante aimerait bien visiter nos installations, proposa Wesley.

– Oui, bien sûr. »

Elle éteignit l'écran et se leva sans grand enthousiasme, me sembla-t-il.

« Eh bien, Carrie, expliquez-moi de quoi vous vous

occupez précisément», demanda Wesley comme Lucy et moi nous éloignions.

Lucy se retourna vers l'alcôve, et l'émotion fugace que je découvris dans son regard me sidéra.

Déconcentrée, tendue à l'extrême, elle commença : «Ce que tu vois dans cette section se passe de commentaire. Juste des gens et des paillasses de travail.

– Travaillent-ils tous au VICAP?

– Non, nous ne sommes que trois sur CAIN. La plus grande part de ce qui se fait ici est de nature tactique. (Elle ne put s'empêcher de se tourner pour jeter un coup d'œil.) Enfin, ce que je veux dire par "tactique", c'est qu'on utilise les ordinateurs pour faire fonctionner au mieux d'autres appareils, qu'il s'agisse d'équipements électroniques ou des robots de la Réponse de Crise.»

Lucy avait l'esprit ailleurs. Elle me conduisit jusqu'à l'autre extrémité de la pièce où nous fûmes arrêtées par une porte défendue par un autre verrouillage de sécurité biométrique.

Ma nièce apposa son pouce sur la lentille et tapa son code personnel d'identification en déclarant :

«Nous sommes fort peu nombreux à avoir l'autorisation de pénétrer ici.»

La porte en acier gris s'ouvrit sur une pièce réfrigérée, d'un ordre maniaque, dans laquelle s'alignaient des paillasses, des moniteurs et des étagères bourrées de dizaines de modems dont les lumières clignotaient. Les paquets de câbles qui sortaient des appareils disparaissaient sous le sol surélevé de la pièce. Des hélices et des volutes bleues sinuaient sur les écrans, traçant en lettres autoritaires l'acronyme CAIN. La lumière qui baignait la pièce était aussi fraîche et nette que l'air qui la ventilait.

« C'est ici qu'on conserve toutes les données d'empreintes.

– Celles des verrous ? demandai-je en jetant un regard autour de moi.

– Pas seulement. De tous les scanners de sécurité que tu vois partout. Ils assurent la détection physique et protègent les accès.

– Et ce système sophistiqué est également une invention de l'ERF ?

– Nous le peaufinons et nous recherchons ses failles ici. En fait, je suis plongée en ce moment dans un projet de recherche qui découle de ce programme-là. Je ne te dis pas le boulot ! »

Elle se pencha vers un écran et en régla l'intensité lumineuse.

« Dans un proche futur, nous allons également l'utiliser pour stocker des informations récoltées sur le terrain. Par exemple, lorsque les flics arrêteront un malfaiteur, ils pourront scanner ses empreintes digitales sur le champ, des empreintes "vivantes" en quelque sorte. Elles seront aussitôt intégrées dans CAIN et si le type est un récidiviste, qu'il a déjà semé ses empreintes sur d'autres lieux de crimes et qu'elles sont d'ores et déjà stockées dans la base de données, CAIN nous le confirmera en quelques secondes.

– Je suppose que le système sera connecté à tous les systèmes d'identification automatisée d'empreintes qui existent dans le pays ?

– Tout à fait, et, avec un peu de chance, avec ceux du monde entier. Notre but, c'est que tous les chemins convergent jusqu'ici.

– Et Carrie ? Elle travaille avec toi à la mise au point de CAIN ?

Ma question parut la prendre de court.

– En effet.

– Donc, elle fait partie des trois personnes.

– C'est cela. »

Lucy semblait peu désireuse de poursuivre, aussi insistai-je :

« Elle me fait l'effet d'un être qui sort de l'ordinaire.

– Tu sais, on pourrait en dire autant de tous les gens qui travaillent ici », répondit Lucy.

L'immédiate aversion que j'avais ressentie pour Carrie Grethen me surprenait, aussi m'obstinai-je :

« D'où vient-elle ?

– De l'État de Washington.

– Elle est sympathique ?

– Elle est excellente dans son boulot.

– Cela ne répond pas vraiment à ma question, dis-je en souriant.

– Tante Kay, je ne me mêle pas de la vie personnelle des gens qui travaillent avec moi. Pourquoi es-tu si intéressée ? biaisa-t-elle, sur la défensive.

– Parce que cette jeune femme a éveillé ma curiosité, rien d'autre.

– Écoute, j'aimerais vraiment que tu cesses de me surprotéger. Il est évident que ton travail t'amène inévitablement à penser le pire de tout le monde.

– Je vois. Tout comme il est inévitable, considérant

mes occupations professionnelles, que je sois convaincue que tout le monde est mort, c'est cela ? »

Mon ton était devenu plus sec.

« C'est grotesque, répondit Lucy.

– J'espérais tout bonnement que tu rencontrerais
des gens sympathiques ici.

– De surcroît, je te serais reconnaissante de cesser
de t'inquiéter au sujet de mes capacités à me faire des
amis.

– Lucy, je n'essaie pas de me mêler de ta vie. Tout
ce que je veux, c'est que tu fasses attention à toi.

– Non ! Ce n'est pas tout ce que tu veux, et *tu te
mêles* de ma vie !

– Telle n'était pas mon intention. »

Lucy était la seule personne qui parvienne à me
mettre vraiment en rogne.

« Mais si, c'était bien ton intention. Au fond, tu ne
supportes pas que je sois ici. »

La phrase m'échappa et je regrettai mes mots au
moment où je les prononçai :

« C'est ridicule. Selon toi, qui t'a obtenu ce foutu
stage ? »

Elle me fixa sans répondre.

« Lucy, je suis désolée. Arrêtons de nous disputer, s'il
te plaît », plaidai-je en baissant la voix.

Ma main se posa sur son bras. Elle se dégagea :

« Je dois aller vérifier un truc. »

Sa réaction me stupéfia. Elle tourna les talons et me
planta là, seule au milieu de cette pièce classée « haute
sécurité », aussi glaçante et stérile que notre échange.
Les couleurs tourbillonnaient sur les écrans vidéo et

des témoins lumineux rouges et verts clignotaient. Mes pensées mornes et tristes tourbillonnaient dans cet entêtant bruit de fond. Lucy était la fille unique de mon irresponsable de sœur, Dorothy, et je n'avais jamais eu d'enfant. Cela étant, cette explication ne rendait pas compte de mon amour pour ma nièce.

Je connaissais si bien l'espèce de honte secrète qui naissait de son abandon et de son isolement. Je la connaissais parce que, moi aussi, je traînais cette souffrance dissimulée sous ma carapace. En tentant de soigner ses blessures, je soulageais en réalité les miennes. Pourtant, cela faisait partie des choses que je ne pouvais pas lui expliquer.

Je ressortis de la pièce, m'assurant que la porte se verrouillait derrière moi. Le fait que je revenais de ma visite sans mon guide n'échappa pas à Wesley. Lucy demeura invisible. Elle ne refit même pas surface pour nous dire au revoir.

Sur le chemin qui nous ramenait à l'Académie, Wesley attaqua :

« Que s'est-il passé ?

– Nous nous sommes encore disputées.

– Un jour, il faudra que je vous raconte mes discussions musclées avec Michèle.

– S'il existe un stage de formation pour vous apprendre à être une mère ou une tante, je m'inscris dans les premiers. J'aurais dû y songer il y a long-temps. Tout ce que je voulais savoir, c'était si elle s'était fait des amis ici. Elle s'est mise en colère.

– Qu'est-ce qui vous inquiète ?

– Lucy est une solitaire. »

Il me regarda, surpris :

« C'est marrant, vous avez déjà fait allusion à ça. Écoutez, franchement, elle ne me donne vraiment pas l'impression d'être une jeune fille solitaire !

– Que voulez-vous dire ? »

Nous nous arrêtâmes pour permettre à des voitures de nous dépasser. Le soleil tombait et réchauffait ma nuque. Wesley avait retiré sa veste, qu'il portait pliée sur son bras.

Il frôla mon coude d'un geste presque imperceptible lorsque le passage fut libre.

« J'ai pris un verre un soir au Globe and Laurel. Il y a quelques jours de cela. Lucy était attablée avec une amie. Peut-être s'agissait-il de Carrie Grethen, mais je n'en suis pas certain. En tout cas, elles n'avaient pas l'air de s'ennuyer… »

Ma surprise n'eût pas été plus complète si Wesley m'avait annoncé que Lucy venait de détourner un avion.

« … de plus, elle a passé plusieurs soirées à la cafétéria avec les autres. Vous ne voyez qu'une facette de votre nièce, Kay. Vous savez, c'est toujours un choc pour les parents ou les substituts de parents de découvrir un aspect de leurs enfants qu'ils ignoraient.

– La facette dont vous parlez m'est totalement inconnue. »

Cette constatation ne m'était d'aucun soulagement, au contraire. L'idée qu'une partie de la personnalité de Lucy me demeurait inconnue ajoutait à mon malaise.

Nous cheminâmes en silence. Lorsque nous pénétrâmes dans le hall d'entrée, je demandai d'un ton doux :

« Benton, est-ce qu'elle boit ?

– Elle a l'âge légal.

– J'en suis consciente. »

J'étais sur le point d'insister lorsque je fus coupée net par son geste nerveux. Il décrocha son *pager* de sa ceinture, consulta l'écran puis se renfrogna en découvrant le numéro de rappel qui s'y inscrivait.

« Descendons jusqu'à l'unité et tâchons de savoir ce que tout cela signifie. »

3

Le lieutenant Hershel Mote parvenait difficilement à contrôler l'hystérie qui tendait sa voix lorsque Benton Wesley le rappela, à dix-huit heures vingt-neuf.

Wesley insista encore une fois dans l'amplificateur du combiné :

« Où êtes-vous ?

— Dans la cuisine.

— Lieutenant Mote, calmez-vous et dites-moi où vous vous trouvez au juste.

— Je suis dans la cuisine de l'agent Max Ferguson du SBI. C'est pas possible, j'peux pas y croire. J'ai jamais vu un truc pareil !

— Vous êtes seul ?

— Ouais... sauf si on parle de ce qui est en haut, comme je vous ai dit. J'ai appelé le coroner et le répartiteur tente de joindre quelqu'un.

— Pas d'affolement, lieutenant », répéta Wesley, toujours imperturbable.

La respiration bruyante et hachée de Mote me parvenait du haut-parleur, et je me décidai à intervenir :
« Lieutenant Mote ? Ici, le docteur Scarpetta. Rien ne doit être touché.

— Oh, mince !, bafouilla-t-il. Fallait quand même que je le descende...

— Ce n'est pas grave...

— Parce que quand je suis entré dans la chambre... Doux Jésus, ayez pitié de nous... j'pouvais pas le laisser dans cet état. »

Je tentai de le rassurer :
« Je comprends. Mais maintenant il faut absolument éviter que quiconque touche à quoi que ce soit.

— Même pas le coroner ?

— Pas même lui. »

Wesley reprit la parole sans me lâcher du regard :
« Nous partons à l'instant. Nous serons là-bas avant vingt-deux heures. Dans l'intervalle, conservez votre calme et attendez-nous.

— Oui, monsieur. Je vais juste m'asseoir sur cette chaise et attendre que cette douleur dans ma poitrine se dissipe.

— Quand cette gêne a-t-elle débuté ? demandai-je.

— Dès que je suis arrivé et que je l'ai découvert. Ça m'a fait comme des coups dans la poitrine.

— C'est la première fois ?

— Je crois bien, oui, enfin de cette façon-là.

— Où avez-vous mal, au juste ? insistai-je, cette fois sérieusement inquiète.

— Juste au milieu.

— Et dans le cou ou les bras ?

– Non, m'dame.

– Vous avez des vertiges ? Des suées ?

– Ouais, je transpire un peu.

– Ça vous fait mal lorsque vous toussez ?

– J'ai pas toussé, alors j'peux pas dire.

– Avez-vous souffert d'un problème cardiaque dans le passé, lieutenant Mote, ou d'hypertension ?

– Pas que je sache.

– Vous fumez ?

– Ouais, je suis en train.

– Lieutenant Mote, écoutez-moi avec attention : je veux que vous éteigniez votre cigarette et que vous essayez de vous calmer. Ce qui m'inquiète, c'est le choc éprouvant que vous venez de subir. Ajoutez à cela que vous êtes fumeur, et c'est une des causes des maladies coronariennes. Je ne serai pas là avant un moment. Il faut que vous appeliez une ambulance immédiatement.

– On dirait que la douleur se calme un peu. Et le coroner devrait pas tarder. Après tout, il est docteur.

– Le docteur Jenrette ? s'enquit Wesley.

– C'est tout ce qu'on a dans le coin.

– Lieutenant Mote, ne faites pas n'importe quoi, surtout avec cette douleur de poitrine, renchéris-je avec fermeté.

– Non, m'dame, je vais me tenir tranquille. »

Wesley inscrivit une adresse et un numéro de téléphone sur son calepin, puis composa un numéro :

« Pete Marino est-il encore dans le coin ? demanda-t-il à la personne qui lui répondit. Dites-lui que nous avons une urgence et qu'il doit nous rejoindre au plus vite dans le bâtiment de l'HRT avec un sac de voyage pour la nuit. Je lui expliquerai la situation à son arrivée. »

Wesley se leva de son bureau et je lançai :

« Écoutez, il serait préférable de prévenir Katz. Il faudra tout enfumer pour relever les empreintes afin de s'assurer que les choses sont bien ce qu'elles paraissent.

– Excellente suggestion.

– Je ne crois pas qu'il soit encore à la ferme des corps à cette heure. Il vaut mieux essayer de le joindre par l'intermédiaire de son *pager*.

– Je vais tenter de le localiser. »

Lorsque je pénétrai dans le hall de réception, quinze minutes plus tard, Wesley s'y trouvait déjà, un sac fourre-tout passé en bandoulière à son épaule. J'avais à peine eu le temps de retirer mes escarpins dans ma chambre pour enfiler des chaussures plus confortables, et de ramasser quelques affaires de voyage ainsi que ma sacoche de première urgence.

« Le docteur Katz quitte à l'instant Knoxville. Il nous rejoindra sur les lieux », annonça Wesley.

La nuit s'installait peu à peu, baignée de la clarté d'une lune distante. Le vent agitait les arbres, leur arrachant un frémissement qui m'évoquait la pluie. Wesley et moi empruntâmes l'allée qui partait du pavillon Jefferson et traversâmes la rue qui séparait les bâtiments de l'Académie des stands de tir et des terrains d'entraînement. Une silhouette se détacha non loin de nous, dans le bout de terrain réservé aux barbecues et aux tables de pique-nique, une silhouette qui me parut familière. Pourtant, sa présence en ce lieu et à cette heure était si surprenante que je crus un instant m'être trompée. Puis, je me souvins que Lucy m'avait confié venir parfois ici, seule, après le dîner pour réfléchir. Cette opportunité de discuter un peu avec elle et d'essayer d'arranger les choses allégea mon humeur.

«Benton, je reviens tout de suite.»

Un bruit étouffé de conversation me parvint comme je m'approchais de l'orée du bois. L'espace d'un fugace instant, je songeai que ma nièce soliloquait peut-être. J'avançai encore un peu. Lucy était assise sur une table. Je faillis l'appeler mais me ravisai lorsque je compris que ses paroles étaient destinées à un interlocuteur installé sur le banc, légèrement en contrebas. Les deux formes étaient si proches l'une de l'autre qu'on aurait dit une seule silhouette. Je m'immobilisai soudain dans l'ombre d'un grand pin touffu.

«C'est parce que tu fais toujours cela!»

Lucy formula cette phrase de ce ton blessé que je connaissais si bien. La voix de femme qui lui répondit se voulait apaisante.

«Non, c'est toi qui pars systématiquement du principe que je vais le faire.

– Eh bien, tu n'as qu'à pas me donner de bonnes raisons de le penser.

– Lucy, pourrait-on passer à autre chose? *Je t'en prie.*

– Tiens, donne-m'en une.

– Je préférerais que tu ne commences pas à fumer.

– Je ne commence pas, je veux juste une bouffée.»

Je perçus le craquement d'une allumette et une petite

flamme troua les ténèbres. L'espace d'un instant, le profil de ma nièce s'illumina. Elle était penchée vers son amie, dont je ne parvenais pas à distinguer les traits. Le bout incandescent de la cigarette naviqua de l'une à l'autre. Je m'écartai sans bruit.

Je rejoignis Wesley, m'adaptant à ses longues enjambées.

« Quelqu'un de votre connaissance ?

– C'est ce que j'ai cru », répondis-je.

Nous marchâmes sans échanger un mot, dépassant des champs de tir et leurs alignements de cibles et de silhouettes de métal figées dans un éternel garde-à-vous. Plus loin s'élevait une tour de contrôle qui surplombait une montagne de pneus entassés où s'entraînaient à balles réelles les agents de l'HRT, les bérets verts du FBI. Un hélicoptère bleu et blanc, un Bell Jet Ranger, patientait sur une proche pelouse, comme un gros insecte assoupi. Son pilote discutait avec Marino.

Nous voyant approcher, il s'enquit :

« On est tous là ?

– Tous. Merci, Whit », le renseigna Wesley.

Whit, impressionnant spécimen de force virile, était sanglé dans un uniforme noir de pilote. Il ouvrit la portière de l'hélicoptère et nous aida à grimper à l'intérieur. Marino et moi nous assîmes à l'arrière et Wesley à côté du pilote. Nous bouclâmes notre ceinture de sécurité et installâmes nos écouteurs, au moment où les pales commencèrent à vibrer.

Quelques minutes plus tard, le sol sombre s'éloigna de nous comme nous foncions vers la ligne d'horizon, fentes d'aération ouvertes et lumières éteintes. Nos voix, transmises par l'intermédiaire des micros, grésillaient à nos oreilles. L'hélicoptère pointa au sud, vers une petite ville encastrée dans les montagnes, une ville dans laquelle une autre personne venait de mourir.

Marino déclara :

« Ça devait quand même pas faire très longtemps qu'il était rentré chez lui. On sait... »

La voix de Wesley l'interrompit depuis le siège du copilote :

– En effet. Il a quitté Quantico juste après notre réunion. Son avion décollait de Washington à treize heures.

– On sait à quelle heure il s'est posé à Asheville ?

– Aux environs de seize heures trente. En d'autres termes, il a dû rentrer chez lui vers dix-sept heures.

– À Black Mountain ?

– C'est cela.

– Et Mote l'a découvert à dix-huit heures », complétai-je.

Marino se tourna vers moi :

« Bordel ! Ferguson a dû commencer sa branlette sitôt...

– Nous avons de la musique si ça vous tente, proposa le pilote.

– Volontiers.

– Quel parfum ?

– Classique.

– Oh merde, Benton !

– Nous avons la majorité, Pete. »

Les accords d'une œuvre de Berlioz remplirent la

cabine et je repris notre conversation pour le moins morcelée :

« Ferguson n'était donc pas rentré chez lui depuis très longtemps. Du moins ce point est-il acquis. Quant à savoir qui ou quoi est à blâmer...

– A *priori*, ça évoque un accident. Une séance de masturbation qui aurait mal tourné. Cela étant, nous sommes encore dans le flou.

– Vous avez de l'aspirine ? » me demanda Marino en appuyant sa requête d'un coup de coude.

Je fouillai mon sac à main dans la pénombre puis repêchai une torche Maglite de poche au fond de ma sacoche de première urgence. Je tâtonnai encore, sans grand résultat. Marino bougonna puis balança une insanité bien sentie lorsque je lui annonçai que je ne pouvais pas grand-chose pour lui. Je me rendis soudain compte qu'il était toujours revêtu de son survêtement de sport à capuche ainsi que de ses bottines lacées, fort adaptés au parcours de Hogan's Alley. Il me faisait penser à l'entraîneur alcoolique de l'obscure équipe sportive d'un quelconque trou perdu. Je ne pus résister à la tentation d'éclairer de ma lampe les taches accusatrices de peinture rouge qui maculaient le haut de son dos et son épaule gauche. Ainsi, Marino s'était fait descendre !

« Ouais, ben vous devriez voir les autres mecs ! claqua sa voix dans mes écouteurs. Hé, Benton, vous avez des aspirines ?

– Vous avez le mal de l'air ?

– Non, voyons... j'm'amuse comme un petit fou ! » pesta Marino, qui détestait quitter le plancher des vaches.

Les conditions météo étaient de notre côté et nous fonçâmes dans la nuit claire, à plus de cent nœuds à l'heure. Les voitures, tout en bas, glissaient comme des insectes d'eau luminescents, et les lumières de la civilisation scintillaient dans les arbres comme de petites flammes. Ces ténèbres vibrantes m'auraient sans doute apaisée, peut-être même aurais-je pu m'endormir, si mes nerfs n'avaient été tendus à l'extrême. Mon esprit me refusait le repos, des images s'entrechoquaient, et des questions hurlaient dans ma tête.

Le visage de Lucy me revenait, la ligne parfaite de sa mâchoire et de sa joue alors qu'elle se penchait vers la flamme que les mains en coupe de son amie protégeaient du vent. Leurs voix teintées de passion résonnaient dans ma mémoire. Pourquoi étais-je si stupéfaite ? Pourquoi cette scène me semblait-elle si importante ? Wesley était-il au courant, et à quel point ? Ma nièce avait commencé son stage d'interne à Quantico au semestre d'automne. Il avait donc dû la voir plus souvent que moi.

Pas un souffle de vent ne secoua l'appareil jusqu'à ce que nous parvenions dans la zone montagneuse. En dessous de nous, la plaine noire ressemblait à de la poix.

La voix du pilote résonna dans nos écouteurs :

« Nous grimpons à 4500 pieds. Tout baigne derrière ?

— Ça doit pas être possible de s'en griller une, ici, hein ? » remarqua Marino.

À vingt et une heures dix, des étoiles parsemaient le ciel et le Blue Ridge ressemblait à un océan sombre et figé dont ne parvenait aucun son. Nous suivîmes l'ombre des forêts, jusqu'à ce que l'appareil tangue et oblique lentement vers un bâtiment de brique qui me sembla être une école. Nous découvrîmes à l'arrière notre zone d'atterrissage : un terrain de football inutilement illuminé par les gyrophares des voitures de police qui déchiraient la nuit de flambées de lumière cuivrée. Un projecteur s'alluma sous le ventre de l'hélicoptère, éclairant notre descente de toute la puissance de ses trente millions de chandelles. Whit nous posa avec la délicatesse d'un oiseau, juste sur la ligne de penalty.

«Patrie des "Warhorses". J'espère qu'ils font une meilleure saison que la nôtre», commenta Wesley en déchiffrant à haute voix les banderoles accrochées à la barrière du terrain.

Marino, le regard tourné vers la vitre, attendait que les pales s'immobilisent :

«J'ai pas assisté à un seul match de foot de collège, depuis que j'ai quitté l'école.

– J'ignorais que vous jouiez, remarquai-je.

– Un peu ! Même que je portais le maillot 12.

– Quelle position ?

– Arrière.

– Ça tombe sous le sens, conclus-je.

– Juste pour votre information : ici nous sommes à Swannanoa. Black Mountain est juste à l'est», nous interrompit Whit.

Deux officiers de la police de Black Mountain en uniforme nous attendaient. Ils avaient l'air presque trop jeunes pour passer le permis de conduire ou porter une arme. Le visage pâle, bizarre, ils tentaient de ne pas nous dévisager. J'avais l'impression que nous sortions d'une navette spatiale pour débarquer au milieu du flamboiement des gyrophares et du silence irréel. Les deux jeunes policiers semblaient ne pas trop savoir que penser de notre arrivée, ou des évènements qui se déroulaient dans leur petite ville. Ils nous escortèrent sans beaucoup d'efforts de conversation.

Nous nous garâmes quelques minutes plus tard dans une rue étroite, bourdonnante du bruit des moteurs et hachurée par les pulsations des lumières de police. Je dénombrai trois autres voitures de service en plus de la nôtre, une ambulance, deux camions de pompiers, deux voitures banalisées et une Cadillac.

Marino grommela en refermant sa portière :

« Génial, tout le monde est venu accompagné du cousin de sa tante Berthe. »

Le ruban qui délimitait la scène du crime courait des piliers du porche jusqu'aux arbustes qui s'ouvraient en éventail le long des flancs de la maison recouverts de tôle d'aluminium. C'était une bâtisse beige d'un étage. Une Ford Bronco était garée dans l'allée gravillonnée, juste devant une Skylark banalisée mais dont le toit se hérissait d'antennes de police et d'un gyrophare.

Comme nous gravissions les marches en ciment du porche, Wesley demanda :

« Ce sont les voitures de Ferguson ?

– Celles qui sont dans l'allée ? Oui, monsieur, répondit le policier. Cette fenêtre, là-haut dans le coin, c'est là qu'y se trouve. »

L'apparition du lieutenant Hershel Mote dans l'encadrement de la porte me consterna. De toute évidence, il n'avait pas suivi mes conseils.

«Comment vous sentez-vous? lui demandai-je.

– Je tiens le coup.»

Son soulagement de nous voir enfin était si perceptible que, durant un instant, je crus qu'il allait nous embrasser. Cependant, son visage avait pris une couleur cendre. La sueur avait trempé le col de sa chemise en jean et luisait sur son front et le long de son cou. Il empestait le tabac froid.

Une fois dans l'entrée, nous hésitâmes un instant, le dos tourné à l'escalier qui montait au premier.

«Où en sommes-nous? s'enquit Wesley.

– Le docteur Jenrette a pris des photos, des tas, mais il a touché à rien, juste comme vous aviez dit. Il est dehors, si vous avez besoin de le rencontrer. Il cause aux hommes.

– Il y a plein de bagnoles dans le coin. Où est passé tout le monde? demanda Marino.

– Deux des gars sont dans la cuisine. Un ou deux autres fouillent le jardin et les bois avoisinants, derrière la maison.

– Ils ne sont pas montés?»

Mote laissa échapper un pesant soupir:

«Écoutez... Je préfère pas vous raconter des bobards. Ils sont montés et ils ont jeté un œil. Mais personne n'a rien dérangé. Ça, vous avez ma parole. Il y a que le docteur se soit rapproché.»

Il gravit quelques marches de l'escalier:

«Max est... Il est... putain!»

Il s'arrêta et se tourna vers nous, les yeux brillants de larmes.

«Mais comment vous l'avez découvert, au juste?» demanda Marino.

Nous poursuivîmes notre progression dans l'escalier. Mote fournissait un gigantesque effort pour se reprendre. Le sol était recouvert de la même moquette rouge sombre que l'entrée du bas, et les lambris des murs en pin vernis avaient la couleur du miel.

Mote se racla la gorge :

«C'était aux environs de dix-huit heures. Je me suis arrêté pour voir si Max voulait qu'on aille manger un morceau quelque part. Comme il ne répondait pas, je me suis dit qu'il était peut-être sous la douche, ou un truc dans ce genre. Du coup, je suis entré.

– Un détail... aurait-il pu vous suggérer qu'il était coutumier de ce genre d'activité? demanda Wesley avec délicatesse.

– Non, 'sieur, répondit Mote avec conviction. C'est un truc auquel j'aurais jamais pensé. J'arrive pas à comprendre... Bon, bien sûr, j'ai entendu dire que des gens installaient des machins bizarres. Mais j'arrive pas à comprendre à quoi ça sert.

– On utilise un nœud coulant lors de séances de masturbation pour comprimer les carotides, expliquai-je. La pression exercée freine le débit de sang, donc l'afflux d'oxygène vers le cerveau, et c'est supposé amplifier l'orgasme.

– C'est aussi surnommé "partir quand on vient"» remarqua Marino avec sa subtilité proverbiale.

Mote ne semblait pas avoir l'intention de nous accompagner plus loin. Nous nous dirigeâmes vers une porte au fond du couloir qui ouvrait sur une chambre éclairée.

La chambre de l'agent Max Ferguson était sobre et masculine, meublée de commodes en pin. Un râtelier dans lequel reposaient fusils et carabines était suspendu au-dessus d'un bureau à cylindre. Son pistolet, son portefeuille, ses pièces d'identité ainsi qu'une boîte de préservatifs «Rough Rider» étaient alignés sur la table, non loin du lit recouvert d'un édredon. Le costume que Max Ferguson portait le matin même à Quantico était soigneusement plié sur le dossier d'une chaise, près de ses chaussures et de ses chaussettes.

Un haut tabouret de bar en bois était posé entre la salle de bains et la penderie, à proximité du corps recouvert d'une couverture au crochet, de couleurs vives. Un bout de corde de Nylon coupée pendait d'un crochet rond vissé dans le plafond en bois. Je tirai une paire de gants d'examen et un thermomètre de ma sacoche. Marino jura entre ses dents lorsque je repoussai la couverture pour découvrir ce qui avait dû être le pire cauchemar de Ferguson. J'étais convaincue qu'il aurait cent fois préféré une balle.

Il reposait sur le dos. Les bonnets, taille D, du soutien-gorge noir qu'il portait étaient bourrés de paires de chaussettes dont s'échappait une vague odeur musquée. La culotte noire qu'il avait enfilée avant sa mort avait été descendue juste en dessous de ses genoux poilus. Un préservatif adhérait mollement à son pénis. Les magazines qui traînaient alentour indiquaient la préférence de Ferguson pour les femmes ligotées aux gigantesques poitrines et aux tétons de la taille d'une soucoupe.

J'examinai le bout de corde serrée fermement contre la serviette de toilette enroulée autour du cou de Ferguson. La corde en Nylon, vieille et effilochée, avait été sectionnée juste au-dessus du huitième tour de ce qui s'avérait être un parfait nœud du «pendu». Les yeux de Ferguson étaient presque clos et sa langue sortait de sa bouche.

«C'est cohérent avec le fait qu'il était assis sur le tabouret? demanda Marino en examinant le bout de corde qui pendait du crochet du plafond.

– Oui, dis-je.

– En conclusion de quoi, il se serait fait une branlette et il aurait glissé?

– Il a pu aussi perdre connaissance et déraper.»

Marino se rapprocha de la fenêtre et huma le contenu ambré d'un verre à pied posé sur l'appui.

«Bourbon, sec, ou pas loin.»

La température rectale de Ferguson était descendue à 33 °C. Ce chiffre ne m'étonnait pas si l'on admettait qu'il était mort depuis cinq heures environ, son corps ayant été protégé sous une couverture. La *rigor mortis* s'installait progressivement. Le large réservoir du préservatif était sec. Je me dirigeai vers le lit pour inspecter la boîte. Il n'en manquait qu'un. M'avançant dans la chambre, je découvris son emballage mauve au fond d'une petite corbeille à papier en osier.

«Voilà qui est intéressant, lançai-je à Marino comme il ouvrait les tiroirs d'une commode.

– Quoi donc?

– Je supposais qu'il avait enfilé le préservatif une fois installé sur le tabouret.

– Ouais, ça semble logique. »

Repêchant la petite pochette au fond de la corbeille en la touchant le moins possible, je la glissai dans un sac en plastique avant de poursuivre :

« En ce cas, comment se fait-il que l'enveloppe ne se trouve pas à proximité du corps ? »

Marino ne répondant pas, j'insistai :

« Tout dépend du moment où il a baissé sa culotte. Peut-être était-ce avant de passer le nœud coulant autour de son cou ? »

Je retournai dans la chambre. Marino était accroupi près de la commode. Il fixait le cadavre d'un air incrédule et dégoûté.

« Et dire que j'ai toujours cru que crever sur un siège de chiottes était la pire chose qui puisse arriver à un mec », commenta-t-il.

Je levai le regard vers le crochet vissé dans le plafond. Il était impossible de déterminer depuis quand il s'y trouvait. Je m'apprêtais à demander à Marino s'il avait découvert d'autres magazines pornographiques lorsqu'un bruit lourd et sourd provenant du couloir nous fit sursauter.

« Bordel ! qu'est-ce… », s'exclama Marino.

Je me précipitai vers la porte à sa suite.

Le lieutenant Mote venait de s'évanouir, non loin de l'escalier. Face à terre, il gisait sans réaction sur la moquette. Je m'agenouillai et le retournai. Sa peau bleuissait déjà.

« C'est un arrêt cardiaque. Vite, l'équipe d'intervention ! »

Je forçai la mâchoire de Mote vers l'avant pour éviter que sa trachée ne soit obstruée.

Marino dévala les marches et je posai mes doigts sur la carotide de Mote, cherchant son pouls, en vain. Je bourrai son torse de coups de poing, mais son cœur refusait de réagir. J'entrepris une respiration artificielle, comprimant son thorax une fois, deux fois, trois fois et puis quatre, rejetant alors sa tête vers l'arrière en expirant dans sa bouche. Sa poitrine se souleva, et un-deux-trois-quatre, j'expirai à nouveau.

Je maintins un rythme de 60 compressions par minute. La sueur dégoulinait le long de mes tempes et mon rythme cardiaque s'affolait. Trois minutes plus tard, mes bras commencèrent de renâcler. J'entendis alors la charge des ambulanciers et des policiers qui gravissaient l'escalier. Quelqu'un m'agrippa par le coude et me dégagea du chemin. Des mains gantées bouclèrent les sangles de la civière, installèrent une perfusion intraveineuse, et commencèrent une chaîne. Des voix aboyèrent des ordres, annoncèrent à la cantonade chaque geste à accomplir, avec le professionnalisme vociférant des équipes d'urgences ou de sauvetage.

Je me laissai aller contre le mur, courant après mon souffle. C'est alors que j'aperçus un jeune homme blond de petite taille, dont la tenue de golf semblait totalement incongrue. Il observait l'agitation depuis le palier. Après m'avoir lancé quelques regards, il s'approcha timidement de moi.

«Docteur Scarpetta?»

Son visage sérieux était cramoisi de soleil des sourcils au menton, le front ayant sans doute été épargné par la visière de sa casquette. L'idée que la Cadillac garée en bas devait être à lui me traversa l'esprit.

« Oui ?

– Je suis James Jenrette, dit-il, confirmant ce que je supposais déjà. Vous vous sentez bien ? »

Il tira de sa poche un mouchoir plié avec soin et me l'offrit.

« Ça va. Je suis très contente que vous soyez ici », déclarai-je avec sincérité, car il m'aurait été impossible d'abandonner mon patient à quelqu'un qui ne fût pas médecin. « Puis-je vous confier le lieutenant Mote ? »

Je m'essuyai le front et le cou. Mes bras tremblaient.

« Tout à fait. Je vais l'accompagner à l'hôpital. (Jenrette me tendit sa carte et poursuivit.) Si vous désiriez me poser d'autres questions un peu plus tard, vous pouvez me biper.

– Comptez-vous entreprendre l'autopsie de Ferguson demain matin ?

– Oui. Vous êtes la bienvenue. Nous pourrons alors discuter de tout cela. »

Il regarda par-dessus la rambarde de l'escalier.

« Je serai là, merci », dis-je en forçant un sourire.

Jenrette escorta la civière, et je retournai dans la chambre située au bout du couloir. De la fenêtre, je regardai le gyrophare de l'ambulance qui illuminait la rue de saccades rouge sang. On enfourna Mote dans le véhicule. Vivrait-il ? Je sentais la présence de Ferguson, avec son préservatif flasque et son soutien-gorge raidi. Tout cela semblait si irréel.

Le hayon de l'ambulance claqua, les sirènes geigni-rent d'abord comme si elles protestaient, puis hur-lèrent. Je ne me rendis pas compte que Marino m'avait suivie dans la chambre jusqu'à ce qu'il me frôle le bras.

« Katz est en bas », m'annonça-t-il.

Je me retournai lentement :

« Nous allons avoir besoin d'une autre brigade. »

4

La persistance d'empreintes digitaies sur l'épiderme humain était depuis longtemps une possibilité
théorique. Cependant, il semblait si peu réaliste de
parvenir à les récupérer que la plupart d'entre nous
avaient déclaré forfait.

La peau est une surface de manipulation délicate en
raison de sa porosité et de ses capacités de déforma-
tion. S'ajoute à cela la présence de poils, d'humidité
et de lipides qui interfèrent avec les résultats. Même
lors d'exceptionnels transferts d'une empreinte de
l'assaillant à la victime, les crêtes qui la caractérisent
sont si peu stables qu'elles ne perdurent guère et résis-
tent mal aux éléments.

Le docteur Thomas Katz était un virtuose de la
médecine légale. Il avait poursuivi avec opiniâtreté
ces insaisissables empreintes latentes durant presque
toute sa carrière. Katz était également devenu expert
dans la détermination du moment de la mort. Les

moyens et méthodes qu'il appliquait pour y parvenir ne faisaient certes pas la une des journaux. Son laboratoire avait été baptisé : « La Ferme des Corps », et je l'avais visité à plusieurs reprises.

Thomas Katz était un homme de petite taille. Son visage – étonnamment bienveillant pour un être témoin de tant d'atrocités – était surmonté d'une masse de cheveux blancs et éclairé d'un pénétrant regard bleu.

Lorsque je l'accueillis en haut de l'escalier, il portait un ventilateur de fenêtre, une caisse à outils et quelque chose qui ressemblait à un bout de tuyau d'aspirateur, sur lequel avaient été greffées des pièces bizarroïdes. Marino le suivait, charriant le reste de ce que Katz avait dénommé son « Bidule Souffleur de Cyanoacrylate », c'est-à-dire une boîte en aluminium à deux compartiments sur laquelle étaient montés une plaque chauffante et un petit ventilateur d'ordinateur. Katz était resté enfermé des centaines d'heures dans son garage de l'est du Tennessee pour perfectionner cette mécanique relativement simple.

« Où va-t-on ? me demanda-t-il.

– La chambre, au fond du couloir. Vous avez fait bon voyage ? m'enquis-je en le débarrassant de son gros ventilateur de fenêtre.

– Je me serais volontiers passé de cette circulation. Mettez-moi au courant de toutes les manipulations qu'on a fait subir au corps.

– On l'a descendu du plafond et recouvert d'une couverture en laine. Je ne l'ai pas examiné.

– Je vous promets de faire mon possible pour ne pas

trop retarder votre travail. Depuis que je n'ai plus à utiliser de tente, c'est beaucoup plus aisé.»

Marino fronça les sourcils comme nous pénétrions dans la chambre:

«Euh… C'est quoi cette histoire de *tente*?

— Avant, je recouvrais le corps d'une tente en plastique et je vaporisais tout l'intérieur. Ça produisait trop de vapeur, et la peau était littéralement vernie par le produit. Docteur Scarpetta, pouvez-vous installer ce ventilateur sur la fenêtre? (Il regarda autour de lui.) Je vais sans doute avoir besoin d'un récipient d'eau. L'atmosphère est un peu sèche dans cette pièce.»

Je lui fis un résumé aussi complet que possible des événements.

«Avez-vous des raisons de croire qu'il pourrait s'agir d'autre chose que d'une asphyxie accidentelle consécutive à une séance d'auto-érotisme? demanda-t-il.

— Non, si ce n'est les circonstances, répliquai-je.

— Il enquêtait sur le meurtre de la petite Steiner?

— C'est ce qu'on voulait dire par "circonstances", répliqua Marino.

— Mon Dieu, cette affaire est dans tous les médias!

— Ferguson et nous assistions ce matin même à une réunion à ce sujet à la base de Quantico», ajoutai-je.

Katz jeta un regard songeur au corps:

«Et ensuite, il rentre chez lui et voilà le résultat. Vous savez, la semaine dernière, on a découvert le cadavre d'une prostituée dans un conteneur à ordures. On a réussi à repérer un assez bon contour de main sur sa cheville et pourtant, elle était morte depuis quatre ou cinq jours.»

Wesley apparut dans l'embrasure de la porte :

« Kay, pourrais-je vous parler une minute ? »

Sortant dans le couloir, j'entendis Marino demander à Katz :

« Et vous avez utilisé ce truc dans son cas ?

— Oui. Elle avait les ongles vernis. C'est une surface très adéquate.

— Pour quoi ?

— Les empreintes.

— Où ça va, ce machin ?

— Aucune importance. De toute façon, je vais devoir enfumer toute la pièce. Je risque de faire des dégâts.

— Je pense pas que ça l'embête trop. »

Je pénétrai dans la cuisine. Une chaise avait été tirée près du téléphone. J'en déduisis que Mote avait dû s'y asseoir des heures entières, en nous attendant. Un verre d'eau ainsi qu'un cendrier rempli de mégots étaient posés à proximité, à même le sol.

« Regardez cela, Kay. »

Wesley était entraîné à chercher des choses bizarres dans des endroits tout aussi incongrus. Il avait vidé le contenu du congélateur et empilé toutes les denrées dans les deux bacs de l'évier. Il déplia le papier de congélation blanc qui entourait un petit paquet plat. Je me rapprochai de lui. Des morceaux de chair congelés aux contours déshydratés se trouvaient à l'intérieur, évoquant un fragment de parchemin jaunâtre.

« À votre avis, y a-t-il une chance que je me trompe ? » me demanda Wesley d'un ton sinistre.

— Mon Dieu, Benton ! m'exclamai-je, assommée.

– Je les ai découverts dans le congélateur, glissés au-dessus d'aliments : des steaks hachés, des côtelettes de porc et des pizzas. (Il repoussa d'un doigt ganté le paquet.) J'espérais que vous m'expliqueriez qu'il s'agissait de blanc de poulet, ou d'un truc qu'il utili-sait comme appât pour la pêche... Bref, n'importe quoi.

– Il n'y a pas d'orifices de plumes... ils sont visibles sur la peau de volaille. Quant aux poils ils sont très fins, comme ceux des humains. »

Il demeura silencieux. Je repris :

« Il faudrait conditionner l'échantillon dans de la neige carbonique et l'emporter.

– C'est impossible ce soir.

– Plus vite nous ferons les tests immunologiques, plus vite nous saurons s'il s'agit vraiment des tissus humains. L'analyse d'ADN confirmera l'identité. »

Wesley replaça le paquet dans le congélateur :

« Il faut que nous recherchions d'éventuelles em-preintes.

– Je vais mettre cela dans un sac en plastique et nous confierons le papier congélation aux labos.

– D'accord. »

Nous remontâmes l'escalier. Rien ne semblait pou-voir apaiser mon rythme cardiaque. Marino et Katz se tenaient debout derrière la porte fermée de la chambre. Ils en avaient ôté la poignée et enfilé un tuyau par le trou. L'appareil de Katz ronronnait en envoyant des vapeurs de Super Glue dans la chambre de Ferguson.

Wesley n'avait pas encore évoqué le plus évident, aussi le fis-je :

« Benton, je n'ai constaté aucune marque de morsure, ou rien d'autre d'incriminant qui aurait pu pousser l'agresseur à découper des lambeaux de peau afin de faire disparaître des indices.

– Je sais. »

Lorsque nous arrivâmes à hauteur des deux hommes, Katz déclara :

« On a presque fini. Une centaine de gouttes de Super Glue suffisent avec une pièce de ce volume.

– Pete, nous avons un problème inattendu, lança Wesley. »

Marino fixait d'un regard conquis le tuyau qui balançait les fumées empoisonnées dans la chambre de Ferguson. Il répondit :

« Pourtant, je me disais qu'on avait atteint notre quota pour la journée.

– Je crois que nous y sommes, déclara Katz, insensible, à son habitude, à l'humeur de ceux qui l'entouraient. Tout ce qui me reste à faire maintenant, c'est évacuer les vapeurs à l'aide du ventilateur. Je n'en ai que pour une ou deux minutes. »

Il ouvrit la porte et pénétra dans la chambre alors que nous nous reculions. L'odeur irrespirable ne semblait pas le gêner outre mesure.

« Vous croyez qu'il se fait des fix avec son truc ? murmura Marino.

– Il semble que Ferguson ait été en possession de ce qui ressemble à de la peau humaine, déclara

Wesley sans prendre de gants. Stockée dans son congélateur.

– Attendez, là… Vous pourriez me la repasser, mais au ralenti ? » demanda Marino, stupéfait.

Dans la chambre, le ventilateur commença à vrombir. Wesley poursuivit :

« Franchement, je ne parviens pas à saisir ce qui se passe. Il n'en demeure pas moins que nous nous retrouvons avec un policier mort, dont le congélateur contenait des pièces à conviction accablantes rangées au milieu de hamburgers et de pizzas. Un autre policier nous fait une crise cardiaque, et pour couronner le tout, nous avons une petite fille de onze ans assassinée.

– Bordel de merde ! conclut Marino, dont le visage vira à l'écarlate.

– J'espère que vous avez prévu assez de vêtements pour séjourner ici quelque temps, ajouta Wesley à notre intention.

– Bordel de merde ! répéta Marino. Le fils de pute ! »

Il me fixa droit dans les yeux et je compris exactement la nature de ses pensées. Pourtant, j'espérai presque qu'il se trompait. Cela étant, si ce n'était pas Gault qui nous réservait un de ses tours malfaisants, je n'étais pas certaine de préférer l'autre solution.

« Existe-t-il un sous-sol dans cette maison ? demandai-je à Wesley.

– Oui.

– Équipé d'un grand réfrigérateur ?

– Je n'ai pas l'impression, mais je n'y suis pas descendu. »

Katz éteignit le gros ventilateur. Il nous fit signe que nous pouvions entrer dans la chambre.

Marino jeta un regard circulaire autour de lui :

« Et comment qu'on se débarrasse de cette merde, hein ? »

La Super Glue sèche en devenant blanche et aussi résistante que du ciment. La moindre surface de la pièce était recouverte d'une fine pellicule de colle qui ressemblait à du givre. Le corps de Ferguson aussi. À l'aide du faisceau lumineux de la torche qu'il inclinait, Katz chassait les traînées sur les murs, les meubles, le montant des fenêtres, et des fusils suspendus au-dessus du bureau. Une seule retint son attention et le fit s'agenouiller.

Le charmant scientifique un peu allumé détaillait la culotte descendue, le nez presque collé sur les jambes de Ferguson. Il déclara d'un ton d'absolu ravissement :

« Vous voyez... le Nylon est une surface admirable en raison de sa trame serrée. On dirait qu'il a mis une sorte de parfum sur son slip de dame. »

Il libéra sa brosse Magna de son capuchon protecteur et les soies s'évasèrent comme les tentacules d'une anémone de mer. Katz dévissa le couvercle d'un pot de poudre magnétique Delta Orange. Il en saupoudra la fort bonne empreinte latente que quelqu'un avait abandonnée sur la culotte en Nylon noir irisé de l'enquêteur Ferguson.

La colle avait révélé d'autres empreintes, partielles celles-là, autour du cou de Ferguson, et Katz utilisa une poudre contrastante noire pour les matérialiser. Mais le détail de leurs crêtes n'était pas assez net pour qu'elles soient utilisables. Le givre étrange qui lustrait la pièce, où que se posent mes yeux, générait une sensation de froid.

D'un air songeur et tout en continuant à s'activer, Katz expliqua :

« Bien sûr, l'empreinte que nous venons de trouver sur la culotte est probablement la sienne. Elle a pu s'imprimer sur le Nylon lorsqu'il l'a descendue. Peut-être avait-il quelque chose sur les mains. Les préservatifs sont souvent lubrifiés, et il n'est pas exclu qu'il s'en soit collé sur les doigts, expliquant que le transfert de l'empreinte soit si bon. Vous allez en avoir besoin ? me demanda-t-il en désignant le sous-vêtement noir.

– J'en ai bien peur. »

Il hocha la tête :

« Tant pis, des photos feront l'affaire. (Il sortit son appareil.) Mais j'aimerais bien que vous me le fassiez parvenir lorsque vous en aurez fini avec. À moins de le découper avec une paire de ciseaux, l'empreinte résistera. C'est le gros avantage avec la Super Glue. Rien ne peut l'enlever, pas même la dynamite. »

D'un ton qui indiquait assez sa hâte de partir, Wesley me demanda :

« Que devez-vous encore vérifier avant de quitter les lieux ?

– Je veux faire le point sur tout ce qui risque d'être détruit ou abîmé au cours du transport du corps, et m'occuper de ce que vous avez découvert dans le congélateur. Et puis, il faut aller visiter ce sous-sol. »

Il acquiesça de la tête et se tourna vers Marino :

«Pete, pendant que nous nous occupons de tout cela, pourquoi ne pas vous charger d'organiser la préservation de la scène de crime?»

La mission n'eut pas l'air d'enthousiasmer Marino outre mesure. Wesley poursuivit d'un ton ferme:

«Prévenez-les que la maison doit être surveillée vingt-quatre heures sur vingt-quatre.

— Le problème, c'est que la ville a pas assez d'hommes pour surveiller quoi que ce soit jour et nuit, bougonna Marino d'un ton amer, puis il ajouta: Ce salaud d'enfoiré vient juste de zigouiller la moitié des effectifs de police de ce bled.»

Katz leva la tête, sa brosse Magna restant en suspens au milieu d'un geste:

«J'ai comme l'impression que vous avez une idée précise de la personne que vous recherchez?

— Rien n'est certain», contra Wesley.

Je m'adressai à mon dévoué collègue:

«Thomas, je vais encore avoir besoin que vous me rendiez un service. J'aimerais que vous et le docteur Omber procédiez pour moi à une expérience à la Ferme.

— Le docteur *Omber*? répéta Wesley.

— Lyall Omber est anthropologue à l'université du Tennessee, expliquai-je.

— Quand commençons-nous? s'enquit Katz en chargeant un autre rouleau de pellicule dans son appareil photo.

— Tout de suite, si possible. Cela devrait prendre une semaine.

— Des cadavres frais ou vieux?

– Frais.

– C'est vraiment son nom ? » insista Wesley.

Katz lui répondit tout en prenant une photo :
« Tout à fait. Cela s'épelle L-Y-A-L-L. Il semble que
ce nom lui vienne d'un arrière-grand-père chirurgien
durant la guerre de Sécession. »

5

Un escalier aux marches de ciment cru descendait de l'arrière de la maison jusqu'au sous-sol de Max Ferguson. La profusion de feuilles mortes qui s'y amoncelaient indiquait que nul ne l'avait emprunté depuis fort longtemps. Il était difficile de risquer une évaluation plus précise puisque l'automne battait son plein dans cette région de montagne. D'ailleurs, lorsque Wesley pesa de tout son poids pour ouvrir la porte, d'autres feuilles virevoltèrent autour de nous.

S'acharnant sans succès sur le loquet pendant que je l'éclairais du pinceau de ma torche, il annonça:

«Bon, je vais devoir me résoudre à casser la vitre.»

Il passa la main sous son veston, tira de son holster d'épaule un pistolet Sig Sauer 9 millimètres et frappa d'un coup sec le large carreau du milieu à l'aide de la crosse. J'avais beau m'y attendre, le bruit du verre qui volait en éclats me fit sursauter. Je m'attendais presque à voir surgir des policiers tapis dans l'ombre. Rien ne se fit entendre, ni écho de pas, ni voix. J'imaginai la terreur qui avait dû saisir la petite Steiner juste avant sa mort. Où qu'elle se soit trouvée à ce moment-là, nul n'avait entendu ses faibles cris, nul ne s'était porté à son secours.

Des éclats aigus de verre, toujours solidaires du meneau de la porte, scintillèrent lorsque Wesley passa son bras par l'ouverture à la recherche du loquet intérieur.

« C'est pas vrai, pesta-t-il en poussant sur le battant. La clenche doit être rouillée. »

Il s'étira au maximum pour assurer sa prise et se bagarra contre le verrou obstiné, qui céda soudain. La porte s'ouvrit si brutalement que Wesley, déséquilibré, trébucha, emportant dans sa chute la lampe torche que j'agrippais toujours. Elle rebondit par terre, roula puis s'éteignit. Une vague d'air froid et vicié me frappa le visage. Plongée dans une dense obscurité, j'entendis le crissement du verre sous les pas de Wesley.

Progressant à l'aveuglette, les mains tendues devant moi, je demandai :

« Benton ? Ça va ? *Benton* !

– Mon Dieu ! lâcha-t-il d'une voix incertaine en se relevant.

– Ça va ?

– Merde, je ne peux pas le croire. »

Sa voix parut s'éloigner de moi.

Le crissement du verre écrasé m'indiquait sa laborieuse progression. Il suivait le mur. Son pied heurta quelque chose qui se renversa en produisant un son plat et creux m'évoquant un pot de peinture vide. Une lumière jaillit, dispensée par une ampoule électrique nue qui pendait à un fil, me faisant cligner des yeux. Ma vision s'adapta et je découvris un Benton Wesley couvert de poussière et à la main ensanglantée.

« Laissez-moi examiner cela. »

Je soulevai son poignet gauche avec délicatesse pendant qu'il détaillait notre environnement. De multiples coupures entaillaient sa paume.

« Benton, nous devons aller à l'hôpital. Des éclats de verre se sont enfoncés dans plusieurs des plaies. De surcroît, certaines vont nécessiter quelques points de suture. »

Il serra son mouchoir autour de sa main et le coton se teinta aussitôt de rouge.

« Vous êtes médecin, non ?

– Non, là, il faut vraiment aller à l'hôpital.

– Je déteste les hôpitaux. »

En dépit de son contrôle, la douleur se lisait dans ses yeux.

« On va juste jeter un œil ici et ensuite, on se barre de ce trou. Je vous promets de ne pas me vider de mon sang dans l'intervalle. »

Mais que fichait Marino ?

L'agent Max Ferguson ne semblait pas avoir rendu visite à son sous-sol depuis bien longtemps. Du reste, pourquoi l'aurait-il fait, à moins d'être affligé d'un penchant pour la crasse, la poussière, les toiles d'araignées, sans oublier les outils de jardin rongés de rouille et les chutes de moquette pourrissantes ? L'humidité avait laissé des traces sur les murs de parpaing et sur le sol de ciment. Des pattes, des fragments de carapaces témoignaient que des légions de criquets avaient vécu en ces lieux avant d'y mourir. Nous inspectâmes chaque recoin. Rien de ce que nous découvrîmes ne pouvait nous permettre de croire qu'Emily Steiner était passée ici.

«J'en ai assez vu», déclara Wesley.

Il avait semé sur le sol poussiéreux un cercle de pointillés rouge sang.

«Benton, nous devons nous occuper de cette hémorragie.

– Que suggérez-vous?

– Regardez par-là, s'il vous plaît», indiquai-je en le faisant pivoter de sorte que son dos se trouve face à moi.

Il s'exécuta sans discuter. Je me déchaussai rapidement et remontai ma jupe. J'avais retiré mon collant en un rien de temps.

«Tendez votre bras.»

Je le coinçai fermement entre mon coude et mon flanc comme n'importe quel médecin l'eût fait en pareille circonstance. Comme je bandais le collant autour de la main blessée de Wesley, je sentis son regard posé sur moi. J'eus soudain la sensation aiguë de son souffle contre mes cheveux et de son bras qui effleurait mon sein. Une vague de chaleur si suffocante que je craignis qu'il ne la sente aussi remonta jusqu'à ma nuque. Sidérée, troublée au possible, je me dépêchai de terminer le pansement improvisé et me reculai à la hâte.

«Avec un peu de chance, ça tiendra jusqu'à ce que

nous puissions faire les choses de façon plus appropriée, commentai-je en évitant son regard.

– Merci, Kay.

– Bien, où allons-nous maintenant? m'enquis-je d'un ton dont l'affabilité démentait mon agitation. Sauf, bien sûr, si vous avez décidé que nous dormirions dans l'hélicoptère.

– J'ai demandé à Pete de nous réserver des chambres.

– Ce qui prouve que vous aimez vivre dangereusement. »

Il éteignit d'une chiquenaude l'ampoule du sous-sol sans même tenter de refermer la porte :

« J'évite, en général, les dangers majeurs de cet ordre. »

La lune ressemblait à une pièce d'or coupée par le milieu environnée d'un ciel bleu nuit. Les lumières des maisons voisines de celle de Max Ferguson filtraient jusqu'à nous au travers des branches d'arbres lointains. Ces gens savaient-ils qu'il était mort? Une fois dans la rue, nous retrouvâmes Marino, installé à la place passager d'une voiture de la police de Black Mountain. Une carte était étalée sur ses genoux. L'éclairage intérieur de l'habitacle était allumé et le jeune policier assis derrière le volant n'avait pas l'air beaucoup plus détendu que lorsqu'il était venu à notre rencontre lors de notre atterrissage sur le terrain de football de l'école.

« Bordel! mais qu'est-ce qui vous est arrivé? demanda Marino à Wesley. Vous avez boxé une fenêtre ou quoi?

– La description est assez juste », approuva Wesley.
Les yeux de Marino descendirent du bandage improvisé de Wesley jusqu'à mes jambes nues, et il murmura :

« Ben, c'est pas banal, ça ! J'aurais bien aimé qu'ils
m'apprennent ce genre de truc pendant les stages.

– Où se trouvent nos sacs ? demandai-je, en prétendant l'ignorer.

– Dans le coffre, m'dame, répondit le jeune policier.

– L'officier T. C. Baird va jouer les bon samaritains
et nous conduire jusqu'au Travel-Eze. Votre dévoué
serviteur s'est déjà chargé des réservations, précisa
Marino du même ton crispant. Trois chambres, grand
luxe, à trente-neuf dollars quatre-vingt-dix la tête vous
attendent. J'ai négocié une ristourne vu qu'on était
flics.

– Je ne suis pas flic », rectifiai-je en le gratifiant d'un
regard vachard.

Il balança d'une pichenette son mégot par la fenêtre
de la voiture :

« Vous énervez pas, Doc. Dans un de vos bons jours,
on pourrait presque croire que vous en êtes bien un.

– Tout comme vous… Dans un de vos bons jours,
sifflai-je.

– Je crois qu'on vient de m'insulter.

– Non, c'est moi que vous venez d'insulter. Vous
savez parfaitement que je ne veux pas qu'on m'ob-
tienne de rabais, ou quoi que ce soit d'autre en usant
de tromperies quant à ma fonction ou mon identité. »

J'étais un représentant officiel du gouvernement.
À ce titre, je devais suivre des règles précises. Marino

n'ignorait pas que je ne pouvais me permettre de laisser planer quelque doute que ce fût sur mon intégrité, parce que j'avais des ennemis. J'avais de nombreux ennemis.

Wesley m'ouvrit la portière de la voiture de police et me lança d'un ton posé :

« Après vous. »

Il demanda ensuite au jeune officier :

« A-t-on des nouvelles de Mote ?

– Il est toujours en soins intensifs, monsieur.

– Et son état de santé ?

– À ce que j'ai cru comprendre, pas trop bon, monsieur, du moins pour l'instant. »

Wesley s'installa à côté de moi, à l'arrière du véhicule. Il posa doucement sa main bandée sur sa cuisse, puis s'adressa à Marino :

« Pete, il y a pas mal de gens dans le coin avec lesquels nous devrions discuter un peu.

– Ouais. Ben, pendant que vous jouiez au docteur dans ce sous-sol, je m'y suis collé. »

Il leva son petit calepin à hauteur d'yeux et en tourna les pages noircies de gribouillis illisibles.

« Nous pouvons partir ? demanda Baird.

– Allons-y. Nous sommes fin prêts, approuva Wesley dont la patience avait été également mise à rude épreuve par Marino.

Le plafonnier s'éteignit et la voiture démarra. Durant quelques instants, Marino, Wesley et moi-même discutâmes entre nous, sans prêter attention au jeune policier. Nous roulâmes le long de rues sombres, et si étrangères. L'air frais des montagnes s'engouffrait par les vitres entrouvertes. Nous passâmes en revue notre stratégie du lendemain. Je devais assister à l'autopsie de Max Ferguson, confiée au docteur Jenrette, pendant que Marino irait s'entretenir avec la mère d'Emily Steiner. Wesley s'envolerait pour la base de Quantico, emportant avec lui le paquet que nous avions trouvé dans le congélateur de Ferguson. Nous déciderions ensuite de ce qu'il convenait de faire, en fonction du résultat de nos différentes missions.

Il était presque deux heures du matin lorsque nous repérâmes plus loin devant nous, sur l'autoroute 70, l'enseigne au néon du Travel-Eze qui brillait contre la houle sombre du ciel. Rien n'aurait pu me faire davantage plaisir que cette vision à cet instant précis, même si on m'avait annoncé qu'on m'avait retenu une chambre dans un hôtel Four Seasons. Cette satisfaction dura jusqu'au moment où l'on nous informa que le restaurant de l'hôtel était fermé, que le service en chambre n'était plus assuré, et qu'il n'y avait pas de bar. Du reste, comme nous le conseilla le réceptionniste avec son accent de Caroline du Nord, à cette heure de la nuit nous ferions bien mieux de songer au petit déjeuner du lendemain matin que regretter le dîner que nous allions sauter.

«Vous rigolez, là? Si je ne mange pas tout de suite, mes boyaux vont se retourner dans mon bide», insista Marino, la mine sombre.

Le réceptionniste était un tout jeune homme, aux joues roses et à la chevelure aussi jaune que le néon de son enseigne.

«Je suis vraiment désolé, monsieur. Mais j'ai quand

même une bonne nouvelle pour vous : nous avons des distributeurs à chaque étage. Et il y a un Mr Zip, à moins de deux kilomètres d'ici », précisa-t-il en pointant du doigt dans sa direction.

Marino lui jeta un regard furieux :

« Notre caisse vient de repartir. Et c'est quoi cette histoire, je suis censé me taper deux bornes à pied, à cette heure-ci, pour bouffer dans une taule qui s'appelle Mr Zip ? »

Le sourire du jeune homme se figea et la peur s'alluma dans son regard, qui se posa alternativement sur Wesley puis sur moi pour quêter une aide. Mais nous étions bien trop épuisés pour pouvoir lui être d'un quelconque réconfort. L'expression du garçon vira à l'affolement lorsque Wesley posa sur le comptoir une main pansée d'un collant imbibé de sang.

Sa voix remonta d'une octave et se fêla :

« Monsieur ! Voulez-vous que j'appelle un médecin ?

– Non, donnez-moi plutôt la clef de ma chambre », répondit Wesley.

Le réceptionniste se tourna vers le tableau et décrocha trois clefs de leurs crochets. Deux d'entre elles lui échappèrent des mains et atterrirent sur la moquette. Il se baissa pour les ramasser et en refit tomber une. Enfin, il parvint à nous les remettre. Le numéro des chambres était inscrit sur de gros médaillons en plastique qui pendaient à l'anneau, en chiffre si visibles qu'on pouvait les lire à trente pas.

Marino, du ton qu'il aurait eu s'il avait exécré ce pauvre garçon depuis sa naissance, menaça :

« Vous avez déjà entendu parler de sécurité dans

cette taule ? Vous devez écrire le numéro de la chambre sur un bout de papier que vous passez discrètement au client, de manière à ce que tous les tordus du coin ignorent dans quelle chambre il compte installer sa femme et sa Rolex. Au cas où vous auriez pas eu le temps de regarder les nouvelles, je vous rappelle qu'il vient d'y avoir un meurtre, non loin d'ici, y'a à peine deux semaines. »

Le jeune homme, soudain muet, le regarda d'un air ahuri. Marino examinait sa clef avec la même méfiance qu'une pièce à conviction accablante.

« Et y'a même pas de minibar, pour couronner le tout, conclut-il d'une voix de stentor. Ça veut dire qu'on peut faire une croix sur un verre, c'est ça ? Ne me répondez surtout pas, j'ai eu mon compte de mauvaises nouvelles pour ce soir. »

L'allée que nous suivîmes faisait le tour du motel. Elle nous mena jusqu'au milieu du corps de bâtiment. La lumière bleue des écrans de télé tremblotait derrière les rideaux légers et des ombres passaient devant les fenêtres. Des portes de chambres rouges alternaient avec des vertes et m'évoquaient les petits hôtels et les maisons de plastique d'un Monopoly. Nous gravîmes les marches jusqu'à l'étage supérieur où se trouvaient nos chambres. La mienne avait été nettoyée avec soin et semblait confortable. Le poste de télévision était scellé dans le mur et les verres ainsi que le seau à glace étaient enveloppés d'un film de protection en plastique.

Marino rejoignit ses quartiers sans nous dire bonsoir et claqua la porte de sa chambre un peu trop fort.

Wesley me suivit dans la mienne et s'inquiéta:
« Quelque chose ne va pas chez lui? »
Je n'avais nulle envie de discuter du cas Marino, et
tirai une des chaises de la chambre vers l'un des lits
jumeaux:
« Avant tout, il faut nettoyer votre blessure.
– Certainement pas sans antalgie préalable. »
Wesley remplit le seau à glace et sortit de son sac
fourre-tout un quart de Dewar. Il nous prépara un
verre pendant que j'étalais une serviette sur le lit et y
déposais des pinces, de la Bétadine et du fil de Nylon à
sutures 5-0.
Il suivit mes moindres gestes en avalant une grande
gorgée de scotch:
« Oh, je sens que ça va faire mal! »
Chaussant mes lunettes, je répondis:
« Non, ça va faire *très* mal. Suivez-moi », ordonnai-je
en le précédant dans la salle de bains.
Durant les minutes qui suivirent, nous nous tînmes
côte à côte, appuyés contre le lavabo, pendant que je
douchais ses coupures d'eau savonneuse tiède. En
dépit de mon extrême douceur et de son stoïcisme, je
pouvais sentir les petits muscles de sa main tressaillir.
Je jetai un coup d'œil dans la glace et m'aperçus qu'il
était livide et en nage. Cinq larges coupures bâillaient
sur sa paume.
« Vous avez de la chance. Vous avez raté l'artère
radiale d'un cheveu.
– C'est fou ce que je me sens chanceux! »
Après un regard pour son genou, je baissai l'abat-
tant de la cuvette de WC:

109

«Asseyez-vous là. »

Il obtempéra :

«Dois-je retirer mon pantalon ?

– Ou vous l'enlevez, ou je le découpe.

– De toute façon, il est foutu. »

Je tranchai la laine fine de sa jambe de pantalon gauche avec un scalpel. Il était assis, immobile, la jambe bien étendue. La coupure de son genou était profonde et je dus le raser afin de la nettoyer de façon à peu près correcte. De l'eau rougie de sang dégoulinait sur les serviettes que j'avais disposées par terre.

Je conduisis ensuite Wesley dans la chambre, et il se dirigea en claudiquant vers la bouteille de whisky pour remplir à nouveau son verre.

« Tant que j'y suis, dis-je, je vous remercie d'avoir pensé à moi, mais je ne bois jamais avant d'opérer.

– Je devrais sans doute vous en être reconnaissant, répondit-il.

– En effet. »

Il s'assit sur le lit et moi sur la chaise que je rapprochai de lui. Je déchirai quelques petits sachets d'aluminium renfermant de la Bétadine et entrepris d'en badigeonner ses blessures.

« Seigneur, marmonna-t-il dans un souffle. Qu'est-ce que c'est, ce machin, de l'acide de batterie ?

– C'est un antibactérien à large spectre, à base d'iode.

– Vous emportez ce genre de trucs dans votre mallette d'urgences ?

– Oui.

– Ne me dites pas que l'option premiers soins est encore possible pour la majorité de vos patients.

– Malheureusement pas. Mais, je ne sais jamais quand moi ou quelqu'un d'autre, comme vous, pourra en avoir besoin.

Je retirai un éclat de verre d'une plaie à l'aide d'une pince fine, puis le déposai sur la serviette avant de poursuivre :

« Ce que je vais vous dire va peut-être vous surprendre, agent spécial Wesley, mais j'ai débuté ma carrière en m'occupant de patients qui étaient en vie.

– Et quand ont-ils commencé à décéder sous vos pas ?

– En un rien de temps. »

Je le sentis se tendre comme je retirai une nouvelle écharde de verre.

« Tenez-vous tranquille !

– Qu'arrive-t-il à Marino ? Il se conduit comme un véritable abruti, depuis quelque temps. »

Après avoir déposé deux autres éclats sur la serviette étalée sur le lit, j'essuyai le sang qui coulait de sa main à l'aide d'un tampon de gaze.

« Vous feriez mieux de vous resservir un fond de whisky.

– Pourquoi ?

– Parce que j'en ai terminé avec les morceaux de verre.

– Oh, chouette, alors c'est fini, et on boit un verre pour célébrer ? »

Je ne me souvenais pas de l'avoir vu si soulagé.

« Pas tout à fait. »

Je me penchai vers sa main, et vérifiai que je n'avais oublié aucune écharde. J'ouvris ensuite une des pochettes de fil à suture.

«Vous n'avez pas de Novocaïne? protesta-t-il.

– Refermer ces coupures n'exigera que quelques points. Vous anesthésier vous ferait aussi mal que l'aiguille à sutures, expliquai-je d'un ton calme en pinçant l'aiguille à l'aide de la pince.

– Je suis quand même en faveur d'un peu de Novocaïne.

– Désolée, je n'en ai pas. Peut-être serait-il préférable que vous ne regardiez pas. Voulez-vous que je vous allume la télé?»

Wesley tourna le regard stoïquement et me répondit entre ses dents serrées:

«Allez, qu'on en finisse.»

Il ne proféra pas une plainte, pas une protestation tout le temps que je le recousais. Pourtant, sa main et sa jambe étaient agitées de tremblements. Il prit une longue inspiration et ne commença à se détendre que lorsque j'entrepris de badigeonner ses plaies suturées avec de la Néosporine avant de bander sa main de gaze.

«Vous êtes un patient facile, lui dis-je en me levant et en tapotant son épaule.

– Ça n'est pas l'avis de ma femme.»

Je ne me souvenais pas de la dernière fois où je l'avais entendu mentionner le prénom de sa femme Connie. Du reste, il en parlait rarement et on avait dans ces cas-là le sentiment qu'il évoquait, de façon fugace, une force dont il avait conscience, comme la gravité.

«Sortons nous asseoir un peu, le temps de terminer nos verres», proposa-t-il.

Le balcon sur lequel donnait ma porte courait tout le long du premier étage et desservait les autres chambres. Les autres clients de l'hôtel encore réveillés à cette heure de la nuit étaient trop distants de nous pour surprendre notre conversation. Wesley installa deux chaises en plastique côte à côte. Nous n'avions pas de table et posâmes nos verres et la bouteille de scotch sur le sol.

«Vous voulez un autre glaçon? demanda-t-il.

– Non, merci.»

Wesley avait éteint les lumières de la chambre, et il me sembla que les silhouettes lointaines et presque indiscernables des arbres oscillaient d'autant plus que je les fixais. La faible lumière des phares de voiture qui circulaient sur la distante autoroute brillait sporadiquement.

Wesley me demanda doucement dans l'obscurité:

«Si l'on établissait une échelle de 10 points pour quantifier l'horreur, quelle note donneriez-vous à cette journée?»

J'hésitai avant de répondre. Les journées affreuses avaient été monnaie courante au cours de ma carrière.

– Je lui attribuerais probablement 7.

– En partant du principe que 10 représente le pire, précisa-t-il.

– On ne m'a pas encore infligé une journée à dix points.

– Ce serait quel genre?»

Je sentis son regard.

«Je ne sais pas trop.»

Une crainte superstitieuse m'avait envahie, comme si le fait de nommer cette chose horrible pouvait la provoquer.

Il demeura silencieux et je me demandai s'il repensait à cet homme qui avait été mon amant et son meilleur ami. Lorsque Mark avait été tué quelques années plus tôt à Londres, j'avais cru sur le moment qu'aucune souffrance ne pourrait jamais rivaliser avec celle que j'éprouvais. J'avais maintenant peur de m'être trompée.

« Vous ne m'avez pas répondu, Kay.

– Je vous ai dit que je l'ignorais.

– Je ne parlais pas de cela, mais de Marino. Je vous ai demandé si vous connaissiez la raison de son attitude.

– Je crois qu'il est très malheureux, répondis-je.

– Il a toujours été malheureux.

– J'ai précisé *très*. »

Wesley attendit la suite.

« Marino n'aime pas les changements, ajoutai-je.

– Vous parlez de sa promotion ?

– Entre autres oui, sans oublier mon évolution personnelle. »

Lorsque Wesley nous resservit du whisky, son bras me frôla :

« C'est-à-dire ?

– Le fait que je travaille maintenant comme consultante pour votre unité est un changement conséquent. »

Il ne commenta pas, attendant que je poursuive.

« Je crois qu'il perçoit cette évolution comme un renversement d'alliances de ma part. C'est déstabilisant. Déstabilisant pour Marino, je veux dire. »

Je me rendis compte que je devenais de plus en plus floue. Wesley se taisait toujours. Les glaçons s'entrechoquèrent dans son verre lorsqu'il en dégusta une gorgée. Nous connaissions tous les deux fort bien l'origine du problème de Marino, même si nous n'avions rien fait. Pourtant, on aurait cru que Marino sentait quelque chose.

«Je crois que sa vie privée est une véritable source de frustration, commenta Wesley. Il est très isolé.

– J'en suis convaincue.

– Il a été marié à Doris trente ans et des poussières. Et tout d'un coup, il se retrouve à nouveau célibataire. Il n'a aucun repère qui puisse l'aider à se sortir de cette situation.

– Marino n'a jamais vraiment voulu affronter l'idée du départ de sa femme. Il a relégué tout ça dans un coin. Un jour, quelque chose qui n'a rien à voir avec cette séparation mettra le feu aux poudres.

– Oui, cela m'inquiète. Au fond, ce qui m'inquiète, c'est la nature de ce déclencheur.

– Doris lui manque toujours, Wesley. Je crois qu'il l'aime encore.»

L'heure tardive, ajoutée à tout l'alcool descendu, me rendait triste pour Marino. J'étais incapable de rester furieuse contre lui très longtemps.

Wesley s'installa plus confortablement sur son siège:

«Je crois que moi, je gratifierais une telle journée d'un 10.

– Une journée durant laquelle Connie vous quitterait? demandai-je en me tournant vers lui.

– Durant laquelle on perd quelqu'un qu'on aime…

un enfant alors qu'on venait de se disputer avec lui... Bref, une journée où on laisse quelque chose d'inachevé. »

Wesley avait le regard fixé droit devant lui. La lune éclairait doucement son profil bien dessiné. Il poursuivit :

« Peut-être suis-je en train de me mentir à moi-même, mais je crois que je peux tout supporter si je sais qu'il existe une solution définitive, une fin. Si je sais que je peux me libérer du passé.

– Est-on jamais libéré du passé ? »

Il fixait toujours un point lointain :

« Jamais complètement, c'est vrai... Je crois que Marino a pour vous des sentiments qu'il ne parvient pas à maîtriser, et selon moi, ce n'est pas nouveau.

– Ce sont des sentiments qu'il vaut mieux prétendre ignorer.

– Voilà qui semble bien glacial.

– Ce n'était pas mon intention. Je ne supporterais pas qu'il se sente rejeté.

– Comment pouvez-vous être certaine que tel n'est pas déjà le cas ?

– Ce n'est pas ce que j'ai dit, soupirai-je. En réalité, je suis à peu près certaine qu'il vit dans un état de frustration terrible en ce moment.

– Oui. *Jaloux* ne serait-il pas le mot approprié ?

– De vous.

– Vous a-t-il déjà invitée à sortir en sa compagnie ? poursuivit Wesley comme s'il n'avait pas entendu ce que je venais de dire.

– Il m'a emmenée au bal de la police.

– Hummm, ça, c'est ce que j'appelle du sérieux !

– Benton, je n'ai pas envie qu'on plaisante au sujet de Marino.

– Je ne plaisantais pas, rectifia-t-il avec gentillesse. Ses sentiments comptent beaucoup pour moi... Comme pour vous, j'en suis bien conscient. (Il s'interrompit un instant.) En fait, je les comprends parfaitement.

– Moi aussi. »

Wesley reposa son verre.

« Je crois que je devrais rentrer et tâcher de dormir quelques heures », dis-je sans bouger d'un pouce.

Il tendit le bras et posa sa main valide sur mon poignet. Ses doigts étaient encore froids d'avoir tenu le verre.

« Whit vient me chercher en hélicoptère demain matin au lever du jour. »

J'avais envie de serrer sa main dans la mienne, j'avais envie de caresser son visage.

« Je suis désolé de devoir vous laisser, Kay.

– J'ai juste besoin d'une voiture, dis-je comme mon cœur s'emballait.

– Je me demande où on peut en louer une dans le coin ? À l'aéroport, sans doute.

– C'est donc pour cela que vous êtes devenu agent du FBI : parce que vous pouvez toujours trouver une solution à des problèmes de cet ordre. »

Ses doigts descendirent le long de ma main et il la caressa de son pouce. J'avais toujours su qu'un jour ou l'autre nous en arriverions là. Lorsqu'il m'avait proposé de devenir consultante à la base de Quantico, j'avais eu conscience du danger. J'aurais pu décliner son offre.

«Vous souffrez ? lui demandai-je.

– Non, mais demain matin risque d'être difficile parce que je vais avoir une gueule de bois.

– Nous sommes demain matin. »

Lorsqu'il toucha mes cheveux, je me laissai aller contre le dossier de la chaise et fermai les yeux. Je sentis son visage s'approcher du mien lorsqu'il traça du bout de ses doigts, puis de ses lèvres, les contours de ma gorge. Il me caressait comme s'il avait toujours eu envie de le faire. Un voile tenace obscurcit ma conscience et la lumière coula dans mes veines. Nous dérobâmes nos baisers comme on dérobe le feu. Je me savais face à l'impardonnable péché, celui que je ne pouvais me résoudre à nommer, et cela m'était égal.

Nos vêtements atterrirent où ils le purent, et le lit nous accueillit. Nous fûmes tendres pour ses blessures, qui ne nous dissuadèrent pas, et fîmes l'amour jusqu'à ce que l'aube teinte la ligne d'horizon.

Plus tard, assise sous le porche, je contemplai la lumière du soleil. Elle se répandit sur les montagnes et colora peu à peu les feuilles. J'imaginai son hélicoptère s'arrachant du sol, vibrant dans l'air comme un danseur.

6

La concession Chevrolet de Black Mountain était située au centre-ville, juste en face de la station-service Exxon. L'officier Baird nous y déposa, Marino et moi, à sept heures quarante-cinq ce matin-là.

De toute évidence, la police locale avait laissé filtrer l'information selon laquelle les Fédéraux avaient débarqué et étaient en planque au Travel-Eze. Si je ne me sentis pas devenir d'un coup une vraie célébrité, notre sortie de chez le concessionnaire, au volant d'une Caprice gris argenté toute neuve, ne se fit pas non plus dans une discrétion parfaite. Tout le personnel du garage était agglutiné devant la devanture du hall d'exposition pour nous regarder passer.

« Un type vous a appelée Kojak, déclara Marino en ouvrant un paquet de biscuits Hardee à la viande.

– J'ai déjà eu droit à pire que cela. Avez-vous une idée de la quantité de sodium et de graisse que vous vous apprêtez à ingérer ?

– Ouais ! À peu près un tiers de ce que je vais m'enfiler en tout puisqu'il y a trois biscuits et que j'ai pas l'intention d'en laisser un seul. Au cas où vous auriez des problèmes de mémorisation à court terme, je vous signale que j'ai sauté le dîner, hier.

– La grossièreté est superflue.

– Je deviens toujours grossier quand je suis en manque de sommeil et de bouffe. »

Il ne me sembla pas souhaitable de préciser que j'avais probablement moins dormi que lui cette nuit, d'autant que je le soupçonnais de s'en douter. Il évitait soigneusement mon regard et je sentais que sous sa mauvaise humeur se dissimulait une déprime.

« J'ai vraiment pas beaucoup dormi, cette nuit, reprit-il, l'isolation phonique de cette taule craint pas mal. »

Je rabattis le pare-soleil devant mes yeux comme si ce geste pouvait soulager un peu de mon malaise, puis allumai la radio et zappai les stations jusqu'à ce que je tombe sur Bonnie Raitt. On devait équiper la voiture louée par Marino d'une radio et d'un scanner de police et elle ne serait pas prête avant le soir. Je jouais donc au taxi pour le déposer chez Denesa Steiner. Quelqu'un viendrait le rechercher plus tard. Je conduisis pendant qu'il mangeait tout en me guidant.

Il étudia la carte et indiqua :

« Ralentissez. Laurel street devrait se trouver sur notre gauche. Bien, au prochain carrefour, il faut prendre à droite. »

Nous tournâmes encore et découvrîmes un lac, juste en face de nous, de la taille d'un terrain de football, et dont la couleur faisait penser à de la mousse. Les tables de pique-nique et les terrains de tennis qui l'entouraient étaient désertés, quant au clubhouse entretenu avec soin, il ne semblait pas ouvert. Les arbres qui bordaient la rive de l'étang viraient au marron sous le déclin de l'automne et j'imaginai une petite fille, son étui à guitare à la main, s'en retournant chez elle comme l'obscurité s'épaississait. J'imaginai un vieil homme, un matin comme celui-ci, sa canne à pêche à la main. J'imaginai son choc après sa découverte dans les buissons.

«Je repasserai un peu plus tard, pour faire un tour, déclarai-je.

– Tournez là, sa maison devrait se trouver après le prochain tournant.

– Où a-t-on enterré Emily?»

Marino pointa vers l'est:

«À trois kilomètres d'ici. Dans le petit cimetière de l'église.

– L'église dans laquelle les jeunes du groupe d'Emily se réunissaient?

– Ouais, presbytérien réformé. Si vous prenez le lac comme point de repère, l'église est à un bout et la baraque des Steiner est à l'autre, ça fait environ trois kilomètres de distance.»

Je reconnus immédiatement la maison des Steiner pour l'avoir vue sur les photographies que l'on m'avait fournies à Quantico la veille. Elle était de taille plus modeste que l'idée que je m'en étais faite, un effet d'optique assez classique. Construite sur une petite éminence, en retrait de la route, elle était nichée au creux d'une profusion de rhododendrons, d'oxydendrums, de lauriers et de pins.

L'allée de gravier qui menait à la maison ainsi que le porche avaient été récemment balayés, et des sacs débordant de feuilles mortes étaient entassés non loin du garage. La voiture de Denesa Steiner était une Infiniti, une conduite intérieure verte, neuve et très onéreuse. Ce détail me surprit assez. Lorsque je redémarrai après avoir déposé Marino, j'entr'aperçus la manche noire de Denesa qui tenait ouverte la porte moustiquaire pour le faire entrer.

La morgue d'Asheville Memorial Hospital était assez semblable à toutes celles que j'avais fréquentées. Il s'agissait d'une morne petite pièce de sous-sol, toute de carreaux de faïence et d'acier inoxydable. Il n'y avait qu'une seule table d'autopsie, que le docteur Jenrette avait poussée jusqu'à l'évier. Lorsque j'arrivai, peu après neuf heures, Jenrette pratiquait une incision en Y sur le thorax de Ferguson. Dès que le sang du mort entra en contact avec l'air de la pièce, l'odeur sucrée et écœurante de l'alcool me renseigna.

« Bonjour, docteur Scarpetta. Les masques et les gants sont dans le petit placard, en haut », jeta le docteur Jenrette, que ma visite semblait contenter.

Je le remerciai bien que n'en ayant pas l'utilité, puisque le jeune médecin n'aurait nul besoin de mon aide. Je pressentais déjà que cette autopsie ne nous apprendrait rien. Un examen attentif du cou de Ferguson me conforta dans mon impression. Les marques de pression rougeâtres que j'avais relevées sur le corps dans la nuit d'hier avaient disparu, et nous ne découvririons aucune importante lésion tissulaire ou musculaire sous-jacente. Tout en observant Jenrette, je me remémorai, non sans humilité, que l'anatomopathologie ne peut jamais se substituer à l'enquête. En réalité, si nous n'avions pas été au courant des circonstances de la mort de Ferguson, nous aurions été dans l'incapacité de les déterminer. Tout juste aurions-nous pu affirmer qu'il n'avait pas été tué par balle, ni poignardé, qu'il n'avait pas été battu, et que son décès n'était pas non plus consécutif à une pathologie quelconque.

«Je suis sûr que vous avez remarqué que les chaussettes dont il avait bourré son soutien-gorge sentent assez fort. Je me demandais si vous aviez trouvé une bouteille de parfum, ou de l'eau de Cologne, quelque chose qui puisse expliquer cette odeur», déclara Jenrette tout en s'activant.

Il tira vers lui le bloc des organes. Le foie de Ferguson était un peu trop gras.

«Non, nous n'avons rien de tel. De plus, en général, lorsque des parfums sont utilisés pour ce type de scénarios, c'est qu'il y a plusieurs participants.»

Jenrette leva les yeux et me regarda:

«Pourquoi?

– Pourquoi se casser la tête lorsque l'on est tout seul?

– Ça tombe sous le sens. (Il versa le contenu gastrique dans un petit récipient de carton.) Il ne reste que des petites particules solides qui ressemblent à des fragments de noix mélangées à du fluide brunâtre. Vous m'avez bien dit qu'il était rentré à Asheville en

avion, peu de temps avant qu'on ne découvre son corps?
– C'est cela.
– Peut-être a-t-il mangé des cacahuètes dans l'avion.
Il a dû boire aussi, son alcoolémie est de 1,4.»
Me souvenant du verre de bourbon que nous avions trouvé dans sa chambre, j'ajoutai:
«Et sans doute en rentrant chez lui.
– Voyons, vous venez de dire que ce genre de scénarios fait en général intervenir plusieurs personnes. Mais, c'est plutôt homosexuel ou hétérosexuel?
– Souvent homosexuel. Cependant, la teneur des magazines pornographiques qu'on a trouvés fournit un indice non négligeable.
– Il regardait des photos de femmes nues.
– Les revues retrouvées près du corps présentaient des photos de femmes nues.»
Il me sembla important de reformuler sa phrase puisqu'il nous était impossible de savoir précisément ce que regardait Ferguson. Nous ne connaissions que ce que nous avions trouvé. J'ajoutai:
«Ce qui est également important, c'est que nous n'avons découvert aucun autre magazine chez lui, pas plus que d'accessoires pornographiques.
– En effet, je crois que je m'attendrais à trouver davantage de trucs de ce genre, acquiesça Jenrette en branchant la scie Stryker.
– En général, ces types en ont des coffres pleins. Ils ne les jettent jamais. Très franchement, cela me tracasse beaucoup que nous n'ayons que quatre revues, toutes très récentes.
– Comme s'il venait de donner là-dedans.

– Plein de détails tendraient à prouver qu'il n'avait pas grande expérience en la matière, dis-je. En résumé, tout cela me semble bien inconsistant.

– Vous pourriez être plus précise ? »

Il incisa la peau qui recouvrait le crâne derrière l'oreille et la rabattit pour découvrir l'os. Le visage de Ferguson s'affaissa brusquement, se métamorphosant en masque flasque et triste.

« Ainsi que je vous l'ai dit, nous n'avons trouvé aucun flacon de parfum qui puisse expliquer l'odeur que vous avez perçue. Dans le même ordre d'idées, il n'y avait pas d'autres vêtements féminins chez lui que ceux qu'il portait au moment de sa mort. Un seul préservatif avait été utilisé. Le bout de corde pendu au plafond n'était pas neuf. Pourtant, nous n'avons retrouvé aucune autre corde dont il aurait pu provenir. Ferguson a été assez prudent pour se protéger le cou avec une serviette de toilette, mais, bizarrement, il a confectionné un nœud coulant particulièrement dangereux.

– Comme son nom l'indique, précisa Jenrette.

– Oui. Le nœud du pendu. Un nœud qui se resserre très doucement, sans qu'on puisse lui faire lâcher prise, dis-je. Ce n'est pas recommandé lorsqu'on est un peu ivre, perché sur un tabouret de bar en bois verni. D'autant que les risques de glisser et de tomber d'un tabouret sont plus importants comparés à ceux occasionnés avec une chaise.

– Selon moi, fort peu de gens doivent savoir comment fabriquer un tel nœud, réfléchit Jenrette.

– Alors, la question est la suivante : Ferguson en faisait-il partie ?

– Il pouvait consulter un manuel.

– Or, nous n'avons retrouvé aucun livre de ce genre chez lui, pas plus que d'ouvrages consacrés à la voile. Rien de la sorte.

– Admettons qu'il ait eu un manuel, serait-il difficile de réaliser ce genre de chose en suivant les instructions?

– Ce ne serait pas impossible, avec un peu d'entraînement, toutefois.

– Pourquoi quelqu'un choisirait-il un tel nœud? Un nœud glissant est plus facile.

– Sans doute le côté morbide, menaçant. Il s'agit d'un nœud net et précis. Je ne sais pas. Au fait, comment va le lieutenant Mote?

– Condition stable, mais il restera encore pas mal de temps en soins intensifs.»

Le docteur Jenrette mit en route la scie Stryker et nous demeurâmes silencieux pendant qu'il ôtait la calotte crânienne. Il ne dit pas un mot jusqu'à ce qu'il ait fini de retirer l'encéphale et soit passé à l'examen du cou.

«Vous savez, je ne vois rien du tout. Pas d'hémorragie au niveau des muscles du cou, l'os hyoïde est intact, pas de fracture sur les cornes supérieures du cartilage qui protège la thyroïde. La colonne vertébrale est indemne, mais je pense qu'on n'observe de fracture que lors des pendaisons légales.

– Sauf chez le sujet obèse, présentant des altérations dues à l'arthrose au niveau des vertèbres cervicales et que ledit sujet se retrouve suspendu accidentellement d'une façon bizarre, complétai-je.

– Voulez-vous jeter un œil ? »

J'enfilai une paire de gants et rapprochai l'une des lampes.

« Docteur Scarpetta, pouvons-nous être certains qu'il était toujours en vie au moment où il a été pendu ?

– Non, sauf si nous découvrons une autre cause ayant provoqué la mort.

– Un empoisonnement ?

– C'est à peu près la seule possibilité envisageable maintenant. En ce cas, il faudrait que le poison ait été foudroyant. Nous savons de façon certaine qu'il était rentré chez lui depuis peu lorsque Mote a découvert son cadavre. En d'autres termes, nous nous acheminons plutôt vers une conclusion de "mort par asphyxie consécutive à une pendaison" que vers une hypothèse fumeuse.

– Le moyen ?

– En suspens. »

Lorsque les organes prélevés du corps de Ferguson eurent été nettoyés, enfermés dans un sac plastique et replacés dans la cavité thoracique, j'aidai Jenrette à nettoyer la salle. Nous lavâmes la table et le sol à grande eau pendant qu'un employé de la morgue poussait le cadavre du policier pour l'entreposer dans la chambre froide. Nous rinçâmes les seringues et autres instruments en échangeant nos impressions sur les changements qui affectaient ce coin du monde dont la tranquillité avait attiré, quelques années plus tôt, le jeune docteur et sa femme.

Il m'avoua avoir toujours souhaité fonder une famille dans un endroit où les gens croyaient encore en Dieu et à l'essence sacrée de la vie. Il voulait que ses enfants aillent à l'église et se détendent sur les terrains de sport. Il voulait les préserver de la drogue, de l'immoralité et de la violence à la télévision.

Il poursuivit :

« Le problème, docteur Scarpetta, c'est que plus aucun coin n'est épargné. Même pas ici. La semaine dernière, je me suis occupé du corps d'une fillette de onze ans qui avait été sexuellement torturée avant d'être assassinée. Aujourd'hui, c'est un agent du bureau local du FBI qu'on retrouve mort en travesti. Le mois dernier, une jeune fille d'Oteen décédait d'une overdose de cocaïne. Elle avait dix-sept ans. Et puis, il y a les chauffards ivres. Je m'occupe de leurs corps en même temps que de ceux que leurs victimes. Ça n'arrête pas.

– Docteur Jenrette ? »

L'air déprimé, il ramassa ses notes éparpillées sur une paillasse et proposa :

« Vous pouvez m'appeler Jim.

– Quel âge ont vos enfants ?

– C'est-à-dire que ma femme et moi, on essaie... »

Il se racla la gorge et détourna le regard, pas assez vite toutefois pour que je ne sente son chagrin.

« Et vous ? Vous avez des enfants ?

– Je suis divorcée, mais ma nièce est comme ma fille. Elle est étudiante à l'université de Virginie et, en ce moment, elle effectue un stage à Quantico.

– Vous devez être rudement fière d'elle.

– Oui, répondis-je. »

Pourtant, des images, des voix et les craintes que faisait naître chez moi la vie choisie par Lucy assombrirent mon humeur.

«Je n'ignore pas que vous souhaitez me parler un peu plus de l'affaire de la petite Steiner. J'ai conservé son cerveau si cela vous intéresse, vous pouvez y jeter un œil.

– Tout à fait.»

Il est assez fréquent que des légistes conservent les cerveaux en les fixant dans une solution à 10 % de formaldéhyde, mieux connue sous le nom de formol. Le processus chimique de cette fixation permet de préserver les tissus en les raffermissant. Une telle précaution rend possibles des examens ultérieurs de cet incroyable organe encore si méconnu, notamment dans des affaires impliquant des traumatismes.

Ce protocole de conservation était d'une froide précision, pragmatique au point de pouvoir paraître insultant, du moins si on décidait de le voir de cette façon. Jenrette récupéra sous un évier un récipient en plastique portant le nom d'Emily Steiner et son numéro de dossier. Lorsqu'il souleva l'encéphale de son bain de formol, je sus que l'examen macroscopique ne ferait que me conforter dans l'absolue certitude que quelque chose ne collait pas du tout dans cette histoire.

Les émanations de formol me brûlèrent les yeux. Je m'étonnai :

«On ne constate aucune réaction vitale.»

Jenrette engagea une sonde dans le sillon de pénétration de la balle.

«Il n'y a ni hémorragie ni œdème, pourtant la balle

n'est pas passée par le pont de Varole, dis-je. Elle n'est pas non plus passée au travers du ganglion basal, ni du reste par aucune des zones vitales. Cette blessure n'était pas immédiatement fatale, conclus-je en le fixant.

– Je ne vous contredirai pas sur ce point.

– En d'autres termes, nous devons déterminer la vraie cause de la mort.

– Et je serais vraiment content si vous pouviez la découvrir, docteur Scarpetta. J'ai envoyé les analyses toxicologiques. Dans le cas où rien de vraiment significatif n'en sortirait, je ne vois vraiment pas ce qui aurait pu provoquer le décès de l'enfant. Rien, si ce n'est la balle.

– J'aimerais examiner un prélèvement pulmonaire, dis-je.

– Suivez-moi dans mon bureau. »

L'idée m'était venue qu'Emily Steiner avait pu être noyée. Cependant, l'examen au microscope que je réalisai plus tard, sur les lames de tissus pulmonaires que me passa Jenrette, ne m'apporta aucune réponse.

Tout en faisant glisser la lame sous l'objectif, j'expliquai à Jenrette :

« Si elle s'est noyée, les alvéoles pulmonaires doivent être dilatés. De plus, on devrait retrouver du liquide provenant de l'œdème dans les espaces alvéolaires, avec des altérations autolytiques disproportionnées de l'épithélium respiratoire. (Je réglai l'objectif.) En d'autres termes, si ses poumons ont été contaminés par de l'eau provenant du milieu extérieur, leur décomposition devrait être plus marquée que celle des autres tissus. Mais tel n'est pas le cas.

– Et un étouffement ou une strangulation ? s'enquit-il.

– L'os hyoïde est intact et on n'aperçoit pas d'hémorragie pétéchiale.

– C'est exact.

– Plus important encore : si quelqu'un tente de vous étouffer ou de vous étrangler, vous allez vous débattre comme un forcené, repris-je. Or, nous ne constatons aucune marque au niveau du nez ou des lèvres, c'est-à-dire aucune des habituelles blessures de défense.»

Me tendant un épais dossier, il déclara :

«Tout ce que j'ai est là-dedans.»

Pendant qu'il enregistrait le compte rendu de l'autopsie réalisée sur le corps de Max Ferguson, je passai en revue tous les rapports, demandes d'analyses, ainsi que le formulaire sur lequel avaient été consignés tous les appels téléphoniques reçus au sujet de l'autopsie de la petite Steiner. La mère d'Emily, Denesa Steiner, avait appelé quotidiennement le docteur Jenrette depuis la découverte du corps de sa fille, de une à cinq fois par jour. Cette insistance m'étonna.

«Le corps nous est parvenu dans une housse de plastique noir scellée par la police de Black Mountain. Le numéro du sceau est 445337 et le cachet était intact...»

Je l'interrompis :

«Docteur Jenrette ?»

Il retira son pied de la pédale qui commandait le dictaphone et répéta :

«Vous pouvez m'appeler Jim.»

— Les appels de la mère ont été particulièrement nombreux.

— Certains ont été consignés deux fois, mais oui, en effet, elle a souvent téléphoné, expliqua-t-il en retirant ses lunettes et se frottant les yeux.

— Pour quelle raison ?

— C'est que, vous voyez, docteur Scarpetta, elle est complètement affolée. Elle veut être certaine que sa fille n'a pas souffert.

— Et que lui avez-vous répondu ?

— Je lui ai expliqué qu'avec une telle blessure à la tête il était fort probable que la fillette n'ait rien senti. Je veux dire, elle devait être inconsciente... Euh... probablement, lorsque les autres choses ont été perpétrées. »

Il se tut un instant. Nous savions aussi bien l'un que l'autre qu'Emily Steiner avait souffert. Elle avait été terrorisée au-delà de toute description. Et puis, à un moment, elle avait dû comprendre qu'elle allait mourir.

« Et c'est tout ? Elle a multiplié les appels pour s'assurer que sa fille n'avait pas souffert ? demandai-je.

— Eh bien, non, pas tout à fait. Elle voulait poser des questions, obtenir des informations. Rien de très étonnant. (Il sourit tristement.) En fait, je crois qu'elle a surtout besoin de parler à quelqu'un. C'est une femme très douce. Elle a perdu tous ceux qui lui étaient chers. Je ne peux pas vous dire à quel point je suis désolé pour elle, et à quel point je prie pour qu'on arrête l'horrible monstre qui a fait cela. Ce dégénéré de Gault. J'ai lu des articles à son sujet. Le monde ne sera jamais en sécurité tant qu'il sévira.

– De toute façon, le monde ne sera jamais en sécurité, docteur Jenrette. Si vous saviez à quel point nous voulons le coincer. Arrêter Gault, arrêter quiconque peut commettre de pareilles horreurs», dis-je tout en ouvrant une épaisse enveloppe renfermant des photographies sur papier glacé.

Seule l'une d'entre elles m'était inconnue, et je l'examinai durant un long moment, avec une attention extrême, tandis que la voix monotone du docteur Jenrette reprenait sa dictée. Je ne parvenais pas à identifier ce que j'apercevais sur la photo, parce que je n'avais jamais rien vu de tel. Pourtant, un mélange de peur et d'excitation m'envahit aussitôt. Il s'agissait d'une photographie de la fesse gauche d'Emily. Une espèce de tache brunâtre, irrégulière, pas plus étendue qu'une capsule de bouteille, apparaissait sur la peau de la petite fille.

«La plèvre viscérale révèle des marques de pétéchie disséminées le long des fissures interlobaires...»

«Qu'est-ce que c'est que ça?», interrompis-je à nouveau le docteur Jenrette.

Je contournai son bureau et déposai la photo devant lui. Il posa son micro. Je lui indiquai du doigt la marque que j'avais découverte sur la fesse d'Emily. Des effluves d'Old Spice me parvinrent, me rappelant aussitôt mon ex-mari, Tony, qui s'en aspergeait d'abondance.

«Cette trace sur sa fesse n'est pas mentionnée dans votre rapport.

– J'ai dû partir du principe qu'il s'agissait d'un artefact *post mortem*, me répondit-il sans agressivité, d'un ton fatigué.

133

– À ma connaissance, aucun artefact ne ressemble à cela. L'avez-vous réséqué ?

– Non.

– Son corps a reposé sur quelque chose qui a abandonné cette marque. »

Je retournai m'asseoir, m'appuyant sur le bord de son bureau, avant d'ajouter :

« Ça pourrait être important.

– Oui, si c'est bien le cas, je comprends toute l'importance que cela pourrait revêtir, admit-il, l'air de plus en plus abattu.

– Elle n'est pas enterrée depuis très longtemps, dis-je avec douceur en dépit de mon état de nerfs. »

Il me jeta un regard gêné.

« Le délabrement du corps va se poursuivre, insistai-je. Je crois vraiment qu'il faut que nous la réexaminions. »

Il ne ferma pas les paupières mais s'humecta les lèvres.

« Docteur Jenrette, il faut la faire exhumer *tout de suite.* »

Il consulta les petites cartes de son Rolodex et souleva le combiné. Je l'observai pendant qu'il composa le numéro.

« Allô, je suis le docteur James Jenrette, annonça-t-il à la personne qui lui répondit. Le juge Begley serait-il là, par hasard ? »

L'Honorable Hal Begley nous répondit qu'il nous recevrait dans son cabinet d'ici une demi-heure. Je conduisis en suivant les indications de Jenrette. Lorsque nous nous garâmes dans College street, nous étions très en avance sur l'heure du rendez-vous.

Le palais de justice de Buncombe County était un vieux bâtiment de brique sombre. Sans doute était-il resté l'un des plus hauts édifices du centre-ville jusqu'à quelques années auparavant. La prison surmontait ses treize étages. Levant les yeux vers les fenêtres défendues de barreaux, je songeai à la prison surpeuplée de Richmond qui s'étendait sur des milliers de mètres carrés dont les rouleaux de fil de fer barbelé étaient le seul signe distinctif. J'étais convaincue que dans peu de temps même des villes comme Asheville devraient s'équiper d'autres cellules, la violence progressant à un rythme alarmant.

Alors que nous gravissions les marches de marbre de l'escalier intérieur du palais de justice, le docteur Jenrette me mit en garde :

« Le juge Begley n'est pas réputé pour sa patience. Et je peux vous garantir que votre idée ne va pas lui plaire. »

Le docteur Jenrette, non plus, ne l'aimait pas, j'en étais bien consciente. Aucun praticien de médecine légale n'apprécie qu'un collègue vienne fourrer son nez dans son travail. Nous savions tous deux pertinemment qu'une exhumation impliquerait qu'il n'avait pas fait un travail satisfaisant.

Lui emboîtant le pas le long d'un couloir du deuxième étage, je concédai :

« Je n'aime pas plus que vous ce recours. Je n'aime pas les exhumations et je préférerais grandement que nous disposions d'une autre solution.

– C'est juste que je souhaiterais avoir plus d'expérience dans le genre de cas que vous voyez tous les jours», ajouta-t-il.

Touchée par son humilité, je répondis:

«Je ne vois pas tous les jours d'affaire de cette sorte, Dieu merci!

– Eh bien, voyez-vous, docteur Scarpetta, je vous mentirais si je vous disais que je n'ai pas été drôlement secoué lorsqu'on m'a appelé pour cette petite fille. J'aurais peut-être dû prendre davantage de temps pour l'examiner.

– Croyez-moi, le comté de Buncombe a énormément de chance d'avoir quelqu'un de votre valeur, dis-je avec chaleur alors que nous poussions la porte du bureau du juge. Si seulement je disposais de davantage de médecins comme vous en Virginie. Je vous recruterais.»

Il sentit ma sincérité et me sourit. Une secrétaire, si âgée que je fus surprise qu'elle ne soit pas à la retraite, nous dévisagea de derrière les verres épais de ses lunettes. Elle utilisait encore une machine à écrire électrique au lieu d'un traitement de texte, et je conclus aux innombrables placards de rangement en métal gris qui couvraient les murs que le classement était un de ses grands dadas. La lumière du soleil filtrait avec parcimonie au travers des persiennes à peine entrouvertes, matérialisant une constellation de particules de poussière qui flottaient dans l'air. Elle massa ses mains osseuses d'une grosse noix de lait hydratant et l'odeur de la crème Rose Milk me chatouilla les narines.

«Le juge Begley vous attend, annonça-t-elle avant que nous ne nous présentions. Vous pouvez entrer, la porte, là.»

Elle désigna de la main une porte fermée, située juste en face de celle par laquelle nous venions d'entrer.

«N'oubliez pas que la cour s'est interrompue pour la pause du déjeuner, et qu'il doit y retourner à treize heures précises.

– Merci, dis-je. Nous tâcherons de ne pas le retenir trop longtemps.

– De toute façon, même si vous essayez, ça ne fera aucune différence.»

Un «Entrez» distrait répondit de l'autre côté du lourd panneau en chêne au petit coup timide du docteur Jenrette.

Nous découvrîmes Son Honneur assis derrière un bureau d'assistant. Il s'était débarrassé de sa veste et se tenait très droit dans un vieux fauteuil de cuir rouge. C'était un homme maigre d'une soixantaine d'années, portant la barbe. Profitant de ce qu'il parcourait toujours ses notes, je me laissai aller à une série de déductions. L'ordre de son bureau trahissait un homme occupé et très efficace. Sa cravate, passée de mode, et ses chaussures à semelles de crêpe annonçaient un être qui se contrefichait de ce que des gens comme moi pouvaient penser de lui.

«Pourquoi voulez-vous violer la sépulture?» demanda-t-il en tournant l'une des pages de son carnet.

Sa lente élocution, rythmée par un accent du Sud, aurait pu tromper sur la rapidité de son esprit.

«Après avoir parcouru les rapports rédigés par le docteur Jenrette, il nous est apparu que certaines questions n'avaient pas été résolues lors du premier examen *post mortem* d'Emily Steiner», expliquai-je.

Après avoir disposé son bloc-notes sur le bureau, le juge Begley s'adressa à moi:

«Je connais le docteur Jenrette, en revanche, vous...

– Je suis le docteur Scarpetta, médecin expert général de l'État de Virginie.

– Je me suis laissé dire que vous aviez un rapport avec le FBI.

– En effet, monsieur. Je suis l'anatomopathologiste consultante de leur unité de soutien à l'investigation.

– C'est comme l'unité de Sciences du Comportement?

– C'est la même chose. Le bureau l'a rebaptisée il y a quelques années.

– Vous voulez parler de ces gens qui étudient le profil psychologique des tueurs en série et des autres criminels monstrueux dont, jusqu'à très récemment, nous n'avions pas à nous inquiéter dans notre coin? demanda-t-il en entrecroisant ses doigts sur ses genoux et me détaillant avec attention.

– C'est cela même.»

Le docteur Jenrette prit la parole:

«Votre Honneur, la police de Black Mountain a requis l'aide du FBI. Il n'est pas exclu que l'homme qui a tué la petite Steiner ait assassiné d'autres personnes en Virginie.

– J'en suis conscient, docteur Jenrette, puisque vous avez eu l'obligeance de m'expliquer brièvement les choses lorsque vous m'avez appelé tout à l'heure. Cela étant, le motif de votre présence dans mon bureau aujourd'hui est d'obtenir ma permission afin de pouvoir exhumer cette petite fille. Il s'agit là d'une chose choquante et irrespectueuse. Avant que je vous accorde ce droit, il va falloir me fournir une solide raison. Tant que j'y suis, je souhaiterais que vous vous installiez confortablement. C'est pour cette raison que j'ai fait ajouter des chaises de l'autre côté de mon bureau.

– Elle a une marque sur la peau, déclarai-je en m'asseyant.

– Quel genre de marque ? »

Il me considéra avec intérêt pendant que le docteur Jenrette tirait une photo d'une enveloppe et la déposait devant le juge, sur le buvard de son bureau.

« Vous pouvez l'apercevoir sur cette photo », précisa Jenrette.

Le juge baissa le regard vers la photo, le visage indéchiffrable.

« Nous ignorons ce qui a pu produire cette marque, expliquai-je. Nous espérons que cela nous aide à découvrir où le corps a été déposé. Il pourrait s'agir d'une blessure. »

Il saisit la photo, clignant des yeux à mesure qu'il la rapprochait pour l'examiner de près :

« On sait faire plein de choses, maintenant, à partir de photographies. Enfin, avec tous vos actuels moyens scientifiques.

– C'est exact, nous pouvons procéder à de nombreuses manipulations d'images, répondis-je. Cependant, le problème, c'est que lorsque tous les tests auront été menés, le corps sera dans un tel état de décomposition qu'il sera impossible de vérifier quoi que ce soit si nous devons toujours l'exhumer. Plus le temps passe, plus il devient ardu de distinguer une marque de blessure – ou toute autre marque significative sur un corps – des artefacts consécutifs au processus de décomposition.

– Il existe dans cette affaire tant de détails troubles, Votre Honneur, intervint Jenrette. Nous avons besoin de toute l'aide qu'on voudra nous apporter.

– J'ai cru comprendre que l'inspecteur du bureau local du FBI qui enquêtait là-dessus a été retrouvé pendu hier. J'ai lu cela dans les quotidiens du matin.

– C'est exact, monsieur.

– Et les détails qui entourent sa mort ne sont pas limpides non plus, c'est bien cela?

– Tout à fait, répondis-je.

– J'espère que vous ne reviendrez pas la semaine prochaine en me demandant la permission de l'exhumer, lui aussi.

– Je ne le crois pas, le rassurai-je.

– Cette petite fille a une maman. À votre avis, comment cette maman va-t-elle prendre ce que vous avez en tête?»

Le docteur Jenrette et moi restâmes silencieux. Le cuir du fauteuil du juge geignit en accompagnement de son mouvement. Il jeta un regard à l'horloge accrochée au mur derrière nous.

«Parce que, voyez-vous, mon plus gros problème avec ce que vous me demandez, c'est précisément cela... Je pense à cette pauvre femme, à tout ce qu'elle a déjà subi. Il n'est pas dans mes intentions d'en rajouter. »

Je repris la parole :

« Nous ne vous demanderions pas cette autorisation si nous n'étions pas certains que c'est important pour l'enquête concernant le meurtre de sa fille. De plus, je suis convaincue que Mrs Steiner souhaite que justice soit faite, Votre Honneur. »

Le juge Begley se leva et conclut :

« Bien, allez me chercher la mère et ramenez-la-moi. »

Le docteur Jenrette lui jeta un regard stupéfait.

« Je vous demande pardon, Votre Honneur ?

– Je veux qu'on m'amène Mrs Steiner, répéta le juge. Je devrais avoir terminé aux environs de quatorze heures trente. Je vous attends tous les trois. »

Le docteur Jenrette et moi-même nous levâmes et mon collègue demanda :

« Et si elle ne veut pas nous accompagner ?

– Je ne peux pas dire que je lui en voudrais. »

Avec un calme que j'étais loin de ressentir, je tentai d'argumenter :

« Vous n'avez pas besoin de sa permission.

– Non, madame, vous avez tout à fait raison sur ce point », répondit-il en ouvrant sa porte.

7

Le docteur Jenrette eut la gentillesse de me permettre d'utiliser son bureau le temps qu'il s'absente pour rendre visite aux laboratoires de l'hôpital. Je passai les heures qui suivirent pendue au téléphone.

Non sans ironie, la tâche la plus épineuse fut la plus aisée à mener à bien. Marino n'eut aucune difficulté à convaincre Denesa Steiner de l'accompagner cet après-midi-là dans le bureau du juge Begley. Le plus difficile était en fin de compte de trouver un moyen de les y transporter, puisque Marino n'avait toujours pas de voiture.

«Comment justifient-ils ce retard? m'enquis-je.

— C'est ce bordel de scanner qu'ils ont fichu à l'intérieur, répondit-il d'un ton excédé.

— Vous est-il indispensable?

— C'est ce qu'ils ont l'air de croire.»

Après un coup d'œil à ma montre, je proposai:

«Peut-être vaut-il mieux que je passe vous prendre.

– Ouais, ben je préfère y aller par moi-même. Elle a une bagnole assez chouette. D'ailleurs, y'en a qui sont prêts à jurer qu'une Infiniti, c'est mieux qu'une Mercedes.

– C'est discutable et sans grand intérêt puisque je conduis en ce moment une Chevrolet.

– Elle dit que son beau-père avait une Mercedes, le même genre que la vôtre, et que vous devriez sérieusement envisager de changer de bagnole et opter pour une Infiniti ou une Legend. »

Je demeurai silencieuse.

« Enfin, moi ce que j'en dis, c'est pour vous permettre de réfléchir, c'est tout.

– En tout cas, soyez au rendez-vous, rétorquai-je d'un ton sec.

– Ouais, j'y serai.

– Bien. »

Nous raccrochâmes, sans même un « à tout à l'heure ». Assise devant le bureau encombré du docteur Jenrette, je me sentais à la fois exténuée et trahie. J'avais supporté Marino lorsqu'il s'était effondré après le départ de Doris, sa femme, je l'avais soutenu lorsqu'il s'était aventuré dans l'univers angoissant des nouvelles rencontres. En contrepartie, il s'était contenté de me gratifier de jugements à l'emporte-pièce au sujet de ma vie personnelle, alors même que je n'avais jamais sollicité son avis.

Non content d'afficher sa réprobation vis-à-vis de mon ex-mari, il avait été plus que critique sur Mark, mon ancien amant. Quant à ses compliments au sujet de Lucy ou de ma façon de m'en occuper, ils avaient été exceptionnels. Il n'aimait pas non plus mes amis. Enfin et surtout, j'étais sensible au regard glacé qu'il portait sur ma relation avec Wesley. La rage jalouse de Marino était palpable.

Il n'était pas arrivé chez le juge Begley lorsque Jenrette et moi nous présentâmes à quatorze heures trente. Ma colère monta au fil des minutes.

Le juge, assis derrière son bureau immaculé, me demanda:

«Dites-moi, docteur Scarpetta, où êtes-vous née?

– À Miami.

– Pourtant, vous n'avez pas l'accent du Sud. Je vous voyais plutôt du Nord.

– J'y ai fait mes études.

– Cela vous étonnera peut-être, mais moi aussi, précisa-t-il.

– Et pourquoi vous être installé ici? demanda Jenrette.

– À mon avis, docteur Jenrette, pour des raisons assez similaires aux vôtres, du moins en partie.

– Mais, vous êtes originaire d'ici, dis-je.

– Ça remonte à trois générations. Mon arrière-grand-père, du côté de ma mère, est né dans le coin, dans une petite cabane en bois. Il était instituteur. Du côté de mon père, la famille s'était spécialisée dans la contrebande d'alcool jusqu'à la moitié du vingtième siècle. Puis nous avons eu des prêcheurs. Tiens, j'ai l'impression que les voilà.»

Marino ouvrit la porte et passa la tête avant d'entrer. Denesa Steiner le suivait. Je ne me serais jamais risquée à taxer Marino de galanterie, pourtant, je le trouvais attentionné et particulièrement gentil avec cette femme à l'allure assez déconcertante, dont la petite fille morte justifiait notre rencontre aujourd'hui. Le juge se leva, et je l'imitai : la force de l'habitude. Mrs Steiner nous dévisagea les uns après les autres avec une curiosité teintée de tristesse.

« Je suis le docteur Scarpetta. Je suis terriblement désolée de tout ceci.

Je lui tendis la main. Sa paume était fraîche et douce.

– Et moi le docteur Jenrette. Nous nous sommes déjà parlé au téléphone.

– Voulez-vous vous asseoir ? » lui demanda le juge d'une voix compatissante.

Marino approcha deux chaises et l'aida à s'installer. Mrs Steiner devait avoir entre trente-cinq et quarante ans. Elle était vêtue de noir des pieds à la tête. Sa large jupe descendait sous ses genoux et son cardigan était boutonné jusqu'au menton. Elle n'était pas maquillée et son seul bijou était une alliance d'or, toute simple. Elle ressemblait à une vieille fille missionnaire et pourtant, plus je l'étudiais, plus j'étais sensible à ce que sa rigueur de puritaine ne pouvait dissimuler.

C'était une très belle femme, avec sa peau pâle et fine, sa bouche charnue et ses cheveux couleur de miel. Elle avait un beau nez droit et les pommettes hautes, et sous les plis de ses affreux vêtements se cachaient des formes parfaites et voluptueuses. Du reste, rien de ce qui était en vie et de sexe masculin dans la pièce n'avait été trompé par sa mise. Marino, en particulier, ne la quittait pas des yeux.

«Mrs Steiner, la raison pour laquelle je vous ai demandé de venir cet après-midi est la suivante : ces médecins, ici présents, m'ont demandé quelque chose, et je voulais que vous en soyez informée aussitôt. Tout d'abord, permettez-moi de vous dire que je vous suis très reconnaissant de vous être déplacée. Tout le monde s'accorde à dire que vous avez fait preuve, durant cette effroyable épreuve, d'un courage et d'une dignité qui forcent l'admiration. Soyez assurée qu'il n'est absolument pas dans mon intention d'ajouter inutilement à votre peine, commença le juge.

– Merci, monsieur. »

Ses mains effilées et pâles étaient crispées sur ses genoux.

«Bien. Donc, ces médecins ont trouvé des choses sur les photos qui ont été prises de la petite Emily après sa mort. Ces choses leur semblent mystérieuses et ils voudraient examiner à nouveau Emily», poursuivit-il.

D'une voix innocente, posée et douce, et qui n'avait pas trace de l'accent de Caroline du Nord, elle demanda :

«Comment peuvent-ils faire ?

– Eh bien, ils requièrent l'autorisation d'exhumer. »

Mrs Steiner ne semblait pas en colère, mais plutôt déconcertée. J'eus mal pour elle en constatant les efforts qu'elle faisait pour refouler ses larmes.

Le juge Begley reprit :

«Avant que je la leur accorde, je voulais connaître votre sentiment.

– Vous voulez la déterrer ? nous demanda-t-elle, son regard passant du docteur Jenrette à moi.

— C'est exact, nous voudrions pouvoir l'examiner le plus tôt possible, expliquai-je.

— Je ne comprends pas ce que vous pourriez découvrir cette fois, que vous n'avez pas trouvé avant, argumenta-t-elle d'une voix tremblante.

— Peut-être rien de vraiment déterminant, admis-je. Cependant, j'ai remarqué quelques détails sur les photographies, et j'aimerais les vérifier, Mrs Steiner. Nous ne sommes pas parvenus à élucider leur nature exacte, mais ils pourraient nous aider à arrêter la personne qui a fait cela à Emily.

— Voulez-vous nous aider à coincer l'enfant de salaud qui a tué votre bébé, Mrs Steiner ?» insista le juge.

Elle acquiesça d'un vigoureux mouvement de tête, les larmes dévalant de ses yeux. Marino lança d'un ton haineux :

«Aidez-nous et je vous promets qu'on va coincer cet enfoiré !

— Je suis vraiment désolé de vous faire subir cela», avoua le docteur Jenrette.

Il resterait convaincu à jamais qu'il avait échoué.

«Donc, nous pouvons poursuivre», résuma le juge Begley.

Il se pencha vers l'avant, en équilibre dans son fauteuil, comme s'il s'apprêtait à bondir. Il était sensible, comme nous tous dans ce bureau, à l'effroyable chagrin de cette femme. Il percevait sa terrible vulnérabilité avec une telle force que j'étais convaincue que dans le futur, le regard qu'il porterait sur les criminels, leurs traditionnelles excuses ou leurs circonstances atténuantes ne serait jamais plus le même.

Denesa Steiner acquiesça d'un mouvement de tête, incapable de parler. Puis Marino l'escorta vers la sortie, nous laissant, Jenrette et moi.

«Nous disposons de peu de temps avant l'aube, et il nous faut programmer tout cela, déclara le juge.

– Plein de gens vont être impliqués, en effet. Il faut coordonner leur travail», approuvai-je.

Le juge Begley s'adressa à mon confrère:

«Qui s'est chargé des obsèques?

– Wilbur.

– C'est une entreprise de Black Mountain?

– Oui, Votre Honneur.

– Le nom du directeur des pompes funèbres? demanda le juge en prenant des notes.

– Lucias Ray.

– Et où se trouve l'inspecteur qui est chargé de l'affaire?

– Il est à l'hôpital.

– Ah, oui, j'oubliais.»

Le juge leva les yeux vers nous et soupira.

Je fonçai droit là-bas, sans trop savoir pourquoi si ce n'était que j'avais affirmé que je le ferais. S'ajoutait à cela la colère que j'éprouvais vis-à-vis de Marino. J'étais surtout furieuse des propos dévalorisants qu'il avait tenus au sujet de ma Mercedes en la comparant à une Infiniti, bien que tout à fait consciente de l'irrationalité de ma réaction.

Le problème n'était pas tant qu'il ait eu tort ou raison, mais plutôt que son but ait été de m'exaspérer et de m'humilier. Je me trouvais dans un tel état d'esprit que je n'aurais pour rien au monde demandé à Marino de m'accompagner, même si j'avais cru en l'existence du monstre du Loch Ness, ou à celle des créatures des marais ou, pire, des morts-vivants. Il aurait pu me supplier que j'aurais quand même refusé sa présence à mes côtés, malgré ma terreur des serpents d'eau, cette aversion pouvant d'ailleurs se généraliser à tous les serpents, grands ou petits.

La nuit n'était pas encore tout à fait tombée lorsque j'atteignis le lac Tomahawk dans l'intention de retracer les pas d'Emily, du moins pour ce qu'on m'en avait communiqué. Je me garai sur une aire de pique-nique et mon regard parcourut les rives du lac. Je m'interrogeai sur les raisons qui avaient pu pousser une fillette à emprunter ce chemin dans la pénombre. La peur que m'inspiraient les canaux de Miami lorsque j'avais à peu près son âge me revint en mémoire. Chaque souche d'arbre se métamorphosait en alligator et il ne faisait aucun doute dans mon esprit que des êtres cruels rôdaient à proximité des rives désertes.

Lorsque je descendis de voiture, des questions me trottaient dans la tête. Pourquoi Emily n'avait-elle pas eu peur? Une autre raison pouvait-elle expliquer qu'elle ait choisi ce chemin?

La carte que Ferguson avait fait circuler lors de notre réunion à Quantico indiquait que ce soir du 1er octobre, Emily Steiner avait quitté l'église et abandonné la route principale à l'endroit précis où je me trouvais. Après avoir dépassé l'aire de pique-nique, elle avait obliqué à droite, suivant un petit sentier de terre qui semblait avoir été tassé par les allées et venues de nombreux promeneurs plutôt que défriché, tant ses limites étaient nettes à certains endroits et brouillées à d'autres. Le chemin longeait la berge en s'enfonçant dans les bois et les broussailles.

Je me ménageai une trouée au travers d'une véritable jungle d'herbes hautes et de buissons. L'ombre des montagnes s'élargissait sur les eaux noires de l'étang et le vent gagnait en puissance, apportant avec lui la promesse cinglante de l'hiver. Les feuilles mortes craquaient sous mes pas comme je me dirigeai vers la petite clairière, indiquée sur la carte par le mince dessin d'un corps. Il faisait maintenant très sombre.

Je plongeai la main dans mon sac à la recherche de ma torche, pour me souvenir brusquement qu'elle avait été cassée et abandonnée dans le sous-sol de la maison de Ferguson. Je repêchai une boîte d'allumettes, relique de mes jours de fumeuse. Elle était à moitié vide.

« Oh mince ! » soufflai-je, et la peur s'immisça en moi.

Je tirai mon calibre 38 pour le fourrer dans la poche de ma veste, ma main frôlant sa crosse. Je fixai l'épaulement bourbeux de la rive, là où gisait auparavant le cadavre d'Emily Steiner. Les buissons environnants semblaient avoir été taillés dernièrement. Ils étaient plus touffus sur les photos que j'avais examinées. Tous les autres indices d'une activité humaine récente dans les parages avaient été peu à peu masqués par la nature et la nuit. Le tapis formé par les feuilles mortes était épais. Je le dérangeai du bout de la chaussure pour y chercher quelque chose qu'à mon avis la police locale avait négligé.

Je m'étais assez occupée d'affaires criminelles dans ma carrière pour avoir retenu une leçon capitale. La « scène de crime » possède une vie propre. Le sol conserve la mémoire de la violence, les fluides corporels altèrent les populations d'insectes, et la végétation est piétinée. La scène de crime perd son intimité, comme n'importe quel autre témoin, et les curieux ne cessent d'y défiler, même lorsque toutes les questions ont été résolues.

Il est assez coutumier que les gens reviennent sur les lieux d'un crime, bien longtemps après, sans raison. Ils ramassent des souvenirs, prennent des photographies. Certains laissent des lettres, des cartes, des fleurs. Ils y viennent en secret et s'en vont aussi discrètement, parce qu'il est honteux de regarder ces choses sous prétexte que l'on n'a pas pu résister à la tentation. Même une simple rose déposée semble une profanation.

Je ne découvris aucune fleur, pas même lorsque je balayai les feuilles. En revanche, mon gros orteil ayant heurté plusieurs petits objets durs, je me retrouvai à quatre pattes, tentant de percer l'obscurité. Je fouillai autour de moi et finis par découvrir quatre boules de chewing-gum toujours enveloppées de leur papier en Cellophane. J'enflammai une allumette et les examinai pour me rendre compte qu'il s'agissait de ces fameux Fireballs qu'Emily avait mentionnés dans son journal intime. Je me relevai, la respiration pénible.

Je jetai un coup d'œil furtif autour de moi, attentive au moindre bruit. Je repris le chemin à l'aveuglette et le chuintement des feuilles écrasées par mes pas se fit entendre avec une étrange intensité. Une demi-lune m'offrait le seul éclairage qui me restât puisque la nuit était voilée et que j'avais grillé toutes mes allumettes. Si j'en croyais la carte, je devais me trouver non loin de la rue qu'habitaient les Steiner, et il me sembla plus rapide de me diriger dans ce sens pour retrouver mon chemin, plutôt que de retourner à ma voiture par le sentier que j'avais emprunté tout à l'heure.

Je transpirais sous mon manteau, et l'idée de faire un faux pas m'effrayait parce qu'en plus de ma torche cassée, j'avais oublié de prendre mon téléphone portable. J'aurais détesté que mes collègues me voient dans cette situation et, au cas où je me blesserais ce soir, il ne me resterait plus qu'à leur mentir sur la façon dont se serait produit cet accident.

Durant les dix minutes que dura cette épouvantable progression, des broussailles me griffèrent les jambes, filant mes collants, mon orteil percuta une racine et je pataugeai dans la boue jusqu'aux chevilles. Lorsque la branche d'un arbre se rabattit en me fouettant le visage, ratant mon œil de peu, je m'immobilisai, haletante et exaspérée, à un cheveu de la crise de larmes. À ma droite, la masse touffue des bois me séparait de la rue. À ma gauche, l'eau.

« Merde ! » m'exclamai-je avec force.

Longer la rive de l'étang s'avérait la solution la moins hasardeuse, et au fur et à mesure que je me frayais un chemin, il me sembla que ma progression devenait plus aisée. Ma vision s'adaptait à la clarté lunaire et mes pas devenaient plus assurés, plus intuitifs aussi. Je finissais par détecter un sol plus stable ou, au contraire, plus boueux, aux changements de l'humidité ambiante ou de la température de l'air, et je parvenais même à sentir si je m'écartais trop du sentier. On aurait pu croire que je mutais en créature nocturne pour garantir la survie de mon espèce.

Soudain, j'aperçus un peu plus loin les lumières des rues, et je me retrouvai à l'extrémité du lac, à l'opposé de l'endroit où était stationnée ma voiture. Ici, on avait déboisé pour laisser place à des courts de tennis et à un parking. J'abandonnai le sentier pour suivre la chaussée, reproduisant le parcours qu'avait suivi Emily quelques semaines plus tôt. Je me rendis compte que je tremblais.

Je me souvins que la maison des Steiner se trouvait un peu plus bas sur la gauche, et comme je m'en rapprochais, je cherchai ce que j'allais pouvoir raconter à la mère d'Emily Steiner. Je n'avais nulle intention de lui expliquer ce que j'avais fait ni où je m'étais rendue : elle avait déjà bien assez de chagrin. D'un autre côté, je ne connaissais personne dans le coin et je ne me voyais pas frapper à la porte d'un inconnu pour lui demander si je pouvais téléphoner de chez lui.

L'hospitalité des résidents de Black Mountain ne faisait aucun doute, mais on s'inquiéterait de mon allure de baroudeuse sortant de la jungle. Je risquais même de terroriser mon interlocuteur, surtout si je devais lui expliquer la nature de mon métier. En définitive, mes peurs furent balayées par un sauveur inattendu qui, sortant des ténèbres, faillit me renverser.

Lorsque j'atteignis l'allée menant à la maison des Steiner, Marino faisait marche arrière dans sa Chevrolet bleu nuit flambant neuve. Je discernai l'expression de stupéfaction qui se peignit sur son visage, comme j'agitais les bras dans la lumière de ses phares. Il écrasa le frein et son incrédulité céda place à la rage.

« Bordel de merde ! Vous avez failli me coller une crise cardiaque, je vous ai presque écrasée. »

J'attachai ma ceinture et refermai la portière :

« Qu'est-ce que vous foutez ici, merde !

– Je suis bien contente que vous ayez enfin votre voiture et que le scanner soit opérationnel. J'ai un besoin urgent de whisky et je ne suis pas sûre de savoir où on peut en trouver. »

Je me mis à claquer des dents :

« Comment fonctionne le chauffage ? »

Marino alluma une cigarette. J'avais une envie folle de l'imiter, mais refusai de rompre certains serments. Il poussa le chauffage au maximum.

« Bon sang, vous vous êtes inscrite à un match de lutte dans la boue ! »

Je ne parvenais pas à me souvenir si je l'avais déjà vu aussi secoué.

« Qu'est-ce que vous avez foutu, bordel ! Enfin, je veux dire, vous allez bien ?

– J'ai garé ma voiture à proximité du clubhouse.

– Quel clubhouse ?

– Celui du lac.

– Le lac ? Hein ? Vous vous êtes baladée autour du lac, *en pleine nuit* ? Mais vous avez perdu un foutu boulon ou quoi ?

– Non, ce que j'ai perdu, c'est ma torche. Manque de chance, je ne m'en suis souvenue qu'un peu trop tard. »

Tout en parlant, j'avais sorti mon 38 de la poche de ma veste pour le ranger dans mon sac à main. Mon geste n'échappa pas à Marino, et son humeur empira.

«Doc, je ne sais pas où est votre foutu problème, mais vous perdez les pédales. Moi, je me demande si tous ces trucs n'ont pas fini par vous perturber grave, pour que vous deveniez aussi débile. Peut-être bien que vous êtes en train de nous faire un début de ménopause?

– Si j'étais en préménopause, ou quoi que ce soit d'aussi personnel – et qui donc ne vous regarde pas –, soyez tranquille : je n'aborderais pas le sujet avec vous ! Ne serait-ce qu'en raison de votre impressionnante lourdeur masculine ou de votre sensibilité de poteau télégraphique, laquelle n'est peut-être pas liée au sexe, soyons honnête, d'autant qu'il me serait très désagréable de croire que tous les hommes vous ressemblent. En effet, dans le cas contraire, je me verrais dans l'obligation d'y renoncer définitivement.

– Ben, peut-être que ce serait préférable.

– Peut-être le ferai-je !

– Parfait. Comme ça vous ressemblerez à votre mal élevée de nièce ! Non mais, vous croyez peut-être que ça crève pas les yeux, la façon dont elle a viré ?»

La rage m'électrisa :

«Voici un autre sujet qui ne vous regarde pas. Je n'arrive pas à croire que vous vous abaissiez à ce point. Vous tentez de plaquer des stéréotypes sur Lucy, de la déshumaniser parce qu'elle n'a pas fait les mêmes choix que vous.

– Ah ouais ? Le problème c'est peut-être justement

qu'elle a fait les mêmes choix que moi. Je sors avec des femmes.

– Vous ne connaissez rien aux femmes. »

Je m'aperçus soudain que la voiture était une véritable fournaise, et que j'ignorais totalement où nous nous rendions. J'éteignis le chauffage et tournai mon regard vers la vitre.

– « Ben, j'en sais quand même assez sur les femmes pour être certain que vous feriez péter les plombs à n'importe qui. Et je peux pas croire que vous vous baladiez autour de l'étang, toute seule et en pleine nuit. *Toute seule.* Tiens, et qu'est-ce que vous auriez fait au juste s'*il* avait été là, lui aussi ?

– Quel "il" ?

– Bordel, j'ai faim. J'ai vu une *steak house* dans Tunnel street en arrivant tout à l'heure. J'espère qu'ils sont encore ouverts.

– Il n'est que dix-huit heures quarante-cinq, Marino.

– Pourquoi que vous êtes allée là-bas ? »

Un début de calme semblait nous gagner peu à peu.

« Quelqu'un a laissé des bonbons par terre, à l'endroit où on a trouvé le corps. Des Fireballs. »

Comme il ne répondait pas, j'ajoutai :

« Les mêmes bonbons que ceux dont elle parle dans son journal intime.

– Je me souviens pas de ça.

– Le garçon pour lequel elle avait un petit béguin… Je crois que son prénom était Wren. Elle a écrit qu'elle l'avait vu lors d'un dîner à l'église et qu'il lui avait offert un Fireball. Elle avait ensuite rangé le bonbon dans sa boîte à secrets.

– Ils l'ont jamais retrouvée.

– Trouvé quoi?

– Ce truc, cette boîte secrète. Denesa non plus l'a pas retrouvée. Peut-être que Wren a laissé les Fireballs non loin de la berge.

– Il faut que nous lui parlions, dis-je. J'ai l'impression que Mrs Steiner et vous avez de bons rapports.

– Un truc comme ça n'aurait jamais dû arriver à une femme comme elle.

– "Un truc comme cela" ne devrait jamais arriver à quiconque.

– J'aperçois un Western Sizzler.

– Non, merci.

– Vous préférez aller chez Bonanza? demanda-t-il en déclenchant son clignotant.

– Encore moins.»

Marino scrutait les enseignes violemment éclairées des restaurants qui se succédaient sur Tunnel Road, tout en fumant une nouvelle cigarette:

«Le prenez pas mal, Doc, mais vous êtes un peu poseuse.

– Marino, épargnez-moi le "ne le prenez pas mal". Ce genre de préambule est comme une déclaration que vous vous apprêtez à m'agresser.

– Je sais qu'il y a un Peddler dans le coin. Je l'ai vu dans les pages jaunes.

– Parce que vous vous intéressez aux restaurants des pages jaunes, maintenant?»

Une certaine perplexité me gagna. Marino sélectionnait ses restaurants comme il expédiait ses courses. Il faisait une descente dans un magasin, sans établir de

157

liste, et ressortait avec ce qui était simple à préparer, bon marché et bourratif.

« Je voulais savoir ce qu'il y avait dans le coin, au cas où je chercherais un chouette restau. Tiens, appelez-les et demandez-leur l'itinéraire. »

Je décrochai le téléphone de voiture et songeai à Denesa Steiner. Ce n'était pas moi que Marino avait espéré inviter chez Peddler ce soir.

« Marino, faites attention à vous, conseillai-je d'un ton doux.

– Vous n'allez pas recommencer avec la viande rouge ?

– Ce n'est pas ce qui me tracasse le plus. »

8

Le cimetière qui se trouvait derrière l'église presbytérienne réformée était protégé par un grillage derrière lequel se massaient des bosquets. Il ressemblait à un champ ondulé de pierres tombales de granite poli.

Lorsque j'y arrivai à six heures et quart, l'aube bleuissait l'horizon, et mon souffle se concrétisait en petits nuages de buée. Les araignées avaient déjà entrepris leur labeur, filant leurs petits auvents, et je les contournai avec civilité. Marino et moi foulions l'herbe détrempée en nous dirigeant vers la tombe d'Emily Steiner.

Elle était enterrée non loin de l'orée des bois. Aux allées herbues s'étaient joliment mêlés des bleuets et des trèfles. Nous n'eûmes qu'à suivre le bruit métallique des pelles contre le sol pour trouver son monument funéraire, un petit ange de marbre. Un camion équipé d'un treuil stationnait à côté du site d'exhumation, moteur ronronnant. Ses phares éclairaient le travail de deux hommes au visage buriné, vêtus de salopettes. Les pelles étincelaient, l'herbe avoisinante avait perdu toute couleur, et l'odeur de la terre humide me parvenait comme elle retombait des pelles pour s'accumuler en monticule au pied de la tombe.

Marino alluma sa lampe-torche, et la silhouette triste de l'ange se dessina contre la pénombre du matin, ailes repliées et la tête penchée pour une prière. Je déchiffrai l'épitaphe gravée à sa base :

> « Il n'est nulle autre dans le monde,
> La mienne était l'unique. »

Marino murmura à mon oreille :

« Vous avez une idée de ce que ça veut dire ?

– On peut peut-être lui demander », dis-je en regardant s'approcher un homme à l'épaisse chevelure blanche et à la carrure impressionnante.

Son long pardessus sombre flottait autour de ses chevilles. D'où nous nous trouvions, on avait l'impression surnaturelle qu'il avançait en flottant à quelques centimètres au-dessus du sol. Lorsqu'il parvint à notre hauteur, je m'aperçus qu'il portait, nouée autour du cou, une écharpe écossaise Black Watch. Ses énormes mains étaient gantées de cuir noir et des protections en plastique recouvraient ses souliers. Il devait mesurer dans les deux mètres, et sa poitrine avait le diamètre d'un tonneau.

« Bonjour, je suis Lucias Ray », nous annonça-t-il en nous serrant la main avec vigueur.

Nous nous présentâmes, puis je l'interrogeai :

«Nous nous demandions à l'instant ce que pouvait signifier cette épitaphe.

– Oh, c'est sûr que Mrs Steiner aimait drôlement sa petite fille. Quelle tragédie!»

Le directeur des pompes funèbres avait un épais accent traînant qui semblait davantage géorgien qu'originaire de Caroline du Nord.

«Nous avons tout un livre de poésies que les gens peuvent consulter pour choisir la citation qu'ils souhaitent faire graver.

– Et donc, la mère d'Emily a trouvé celle-ci dans votre livre? demandai-je.

– Non. Pour tout vous avouer, je crois qu'elle a dit que c'était d'Emily Dickinson.»

Les terrassiers avaient reposé leurs pelles. Il faisait maintenant suffisamment jour pour que je puisse détailler leurs visages, luisants de sueur et creusés de profonds sillons. La lourde chaîne de métal cliqueta lorsqu'ils la déroulèrent du treuil. L'un des hommes descendit dans la tombe. Il fixa la chaîne aux crochets scellés dans les parois de béton du caveau. Pendant ce temps, Ray nous raconta que jamais il n'avait vu une telle foule à un enterrement.

«Ça se pressait jusqu'à l'extérieur de l'église et le long des pelouses. Ça a duré deux heures pour que tout le monde puisse se recueillir devant le cercueil.

– Le cercueil était ouvert? demanda Marino d'un ton étonné.

– Non, monsieur, rectifia Ray en surveillant le travail de ses hommes. C'est-à-dire... Mrs Steiner aurait voulu, mais je n'étais pas d'accord du tout. Je lui ai dit qu'elle était encore sous le choc, mais qu'elle me remercierait plus tard d'avoir fermé le cercueil. Voyez... sa petite fille était pas en état pour une chose comme ça. Je savais que beaucoup de gens viendraient juste pour voir. Pour sûr, il y a quand même eu pas mal de badauds, c'était normal avec tout le battage dans les médias, et tout ça. »

La chaîne se tendit d'un coup sur le treuil et les sanglots du moteur diesel se firent entendre lorsque le caveau se souleva du sol avec lenteur. Des mottes de terre plurent à mesure que le monument funéraire de béton s'élevait dans les airs, un peu plus à chaque tour de manivelle. L'un des hommes dirigeait la manœuvre par gestes, comme il l'eût fait sur une piste d'atterrissage.

Quasiment au moment précis où le caveau était dégagé de la tombe et où on le redescendait vers la terre ferme, des équipes de télévision, des reporters et des photographes envahirent le cimetière. Ils se pressaient autour de la plaie béante du sol et du caveau recouvert d'une argile si rouge qu'on l'aurait cru maculé de sang.

L'un d'entre eux cria :

« Pourquoi exhumez-vous Emily Steiner ?

— C'est vrai que la police a un suspect ? vociféra un autre.

— Docteur Scarpetta ? (Une femme brandit un micro sous mon nez.) On dirait que vous mettez en doute le rapport du médecin légiste de Buncombe county ?

— Pourquoi profanez-vous la tombe de cette petite fille ? »

Le rugissement de bête blessée de Marino domina soudain la mêlée :

«Foutez le camp d'ici, bordel de merde! Vous faites obstruction à l'enquête. Vous m'entendez, putain de merde!»

Tapant du pied, il hurla encore :

«Barrez-vous sur-le-champ!»

Les journalistes s'immobilisèrent, leurs visages figés de stupéfaction. Ils le dévisagèrent, bouche bée. Marino, le visage empourpré, les veines du cou saillantes, continua d'éructer

«Les seuls à profaner quoi que ce soit ici, c'est vous, sales cons! Et si vous ne vous tirez pas vite fait, je casse les appareils photo et tout ce qui me tombera sous la main, sans oublier vos sales tronches!

– Marino», tentai-je de le calmer en posant ma main sur son bras.

Il était si tendu que j'avais l'impression de toucher de l'acier.

«Il a fallu que je vous supporte durant toute ma foutue carrière, bande d'abrutis, et j'en ai ras la caisse! Vous comprenez? J'en ai vraiment ras la caisse, tas de sales enfoirés de fils de putes, de PARASITES SUCEURS DE SANG!

– Marino!»

La peur électrifiait chacun de mes nerfs, et je le tirai par le poignet. Je ne l'avais jamais vu dans une telle fureur. Mon Dieu, pensai-je, je vous en supplie : qu'il ne tue personne.

Je me plaçai devant lui pour tenter d'intercepter son regard, mais celui-ci dansait frénétiquement au-dessus de ma tête.

« Marino, écoutez-moi ! Ils partent. Calmez-vous, je vous en prie. Marino, c'est fini. Regardez, ils s'en vont tous. Vous les voyez ? Ils vous obéissent. Ils courent presque. »

Les journalistes s'étaient volatilisés aussi vite qu'ils étaient apparus, comme une colonie fantomatique de maraudeurs, se matérialisant et disparaissant dans la brume. Marino fixait l'étendue vide des pelouses doucement vallonnées, bordées de fleurs en plastique et d'une rangée parfaite de pierres grises. Le son métallique de l'acier heurtant l'acier résonna longtemps. Armés de burins et de ciseaux, les terrassiers brisèrent le sceau de coaltar du caveau, avant de poser son couvercle par terre. Marino se précipita vers le bois, et nous prétendîmes ne pas remarquer les affreux gémissements et grognements qui émergèrent des lauriers de montagne pendant qu'il vomissait.

Me tournant vers Lucias Ray, que l'entrée en force des hordes de journalistes et la fuite précipitée de Marino semblaient avoir plus étonné qu'ennuyé, je lui demandai :

« Avez-vous des échantillons de tous les fluides d'embaumement que vous avez utilisés dans son cas ?

— Il doit m'en rester une demi-bouteille.

— Il me faudra des tests toxicologiques, expliquai-je.

— Il s'agit seulement de formaldéhyde et de méthanol avec un peu de lanoline… C'est aussi banal que du bouillon de poule. Bien sûr, les produits étaient un peu plus dilués dans son cas, en raison de sa petite taille. Votre ami policier ne m'a pas l'air en très bon état, ajouta-t-il lorsque Marino sortit des bois. Paraît que la grippe s'installe dans les parages.

– Je ne pense pas qu'il s'agisse de la grippe. Comment les journalistes ont-ils pu apprendre que nous étions ici?

– Alors ça, c'est la question piège. Mais vous savez comment sont les gens. (Il s'interrompit pour cracher et reprit.) Il s'en trouve toujours un qu'a besoin d'ouvrir son clapet.»

Le cercueil d'acier d'Emily était peint de blanc, du même blanc que les faux chervis délicats qui avaient poussé autour de sa tombe. Les terrassiers n'eurent pas besoin d'utiliser le treuil pour le soulever du caveau et le déposer avec ménagement sur l'herbe. C'était un tout petit cercueil, comme le corps qui reposait à l'intérieur. Lucias Ray tira un talkie-walkie de sa poche:

«Vous pouvez venir, maintenant.

– Bien reçu, crachouilla une voix par le haut-parleur.

– Au moins, il n'y a plus de journalistes, j'espère?

– Ils sont tous partis.»

Un fourgon mortuaire, d'un noir luisant, glissa dans le cimetière, roulant à moitié sur les pelouses et dans les bois, esquivant tombes et arbres. Un gros homme vêtu d'un trench-coat, un feutre rond enfoncé sur la tête, en sortit et ouvrit le hayon arrière. Les ouvriers portèrent le cercueil à l'intérieur du véhicule pendant que Marino regardait la scène d'un peu plus loin en s'épongeant le front de son mouchoir.

«Il ne serait pas superflu que nous discutions un

peu tous les deux, dis-je avec calme, m'approchant à sa hauteur pendant que le fourgon repartait.

– J'ai besoin de rien pour l'instant. »

Son visage était livide.

« Je dois rejoindre le docteur Jenrette à la morgue. Vous m'accompagnez ?

– Non. Je rentre au Travel-Eze. Je vais descendre quelques bières jusqu'à ce que je dégueule à nouveau et ensuite, je passerai au bourbon. Et puis, après ça, je téléphonerai au cul de Wesley pour savoir quand on peut se tirer de ce trou à rat, parce que, pour tout vous dire, j'ai pas d'autre chemise ici et je viens juste de dégueulasser celle que je porte. J'ai même pas de cravate.

– Marino, vous devriez aller vous allonger un peu.

– Tout ce que j'ai à me mettre tient dans un sac de cette taille-là. »

Il écarta ses deux mains de quelques centimètres.

« Prenez de l'Advil, buvez autant d'eau que vous le pourrez et avalez quelques toasts. Je viendrai vous voir lorsque nous en aurons terminé à l'hôpital. Si Benton appelle, dites-lui qu'il peut me joindre sur mon téléphone portable, ou alors qu'il me bipe.

– Il a ces numéros-là ? demanda-t-il.

– Oui. »

Marino me jeta un regard par-dessus le mouchoir dont il s'épongeait le visage. J'eus le temps d'y discerner sa peine avant qu'elle n'aille se terrer derrière ses remparts.

9

Il était un peu plus de dix heures lorsque j'arrivai à la morgue, en même temps que le fourgon mortuaire. Le docteur Jenrette était plongé dans la paperasserie. Il m'adressa un petit sourire nerveux lorsque je me débarrassai de ma veste de tailleur.

Dépliant une blouse de chirurgie et nouant un tablier en plastique autour de ma taille, je demandai :

« À votre avis, qui a pu renseigner la presse au sujet de l'exhumation ?

– Que s'est-il passé ? s'exclama-t-il, abasourdi.

– Une douzaine de journalistes sont arrivés au cimetière.

– Quelle poisse ! »

Je tentai de conserver mon calme, tout en sanglant la blouse dans mon dos.

« Il faut nous assurer que rien d'autre ne filtre. Ce qui se passe dans cette pièce doit y demeurer, docteur Jenrette. »

Il garda le silence.

« Ne croyez pas que je ne suis pas consciente de n'être qu'une visiteuse ici, et je ne vous en voudrais pas si ma présence vous exaspérait. De surcroît, je ne voudrais pas que vous pensiez que la situation m'est indifférente ou que je me soucie de votre autorité comme d'une guigne. Cela étant, vous pouvez être assuré que la personne, quelle qu'elle soit, qui a martyrisé cette petite fille suit les nouvelles avec attention. Si jamais il y a une fuite, *lui* aussi en est informé. »

Le docteur Jenrette, homme débonnaire s'il en fut, n'eut pas l'air vexé par ce que je lui disais. Il m'écouta, au contraire, avec beaucoup d'intérêt. Enfin, il lâcha :

« J'étais en train de me demander qui était au courant de cette exhumation. Le problème, c'est que la rumeur a dû se répandre, et que ça représente sans doute pas mal de gens.

– Eh bien, faisons en sorte que tout ce qui se passera ici reste strictement confidentiel », recommandai-je en entendant notre cas approcher dans le couloir.

Lucias Ray pénétra le premier dans la pièce, suivi de peu par l'homme au feutre mou qui poussait devant lui le chariot emprunté à l'église, sur lequel on avait déposé le cercueil blanc. Ils manœuvrèrent pour rapprocher leur chargement de la table d'autopsie. Ray tira une petite manivelle en acier de sa poche, et l'inséra dans l'orifice situé à la tête du cercueil. Il souleva le joint du cercueil comme l'on ferait démarrer une antique voiture.

Il replaça la manivelle dans sa poche et annonça :

«Voilà, ça devrait aller. J'espère que ça ne vous ennuie pas que je reste ici pour vérifier l'état de mon travail? J'en ai rarement la possibilité parce qu'en général on n'a pas l'habitude de déterrer les gens.»

Ray se préparait à soulever le couvercle, et si le docteur Jenrette ne m'avait devancée en plaquant ses deux mains dessus, je l'aurais fait à sa place.

«En temps normal, Lucias, cela ne poserait pas de problème, lâcha Jenrette. Mais aujourd'hui, personne ne peut rester pendant l'autopsie.

– Je trouve que vous êtes bien tâtillon. Ça pourrait se comprendre si j'avais jamais vu la gamine, mais je la connais sous toutes les coutures, mieux que sa propre maman, argumenta Ray dont le sourire s'était figé.

– Lucias, il faut que vous partiez maintenant, pour nous permettre, au docteur Scarpetta et à moi-même, de faire notre travail. Je vous appellerai lorsque nous aurons terminé, persista le docteur Jenrette d'un habituel ton doux et posé.

– Docteur Scarpetta, j'ai comme l'impression que depuis que les fédéraux sont arrivés, les gens d'ici sont moins gentils, déclara Ray en me fixant.

– Monsieur Ray, nous sommes plongés dans une enquête criminelle. Il serait préférable que vous ne preniez pas les choses de façon personnelle, parce que vous n'êtes pas visé.

– Viens, Billy Joe», lança le directeur des pompes funèbres à l'homme au feutre mou, allons manger quelque chose.

Le docteur Jenrette ferma la porte à clef derrière eux. Enfilant ses gants, il précisa:

«Je suis désolé. Lucias peut être très autoritaire parfois, mais c'est un homme bien.»

Je commençais à avoir des soupçons: peut-être allions nous découvrir qu'Emily n'avait pas été embaumée correctement, ou que Ray n'avait pas fait ce que Mrs Steiner avait souhaité. Pourtant, lorsque Jenrette et moi-même ouvrîmes le couvercle du cercueil, je ne découvris rien qui confirme mes doutes. Le satin blanc du capitonnage recouvrait le petit corps. Un paquet enveloppé de papier de soie blanc et noué d'un ruban rose avait été déposé dessus. Je pris quelques photographies.

Tendant le paquet à Jenrette, je demandai:

«Ray vous avait-il parlé de ceci?

– Non», répondit Jenrette en le retournant en tous sens, le visage perplexe.

Je dégageai le corps de son enveloppe de satin et les vapeurs du liquide d'embaumement nous fouettèrent le visage. Les restes d'Emily Steiner étaient bien conservés, et la fillette reposait dans une robe de velours bleu pâle à manches longues et à col montant. Ses cheveux nattés étaient retenus par des rubans du même tissu que sa robe. La pellicule de moisissure blanchâtre et duveteuse que l'on trouve habituellement sur les corps exhumés recouvrait son visage comme un masque, et avait commencé d'envahir ses mains croisées à hauteur de sa taille, serrant un Nouveau Testament. Elle portait de hautes chaussettes blanches qui lui montaient jusqu'aux genoux, et des chaussures vernies noires. Il me sembla qu'aucun de ses vêtements n'était neuf.

170

Je pris d'autres photographies, puis Jenrette et moi soulevâmes le corps du cercueil pour le poser sur la table en acier inoxydable où nous dévêtîmes la petite fille. Sous ses mignons vêtements se dissimulait l'horrible secret de sa mort. Les gens qui meurent paisiblement sont indemnes de ces blessures-là.

N'importe quel anatomopathologiste honnête reconnaîtra que les artefacts laissés par une autopsie sont affreux. Rien n'est plus frappant que l'incision en «Y», son nom indiquant clairement sa forme. Le scalpel part de chaque clavicule pour rejoindre le sternum. De là, il descend tout le long du torse jusqu'au pubis après avoir contourné l'ombilic. S'ajoute à la première, l'incision que l'on pratique d'une oreille à l'autre à l'arrière du crâne avant de pouvoir scier la boîte crânienne, et elle n'est pas non plus très jolie à voir.

Les blessures que l'on inflige aux morts ne cicatrisent pas. Au mieux peut-on les dissimuler grâce à de hauts cols montants en dentelle, et des coiffures adaptées.

Sous son épais maquillage mortuaire et avec cette suture qui courait le long de son corps frêle, Emily Steiner ressemblait à une triste poupée de chiffon, à laquelle on aurait arraché ses vêtements à volants, et qu'un propriétaire sans cœur aurait dédaignée.

L'eau tambourinait dans l'évier de métal. Le docteur Jenrette et moi récurions la moisissure qui recouvrait la petite fille et la débarrassions de son maquillage. Nous ôtâmes le mastic couleur chair plaqué à l'arrière de sa tête afin de dissimuler l'orifice d'entrée de la

171

balle, ainsi que sur les zones que son meurtrier avait excisées en haut des cuisses, de la poitrine et des épaules. Nous retirâmes les membranes qui protégeaient ses yeux sous ses paupières baissées et sectionnâmes les points de sutures. Dès que le corps fut ouvert, les vapeurs des produits chimiques nous piquèrent les yeux et nous firent couler le nez. Les organes d'Emily étaient confits dans la poudre qu'utilisent les embaumeurs. Nous les sortîmes pour les rincer. J'examinai le cou d'Emily mais n'y trouvai rien que mon collègue n'eut déjà souligné dans son rapport. J'introduisis un long ciseau entre les molaires de la fillette pour ouvrir la bouche.

« Ça résiste, annonçai-je, l'énervement me gagnant. Il va falloir qu'on coupe les masséters. Je voudrais voir la langue dans sa position anatomique avant de me résoudre à l'atteindre par la zone postérieure du pharynx. Cela étant, je ne suis pas certaine qu'on y parvienne.

– Qu'est-ce qu'on cherche au juste ? s'informa le docteur Jenrette en insérant une lame neuve dans son scalpel.

– Je veux m'assurer qu'elle ne s'est pas mordu la langue. »

Quelques instants plus tard, je devais découvrir que tel était pourtant le cas.

« Il y a des marques, là, au bord. Pouvez-vous les mesurer ?

– Un tiers de centimètre par un demi.

– Quant aux zones hémorragiques, elles sont également profondes de près d'un demi-centimètre. Cela pourrait signifier qu'elle s'est mordu la langue à plusieurs reprises. Qu'en pensez-vous ?

– Cela me semble assez plausible, approuva-t-il.

– En conclusion, on sait qu'elle a eu une espèce d'attaque lors de la phase terminale du meurtre.

– Cela dit, la blessure à la tête pourrait en être responsable, suggéra le docteur Jenrette en attrapant l'appareil photo.

– Bien sûr, mais en ce cas, pourquoi ne trouvons-nous pas au niveau cérébral la preuve qu'Emily a survécu assez longtemps pour avoir cette attaque ?

– On en revient donc toujours aux mêmes questions sans réponse.

– Oui, c'est vraiment étrange », soupirai-je.

Lorsque nous retournâmes le corps, je m'absorbai dans l'analyse de la marque qui justifiait cet exercice lugubre. Le photographe spécialiste arriva et prépara son matériel. La majeure partie de l'après-midi fut consacrée à la prise de photographies aux infra-rouges, ultraviolets, couleur, super-contrastées, noir et blanc avec une pléthore de filtres et de lentilles différents.

J'ouvris ma sacoche et en tirai une douzaine de pièces rondes et noires en plastique d'acrylonitrile-butadiène-styrène, c'est-à-dire, plus simplement, de ce plastique dont sont moulées les canalisations de distribution d'eau et d'évacuation d'égouts. Tous les ans, je demandais à un collègue dentiste spécialisé dans la médecine légale de me découper une provision de ces pièces qu'il polissait ensuite avec soin. Heureusement, je n'avais que peu souvent l'occasion de sortir de ma sacoche ce vieux truc de légiste, puisque les marques de morsure sont encore peu fréquentes sur les corps de victimes de meurtres.

Me décidant en faveur d'une pièce de sept centimètres de diamètre, j'y gravai le numéro de dossier d'Emily Steiner ainsi que la localisation du prélèvement à l'aide d'un poinçon de mécanicien. La peau ressemble à la toile d'un peintre, en ce qu'elle est tendue sur un cadre. J'avais donc besoin d'une matrice stable pour déposer mon prélèvement biologique. C'était la seule façon de préserver la configuration anatomique précise de la marque découverte sur la fesse gauche d'Emily, parce que l'excision du morceau d'épiderme risquait de l'altérer.

« Avez-vous de la Super Glue ? demandai-je au docteur Jenrette.

– Bien sûr. »

Il alla m'en chercher un tube. Je me tournai vers notre photographe, un frêle Japonais qui semblait incapable de rester en place plus de cinq secondes d'affilée, et lui expliquai :

« Prenez des clichés de chacune des étapes, s'il vous plaît. »

Je déposai la pièce de plastique sur la marque du corps d'Emily et l'y fit adhérer à l'aide de Super Glue. Je renforçai sa stabilité en la suturant sur sa circonférence. Je découpai ensuite la peau en suivant le contour de la pièce pour plonger l'ensemble dans du formol. Tout le temps que dura le prélèvement, je réfléchis à ce qui avait pu abandonner cette marque. La forme en était circulaire et irrégulière.

L'intérieur de la surface, vaguement marron, m'évoquait une sorte de motif qui se serait incrusté dans la peau de l'enfant. Pourtant, en dépit du nombre de Polaroïds que nous prîmes et examinâmes sous tous les angles, je ne parvins pas à en préciser la nature.

Le paquet enveloppé de papier de soie blanc ne nous revint en mémoire que lorsque le photographe fut parti et que nous eûmes prévenu l'établissement des pompes funèbres qu'ils pouvaient revenir chercher le corps.

« Qu'est-ce qu'on en fait ? s'inquiéta le docteur Jenrette.

– Il faut l'ouvrir. »

Il étala des serviettes sèches sur le plateau d'un chariot et déposa le paquet-cadeau dessus. À l'aide d'un scalpel, il découpa le papier avec une grande délicatesse et nous découvrîmes à l'intérieur une vieille boîte de chaussures de femme de taille 36. Jenrette fendit les nombreuses épaisseurs de papier scotch qui la fermaient et souleva le couvercle.

« Doux Jésus ! » murmura-t-il dans un souffle, stupéfait, le regard rivé sur ce que quelqu'un avait souhaité enterrer avec une petite fille.

Un chaton mort, âgé de quelques mois à peine, était allongé dans la boîte, enveloppé dans deux sacs à congélation scellés. Lorsque je le soulevai, je constatai qu'il était aussi raide qu'un bout de contreplaqué. Les os fins de ses côtes étaient visibles sous la peau. Il s'agissait d'une petite chatte noire avec le bout des pattes blanc. Elle ne portait pas de collier. Je ne compris la cause de sa mort que lorsque j'eus pris une série de radios de son cadavre.

Un frisson hérissa les cheveux sur ma nuque lorsque je l'annonçai au docteur Jenrette :

« La colonne vertébrale a été fracturée. »

Il se rapprocha des radiographies éclairées par le négatoscope, et fronça les sourcils.

« La colonne vertébrale n'est pas dans une position normale, là, à cet endroit », déclara-t-il.

Du doigt, il désigna une zone de la radiographie avant de poursuivre :

« C'est bizarre. La colonne est déplacée latéralement, non ? Si elle avait été heurtée par une voiture, je ne pense pas que nous aurions affaire à un déplacement de ce genre.

– Elle n'a pas été heurtée par une voiture, confirmai-je. On lui a tordu le cou, d'un geste sec, dans le sens des aiguilles d'une montre, selon un angle de 90°. »

Lorsque je refis mon apparition au Travel-Eze, aux environs de dix-neuf heures, Marino avalait un cheeseburger dans sa chambre. Son revolver, son portefeuille et les clefs de sa voiture étaient éparpillés sur un des lits. Il était installé sur l'autre et ses chaussettes traînaient par terre comme si elles lui avaient glissé des pieds. J'aurais mis ma main à couper qu'il n'était pas rentré à l'hôtel depuis très longtemps. Je me dirigeai vers le poste de télévision pour l'éteindre, consciente qu'il suivait chacun de mes mouvements.

« Venez, Marino, nous devons aller quelque part. »

La « sainte vérité », selon Lucias Ray, c'est que Denesa Steiner avait elle-même placé le paquet blanc dans le cercueil d'Emily. Sur le moment, il avait cru qu'il s'agissait d'un des jouets de la petite fille, peut-être de sa poupée préférée.

« Et quand aurait-elle fait ça ? me demanda Marino en traversant le parking du motel d'une démarche raide.

– Juste avant la cérémonie. Vous avez vos clefs de voiture ?

– Ouais.

– Conduisez. »

J'avais un effroyable mal de tête, que j'attribuais aux vapeurs de formol ainsi qu'à mon manque de sommeil et d'un repas décent.

« Avez-vous des nouvelles de Benton ? demandai-je d'un ton aussi anodin que possible.

– Y'avait un paquet de messages de lui qui vous attendaient à la réception.

– Je suis directement montée dans votre chambre. Et comment êtes-vous au courant de ces messages ?

– Le réceptionniste a voulu me les filer. Il pense que de nous deux, c'est moi qui ressemble le plus à un médecin.

– C'est parce que de nous deux, c'est vous qui ressemblez le plus à un homme, répliquai-je en me massant les tempes.

– Ouais, vous avez raison. Alors, comme ça, j'ai l'air d'être un grand docteur blanc ?

– Marino, je vous serais reconnaissante d'éviter ce

177

genre d'insinuations racistes. Très franchement, je ne crois pas que vous le soyez.

– Comment vous trouvez ma caisse ? »

Il avait hérité d'une Chevrolet Caprice bordeaux, équipée de gyrophares, d'une radio, d'un téléphone et d'un scanner. On avait même pensé à monter une caméra vidéo, sans oublier la présence d'un fusil à pompe Winchester calibre 12, à 7 coups, une copie conforme de ceux qu'utilisaient les agents du FBI.

« Mon Dieu ! Depuis quand équipe-t-on les voitures de police de Black Mountain, Caroline du Nord, de fusil anti-émeutes ? lâchai-je d'un ton incrédule en m'installant.

– Depuis maintenant, répondit Marino en faisant démarrer le moteur.

– C'est vous qui avez exigé cet attirail ?

– Nan.

– Pourriez-vous m'expliquer comment une force de police de 10 hommes peut être mieux équipée que la brigade des stupéfiants du FBI ?

– Peut-être parce que les gens du coin comprennent ce que signifie le travail de la police pour leur communauté. Ils ont un sale problème en ce moment. Alors, ce qui ce passe, c'est que les commerçants d'ici, et même les citoyens qui se sentent concernés, sont prêts à donner la peau de leur cul pour nous aider. Un des flics m'a raconté qu'une vieille dame avait téléphoné ce matin pour savoir si les agents fédéraux qui étaient arrivés pour prêter main-forte à leur petite ville désiraient venir dîner dimanche chez elle.

– Voilà qui est très gentil, répondis-je assez déconcertée.

– En plus, le conseil municipal songe à renforcer les forces de police du coin. Ça explique peut-être certains trucs.

– De quel genre ?

– La police de Black Mountain va avoir besoin d'un nouveau chef.

– Où est passé l'ancien ?

– Mote leur servait en quelque sorte de chef.

– Marino, je ne vois pas très bien où vous voulez en venir.

– Ben, peut-être que j'veux précisément en venir ici, dans cette ville. Ils cherchent un chef qui ait de la bouteille, et ils me traitent comme si j'étais, genre, James Bond ou un truc du même style. C'est pas la peine d'être physicien atomiste pour comprendre que deux et deux font quatre.

– Mais qu'est-ce qui vous arrive, à la fin ? » demandai-je d'un ton très posé.

Il alluma une cigarette :

« Quoi ? Alors, pour commencer, vous trouvez pas que je ressemble à un docteur, et maintenant vous croyez pas non plus que je ressemble à un chef de la police locale ? Dites-moi… Est-ce que pour vous je suis toujours un pauvre gros lard de Beaufville qui cause comme s'il bouffait toujours ses spaghettis avec la mafia du New Jersey et qui ne se sort que des meufs moulées dans leur pull qui se triturent les cheveux quand on leur parle ? »

Il expira sa fumée, furieux :

« C'est pas parce que j'aime le bowling que je suis un cul-terreux tatoué. Et c'est pas parce que je n'ai jamais mis les pieds dans toutes les grandes écoles du Nord-Est comme vous que je suis une pauvre merde !
— Vous avez terminé ?
— Non, autre chose, poursuivit-il. Il y a plein de bons coins pour la pêche par ici. On m'a parlé de Big Tree et du lac James et en plus, ça coûte trois fois rien pour se loger, sauf vers Montreat ou Biltmore. Et puis peut-être que j'en ai marre à vomir des tordus qui butent d'autres tordus, et des tueurs en série qu'on entretient en taule et qui coûtent plus de pognon à l'État que moi qui me casse le cul à les boucler... C'est-à-dire "si" ces enfoirés restent en taule, et croyez-moi, c'est un énorme "si". »
Nous étions garés devant la maison des Steiner depuis cinq bonnes minutes. Je regardai la maison illuminée en me demandant si Denesa Steiner savait que nous étions devant chez elle, et pour quelle raison.
« Et maintenant, vous avez terminé ?
— Non, j'ai pas fini, j'en ai juste ras la caisse de causer.
— D'abord, sachez que je n'ai jamais fréquenté les grandes écoles chic de la côte est.
— Sans blague ? Et selon vous, Johns Hopkins et Georgetown, c'est quel genre ?
— Marino, fermez-la ! »
Il fixa le pare-brise et alluma une autre cigarette.
« J'étais une petite Italienne pauvre élevée dans un quartier italien défavorisé, comme vous. La seule dif-

férence entre nous, c'est que je suis de Miami et vous du New Jersey. Je n'ai jamais prétendu que je vous étais supérieure, et je n'ai jamais rien dit qui puisse vous permettre de croire que je vous considérais comme un imbécile. Et vous savez pour quelle raison? Parce que vous êtes loin d'être un imbécile, même si vous massacrez l'anglais et que vous n'avez jamais mis les pieds à l'Opéra.

« En réalité, tous mes reproches ont la même origine. Vous êtes buté et vous devenez étroit d'esprit et intolérant lorsque vous nous faites une de vos grandes crises. Finalement, vous agissez envers les autres comme vous redoutez qu'ils agissent avec vous. »

Marino ouvrit sèchement la portière :

« Non seulement j'ai pas de temps à perdre avec vos leçons de morale, mais en plus, je m'en tape! »

Il jeta sa cigarette et l'écrasa d'un geste rageur.

Nous nous dirigeâmes en silence jusqu'à la porte de la maison des Steiner, et lorsque Denesa Steiner nous ouvrit, j'éprouvai le sentiment qu'elle sentait que nous venions de nous disputer. Marino mettait un point d'honneur à ne pas me regarder et à faire comme si je n'existais pas. Elle nous conduisit jusqu'au salon. Il me parut si familier que j'en fus troublée. Je l'avais visité grâce aux photographies que la police avait prises. La pièce était meublée de façon rustique, malgré une multitude de coussins ventrus, de plantes suspendues et de macramé, sans oublier une profusion de volants. Derrière les portes vitrées d'un chauffage à gaz, un feu pétillait. Les nombreuses pendules exposées indiquaient l'heure avec un parfait accord. Au moment où nous avions sonné, Mrs Steiner regardait un vieux film de Bob Hope sur le câble.

Elle éteignit le poste de télévision et s'installa dans un rocking-chair. Elle paraissait exténuée.

«J'ai passé une mauvaise journée», s'excusa-t-elle.

Marino s'assit dans un fauteuil à oreillettes et, ne se préoccupant que d'elle, répondit:

«C'est normal, Denesa, j'vois pas comment ça aurait pu être autrement.

— Vous êtes venus me raconter ce que vous avez découvert? demanda-t-elle en faisant référence à l'exhumation.

— Il nous reste encore beaucoup d'analyses à pratiquer, répondis-je.

— Cela signifie que vous n'avez rien trouvé qui puisse permettre d'arrêter cet homme, n'est-ce pas? insista-t-elle avec un calme désespoir. Les médecins parlent toujours de faire des analyses lorsqu'ils ne savent pas. J'aurai au moins appris ça, avec tout ce que j'ai subi.

— Ces choses-là prennent du temps, Mrs Steiner.»

Marino s'adressa à elle:

«Écoutez Denesa, ça m'ennuie vraiment de vous embêter, mais faut qu'on vous pose quelques questions. Le docteur a besoin de savoir certaines choses.»

Son regard se dirigea vers moi. Elle se balançait doucement dans le rocking-chair.

«Mrs Steiner, nous avons trouvé un paquet-cadeau dans le cercueil d'Emily, et le directeur des pompes funèbres nous a précisé que vous aviez souhaité qu'il soit enterré avec Emily.

– Oh, vous voulez parler de Socks, expliqua-t-elle comme si la chose allait de soi.

– Socks?

– C'était un petit chat errant qui avait pris l'habitude de venir chez nous. Ça remonte à un mois, à peu près. Emily était une petite fille très sensible, elle a commencé à lui donner à manger, et le chaton n'a plus voulu partir. Il fallait s'y attendre. Elle l'aimait beaucoup. (Elle sourit à cette évocation et ses yeux s'emplirent de larmes.) Elle l'avait baptisé Socks parce qu'il était tout noir à l'exception du bout de ses pattes, blanc comme neige. On aurait dit que la petite bête avait des chaussettes blanches. »

Elle étendit les mains et écarta les doigts.

– Comment Socks est-elle morte? demandai-je avec délicatesse.

Mrs Steiner tira quelques mouchoirs en papier d'une boîte et s'essuya les paupières:

«Je ne sais pas trop. J'ai retrouvé la petite chatte un matin sur le perron de la maison. C'était juste après qu'Emily... J'ai pensé que la pauvre petite bête était morte de chagrin. »

Elle plaqua les mouchoirs sur ses lèvres et sanglota.

«Je vais vous chercher quelque chose à boire », proposa Marino en se levant.

Il se sentait si à l'aise dans cette maison, avec cette femme aussi, que mon inquiétude augmenta.

Me rapprochant du bord du canapé où je m'étais assise, je me penchai vers elle, et lui déclarai avec beaucoup de douceur:

«Mrs Steiner, la petite chatte n'est pas morte d'avoir

le cœur brisé. En revanche, elle est morte parce qu'on lui a brisé le cou. »

Elle posa à nouveau les mains sur ses genoux et prit une longue inspiration tremblante, ses yeux rougis fixés sur moi.

« Que voulez-vous dire ?

— Il s'agissait d'une mort violente.

— Ah… Elle a sans doute été heurtée par une voiture. C'est affreux. J'avais déjà dit à Emily que j'avais peur qu'elle se fasse écraser.

— Ce n'est pas une voiture.

— Croyez-vous qu'un des chiens du coin ait pu l'attaquer ?

— Non. »

Marino revint à ce moment-là avec un verre de ce qui ressemblait à du vin blanc. Je poursuivis :

« Le chaton a été tué par quelqu'un, délibérément. »

Elle me regarda, terrifiée. Lorsqu'elle prit le verre de vin pour le poser sur la table qui se trouvait à proximité de son fauteuil, elle tremblait.

« Comment pouvez-vous être formelle à ce point ?

— Certaines constatations physiques nous permettent d'affirmer que quelqu'un a brisé le cou du chat. »

Gardant un ton aussi calme que possible, je poursuivis mon explication :

« Je suis consciente qu'il doit vous être très pénible d'écouter ce genre de détails, Mrs Steiner. Cependant, ils sont nécessaires parce que nous avons besoin de votre aide pour arrêter la personne qui a commis tout cela. »

Marino se rassit et planta les coudes sur ses cuisses. Il avança le torse vers Denesa, comme s'il voulait la convaincre qu'elle pouvait compter sur lui en toute chose, et se sentir protégée par sa présence.

« Denesa, vous avez une idée de la personne qui aurait pu tuer le petit chaton d'Emily ? »

Elle tentait de se ressaisir. Elle attrapa le verre de vin, avala quelques gorgées hésitantes avant de déclarer :

« J'ai reçu des coups de téléphone. (Elle prit une profonde inspiration.) Vous savez, mes ongles sont tout bleus, je suis dans un état épouvantable. (Elle étendit une main.) Je n'arrive pas à me calmer, je ne peux plus dormir. Je ne sais pas quoi faire. »

Ses sanglots la reprirent.

« Vous inquiétez pas, Denesa, la consola Marino avec bienveillance. Prenez votre temps. On reste là. Maintenant, essayez de m'expliquer ces appels. »

Elle s'essuya les yeux et reprit :

« En général, c'étaient des hommes… Sauf peut-être une fois. Elle a dit que si j'avais été une bonne mère et que j'avais mieux surveillé ma petite fille, rien de cela ne serait… Une des voix était jeune, la voix d'un jeune garçon qui ferait une farce. Il a dit quelque chose. Vous voyez. Il a dit qu'il avait vu Emily sur son vélo. Mais, c'était après que… Alors, bien sûr, c'était impossible. Et puis, il y a eu aussi une autre voix, plus âgée, et il a dit qu'il n'avait pas fini. »

Elle but encore un peu de vin.

« Qu'il n'avait pas fini ? insistai-je. Il a dit autre chose ? »

Elle ferma les yeux :

« Je ne me souviens plus.

– Quand avez-vous reçu cet appel ? s'enquit Marino.

– C'était juste après qu'on l'a retrouvée. Vers le lac. »

Elle tendit à nouveau la main vers son verre et le renversa. Marino se leva d'un bond :

« Je m'en occupe. J'ai besoin d'une cigarette.

– Avez-vous une idée de ce que cet homme voulait dire, Mrs Steiner ?

– J'ai compris qu'il voulait parler de ce qui s'était passé. De la personne qui avait fait cela à Emily. Je me suis dit qu'il voulait me faire comprendre que les choses affreuses n'étaient pas terminées. Je crois bien que c'est le lendemain que j'ai retrouvé Socks sur le perron. (Elle se tourna vers Marino.) Capitaine, pourriez-vous me préparer une tartine avec un peu de fromage ou de beurre de cacahuète, je ne me sens pas bien, c'est peut-être un manque de sucre. »

Elle semblait avoir oublié le verre qui gisait sur la table dans une flaque de vin. Marino sortit du salon.

« Mrs Steiner, lorsque cet homme a pénétré chez vous et a enlevé Emily, vous a-t-il dit quelque chose ?

– Il m'a dit que si je ne faisais pas exactement ce qu'il m'ordonnait, il me tuerait.

– Donc, vous avez entendu sa voix ? »

Elle acquiesça d'un hochement de tête, se balançant toujours. Ses yeux ne me quittaient pas.

« À votre avis, s'agissait-il de la même voix que celle de l'homme au téléphone ?

– Je ne sais pas, peut-être. C'est si difficile à dire.

– Mrs Steiner… ?

– Vous pouvez m'appeler Denesa. »

Son regard intense était toujours fixé sur moi.

« Essayez de vous rappeler les moindres détails au sujet de l'agresseur qui vous a bâillonnée.

– Vous vous demandez si ça pourrait être le même que celui qui a tué ce petit garçon en Virginie, n'est-ce pas ? »

Je demeurai silencieuse.

« Je me souviens des photos du petit garçon et de sa famille. Elles ont paru dans le magazine *People*. Je me souviens très bien qu'à l'époque je me suis fait la réflexion que c'était une horrible tragédie, et que personne ne pouvait se mettre à la place de cette pauvre femme, sa maman. Et pourtant, ça a été terrible la mort de Mary Jo. J'ai cru que je ne m'en remettrais jamais.

– Mary Jo était la petite fille que vous avez perdue d'une mort subite ? »

Une lueur d'intérêt alluma un instant l'insondable peine de son regard. Comme si le fait que j'eus connaissance de ce détail l'intriguait ou l'impressionnait.

« Elle est morte dans mon lit. Lorsque je me suis réveillée le matin, je l'ai retrouvée à côté de Chuck, morte.

– Chuck était votre époux ?

– Au début, j'ai eu peur qu'il l'ait étouffée dans son sommeil, sans le faire exprès, en roulant sur elle. Mais ils m'ont dit que non. Ils m'ont dit qu'il s'agissait d'un cas de mort subite du nourrisson.

– Quel âge avait Mary Jo?

– Ça s'est produit juste après son premier anniversaire.»

Elle ferma les paupières pour retenir ses larmes.

«Emily était déjà née?

– Non, elle est née un an plus tard, et je savais que la même chose allait lui arriver. Elle était d'une santé si délicate. Les médecins craignaient qu'elle fasse de l'apnée. Je surveillais constamment son sommeil. Je voulais m'assurer qu'elle respirait. Je me souviens... je marchais dans la maison comme un zombie parce que j'étais au bord de l'épuisement. Je n'arrivais à dormir que quelques heures. Je montais et je descendais toute la nuit, nuit après nuit. C'est quelque chose, de vivre avec cette peur affreuse.»

Elle ferma les yeux en se balançant, le front crispé de chagrin, ses mains serrées sur les accoudoirs du fauteuil.

Je compris que Marino avait quitté le salon parce qu'il était furieux et ne souhaitait pas m'entendre questionner Mrs Steiner. Ses émotions avaient eu le dessus, et j'eus soudain peur qu'il ne soit plus suffisamment efficace pour enquêter sur cette affaire.

Mrs Steiner rouvrit les yeux, et son regard transperça le mien:

«Il a tué beaucoup de gens et maintenant il est ici, c'est cela?

– De qui parlez-vous?»

J'étais perdue dans mes pensées et sa question me prenait de court.

«Temple Gault.

– Nous n'avons aucune preuve formelle de sa présence dans la région, biaisai-je.

– Moi, je sais qu'il est ici.

– Comment en êtes-vous certaine?

– À cause de ce qu'on a fait à mon Emily. C'est la même chose. (Une larme dévala le long de sa joue.) Vous savez, docteur Scarpetta, normalement, je devrais craindre d'être la prochaine victime sur sa liste. Mais ça m'est égal. Parce qu'il ne me reste plus rien.

– Je suis désolée de ce qui vous arrive, Mrs Steiner, lui répondis-je aussi gentiment que je le pus. Avez-vous autre chose à me dire au sujet de ce dimanche-là? Le dimanche 1er octobre?

– Nous sommes allées à l'église le matin, comme tous les dimanches. Et puis nous avons déjeuné à la maison, et Emily est montée dans sa chambre. Elle répétait avec sa guitare. Je ne l'ai pas beaucoup vue cet après-midi-là. »

Elle avait les yeux grands ouverts et le regard fixe des gens qui revivent leurs souvenirs.

« Mrs Steiner, vous souvenez-vous du moment où Emily est partie de la maison pour rejoindre son groupe de jeunes? C'était un peu plus tôt qu'à l'accoutumée?

– Elle est entrée dans la cuisine. J'étais en train de confectionner du pain à la banane. Elle m'a expliqué qu'elle devait partir plus tôt parce qu'il fallait qu'elle répète un peu avec sa guitare. Je lui ai donné un peu de monnaie pour la quête, comme d'habitude.

– Et que s'est-il passé lorsqu'elle est rentrée chez vous? »

Elle ne cligna pas des paupières.

«Nous avons dîné. Elle était malheureuse. Elle voulait que Socks s'installe à la maison, mais j'ai refusé.

– Pourquoi pensez-vous qu'elle était malheureuse?

– Elle était difficile. Vous savez comme les enfants peuvent être difficiles lorsqu'ils sont de mauvaise humeur. Elle est montée dans sa chambre et elle s'est couchée un peu plus tard.»

Me souvenant que Ferguson était censé interroger Mrs Steiner dès son retour de la base de Quantico, je posai la question qu'il n'avait probablement pas eu l'occasion de formuler:

«Racontez-moi comment Emily se comportait avec la nourriture, ce qu'elle mangeait.

– Elle était très difficile, elle picorait.

– A-t-elle terminé son assiette dimanche soir?

– Non. Du reste, c'est une des raisons pour lesquelles nous nous sommes disputées. Elle repoussait tout vers le bord de son assiette. Elle boudait. C'était toujours une bagarre... J'avais un mal fou à la faire manger.

– Était-elle sujette aux nausées ou à la diarrhée?»

Le regard de Mrs Steiner se focalisa sur moi.

«Elle était d'une santé très délicate, toujours malade.

– C'est un peu vague, Mrs Steiner, insistai-je d'un ton posé. Avait-elle de fréquentes nausées ou des diarrhées?

– Oui... je l'avais expliqué à Max Ferguson. (Ses larmes dévalèrent à nouveau.) Et je ne comprends pas

190

pourquoi il faut que je réponde encore et toujours aux mêmes questions. Cela ne fait que tout rouvrir, rouvrir les blessures.

– Je suis navrée. »

Malgré la douceur de ma voix, j'étais très surprise. Quand avait-elle raconté cela à Max Ferguson ? L'avait-il appelée après qu'il eut quitté la base de Quantico ? Si tel était le cas, elle devait être la dernière personne à lui avoir parlé avant sa mort.

Les sanglots de Mrs Steiner redoublèrent. Elle balbutia :

« Ça ne lui est pas arrivé parce qu'elle était de santé fragile. On ferait bien mieux de poser des questions qui aident à l'arrêter.

– Mrs Steiner... je sais combien tout cela est pénible, mais où viviez-vous lorsque Mary Jo est morte ?

– Oh, mon Dieu, aidez-moi. »

Elle se couvrit le visage de ses deux mains. Je l'observai comme elle tentait de reprendre le contrôle d'elle-même. Ses épaules se soulevaient au rythme de ses sanglots. J'étais assise. Une sorte d'engourdissement me gagnait. Peu à peu, elle s'apaisa. Ses pieds s'immobilisèrent d'abord, puis ses bras, enfin ses mains. Elle leva les yeux avec lenteur vers moi. Derrière la brume des larmes brillait une lueur étrange et froide. Une comparaison inattendue me vint : les eaux du lac la nuit, cette eau si sombre qu'on eût cru un autre élément. L'inquiétude me tendit, la même que celle de mes rêves.

« Ce que je veux savoir, docteur Scarpetta, c'est la

chose suivante : connaissez-vous cet homme ? me demanda-t-elle d'une voix sourde.

– Quel homme ? »

Marino resurgit de la cuisine à ce moment-là, chargé d'un sandwich au beurre de cacahuète et à la confiture, d'une bouteille de chablis et d'une serviette de table.

« L'homme qui a tué ce petit garçon. Avez-vous déjà parlé à Temple Gault ? insista-t-elle comme Marino relevait son verre pour le remplir et déposait le sandwich à côté.

– Laissez-moi vous aider, Marino. »

J'attrapai la serviette et essuyai le vin répandu sur la table.

Les paupières de Denesa Steiner se baissèrent à nouveau :

« Docteur Scarpetta, de quoi a-t-il l'air ? »

L'image de Gault envahit mon esprit, son regard perçant, ses cheveux fins et très blonds. Il était de petite taille, mince et rapide comme l'éclair. Ses yeux surtout me revinrent, des yeux impossibles à oublier. Je savais qu'il était capable d'égorger quelqu'un sans que rien ne les traverse. Je savais qu'il les avait tous tués en les fixant de ce même regard si bleu.

Je me rendis compte soudain que Mrs Steiner me parlait toujours :

« Excusez-moi... »

Elle répéta la question qu'elle me posait, ou plutôt l'accusation qu'elle formulait, et ses sanglots reprirent :

« Pourquoi l'avez-vous laissé fuir ? »

192

Marino lui annonça que nous allions la laisser tranquille, et lui suggéra d'aller prendre un peu de repos. Nous remontâmes en voiture. Il était d'une humeur de dogue:

«C'est Gault qui a tué son chat, lâcha-t-il.

– Nous n'en avons aucune certitude.

– J'ai vraiment pas envie de vous entendre parler comme un avocat en ce moment.

– Je suis avocate.

– Ah ouais, mille excuses, j'avais oublié que vous aviez aussi ce diplôme-là! Parfois, j'ai tendance à oublier que vous êtes *vraiment* médecin-avocate-et-grand chef Sioux.

– Savez-vous si Max Ferguson a appelé Mrs Steiner après avoir quitté Quantico?

– J'en sais foutre rien.

– Lors de notre réunion là-bas, il avait précisé qu'il comptait lui poser quelques questions d'ordre médical. D'après ce que Mrs Steiner vient de me dire, il semblerait qu'il l'ait fait, ce qui signifie qu'il a dû lui parler peu de temps avant sa mort.

– Ben, peut-être qu'il lui a téléphoné dès qu'il est rentré chez lui.

– Et ensuite, il monte droit dans sa chambre et se passe un nœud coulant autour du cou?

– Non, Doc. Il monte illico dans sa chambre pour s'offrir une branlette. Peut-être que le fait de lui avoir parlé l'a branché.»

Le scénario n'était pas impossible.

«Marino, quel est le nom de famille de ce petit garçon qu'Emily aimait bien? Son prénom est Wren.

– Pourquoi?

– Parce que je veux lui parler.

– Au cas où vous sauriez pas grand-chose au sujet des enfants, je vous signale qu'il est presque vingt et une heures, et que demain y'a école.

– Répondez à ma question, s'il vous plaît, insistai-je d'un ton calme.

– Ce que je sais, c'est qu'il habite pas loin de la baraque des Steiner. Il s'appelle Maxwell.»

Il se gara sur le bas-côté et alluma l'éclairage intérieur.

«Je veux me rendre chez lui.»

Il feuilleta son carnet et me jeta un coup d'œil. Derrière sa fatigue, je déchiffrai autre chose que du ressentiment: une effroyable peine.

Les Maxwell habitaient un chalet moderne, probablement une maison préfabriquée, construit sur un terrain boisé qui donnait sur le lac.

Nous garâmes la voiture sur une allée gravillonnée éclairée par la lumière couleur pollen de projecteurs. Les feuilles des rhododendrons se recroquevillaient de froid et notre haleine filait en petites bouffées de fumée comme nous patientions sur le porche, attendant que quelqu'un réponde à notre coup de sonnette.

La porte s'ouvrit, et nous nous trouvâmes face à un homme jeune et mince, au visage fin. Il portait des lunettes à monture noire et avait passé une épaisse robe de chambre en laine de couleur sombre et des chaussons. Je finissais par me demander si quelqu'un, dans cette ville, était encore debout passé vingt-deux heures.

« Je suis le capitaine Marino, et voici le docteur Scarpetta. Nous enquêtons sur le meurtre d'Emily Steiner, en collaboration avec la police locale, annonça Marino, du ton sérieux du policier propre à angoisser n'importe quel citoyen.

– Vous êtes les policiers venus en renfort ? demanda l'homme.

– Vous êtes Mr Maxwell ? s'enquit Marino.

– Lee Maxwell. Entrez, je vous en prie. Je suppose que vous voulez me parler de Wren. »

Nous pénétrâmes dans la maison. Une femme très forte, vêtue d'un survêtement rose, descendait l'escalier du premier étage. À son expression, on aurait pu croire qu'elle connaissait la raison précise de notre visite.

« Il est dans sa chambre. J'étais en train de lui lire une histoire, précisa-t-elle.

– Je me demandais s'il serait possible que je lui parle, dis-je d'un ton aussi léger que possible, tant la tension des Maxwell était évidente.

– Je vais le chercher, déclara le père.

– Je préférerais monter, si c'est possible », insistai-je.

Mrs Maxwell jouait machinalement avec l'un des ourlets défaits de son poignet de sweat-shirt. Elle portait de petites boucles d'oreilles en argent en forme de croix, comme son pendentif.

« Pendant que la doc parle à votre fils, on pourrait discuter tous les trois, offrit Marino.

– Ce policier qui est mort a déjà questionné Wren », précisa le père.

D'un ton qui indiquait qu'il se moquait de qui avait pu interroger leur fils, Marino acquiesça :

« Je sais. On sera pas long.

– Bon, eh bien d'accord », me lança Mrs Maxwell.

Elle gravit lourdement et avec peine les marches nues devant moi. Le premier étage ne comprenait que peu de chambres et la lumière violente du palier me blessa les yeux. Aucun recoin de la maison ou de la propriété des Maxwell ne semblait pouvoir échapper à ces flots lumineux. Je suivis Mrs Maxwell dans la chambre de Wren, qui nous attendait en pyjama, debout au milieu de la pièce. Il nous dévisagea comme si nous venions de le surprendre au beau milieu d'une activité confidentielle.

« Pourquoi n'es-tu pas au lit, mon fils ? demanda Mrs Maxwell d'une voix plus fatiguée que fâchée.

– J'avais soif.

– Tu veux que j'aille te chercher un autre verre d'eau ?

– Non, ça va. »

Je compris tout de suite pourquoi Emily avait trouvé « si mignon » ce petit garçon. Il avait grandi tout en hauteur, plus vite que ses muscles, et ses cheveux d'un blond lumineux balayaient ses yeux bleu sombre. S'ajoutaient à sa silhouette élancée, et à son charme hirsute, une peau magnifique et une jolie bouche. Il avait rongé ses ongles au sang. Plusieurs petits bracelets en cuir tressé serraient son poignet, le genre de bracelets qu'on ne peut retirer sans les couper. J'en déduisis qu'il était la vedette de sa classe, surtout auprès des filles, dont j'étais sûre qu'il les rudoyait.

«Wren, c'est le docteur... (Elle me regarda.) Je suis désolée... Pourriez-vous me répéter votre nom?

– Je suis le docteur Scarpetta, Wren.»

Je lui souris. L'expression de son visage vira à la stupéfaction.

«Je suis pas malade, affirma-t-il aussitôt.

– Ce n'est pas ce genre de docteur, précisa Mrs Maxwell à son fils.

– Quel genre de docteur vous êtes? me demanda Wren, prouvant que sa curiosité l'emportait sur sa timidité.

– Eh bien, c'est un docteur un peu du genre de Lucias Ray.

– Il est pas docteur, il est croque-mort, lança Wren à sa mère d'un ton réprobateur.

– Allez, allonge-toi dans ton lit, sans cela tu risques de prendre froid, mon fils. Docteur Scarletti, vous pouvez vous installer sur cette chaise. Je serai en bas.

– Elle s'appelle *Scarpetta*», jeta l'enfant à sa mère qui refermait déjà la porte.

Il grimpa dans son petit lit et tira sur lui la couverture en laine rose chewing-gum. Derrière les rideaux fermés dont les motifs s'inspiraient du base-ball, je distinguai la silhouette de trophées alignés sur le rebord de la fenêtre. Sur les murs lambrissés de pin étaient accrochés des posters de toutes les stars sportives. Je n'en reconnus aucune, si ce n'est un aérien Michael Jordan qui, chaussé de Nikes, ressemblait à un dieu éblouissant. Je rapprochai la chaise du lit de Wren et, soudain, je me sentis vieille.

«Quel sport pratiques-tu? demandai-je.

– Je joue pour les Yellow Jackets, répondit-il d'un ton enjoué, puisque je lui fournissais un excellent prétexte pour rester éveillé après l'heure.

– Les Yellow Jackets ?

– Oui, c'est mon équipe junior. Vous savez, on bat tout le monde dans le coin. Ça me surprend un peu que vous n'ayez jamais entendu parler de nous.

– Oh, je suis sûre que je vous connaîtrais si j'habitais la région, Wren. Mais je viens de loin. »

Il me considéra comme si j'étais une créature exotique, parquée derrière la vitre de sa cage de zoo.

« Je joue aussi au basket-ball. Je sais même dribbler entre mes jambes. Je suis sûr que vous ne savez pas faire ça.

– Et tu as raison, je ne sais pas. J'aimerais que tu me parles de ton amitié avec Emily Steiner. »

Il baissa le regard vers ses mains qui tripotaient nerveusement le bord de la couverture.

« Tu la connaissais depuis longtemps ? insistai-je.

– Je la voyais comme ça. On fait partie du même groupe d'ados à l'église. (Il leva les yeux vers moi.) En plus, on est dans la même classe, mais pas avec le même professeur principal. Moi, j'ai Mrs Winters.

– Et tu es devenu copain avec Emily dès que ses parents se sont installés ici ?

– Oui, je crois bien. Ils venaient de Californie. Maman dit que s'ils ont des tremblements de terre là-bas, c'est parce que les gens ne croient pas à Jésus.

– Je crois qu'Emily t'aimait beaucoup. En fait, on pourrait même dire qu'elle avait un béguin pour toi. Tu en étais conscient ? »

Il acquiesça d'un mouvement de tête, les yeux à nouveau baissés.

«Wren, pourrais-tu me raconter la dernière fois que tu l'as vue?

– C'était à l'église. Elle avait amené sa guitare parce que c'était son tour.

– Son tour de quoi?

– De jouer. En général, Owen et Phil jouent du piano, mais, de temps en temps, Emily prenait sa guitare. Elle jouait pas très bien.

– Est-ce que tu devais la rencontrer cet après-midi-là, à l'église?»

Un fard envahit ses joues et il se mordit la lèvre inférieure pour l'empêcher de trembler.

«Ce n'est pas grave, Wren. Tu n'as rien fait de mal.

– Je lui avais demandé de me rencontrer un peu avant les autres, murmura-t-il.

– Et comment a-t-elle réagi?

– Elle a dit d'accord, mais qu'il ne fallait pas en parler.

– Et pourquoi voulais-tu la voir avant les autres? le poussai-je.

– Je voulais juste savoir si elle viendrait.

– Pourquoi?»

Son visage avait viré au cramoisi, et il avait toutes les peines du monde à contenir ses larmes. Il déclara simplement:

«Je sais pas.

– Wren, dis-moi ce qui s'est passé.

– Je suis allé jusqu'à l'église en bicyclette pour voir si elle y était.

– Il était à peu près quelle heure, à ce moment-là?

– Je sais pas. Mais c'était au moins une heure avant que la réunion du groupe commence. J'ai regardé par la fenêtre et je l'ai vue à l'intérieur de l'église. Elle était assise par terre et elle jouait de la guitare.

– Et puis?

– Je suis parti et je suis revenu à cinq heures, l'heure prévue pour la réunion, avec Paul et Will. Ils habitent par là, précisa-t-il en pointant du doigt.

– As-tu dit quelque chose à Emily?»

Les larmes dévalèrent le long de ses joues, et il les essuya d'un geste agacé.

«J'ai rien dit du tout. Elle arrêtait pas de me fixer, mais j'ai fait comme si je ne la voyais pas. Elle avait de la peine. Jack lui a demandé ce qui n'allait pas.

– Qui est Jack?

– C'est l'animateur de notre groupe. Il est au collège Anderson de Montreat. Il est vachement gros et il a une barbe.

– Et qu'a répondu Emily?

– Elle a dit qu'elle avait l'impression d'avoir attrapé la grippe, et puis elle est partie.

– C'était à peu près à quel moment?

– Au moment où je suis allé chercher le petit panier sur le dessus du piano, vu que c'était mon tour de faire la quête.

– C'est-à-dire presque à la fin de votre réunion?

– Oui, c'est à ce moment-là qu'elle est sortie. Elle a pris le raccourci.»

Il se mordit la lèvre inférieure et serra si fort sa couverture que les os menus de ses phalanges se dessinèrent sous la peau.

« Comment sais-tu qu'elle a emprunté le raccourci ? »

Il leva les yeux et me regarda en reniflant bruyamment. Je lui tendis une poignée de mouchoirs en papier afin qu'il se mouche.

« Wren, insistai-je, as-tu véritablement vu de tes yeux Emily s'engager dans le raccourci ?

— Non, m'dame, répondit-il de façon presque inaudible.

— Quelqu'un d'autre l'aurait-il vue ? »

Il haussa les épaules.

« Alors pourquoi en es-tu si certain ?

— C'est ce que tout le monde raconte, répondit-il simplement.

— De la même façon que tout le monde a parlé de l'endroit où l'on avait découvert son corps, n'est-ce pas ? »

J'avais adopté un ton apaisant, mais voyant qu'il ne répondait pas, j'insistai de façon un peu plus péremptoire :

« Tu sais où c'est, n'est-ce pas, Wren ?

— Oui, mm'dame, murmura-t-il.

— Tu peux me parler de cet endroit ? »

Le regard fixé sur ses mains, il répondit :

« Oh, c'est juste un coin où vont souvent pêcher les gens de couleur. C'est plein de mauvaises herbes et de vase, et il y a d'énormes crapauds et des serpents qui se balancent dans les arbres. C'est là qu'elle était. C'est un monsieur noir qui l'a retrouvée et elle n'avait plus qu'une de ses chaussettes, et il a eu tellement peur qu'il est devenu tout blanc, aussi blanc que vous. C'est après que papa a installé toutes les lumières.

– Les lumières ?

– Il a mis tous ces projecteurs dans les arbres, et partout. Ça m'empêche de dormir, et après maman n'est pas contente.

– C'est ton père qui t'a dit où on avait retrouvé le corps d'Emily ? »

Wren fit non de la tête.

« Alors qui ?

– C'est Creed.

– Creed ?

– Un des gardiens à l'école. Il fait des cure-dents et on les lui achète. Ça vaut un dollar les dix cure-dents. Il les fait tremper dans de la menthe ou dans la cannelle. Moi, je préfère ceux à la cannelle parce qu'ils sont super-forts, un peu comme des Fireballs. Quelquefois, quand j'ai plus assez d'argent de poche, je lui échange contre des bonbons. Mais faut en parler à personne, hein, ajouta-t-il, soudain inquiet.

– À quoi ressemble Creed ? m'enquis-je, alors qu'un signal d'alarme retentissait dans mon esprit.

– Je sais pas trop. C'est un latino puisqu'il porte toujours des chaussettes blanches dans ses bottes. Je crois qu'il doit être très vieux, précisa-t-il en soupirant.

– Tu connais son nom de famille ? »

De la tête, Wren fit signe que non.

« Ça fait combien de temps qu'il travaille dans votre école ? Longtemps ? »

Wren eut un autre petit mouvement de tête avant de répondre :

« Il a remplacé Albert. Albert est tombé malade à cause des cigarettes et il a fallu lui retirer le poumon.

– Wren, Emily et Creed se connaissaient-ils ? »

Son débit s'accentua soudain :

« On s'amusait à embêter Emily en lui disant que Creed était son petit ami parce qu'un jour il lui a offert des fleurs qu'il avait ramassées. Et il lui donnait aussi des bonbons, parce qu'elle n'aimait pas les cure-dents. Vous savez, il y a plein de filles qui préfèrent les bonbons aux cure-dents.

– Oui, approuvai-je avec un sourire sinistre, je crois bien que beaucoup de filles préfèrent les bonbons. »

La dernière chose que je tentai de savoir, avant de quitter le petit garçon, fut s'il s'était rendu à l'endroit où l'on avait retrouvé le corps d'Emily. Il m'assura que non.

« Selon moi, il dit la vérité, expliquai-je à Marino lorsque nous nous éloignâmes de la maison illuminée des Maxwell.

– Non. Moi, je crois qu'il ment comme un arracheur de dents parce qu'il a peur que son vieux lui zèbre la peau du cul. (Il baissa le chauffage avant de poursuivre.) Cette caisse chauffe mieux que toutes celles que j'ai jamais eues. La seule chose que je regrette, c'est qu'y ait pas le chauffage de sièges, comme dans votre Mercedes.

– Marino, il décrit cet endroit comme s'il n'y avait jamais mis les pieds. Je ne crois pas que ce soit lui qui ait laissé les bonbons là-bas.

– Alors qui?

– Que savez-vous au sujet d'un gardien de l'école, un certain Creed?

– Rien du tout.

– Il faudrait que vous mettiez la main dessus. Autre chose qui risque de vous surprendre: je ne crois pas qu'Emily ait emprunté le raccourci autour du lac lorsqu'elle est rentrée chez elle après sa réunion à l'église.

– Bordel! Je déteste quand vous faites des trucs comme ça. Juste au moment où les choses commencent à se mettre un peu en place, il faut que vous secouiez tout, comme les pièces d'un foutu puzzle.

– Écoutez, j'ai moi-même parcouru ce chemin. Il est invraisemblable qu'une petite fille de onze ans, ou quiconque, ait opté pour un tel itinéraire, alors que la nuit tombait. Je vous rappelle qu'à dix-huit heures, c'est-à-dire au moment approximatif où Emily a quitté l'église, il devait faire presque nuit noire.

– Alors, elle a menti à sa mère, dit Marino.

– Cela m'en a tout l'air, mais pourquoi?

– Peut-être qu'elle préparait un coup?

– Quel genre?

– J'en sais rien! Vous avez du scotch dans votre piaule, car je suppose que c'est même pas la peine de vous demander si vous avez du bourbon?

– Tout juste, je n'ai pas de bourbon.»

Cinq messages m'attendaient au Travel-Eze. Trois d'entre eux émanaient de Benton Wesley. Le FBI enverrait demain à l'aube un hélicoptère me chercher.

Lorsque je parvins à joindre Wesley, il m'annonça de façon assez cryptique :

« Entre autres choses, nous nous trouvons dans une situation pour le moins tendue vis-à-vis de votre nièce. On vous ramène directement à Quantico.

— Que s'est-il passé ? Lucy va bien ? m'enquis-je alors que mon estomac se contractait.

— Kay, cette ligne téléphonique n'est pas sécurisée.

— Mais elle va bien ?

— Elle va bien... Physiquement. »

10

Lorsque je m'éveillai le lendemain matin, une brume épaisse dissimulait les montagnes. Mon voyage vers le nord s'en trouva remis à l'après-midi, et je décidai d'aller courir dans l'air froid et humide.

Je longeai des maisons confortables, dépassant des voitures sans ostentation garées le long des allées. Un colley nain aboyait frénétiquement contre les feuilles mortes qui tombaient des arbres et courait en tous sens dans un petit jardin clos d'une chaîne. La scène m'arracha un sourire. Sa maîtresse sortit de la maison et lança :

« Enfin, Shooter, tais-toi ! »

Elle était vêtue d'une robe de chambre matelassée et chaussée de petites mules duvetées, et son crâne se hérissait de rouleaux. Sa tenue ne semblait pas la dissuader de sortir de chez elle. Elle ramassa les journaux déposés sur son porche, et les tapa dans sa paume en grondant à nouveau le chien. Avant le meurtre d'Emily

Steiner, la seule chose que devaient redouter les habitants de ce petit coin était sans doute qu'un voisin indélicat ne dérobe leurs journaux ou ne décore les arbres de leur jardin de guirlandes de papier toilette. Les cicadiers poursuivaient sans relâche leur petit chant amidonné de la veille, et les caroubiers et les pois de senteur étaient baignés de rosée. Une pluie froide commença de tomber aux environs de onze heures, et je me faisais l'impression d'être en mer, cerclée par des eaux chagrines. Le soleil devenait un hublot. Peut-être que si mon regard parvenait à le percer pour passer de l'autre côté, je trouverais la fin de ce jour si gris.

Il était quatorze heures passées lorsque, enfin, le temps s'améliora assez pour me permettre de décoller. On m'avertit que l'hélicoptère ne pourrait pas se poser sur le terrain de sport du collège, parce que les Warhorses et les majorettes s'y entraînaient. Je devais retrouver Whit dans une prairie située dans l'enceinte de la robuste arche double en pierre qui délimitait le début d'une petite ville nommée Montreat, aussi presbytérienne que la prédestination, et située à quelques kilomètres de mon hôtel.

La police de Black Mountain parvint au lieu de rendez-vous en même temps que moi, c'est-à-dire avant que Whit n'apparaisse. J'attendis, assise dans une voiture de patrouille garée dans un chemin de terre, en contemplant la partie de balle aux prisonniers qui captivait les enfants. Les garçons couraient après les filles qui couraient après les garçons, et chacun convoitait sa petite gloire en tentant d'arracher le chiffon rouge pendu à la ceinture d'un adversaire. Les cris des voix jeunes me parvenaient, portés par un vent puissant qui parfois soulevait la balle pour l'envoyer dans les bosquets touffus délimitant le pourtour de la prairie. Lorsque la balle s'élevait suffisamment haut pour finir dans un églantier ou sur la route, tous se figeaient en silence. L'égalité des sexes était renvoyée aux vestiaires pour un moment, les garçons allaient chercher la balle et les filles attendaient. Puis, ils revenaient et la partie reprenait.

Enfin, je perçus le bruit caractéristique des pales de l'hélicoptère, et fus désolée de devoir interrompre ces innocents jeux. Les enfants s'immobilisèrent, fascinés. Ils contemplèrent la lente descente bruyante du Bell Jet Ranger, qui se posa au milieu du terrain. Lorsque nous nous élevâmes au-dessus des arbres, je leur adressai de petits signes de la main.

Le soleil se coucha sur la ligne d'horizon, puis le ciel vira à l'encre épaisse. Les étoiles se refusèrent à moi jusqu'à ce que nous fûmes en vue de l'Académie. Benton Wesley, qu'on avait tenu informé par radio de notre approche, nous attendait sur la piste d'atterrissage. Au moment où je mis pied à terre, son bras se posa sur le mien, et il m'entraîna à sa suite.

« Venez. (Puis, baissant la voix:) C'est bon de vous revoir, Kay. »

La pression de ses doigts sur mon avant-bras me troublait. Il poursuivit:

« L'empreinte que nous avons retrouvée sur la culotte que portait Ferguson appartient à Denesa Steiner.

– Pardon ? »

Il me guida d'un pas rapide dans l'obscurité.

« De surcroît, les tests hématologiques pratiqués sur les tissus que nous avons découverts dans le congélateur de Ferguson prouvent que la victime était de groupe O positif, tout comme Emily. Nous attendons les résultats de l'empreinte ADN, mais il semble que Ferguson ait subtilisé la lingerie de Mrs Steiner lorsqu'il s'est introduit chez elle pour enlever Emily.

– Vous voulez dire : lorsque *quelqu'un* s'est introduit pour enlever Emily !

– Vous avez raison. Gault nous joue peut-être des tours.

– Benton, je vous en prie ! Quelle situation dramatique. Où se trouve Lucy ? »

Nous pénétrâmes dans le hall d'accueil du bâtiment Jefferson, et il répondit :

« Dans sa chambre, je suppose. »

La lumière me fit cligner des yeux, et le panneau qui affichait « Bienvenue au FBI » ne me remonta pas le moral. Je ne me sentais pas la bienvenue.

Il passa sa carte magnétique dans la serrure qui fermait les portes en verre arborant les emblèmes du département de la Justice et du FBI.

« Qu'a-t-elle fait, à la fin ? insistai-je.

– Plus tard.

– Comment se portent votre main et votre genou ?

– Bien mieux depuis que j'ai consulté un médecin.

– Merci, lançai-je sèchement.

– C'est à vous que je faisais allusion. Vous êtes le seul médecin que j'aie vu.

– Pendant que je suis ici, nous devrions en profiter pour nettoyer vos points de suture.

– Ce ne sera pas nécessaire.

– J'ai juste besoin d'eau oxygénée et de coton. Vous n'aurez pas mal. »

Nous traversâmes la salle réservée au nettoyage des armes, et l'odeur caractéristique du Hoppes me monta au nez.

Nous empruntâmes l'ascenseur pour descendre vers le niveau le plus bas, vers les locaux qu'occupait l'unité de soutien à l'investigation, le noyau en fusion du FBI. Wesley y régnait sur onze autres profileurs, mais aucun d'entre eux ne s'y trouvait à cette heure tardive. J'avais toujours beaucoup aimé la façon dont Wesley habitait cet espace, sans doute parce qu'il s'agissait d'un être sensible et discret mais qu'il fallait d'abord connaître afin de s'en rendre compte.

Alors que la majorité des gens dont les professions ont un rapport quelconque avec la loi ou son application adorent orner les murs de leurs bureaux de citations élogieuses, ou de souvenirs rappelant leur action contre le vice et le crime, Wesley avait préféré accrocher des tableaux. Certaines de ces toiles étaient d'excellente facture. Celle que je préférais était un paysage dû à Valoy Eaton, vital et expansif. Selon moi, Eaton pouvait se comparer à Remington et, un jour, ses tableaux se vendraient aussi cher. J'avais chez moi plusieurs huiles de ce peintre originaire de l'Utah, et le plus étonnant était sans doute que Wesley et moi avions découvert l'artiste chacun de notre côté.

Certes, à l'instar des autres, Wesley collectionnait quelques souvenirs, mais il avait opté en faveur de ceux qui signifiaient quelque chose à ses yeux: la casquette blanche de la police viennoise, celle en peau d'ours que portent les Cold Stream Guards, une paire d'éperons de gaucho argentin en argent. Rien de tout cela n'avait de rapport avec les tueurs en série, ni aucune des atrocités qui étaient son lot quotidien. C'étaient, pour la plupart, des présents offerts par des amis voyageurs comme moi. Du reste, Wesley possédait de nombreux souvenirs de notre relation. Lorsque les mots me font défaut, j'ai recours aux symboles, comme ce poignard italien dans son fourreau, ce pistolet à la crosse incrustée d'ivoire, et ce stylo-plume Montblanc qui trônait en permanence dans la poche de sa chemise, au-dessus de son cœur.

«Parlez-moi, que se passe-t-il? Ça n'a pas l'air d'aller, vous avez une mine épouvantable, attaquai-je en tirant une chaise.

— C'est sans doute parce que je me sens dans un état épouvantable. (Il desserra son nœud de cravate et se passa une main dans les cheveux avant de poursuivre:) Kay, mon Dieu, je ne sais pas comment vous dire cela.

— Eh bien dites-le, c'est tout, répondis-je alors que mon sang se glaçait dans mes veines.

— Il semble que Lucy se soit introduite par effraction dans l'ERF, en forçant le système de sécurité.

— Comment peut-elle s'introduire par effraction puisqu'elle a le droit de s'y trouver, Benton? rétorquai-je en pleine incompréhension.

211

– Pas à trois heures du matin, moment précis où le détecteur a enregistré l'empreinte de son pouce sur la serrure biométrique.»

Je le fixai, totalement incrédule.

«Ajoutez à cela, Kay, que votre nièce n'a certainement pas l'autorisation de fouiller dans des dossiers top-secrets concernant des projets hautement confidentiels.

– De quels projets parlez-vous? me risquai-je à lui demander.

– Il semble que Lucy ait pénétré dans des fichiers qui font partie de projets de systèmes d'électro-optique, d'imagerie thermique et d'amplification de signaux visuels ou sonores. Il semble aussi qu'elle ait fait une copie papier d'un programme électronique concernant la gestion des enquêtes sur lequel elle travaillait pour nous.

– CAIN?

– C'est cela.

– Dans quoi n'a-t-elle *pas pénétré*?

– C'est tout le problème. Elle a réussi à s'introduire dans presque tous les programmes, aussi nous est-il difficile de déterminer ce qu'elle cherchait au juste, et surtout pour le compte de qui.

– Les appareils sur lesquels travaillent vos ingénieurs sont-ils top-secrets à ce point?

– Quelques-uns et, de toute façon, toutes les techniques que nous utilisons sont archi-confidentielles du strict point de vue de la sécurité. Nous ne tenons surtout pas à ce que l'on sache quel type de stratégie ou de moyens nous utilisons dans tel ou tel cas.

– Elle n'a pas pu faire une chose pareille, déclarai-je.

– Mais nous savons qu'elle l'a fait, la question qui reste à résoudre, c'est pourquoi ?

– Et, selon vous, pourquoi ? argumentai-je en ravalant mes larmes.

– L'argent. C'est la raison qui me semble la plus évidente.

– C'est grotesque ! Si elle a besoin d'argent, elle sait qu'elle peut m'en demander.»

Wesley se pencha vers moi et croisa les mains sur son bureau :

« Kay, avez-vous la moindre idée de ce que valent certaines des informations contenues dans ces programmes ? »

Je restai coite.

« Imaginez, par exemple, que l'ERF mette au point un appareil de surveillance qui soit capable de filtrer les bruits parasites et permette d'entendre presque toutes les conversations d'intérêt, où que ce soit dans le monde. À votre avis, qui aimerait connaître tous les détails de nos systèmes de prototypage rapide ou de nos satellites tactiques ? Et dans le cas qui nous occupe, qui donnerait très cher pour savoir comment fonctionne le système d'intelligence artificielle sur lequel travaillait Lucy ? »

Je l'interrompis d'un geste et m'exclamai, la voix tremblante :

« Assez !

– Alors, c'est à vous de me dire pourquoi elle a fait cela. Vous la connaissez mieux que moi.

– J'ai l'impression de ne plus la connaître si bien. Et j'ignore tout à fait comment elle aurait pu commettre une telle chose, Benton.»

Il demeura un instant silencieux, le regard fixé ailleurs, puis ses yeux revinrent sur moi.

«Vous m'avez dit qu'elle buvait trop et que vous vous faisiez du souci. Pourriez-vous être plus précise?

– Je crois qu'elle boit comme elle fait le reste, avec exagération. Lucy a une personnalité extrémiste, chez elle tout est toujours excellent ou exécrable, jamais modéré, l'alcool n'en est qu'un exemple.»

Au moment où je prononçai ces phrases, j'avais conscience qu'elles ne feraient que conforter Wesley dans ses soupçons.

«Je vois, dit-il. Y a-t-il des alcooliques dans sa famille?

– Je finis par croire qu'il en existe dans n'importe laquelle, répondis-je avec amertume. Mais en effet, son père était alcoolique.

– Votre beau-frère, donc?

– De façon très temporaire. Comme vous le savez, ma sœur Dorothy a été mariée quatre fois.

– Lucy a découché à plusieurs reprises. Étiez-vous au courant?

– Non, je l'ignorais. Était-elle dans sa chambre lorsqu'on a forcé le système de sécurité? Elle la partage avec une camarade.

– On ne sait pas, d'autant qu'elle pouvait se faufiler discrètement lorsque tout le monde dormait. Êtes-vous en bons termes avec votre nièce, Kay? demanda-t-il ensuite.

– Pas vraiment.

– À votre avis, a-t-elle pu faire une chose pareille pour vous blesser, pour se venger ?

– Non. Et je ne souhaite pas du tout que vous vous serviez de moi pour *profiler* ma nièce ! fulminai-je, la colère montant.

– Kay, je n'ai pas plus envie que vous que Lucy soit impliquée dans tout cela, répliqua-t-il d'une voix plus douce. Je vous rappelle que c'est moi qui l'ai recommandée. C'est encore moi qui ai insisté pour que nous l'engagions sitôt après son diplôme à l'université de Virginie. À votre avis, comment croyez-vous que je prenne les choses ?

– Il doit exister une autre explication à ce qui s'est produit. »

Il hocha la tête doucement en signe de dénégation :

« Même si quelqu'un avait trouvé le numéro personnel d'identification de Lucy, cette personne n'aurait pas pu pénétrer dans la salle parce que le système de sécurité biométrique ne fonctionne qu'après avoir scanné les empreintes digitales. Il fallait donc le doigt de Lucy.

– Alors, elle souhaitait qu'on la démasque. Lucy est bien placée pour savoir que si elle pénètre dans des fichiers protégés, elle laissera des traces d'entrée et de sortie, sans compter les enregistrements d'activité qui permettent de prouver une recherche informatique et autres.

– Je suis d'accord avec vous. Elle le sait mieux que quiconque, et c'est pour cela que je cherche quelles ont été ses raisons. En d'autres termes, que voulait-elle prouver, qui voulait-elle blesser ?

– Benton ? Que va-t-il se passer ?

– L'OPR lance une enquête officielle, répondit-il en faisant référence à la section du FBI chargée de déterminer les responsabilités professionnelles des agents, l'équivalent du Bureau des Affaires Internes, la police des polices.

– Et si elle est coupable ?

– Cela dépendra si nous pouvons prouver qu'elle a vraiment volé quelque chose. En ce cas, c'est considéré comme un crime, pas comme un simple délit.

– Et si elle n'a rien volé ?

– Encore une fois, tout dépendra de ce que découvre l'OPR. Quoi qu'il en soit, je pense que nous pouvons d'ores et déjà partir du principe que Lucy a, à tout le moins, forcé nos codes de sécurité, ce qui signifie que son avenir au FBI est terminé.

– Elle va être désespérée », articulai-je avec peine tant ma bouche était desséchée.

La fatigue et la déception assombrissaient le regard de Wesley. Je savais à quel point il appréciait Lucy. De ce ton plat qu'il adoptait lorsqu'il passait en revue les éléments d'un dossier, il poursuivit :

« Pour l'instant, elle ne peut plus séjourner à Quantico. On lui a déjà demandé de faire ses valises. Le mieux serait sans doute qu'elle habite chez vous à Richmond jusqu'à ce que l'enquête soit terminée.

– Bien sûr. Cela étant, je n'y serai pas tout le temps.

– Elle n'est pas placée en détention à domicile, Kay. »

Durant quelques fugaces instants, son regard gagna en chaleur. J'entr'aperçus, brièvement, ce qui s'agitait derrière la façade imperturbable de cet homme.

Il se leva. L'imitant, je lâchai :

«Je vais la conduire à Richmond ce soir.

– J'espère que vous allez bien, Kay.»

Je savais ce qu'il sous-entendait, tout comme je savais que le moment n'était pas propice à ce genre de pensées.

«Merci», répondis-je.

J'eus le sentiment qu'un combat sauvage se livrait dans mon cerveau.

Lucy était en train de défaire son lit lorsque je la retrouvai dans sa chambre un peu plus tard. Elle me tourna le dos lorsque j'entrai.

«Je peux te donner un coup de main ? demandai-je.

– Non. Je m'en sors», répondit-elle en fourrant les draps dans une taie d'oreiller.

Sa chambre était meublée très sobrement, de deux petits lits jumeaux, deux bureaux et des chaises en chêne plaqué, bref, le mobilier institutionnel. Selon les critères yuppie, les chambres du dortoir Washington étaient affligeantes. Cependant, c'était tout de même mieux qu'un baraquement militaire. Je me demandai où étaient passés les camarades de dortoir de ma nièce ainsi que sa compagne de chambre, et s'ils étaient au courant de ce qui se passait.

«Si tu veux, tu peux vérifier dans la penderie que je n'ai rien oublié. C'est celle de droite, jette aussi un œil dans les tiroirs.

– Tout est vide à l'exception des portemanteaux. Ceux qui sont matelassés. Ils sont à toi ?

– Ils sont à ma mère.

– Tu veux les prendre?
– Non. Laisse-les pour le prochain imbécile qui se fait piéger ici.
– Lucy, ce n'est pas la faute du Bureau.»
Elle s'agenouilla sur sa valise pour la fermer et lâcha:
« C'est injuste. Où est passé le fameux "présumé innocent jusqu'à ce qu'on prouve le contraire"?
– D'un strict point de vue légal, tu es innocente jusqu'à ce qu'on prouve que tu es coupable. D'un autre côté, tu ne peux pas en vouloir au FBI de ne pas souhaiter que tu travailles dans des domaines ultra-confidentiels jusqu'à ce qu'on puisse expliquer cette brèche dans le système de sécurité. Par ailleurs, tu n'es pas arrêtée. On te demande simplement de t'absenter quelque temps.»
Elle se tourna vers moi, son épuisement se lisait dans ses yeux rougis.
«Pour quelque temps signifie pour toujours.»
Une fois dans la voiture, je tentai de lui poser des questions. Elle alternait entre des crises de sanglots pitoyables et des emportements capables d'enflammer tout ce qui passait à portée. Elle s'endormit enfin. Je n'en savais pas plus qu'au début. Une pluie glaciale commença de tomber, et j'allumai les feux de brouillard pour suivre un cortège de feux arrière dont la brillante lueur rouge hachait l'obscurité. La pluie et les nuages se rassemblaient en tournoyant par intermittence, rendant la visibilité presque nulle. Plutôt que de me garer et d'attendre que la tempête se calme, je rétrogradai et poursuivis ma route dans

ma machine d'acier, de cuir souple et de bois de noyer.

Pourquoi avais-je acheté cette Mercedes 500E gris anthracite ? Je n'en savais trop rien, si ce n'était qu'après la mort de Mark il m'avait semblé fondamental de conduire une voiture neuve, probablement parce que tant de souvenirs étaient liés à mon ancien véhicule. Nous nous y étions désespérément aimés et déchirés. Plus prosaïquement, peut-être était-ce aussi parce que la vie me semblait plus dure avec le passage des années, et que j'avais besoin d'une sensation de puissance à laquelle me raccrocher.

Lucy bougea lorsque je pénétrai dans Windsor Farms, un des vieux quartiers de Richmond dans lequel j'habite, au milieu d'imposantes maisons de style géorgien ou Tudor, pas très loin des berges de la rivière James. Les petits catadioptres des chevilles d'un jeune garçon que je ne connaissais pas et qui pédalait sur son vélo se réfléchirent dans la lumière de mes phares. Ma voiture dépassa un couple qui se tenait par la main en promenant son chien. Je n'avais pas non plus le sentiment de les avoir déjà croisés. Les arbres à gomme avaient encore laissé choir leur cargaison de graines hérissées dans mon jardin. Quelques journaux, toujours roulés, patientaient sur le perron, et les grosses poubelles n'avaient pas bougé du bord du trottoir. Il suffisait de peu de temps pour que je me sente comme une étrangère et pour que ma maison ait l'air abandonnée.

Lucy monta les valises pendant que j'allumai le gaz sous les bûches de la cheminée et préparai une théière de Darjeeling. Je demeurai un moment assise en face du feu, seule, écoutant les bruits de ma nièce qui s'installait, puis prenait une douche, sans grande hâte. Nous devions avoir une conversation dont la perspective nous terrorisait l'une comme l'autre.

« As-tu faim ? demandai-je lorsque je l'entendis pénétrer dans le salon.

– Non. Tu as de la bière ? »

J'hésitai avant de répondre :

« Dans le réfrigérateur du bar. »

Je l'écoutai aller et venir encore un moment, sans me retourner. Lorsque je regardais Lucy, je la voyais comme j'aimais qu'elle soit. Dégustant mon thé à petites gorgées, je dus rassembler tout mon courage avant de me décider à affronter cette jeune femme, terriblement belle et follement intelligente, avec laquelle je partageais des bribes de code génétique. Après toutes ces années, il était enfin temps que nous nous rencontrions.

Elle s'approcha de l'âtre et s'assit par terre en s'adossant au manteau de pierre de la cheminée. Elle buvait sa bière Icehouse au goulot. Elle m'avait emprunté un survêtement aux couleurs flamboyantes que je portais lors des rares occasions où je jouais au tennis. Elle était pieds nus et ses cheveux mouillés lissés vers l'arrière. Si je ne l'avais pas connue et si elle m'avait dépassée dans la rue, je me serais retournée pour la suivre du regard. Il ne s'agissait pas seulement de sa jolie silhouette, ni même de son visage. L'aisance avec laquelle Lucy parlait, marchait, la façon dont elle savait utiliser son corps et son regard dans les moindres gestes s'imposaient à tous ceux qui la rencontraient. On avait l'impression que tout était si évident pour elle, et sans doute était-ce pour cette raison qu'elle n'avait pas beaucoup d'amis.

« Lucy, aide-moi à comprendre, attaquai-je.

– Je me suis fait baiser, lâcha-t-elle en avalant une gorgée de bière.

– Si tel est le cas, comment cela s'est-il produit ?

– Attends un peu. Qu'est-ce que tu sous-entends avec ton "Si" ? »

Elle me fixa d'un regard dur et ses yeux se remplirent de larmes.

« Comment peux-tu penser, ne serait-ce qu'un instant, que j'ai... Oh, et puis merde ! À quoi ça sert tout ça !

– Je ne peux pas t'aider si tu ne me dis pas la vérité, Lucy. »

Je me levai puis, décidant que je n'avais pas faim non plus, me dirigeai vers le bar pour me servir un scotch sur de la glace pilée. Retournant vers ma chaise, je suggérai :

« Commençons par les faits. Nous savons que quelqu'un a pénétré dans l'ERF aux environs de trois heures du matin, mardi dernier. Nous savons également qu'on s'est servi de ton numéro personnel d'identification et de l'empreinte de ton pouce pour y accéder. On a, par ailleurs, trouvé la trace du passage de cet... intrus dans de nombreux dossiers informatiques. Cette personne en est ressortie à quatre heures trente-huit exactement.

– On m'a tendu un piège, c'est du sabotage.

– Mais où étais-tu pendant ce temps-là?

– Je dormais.»

Elle se leva, termina sa bière d'un geste coléreux et alla en chercher une autre.

Je dégustai lentement mon scotch, parce qu'il n'est pas pensable d'avaler cul sec un Dewar's Mist.

«Il semble que ton lit soit resté inoccupé certaines nuits, dis-je calmement.

– Ah oui? Eh bien, cela ne regarde personne.

– Si, et tu le sais très bien. Étais-tu dans ta chambre la nuit où quelqu'un a pénétré dans l'ERF?

– Dans quel lit je passe la nuit, quelle nuit et où, ne regarde que moi, personne d'autre.»

Nous demeurâmes silencieuses et je songeai à Lucy, assise sur le bord d'une table de pique-nique, dans la pénombre, son visage seulement illuminé par la flamme d'une allumette qu'une autre femme protégeait de sa paume. Je me souvins des mots qu'elle avait prononcés, les émotions qu'ils conviaient, parce que je connaissais le langage de l'intimité. Je sentais lorsque l'amour teintait la voix de quelqu'un.

«Où te trouvais-tu exactement lorsqu'on s'est introduit dans l'ERF? Peut-être la bonne question est-elle: avec qui étais-tu?

– Je ne te demande pas avec qui tu es, toi.

– Tu n'hésiterais pas si tu savais que cela peut m'éviter de gros ennuis.

– Ma vie privée n'a rien à voir là-dedans, s'entêta-t-elle.

– Je crois que tu redoutes de te sentir rejetée.

– Je ne vois pas de quoi tu veux parler.

222

– Je t'ai aperçue l'autre nuit. Tu étais assise dans l'aire de pique-nique. Tu discutais avec une amie.

– Alors, toi aussi tu m'espionnes? (Elle détourna le regard. Sa voix tremblait.) Inutile de perdre ton temps à me sermonner et tu peux oublier la culpabilité catholique, parce que je n'y crois pas.

– Lucy, je ne cherche pas à te juger. (Cependant, dans un sens, c'était exactement ce que je faisais.) Aide-moi à comprendre.

– Ça sous-entend que je suis anormale ou tarée, pour qu'il soit nécessaire de me "comprendre". Sans cela, on m'accepterait telle que je suis, c'est tout.

– Ton amie peut-elle témoigner de l'endroit où tu te trouvais à trois heures du matin, cette nuit-là?

– Non.

– Je vois. »

C'est tout ce que je pus formuler, et le fait que j'admette son entêtement était une façon d'accepter que la jeune fille que j'avais connue ait disparu. J'ignorais tout de cette autre Lucy. Je m'interrogeai : où avais-je commis une erreur?

« Qu'est-ce que tu vas faire? me demanda-t-elle comme la soirée traînait en longueur.

– Je suis sur une enquête, en Caroline du Nord. J'ai l'impression qu'il faudra que je sois souvent là-bas.

– Et ton bureau de Richmond?

– Fielding tient le siège. Je crois que je suis appelée devant le tribunal demain matin. Il faut que je téléphone à Rose pour vérifier à quelle heure je dois m'y présenter.

– C'est pour quel genre de dossier?

– Un meurtre.

– Ça, je m'en serais doutée. Je peux venir avec toi?

– Si tu veux.

– Oh, peut-être que je retournerais plutôt à Charlotteville.

– Pourquoi faire? demandai-je.

– Je ne sais pas, du reste je ne sais pas non plus comment m'y rendre. »

Je perçus la panique dans son regard.

« Tu peux emprunter ma voiture quand je ne m'en sers pas. Peut-être pourrais-tu descendre à Miami jusqu'à la fin du semestre et revenir ensuite à l'université? »

Elle avala la dernière gorgée de bière et se leva, le regard à nouveau noyé de larmes :

« Allez, avoue, tante Kay : tu penses que c'est moi, n'est-ce pas?

– Lucy, je ne sais vraiment plus, déclarai-je en toute honnêteté. Les faits sont en contradiction avec ce que tu affirmes.

– Eh bien, moi, je n'ai jamais douté de toi, lâcha-t-elle en me fixant comme si je venais de lui briser le cœur.

– Tu peux rester ici jusqu'après les fêtes de Noël. »

11

L'accusé jugé le lendemain matin au tribunal était un des membres du gang du nord de Richmond. Il portait un costume bleu marine à revers croisés et une cravate italienne en soie nouée en parfait Windsor. Sa chemise blanche était impeccablement repassée et il était rasé de frais. Il avait retiré sa boucle d'oreille.

L'avocat de la défense, Tod Coldwell, avait été très attentif à la tenue de son client, conscient que les jurés éprouvent beaucoup de difficulté à se défaire de l'idée selon laquelle les choses sont nécessairement ce qu'elles paraissent être. Il n'en demeurait pas moins que je trouvais moi aussi cet axiome convaincant, aussi présentai-je autant de photos couleur que possible de l'autopsie de la victime. On pouvait affirmer, sans risque de se tromper, que Coldwell, propriétaire d'une Ferrari rouge, ne me portait pas dans son cœur.

Ce jour d'automne bien frais, Coldwell pontifiait dans la salle d'audience :

« N'est-il pas exact, madame Scarpetta, que les gens qui sont sous l'emprise de la cocaïne peuvent se montrer hyper-agressifs et même faire preuve d'une force surhumaine ?

– Il est vrai que la cocaïne peut provoquer des hallucinations et un état d'excitation de la part de l'utilisateur. (Destinant mes réponses aux jurés, je poursuivis :) Cette force surhumaine à laquelle vous faites allusion est fréquemment associée à l'usage de la cocaïne ou du PCP, tranquillisant utilisé pour les chevaux.

– On a retrouvé dans le sang de la victime de la cocaïne ainsi que de la benzoylecgonine, poursuivit Coldwell comme si j'avais approuvé ses propos.

– En effet.

– Madame Scarpetta, pourriez-vous expliquer au jury ce que cela signifie ?

– Je souhaite d'abord préciser aux membres du jury que je suis médecin et que je possède un diplôme de droit. Je suis titulaire d'une spécialisation en pathologie avec une option en médecine légale, ainsi que vous l'avez déjà précisé, Mr Coldwell. En conséquence de quoi, je vous serais reconnaissante de bien vouloir utiliser mon titre plutôt que "Madame Scarpetta" lorsque vous vous adressez à moi.

– Oui, madame.

– Pouvez-vous répéter la question ?

– Pourriez-vous expliquer aux jurés ce qu'implique le fait d'avoir de la cocaïne et... (il consulta ses notes) de la benzoylecgonine dans le sang.

– La benzoylecgonine est le métabolite de la cocaïne.

Si l'on trouve les deux substances dans le sang, cela prouve qu'une partie de la cocaïne qu'a consommée la personne a d'ores et déjà été métabolisée alors que l'autre fraction est encore intacte.»

Lucy se trouvait dans la salle d'audience, tout au fond, dans un coin. Son visage désespéré était partiellement dissimulé par un pilier.

«Ce qui pourrait suggérer que cette personne est un drogué chronique, surtout si l'on rapproche cela des nombreuses marques de piqûres déjà anciennes que l'on a découvertes sur ses avant-bras. Cela pourrait également signifier que lorsque mon client s'est retrouvé en face de lui, cette nuit du 3 juillet, il était, de ce fait, confronté à une personne excitée, agitée, violente, et qu'il n'avait pas d'autre choix que de se défendre.»

Coldwell arpentait le box, son pimpant client me dévisageant comme un chat qui battrait de la queue.

«Mr Coldwell, dis-je, la victime – Jonah Jones – a été abattue de seize coups tirés par une arme de calibre neuf millimètres, dont le chargeur contient trente-six projectiles. Sept de ces balles ont été tirées dans le dos, et trois autres à l'arrière du crâne, à bout portant ou touchant. Selon moi, ceci est incompatible avec l'hypothèse selon laquelle le tireur tentait de se défendre. Du reste, l'alcoolémie de Mr Jones était de 2,1, soit à peu près trois fois supérieure à la limite légale dans l'État de Virginie. En d'autres termes, les facultés motrices et le jugement de Mr Jones devaient être sérieusement diminués lorsqu'il a été agressé. Franchement, ce qui m'étonne, c'est qu'il ait pu tenir debout.»

Coldwell se retourna d'un bloc vers le juge Poe, surnommé le «Corbeau» d'aussi loin que je me souvienne. Le juge Poe était las, jusqu'à la moelle, des
dealers qui s'entre-tuaient, des enfants qui amenaient
des armes à l'école et se tiraient dessus dans les bus de
ramassage scolaire.

«Votre Honneur, s'exclama Coldwell d'un ton théâtral,
je souhaite que la dernière affirmation de Mme Scarpetta soit exclue du rapport. Il s'agit de pure spéculation, de provocation, et c'est, de toute évidence, en
dehors de son champ d'expertise.

– Eh bien... Mr Coldwell, je ne crois pas que ce qu'a
dit le docteur soit en dehors de son domaine d'expertise. De surcroît, elle vous a déjà demandé très courtoisement de vous adresser à elle en utilisant son titre
comme il est adéquat, enfin, je suis en train de perdre
patience avec toutes vos singeries et vos stratagèmes.

– Mais, Votre Honneur...

– En réalité, j'ai déjà eu maintes fois l'occasion
d'écouter le docteur Scarpetta durant mes audiences,
et je suis à même de juger de ses compétences, poursuivit le juge avec son accent caractéristique du Sud
qui me faisait penser à un ruban de caramel mou
qu'on étirerait.

– Votre Honneur...?

– J'ai l'impression qu'elle voit passer ce genre de
choses tous les jours.

– Votre Honneur?

– Mr Coldwell, tonna le Corbeau dont le crâne
chauve virait au violine, si vous m'interrompez encore
une seule fois, je vous condamne pour injures à la

cour et je vous envoie passer quelques nuits dans la prison de la ville. Suis-je bien clair?

– Oui, Votre Honneur.»

Lucy allongeait le cou pour mieux voir, et tous les jurés étaient sur le qui-vive.

«En conséquence, j'autorise à ce qu'il soit fait mention exacte des propos du docteur Scarpetta, continua le juge.

– Pas d'autres questions», conclut Coldwell d'un ton abrupt.

Le juge Poe conclut la séance d'un énergique coup de marteau qui réveilla une femme âgée assise au fond de la salle. Chapeautée de paille noire, elle avait somnolé une bonne partie de la matinée. Surprise, elle se redressa et bafouilla: «Qui est-ce?» Puis, elle se souvint qu'elle se trouvait dans une des salles d'audience du tribunal et fondit en larmes.

Lorsque nous nous levâmes pour aller déjeuner, j'entendis qu'une autre femme lui disait:

«Tout va bien, maman.»

Avant de quitter le centre-ville, je m'arrêtai au département de la santé, dans les bureaux de l'état civil. Une vieille amie – et ancienne collègue – en était devenue la directrice. Nul ne pouvait voir le jour ou être inhumé en Virginie sans la signature de Gloria Loving. Bien qu'elle fût une vraie fille de Virginie, Gloria connaissait tous les officiers de l'état civil du pays. J'avais souvent fait appel à elle dans le passé pour vérifier que quelqu'un avait bien existé, qu'il avait été marié, divorcé, adopté ou qu'il était mort.

On m'informa que Gloria était partie déjeuner à la

cafétéria du Madison Building. Il était treize heures quinze lorsque je la retrouvai assise à une table, avalant en solitaire un yaourt et un ravier de salade de fruits en boîte. Elle était immergée dans la lecture d'un ouvrage épais, qui, si on en croyait sa couverture illustrée d'une critique du *New York Times,* était un des thrillers de l'année.

« Si je devais me contenter du genre de déjeuners que tu avales, je deviendrais anorexique ! »

Elle leva la tête, et son expression d'abord vide céda place à un sourire joyeux.

« Dieu du ciel ! Mais qu'est-ce que tu fabriques ici, Kay ?

– Au cas où ta mémoire flancherait, je te rappelle que je travaille juste en face. »

Ravie, elle éclata de rire :

« Je t'offre une tasse de café ? Tu as l'air épuisée, ma cocotte. »

Le nom de Gloria Loving était prédestiné, et elle avait grandi en n'y dérogeant pas. C'était une femme charpentée, de belle taille, d'une cinquantaine d'années. Généreuse d'elle-même, chacun des certificats qui atterrissaient sur son bureau lui semblait important. Les rapports qu'elle recevait étaient davantage pour elle que de simples bouts de papier ou codes de nosographies. Elle pouvait engager quelqu'un, virer quelqu'un d'autre, ou foudroyer l'assemblée générale à cause de l'un de ces actes, n'importe lequel.

« Non, merci, pas de café.

– C'est dingue parce que j'avais cru comprendre que tu ne travaillais plus en face.

– J'ai toujours été fascinée par la vitesse à laquelle on me démissionne dès que je m'absente une quinzaine de jours. Je suis consultante au FBI maintenant, et donc, pas mal en déplacements.

– Vers des États voisins, si j'en crois le journal télévisé? Même Dan Rather a évoqué le cas de la petite Steiner, l'autre soir. Sur CNN. On se gèle dans cet endroit!»

Je contemplai un instant la salle tristounette de la cafétéria réservée aux fonctionnaires, dans laquelle si peu de gens avaient l'air enthousiasmés par leur existence. La plupart étaient avachis au-dessus de leur plateau-repas, leur veste ou leur pull-over boutonné jusqu'au menton.

«Ils ont fixé tous les thermostats à 16 °C pour économiser l'énergie. Ça remporte le pompon du meilleur gag de l'année. Nous sommes chauffés par la *vapeur d'eau bouillante* que rejette la fac de médecine de Virginie, alors ils peuvent fermer les thermostats, ce n'est pas pour cela que nous économiserons un seul watt.

– J'avais l'impression qu'il faisait beaucoup plus froid que 16 °C, dis-je.

– En réalité, on plafonne à 14 °C, soit, à peu de chose près, la température extérieure.

– Si tu veux, je te prête mon bureau d'en face, ajoutai-je avec un sourire futé.

– Hum, et ça doit sûrement être le point le plus chaud de la ville, n'est-ce pas? Que puis-je faire pour toi, Kay?

– Il faut que je retrouve la trace d'un bébé mort d'un syndrome de mort subite. Le décès se serait produit il y a une douzaine d'années en Californie. Le nom de la petite fille était Mary Jo Steiner, et les parents s'appellent Denesa et Charles. »

Gloria comprit tout de suite de quelle affaire il s'agissait, mais, en vraie professionnelle, ne tenta pas de me tirer les vers du nez.

« Tu connais le nom de jeune fille de Mrs Denesa Steiner ?

— Non.

— Où cela en Californie ?

— Je n'ai pas plus de précisions.

— Tu penses parvenir à en dénicher ? Plus je possède d'informations, plus la recherche est aisée.

— Écoute Gloria, pour l'instant, je préférerais que tu te débrouilles avec ce que j'ai. Si cela ne marche pas, j'essayerai d'en apprendre davantage.

— Pourquoi as-tu dit "qui se serait produit" ? Existe-t-il des raisons de croire qu'il pouvait s'agir d'autre chose qu'un syndrome de mort subite ? C'est important parce que, dans ce cas-là, on peut lui avoir attribué un code différent.

— D'après ce qu'on m'a dit, l'enfant avait un an au moment du décès. Ce point me chiffonne beaucoup. Comme tu le sais, le syndrome de mort subite frappe principalement des nourrissons âgés de trois à quatre mois. C'est déjà très exceptionnel chez un enfant âgé de six mois, mais à partir d'un an cela ne peut plus s'appeler un syndrome de mort subite du nourrisson, et en général il s'agit plutôt d'une autre forme subtile de mort subite. En conséquence, le décès a pu être enregistré sous un autre code. »

Gloria joua machinalement avec le sachet de thé qui infusait dans sa tasse :

« Si seulement cela s'était produit en Idaho, j'appellerais Jane. Elle nous ferait une recherche avec le code de nosologie attribué à ce syndrome et on aurait la réponse en deux minutes. Mais il y a plus de 32 millions d'habitants en Californie, et c'est un des États les plus compliqués. Ça va demander une recherche spéciale. Allez viens, je te raccompagne, comme ça, j'aurai fait ma gym pour la journée. »

Nous empruntâmes un couloir déprimant, bondé de citoyens désespérés tentant d'obtenir une aide quelconque de l'État.

– L'officier de l'état civil est-il à Sacramento ?

– Oui, je l'appelle dès que je suis remontée.

– Alors tu le connais aussi ?

– Bien sûr. Nous ne sommes qu'une cinquantaine dans tout le pays, tu sais. On n'a personne à qui parler de la journée, sauf nous », précisa-t-elle en riant.

Ce soir-là, j'entraînai Lucy à « La Petite France », où nous nous soumîmes sans discussion au chef Paul, qui nous condamna à quelques heures de langueur passées devant des brochettes d'agneau baignées d'une marinade de fruits et une bouteille de château Gruaud Larose 1986. Je promis à ma nièce une dégustation de *crema di cioccolata eletta* dès que nous serions rentrées, une délicieuse mousse de chocolat aux pistaches et au marsala que je stockais toujours dans le congélateur pour faire face aux urgences culinaires.

Avant de rentrer, nous fîmes un détour par Shocko Bottom. Nous flânâmes un peu le long des rues pavées, éclairées de lampadaires dans ce coin de la ville où je n'aurais pas osé me promener seule quelques années plus tôt. La rivière était proche et le ciel, parsemé d'étoiles, était d'un bleu intense. Je pensai à Benton et puis à Marino, pour des raisons différentes.

Lorsque nous entrâmes chez Cetti's pour prendre un cappuccino, Lucy se tourna vers moi :

« Tante Kay, est-ce que je peux prendre un avocat ?

— Pour quelle raison ? demandai-je, bien que consciente de la réponse.

— Même si le FBI ne peut pas prouver que j'ai fait ce dont ils m'accusent, cette histoire me cassera les reins pour le reste de ma vie. »

En dépit de sa voix ferme, elle ne parvenait pas à dissimuler sa peine.

« Dis-moi qui tu veux.

— Je veux un as.

— Je vais t'en trouver un. »

Je ne retournai pas en Caroline du Nord le lundi suivant, contrairement à ce que j'avais projeté, mais m'envolai pour Washington. J'avais quelques visites prévues au quartier général du FBI, mais il fallait avant tout que je rencontre un vieil ami.

Le sénateur Frank Lord et moi avions été élèves dans le même collège catholique de Miami, pas à la même époque, toutefois. Il était beaucoup plus âgé que moi, et notre amitié remontait au moment où j'avais commencé à travailler au bureau du médecin expert du comté de Dade, alors qu'il en était le district

attorney. J'avais déjà quitté depuis bien longtemps ma
ville natale lorsque Frank Lord était devenu gouverneur, puis sénateur. Nous nous étions perdus de vue,
jusqu'au jour où il avait été nommé président du
comité judiciaire du Sénat.

Lord m'avait alors demandé de l'assister, comme il
se lançait dans une véritable bagarre pour faire accepter un des projets de loi anticriminalité les plus mar-
quants de l'histoire des États-Unis. J'avais à mon tour
sollicité son aide à diverses reprises. À l'insu de Lucy, il
était devenu un peu son parrain, car sans son intervention elle n'aurait probablement pas obtenu l'ins-
cription ni même la bourse académique lui permettant
de poursuivre son internat durant le prochain semestre.
Je ne savais pas comment lui annoncer la nouvelle.

Il était bientôt midi. J'attendais le sénateur Lord,
assise sur un élégant canapé dans un petit salon aux
murs d'un rouge chaleureux éclairé par un splendide
lustre en cristal. Le sol était recouvert de tapis persans.
Des voix me parvenaient du couloir en marbre. Parfois, un touriste passait la tête par l'entrebâillement de
la porte, espérant apercevoir un politicien, ou une
célébrité déjeunant dans la salle de restaurant du
Sénat. Lord fut ponctuel. Il débordait d'énergie, et
me serra rapidement dans ses bras. C'était un homme
bienveillant, sans prétention, mais que les manifesta-
tions d'affection rendaient timide.

«Vous avez une trace de rouge à lèvres sur la joue,
précisai-je en l'essuyant.

— Vous auriez dû la laisser. Cela donnerait à mes collègues de quoi jaser.

– Ils doivent avoir assez de sujets de conversation, comme cela. »

M'escortant vers la salle du restaurant, il s'exclama : « Kay, c'est un tel plaisir de vous voir !

– Attendez un peu, vous pourriez changer d'avis.

– Balivernes ! »

Nous choisîmes une table située juste en dessous d'un vitrail représentant George Washington à cheval, et je ne me donnai pas la peine de consulter la carte : elle était invariable.

Le sénateur Lord était un homme très distingué, grand et mince. Il avait les yeux d'un bleu profond et une crinière de cheveux gris. Il avait toujours manifesté une grosse faiblesse pour les élégantes cravates de soie et autres raffinements d'un temps jadis comme les montres de gousset, les boutons de manchette, les épingles de cravate et les gilets.

« Qu'est-ce qui vous amène à Washington ? demanda-t-il en dépliant sa serviette de lin sur ses genoux.

– Des indices dont je dois discuter avec le FBI. »

Il hocha de la tête.

« Vous êtes chargée de cette horrible histoire, celle de Caroline du Nord ?

– En effet.

– Il faut retrouver ce psychopathe. Vous croyez qu'il est toujours là-bas ?

– Je n'en ai pas la moindre idée.

– Quant à moi, je me demande pour quelle raison il s'y incrusterait ? Il me semble qu'il aurait dû décamper au plus vite afin trouver un coin discret où se faire oublier un temps. D'un autre côté, on ne peut pas

tabler sur le fait que ces gens démoniaques suivent la
même logique que les autres.

– Frank, Lucy a beaucoup d'ennuis.

– Je sentais bien que quelque chose n'allait pas. Je
le lis sur votre visage», commenta-t-il d'une voix
posée.

Il m'écouta durant la demi-heure où je lui exposai
tout. Je lui étais infiniment reconnaissante de sa
patience. J'étais consciente qu'on l'attendait pour
divers votes ce jour-là, et que bien des gens espéraient
grappiller quelques minutes de son temps.

«Vous êtes un homme bon, Frank, et je vous ai fait
un sale coup, déclarai-je avec une émotion sincère. Je
vous ai demandé une faveur, chose que je ne fais
jamais, et cela se termine en véritable disgrâce.»

Il avait à peine touché à son assiette de légumes
grillés, et demanda :

«Est-elle coupable de ce dont on l'accuse ?

– Je ne sais pas. Les faits sont accablants. Elle clame
son innocence.

– Elle vous a toujours dit la vérité ?

– C'est ce que je croyais. Mais je me suis récemment
rendu compte qu'il existait plein d'autres facettes
importantes de Lucy qu'elle m'a toujours tues.

– Mais, avez-vous cherché à savoir ?

– Elle m'a clairement fait comprendre que certaines
choses ne me regardaient pas. Et puis, je ne veux pas
juger.

– Si vous avez peur de porter un jugement, c'est
sans doute parce que vous l'avez déjà fait, Kay. Et Lucy
doit en être consciente, quoi que vous disiez ou taisiez.

– Vous savez, je n'ai jamais aimé tenir le rôle de celle qui devait la critiquer ou corriger ses attitudes, avouai-je, très déprimée. Mais sa mère, Dorothy, mon unique sœur, est tellement dépendante des hommes, tellement centrée sur elle-même, qu'elle est incapable de faire face à la réalité de son rôle de mère d'une jeune fille.

– Et maintenant que Lucy est dans les ennuis jusque par-dessus la tête, vous vous demandez quelle est votre part de responsabilité ?

– En ce cas, je n'en ai pas conscience.

– Nous sommes rarement conscients de ces angoisses primitives qui surgissent contre toute raison. La seule façon de s'en débarrasser, c'est de faire la lumière en grand. Croyez-vous être assez forte pour tenter ce genre d'expérience ?

– Je le crois.

– Permettez-moi de vous rappeler une chose fondamentale : si vous posez des questions, il faut que vous soyez capable de vivre avec les réponses !

– J'en suis consciente.

– Supposons, maintenant, que Lucy soit innocente, proposa le sénateur Lord.

– D'accord.

– Si Lucy n'a pas forcé les systèmes de sécurité, quelqu'un d'autre l'a fait. Ma question est : pourquoi ?

– En revanche, ma question à moi, c'est : comment ? »

Il fit un petit signe à la serveuse pour lui demander le café.

« Il nous faut découvrir le mobile. Quel pourrait être

le mobile de Lucy, quel pourrait être le mobile de n'importe qui ? »

L'argent était le mobile le plus évident. Pourtant, je ne pensais pas qu'il s'agissait de la bonne réponse, et je m'en ouvris au sénateur Lord.

« L'argent c'est le pouvoir, Kay, et tout autour de nous est affaire de pouvoir. Nous autres, créatures déchues, n'en avons jamais assez.

– Le fruit interdit.

– Bien sûr. Tous les crimes plongent leurs racines dans l'argent.

– Tous les jours, cette tragique vérité arrive dans nos locaux sur une civière, acquiesçai-je.

– Qu'est-ce que cela vous suggère dans le cas présent ? poursuivit-il en tournant sa petite cuillère dans sa tasse.

– Le mobile.

– Bien sûr. Le pouvoir, c'est tout. Que voulez-vous que je fasse ? me demanda mon vieil ami.

– Lucy ne sera reconnue coupable d'aucun crime, sauf si l'on peut prouver qu'elle a vraiment volé quelque chose de l'ERF. Cela étant, sa carrière est d'ores et déjà fichue, du moins dans la police ou toute autre profession nécessitant une enquête préalable sur le passé des prétendants.

– Sont-ils parvenus à prouver que c'était bien elle qui avait pénétré à trois heures du matin dans l'ERF ?

– Ce ne sont pas les preuves qui leur font défaut, Frank. C'est tout le problème, parce qu'en ce cas je doute qu'ils s'acharnent à la blanchir, si elle est innocente.

– Si?

– Je m'efforce de conserver un esprit objectif.»

Je tendis la main vers ma tasse de café, puis me ravisai. J'avais eu mon content de stimulants. Mon cœur s'emballait et mes mains étaient agitées de tremblements.

«Je peux en discuter avec le directeur, proposa Lord.

– Ce que je demande, Frank, c'est que quelqu'un veille à ce que l'enquête soit aussi scrupuleuse que possible. J'ai peur qu'ils s'en désintéressent, surtout maintenant que Lucy n'y est plus et qu'ils ont tellement d'autres choses sur les bras. Après tout, ce n'est qu'une petite étudiante, alors pourquoi se démèneraient-ils?

– J'espère bien que le FBI se démènera! répliqua-t-il, ses lèvres adoptant un pli sévère.

– Je connais la bureaucratie. J'ai travaillé dans l'administration toute ma vie.

– Tout comme moi.

– Alors vous savez de quoi je veux parler.

– Bien sûr.

– Ils veulent qu'elle réside à Richmond, chez moi, jusqu'au prochain semestre.

– C'est donc leur verdict, insista-t-il en récupérant sa tasse de café.

– Absolument. Pour eux, c'est le plus simple, mais qu'advient-il de ma nièce? Elle vient d'avoir vingt et un ans. Son rêve s'est fait laminer. Que peut-elle faire, Frank? Retourner à l'université de Virginie au prochain semestre et prétendre que rien n'est arrivé?

Il me frôla le bras avec une tendresse qui me faisait toujours souhaiter qu'il fût mon père, et dit:

«Kay, je ferai tout ce que je peux sans avoir l'outre-cuidance d'intervenir directement dans un problème administratif. Vous me faites confiance ?

– Oui.

– Cependant, j'espère que vous ne vous offusquerez pas d'un petit conseil personnel... »

Il fit à nouveau signe à la serveuse et regarda sa montre.

«... Bon, je suis en retard. (Son regard revint vers moi et il poursuivit:) Le problème le plus ardu que vous ayez à régler est d'ordre domestique.

– Je ne suis pas d'accord», dis-je avec passion.

Il sourit à la serveuse lorsqu'elle déposa l'addition:

«C'est votre droit le plus absolu. Toutefois, cela n'y changera rien. Vous êtes ce qui se rapproche le plus d'une mère pour votre nièce. Comment allez-vous faire pour l'aider dans cette épreuve ?

– N'est-ce pas ce que j'étais en train de faire ?

– Moi qui croyais que vous n'étiez venue que pour me rendre une petite visite. (Il appela la serveuse.) Excusez-moi, mais je doute qu'il s'agisse de notre addition. Nous n'avons pas pris quatre entrées.

– Attendez. Laissez-moi voir. Oh mon Dieu, oh je suis vraiment désolée, sénateur Lord! C'est celle de la table, là-bas.»

Il lui rendit l'addition et déclara:

«Eh bien, en ce cas, demandez donc au sénateur Kennedy de régler également la nôtre. Il n'y verra aucune objection, puisqu'il croit aux impôts et à la consommation.»

La serveuse était une grande femme carrée aux che-

veux noirs coiffés à la page, vêtue d'une robe noire et
d'un petit tablier blanc. Elle sourit et son erreur lui
sembla soudain appropriée.

«Comptez sur moi, monsieur, je vais le dire au sénateur Kennedy.

– Et dites-lui aussi d'ajouter un généreux pourboire,
Missouri, lança le sénateur Lord. Dites-lui que c'est
moi qui le demande.»

Missouri Rivers avait au moins soixante-dix ans.
Depuis son départ de Raleigh, une éternité plus tôt,
dans un train qui partait vers le nord, elle avait vu des
sénateurs se réjouir ou se lamenter, démissionner ou
être réélus, tomber amoureux ou tomber en disgrâce.
Elle savait exactement quand elle pouvait interrompre
une conversation et servir, quand remplir à nouveau
une tasse de thé ou quand se faire invisible. Elle connaissait les facettes cachées des âmes qui passaient dans
cette ravissante salle à manger, parce que la vraie
mesure d'un être humain se révélait à sa façon de traiter les gens comme elle lorsque nul ne l'observait.
Missouri aimait beaucoup le sénateur Lord. Je l'avais
su à l'éclat de tendresse de son regard lorsqu'elle lui
parlait ou que l'on prononçait son nom.

«Il serait souhaitable que vous passiez davantage de
temps avec Lucy, continua Frank Lord. Et ne vous obs-
tinez pas à terrasser les dragons des autres, Kay, surtout pas les siens.

– Je ne crois pas qu'elle puisse venir à bout de ce
dragon-là toute seule.

– Ce que je veux dire, Kay, c'est qu'il est préférable
que Lucy ignore votre visite. Mieux vaut qu'elle n'ap-

prenne pas de vous mon intention de téléphoner à son sujet aussitôt que je serai retourné dans mon bureau. Si elle devait le savoir, je pense qu'il vaudrait mieux que ce soit par moi.

– D'accord. »

Peu de temps après, je hélai un taxi devant le Russel Building et retrouvai Benton à l'endroit convenu, à quatorze heures quinze précises. Il était assis sur le banc d'un des amphithéâtres extérieurs du quartier général du FBI. Bien qu'il parût absorbé par la lecture d'un roman, il perçut mon arrivée avant même que je ne l'appelle. Un groupe de touristes qui suivait une visite guidée nous dépassa sans nous prêter attention. Wesley se leva, referma son livre et le glissa dans la poche de son manteau.

« Comment s'est déroulé votre voyage ? demanda-t-il.

– Si l'on compte l'aéroport, c'est aussi long de voler que de faire le trajet en voiture.

– Vous êtes venue en avion ?

– Oui, j'ai laissé ma voiture à Lucy. »

Il me fit passer devant lui, ôta ses lunettes de soleil et récupéra deux laissez-passer visiteurs.

« Connaissez-vous le directeur du labo de criminologie, Jack Cartwright ?

– Je l'ai rencontré.

– Nous passons le voir pour une synthèse. Ce sera rapide et peu appétissant. Ensuite, je voudrais vous montrer quelque chose.

– Quoi ?

– Un endroit, difficile d'accès.

– Benton, si vous persistez à être aussi obscur, je n'aurai pas d'autre choix que de riposter en parlant latin.

– Et vous savez que je déteste cela.»

Nous insérâmes nos passes dans un tourniquet et suivîmes un long couloir qui débouchait sur les ascenseurs. À chacune de mes visites au quartier général du FBI, force m'était d'admettre que je n'aimais pas du tout cet endroit. Les gens que l'on y croisait semblaient éviter votre regard, quant aux sourires, ils étaient exceptionnels. On avait l'impression que tout et tous se dissimulaient derrière des cloisons peintes de dégradés allant du gris au blanc. Des couloirs sans fin réunissaient entre eux un labyrinthe de laboratoires, et j'aurais été incapable de m'orienter sans guide. Pour couronner le tout, on avait l'impression que les gens qui travaillaient ici ignoraient, eux aussi, comment se rendre d'un point à l'autre.

Plusieurs fenêtres ouvraient dans le bureau de Jack Cartwright. Le soleil inondait la pièce, me rappelant les journées magnifiques que je ratais lorsque je travaillais comme une brute.

«Benton et Kay… Bonjour. (Cartwright nous serra la main.) Asseyez-vous, je vous prie. Je vous présente George Kilby et Seth Richards, qui travaillent tous les deux au labo. Peut-être vous êtes-vous déjà rencontrés?

– Non, comment allez-vous?» dis-je.

Je serrai la main des deux jeunes hommes à l'air sérieux et à la mise austère.

«Quelqu'un veut du café?»

Personne n'en demanda, et Cartwright semblait désireux d'entrer dans le vif du sujet. C'était un homme plein de charme et dont l'impressionnant bureau attestait de la façon dont il aimait que les choses soient faites. Chaque document, enveloppe, ou message téléphonique était rangé avec méthode. Un vieux stylo-plume Parker en argent était posé sur un petit calepin, un stylo-plume de puriste. Des plantes s'épanouissaient sur le rebord de ses fenêtres au milieu de photos de sa femme et de ses filles. Dehors, le soleil nous faisait des clins d'œil au travers des abat-vent, les voitures se traînaient en bouchons, et des vendeurs de rue proposaient aux passants des tee-shirts, des glaces ou des rafraîchissements.

« Nous avons travaillé sur l'affaire de la petite Steiner, attaqua Cartwright. On a trouvé des pistes intéressantes. Je vais commencer par le point le plus important, c'est-à-dire la détermination de l'ADN des fragments de peau retrouvés dans le congélateur. Bien que les tests ne soient pas terminés, nous pouvons d'ores et déjà affirmer qu'il s'agit bien de tissus humains provenant d'un individu dont le groupe sanguin est O positif. Comme vous le savez, il s'agit du même groupe que celui d'Emily Steiner, et les contours des lambeaux de peau en question coïncident avec les marques de ses blessures. »

Tout en prenant des notes, je l'interrompis :

« Avez-vous une idée du genre d'instrument qui a été utilisé pour l'excision ?

– Un instrument à lame très aiguisée, à un seul tranchant, précisa-t-il.

– Soit à peu près n'importe quel couteau, traduisit Wesley.

– On distingue nettement le premier point de pénétration, lorsque l'agresseur a commencé à découper les chairs, reprit Cartwright. En d'autres termes, l'instrument en question est un couteau à bord tranchant unique et avec une pointe. Nous n'en savons pas davantage pour le moment. À ce propos (il regarda Wesley), nous n'avons retrouvé aucune trace de sang humain sur les couteaux que vous nous avez amenés. Euh… Ceux qui proviennent de chez Ferguson.»

Wesley acquiesça d'un signe de tête, le visage impénétrable.

«Bien, passons maintenant à la présence de traces, poursuivit Cartwright. C'est là que ça devient vraiment intéressant. Nous avons d'étranges débris microscopiques provenant des échantillons prélevés sur le corps et les cheveux de la victime, mais aussi sous les semelles de ses chaussures. Nous avons également retrouvé plusieurs fibres acryliques compatibles avec la couverture de son lit, sans oublier des fibres de coton vert similaires à celles du manteau qu'elle portait pour se rendre à son groupe de jeunes. Notre analyse de fibres ne s'est pas arrêtée là. Nous avons détecté la présence de laine, dont nous ne nous expliquons pas l'origine. On a également trouvé des acariens qui peuvent provenir d'à peu près n'importe où, mais voilà ce qui nous chiffonne…»

Cartwright pivota sur son siège et se tourna vers une console abritant un magnétoscope. Sur l'écran apparurent quatre coupes d'un assemblage cellulaire évoquant un peu un rayon de miel, à ceci près que l'image que l'on nous présentait comportait d'étranges zones ambrées.

Cartwright se lança dans les explications :

« Ce que vous voyez sur l'écran est la coupe microscopique d'une plante qui se nomme *Sambucus simpsonii*. Il s'agit d'un arbuste indigène de la côte et des lagons de Floride du Sud. Ce qui est étonnant, ce sont ces zones sombres, ici. »

Il désigna du bout du doigt les surfaces ambre sombre que j'avais remarquées plus tôt.

« George, lança-t-il en s'adressant au jeune chercheur, c'est ta spécialité. »

George Kilby se rapprocha de nous et expliqua :

« Ces zones que vous voyez sont des vacuoles à tanin. On les distingue particulièrement bien sur la coupe radiale.

– Qu'est-ce au juste qu'une vacuole à tanin ? s'enquit Wesley.

– Il s'agit d'une sorte de taxi qui véhicule les substances le long de sa tige.

– Quel genre de substances ?

– En général, plutôt les déchets qui résultent des activités cellulaires. Ce que vous voyez là, c'est la moelle, c'est-à-dire l'endroit où se trouvent ces vacuoles à tanin.

– Attendez, ce que vous voulez dire, c'est que cette moelle, c'est votre indice ? » demandai-je.

L'agent spécial George Kilby acquiesça.

« C'est cela. Le nom commercial de cette partie de la plante est "Bois de Moelle". En réalité, d'un point de vue technique, cela n'existe pas.

– Dans quels buts l'utilise-t-on ? » demanda Wesley.

Ce fut Cartwright qui le renseigna :

« C'est très souvent utilisé pour la mécanique de précision ou la joaillerie. Cela permet de maintenir des pièces minuscules. Par exemple, un joaillier s'en servira pour fixer une petite boucle d'oreille, ou pour maintenir en place le rouage d'une montre. C'est une technique qui évite de perdre les petits éléments qui roulent facilement d'un plan de travail. Cependant, de nos jours, les gens se servent de mousse en polystyrène.

– Avez-vous retrouvé une grande quantité de ce bois de moelle sur le corps d'Emily ? demandai-je.

– Pas mal, principalement dans les zones ensanglantées. C'est du reste à ces endroits qu'on a détecté le maximum de traces.

– Si quelqu'un voulait se procurer du bois de moelle, où s'adresserait-il ? demanda Wesley.

– Si vous vous sentez de taille à abattre les arbustes vous-même, dans les Everglades, répondit Kilby. Sans cela, il faut le commander.

– Où cela ?

– Je sais qu'une firme le commercialise, à Silver Springs, dans le Maryland. »

Wesley me jeta un regard et déclara :

« J'ai l'impression qu'il va falloir trouver qui répare les bijoux à Black Mountain.

– Je serais très surprise qu'ils aient ne serait-ce qu'un bijoutier », rétorquai-je.

Cartwright reprit son exposé :

« En plus de cela, nous avons retrouvé des débris

microscopiques d'insectes : cancrelats, criquets, cafards, rien de bien étonnant. Nous avons aussi des particules de peinture blanche et noire sur le corps, lesquelles ne proviennent pas d'une voiture. Enfin, il y avait de la sciure dans ses cheveux.

– Quel genre de bois ?

– Principalement du noyer, mais nous avons également pu identifier des particules d'acajou. »

Cartwright observait Wesley, dont le regard se perdait vers la fenêtre :

« Ah, j'ai oublié, il n'y avait aucune trace de ces différents éléments sur la peau que vous avez trouvée dans le congélateur. En revanche, nous les avons détectés au niveau de ses blessures.

– Est-ce à dire que la peau a été excisée avant que le corps n'entre en contact avec ces différents matériaux ? demanda Wesley.

– C'est une hypothèse qui tient la route, observai-je. D'un autre côté, il est possible que la personne qui a pratiqué l'excision ait ensuite rincé le morceau de peau, parce qu'il devait y avoir du sang dessus.

– Ces débris ne pourraient-ils pas provenir de l'intérieur d'un véhicule, d'un coffre ? interrogea Wesley.

– C'est possible », répondit Kilby.

Je savais dans quelle direction progressait la pensée de Wesley. Gault avait assassiné le jeune Eddie Heath, âgé de treize ans, à l'intérieur d'une camionnette délabrée dans laquelle traînaient un nombre déconcertant d'indices. De façon succincte, disons que Mr Gault, le fils psychopathe d'un riche planteur de noix de pécan de Géorgie, adorait laisser derrière lui une montagne de traces qui ne menaient nulle part.

«En ce qui concerne ce fameux rouleau de ruban adhésif orange, reprit Cartwright, est-il exact que vous ne l'ayez pas encore retrouvé?

– C'est exact», admit Wesley.

Cartwright s'adressa alors à l'agent spécial Seth Richards, qui feuilletait les pages de son calepin:

«Bon, allons-y, parce que je suis certain qu'il s'agit de l'indice clef en notre possession.»

Richards prit la parole d'un ton fervent, puisque, comme tous les anatomopathologistes que j'avais jusque-là rencontrés, il avait une véritable passion pour sa spécialité. La bibliothèque de références du FBI recensait plus de cent échantillons de rouleaux adhésifs destinés à l'identification. Au demeurant, le recours au ruban adhésif argenté devenait si courant dans les affaires de meurtre que je ne pouvais plus passer devant un étalage, dans une épicerie ou une quincaillerie, sans que mes préoccupations domestiques du moment ne me ramènent à des souvenirs d'épouvante.

J'avais récolté des morceaux de personnes qui avaient sauté sur des bombes assemblées grâce à ce ruban. J'en avais décollé des cadavres de victimes ligotées par des tueurs sadiques, et de corps lestés de ciment et jetés dans des lacs ou dans des rivières. J'aurais été incapable de me remémorer le nombre de fois où j'avais dû libérer de l'adhésif les bouches fermées de victimes qu'on avait empêchées de hurler avant qu'une civière ne les amène à la morgue. Car la morgue est le seul endroit où un corps peut enfin s'exprimer sans contrainte. Là seulement quelqu'un se préoccupait véritablement de ce qui avait été infligé.

«Je n'ai jamais vu d'adhésif de cette sorte, continua Richards. Si l'on en juge par le grand nombre de fils, je peux vous certifier que ce rouleau ne provient pas d'un magasin de détail.

– Comment pouvez-vous en être sûr ? s'enquit Wesley.

– C'est une qualité industrielle. Il est constitué de 62 fils de chaîne et de 56 fils de trame. Le genre de rouleau bon marché que vous achetez chez votre quincaillier ou dans votre supermarché est tissé de 20 fils de chaîne pour 10 de trame. Celui que vous nous avez confié, qu'on utilise uniquement dans l'industrie, peut coûter jusqu'à 10 dollars le rouleau.

– Savez-vous qui a pu le fabriquer ? demandai-je.

– Shuford Mills, à Hickory. C'est en Caroline du Nord. Leur marque la plus connue est l'adhésif Shurtape.

– Hickory est à moins de 100 kilomètres à l'est de Black Mountain, précisai-je.

– Avez-vous contacté les gens de chez Shuford Mills ? demanda Wesley à Richards.

– Bien sûr. Ils essaient de me trouver des informations au sujet de cet adhésif. Ce ruban orange était une spécialité que Shuford Mills fabriquait seulement pour un client de "marque particulière" à la fin des années 80.

– C'est quoi un "client de marque particulière"?

– Quelqu'un qui veut un ruban très spécifique et qui commandera un minimum de 500 boîtes du produit. En d'autres termes, il est fort possible que des centaines de rubans adhésifs très différents se baladent un peu partout, et qu'on ignore tout de leur existence jusqu'au jour où ils émergeront brusquement, comme dans notre affaire.

– À votre avis, quel genre de personne pourrait souhaiter disposer de son propre adhésif pour canalisations? m'enquis-je.

– Je sais que les pilotes de stock-car s'en servent. Celui qu'utilise Richard Petty pour son équipe est rouge et bleu alors que celui de Daryl Waltrip est jaune. Les gens de Shuford Mills m'ont également raconté qu'il y a quelques années un entrepreneur les avait contactés parce qu'il en avait assez que ses ouvriers lui volent ses rouleaux. Il a commandé des rouleaux d'un mauve pétant. Si vous réparez la plomberie de votre maison ou colmatez une déchirure de la piscine en plastique de votre gamin avec du ruban mauve, il fera peu de doute que vous l'avez volé.

– Selon vous, est-ce pour cette raison qu'on a fait fabriquer ce ruban adhésif orange? Pour éviter les vols? demandai-je.

– Ce n'est pas impossible, réfléchit Richards. À ce propos, il est également ignifugé.

– C'est inhabituel? s'enquit Wesley.

– Assez, oui. À mon avis, on utilise les rubans ininflammables dans les avions ou les sous-marins, et dans un cas comme dans l'autre je ne vois pas pourquoi on opterait pour du orange fluo. Mais bon, je peux me tromper.

– Du reste, pour quelle raison quelqu'un choisirait-il un adhésif de cette couleur ? approuvai-je.

– C'est la question à un million de dollars, lâcha Cartwright. Ce qui me vient à l'esprit lorsque je pense à du ruban adhésif orange fluorescent, ce sont les cônes en plastique dont on se sert sur les routes, ou celui qu'utilisent les chasseurs.

– Si nous en revenions au tueur et à la manière dont il a ligoté et bâillonné Mrs Steiner et sa fille, proposa Wesley. Pouvez-vous nous en dire davantage sur la façon dont les choses ont pu se passer ?

– On a retrouvé des traces d'une substance qui ressemble à du vernis à meubles sur certains des bouts de ruban, dit Richards. De surcroît, la séquence d'arrachage des morceaux n'est pas cohérente avec celle selon laquelle les chevilles et les poignets de la mère ont été ligotés. Cela semble indiquer que l'agresseur a découpé à l'avance autant de bandes de ruban qu'il jugeait nécessaires et les a collées en attendant sur un coin de meuble. Lorsqu'il a commencé à attacher Mrs Steiner, les bouts étaient déjà prêts, et il les a décollés au fur et à mesure.

– Mais il les a décollés dans le désordre, c'est bien cela ? demanda Wesley.

– Oui, c'est cela. Je les ai numérotés dans l'ordre selon lequel ils ont été utilisés pour ligoter la mère et la fille. Vous voulez jeter un œil ? »

Nous acquiesçâmes.

Wesley et moi passâmes le reste de la journée au labo d'analyse, au milieu des appareils de chromatographie en phase gazeuse, des spectromètres de masse, des calorimètres différentiels ainsi que d'une pléthore d'autres appareils intimidants utilisés pour l'identification des matériaux et la détermination des points de fusion.

Je restai dans mon coin, à côté d'un détecteur d'explosifs portatif, écoutant les commentaires de Richards au sujet de l'étrange ruban adhésif utilisé par le tueur pour immobiliser Emily et sa mère.

Il expliqua que, après avoir utilisé un flux d'air chaud pour décoller les morceaux d'adhésif que lui avait fait parvenir la police de Black Mountain, il s'était aperçu qu'il y avait en tout 17 segments distincts, dont la taille variait de 20 à 47 centimètres. Il avait alors collé les bandes sur d'épaisses plaques en vinyle et les avait numérotées de deux façons. La première précisait la séquence utilisée pour déchirer les bouts du rouleau et l'autre, celle que l'assaillant avait choisie pour ligoter ses victimes.

« La séquence adoptée par le tueur pour immobiliser la mère est complètement illogique, jeta-t-il. Ce morceau, ici, aurait dû être utilisé le premier. Au lieu de cela, c'est le dernier de ma liste. Celui-ci a été déchiré du rouleau en deuxième, or il est le cinquième à avoir été utilisé sur Mrs Steiner. Au contraire, la fillette a été ligotée selon une séquence similaire à celle de l'arrachage des bouts. Sept ont été utilisés pour l'attacher, et l'ordre dans lequel on les a placés autour de ses poignets suit celui dans lequel on les a découpés du rouleau.

– Elle a dû faire preuve de moins de résistance que la mère, remarqua Wesley.

– Cela paraît évident, approuvai-je. (Me tournant vers Richards, je lui demandai :) Avez-vous retrouvé ce résidu de vernis dont vous nous avez parlé tout à l'heure sur les bandes de ruban utilisées pour immobiliser la fillette ?

– Non.

– Tiens, c'est intéressant. »

Ce détail me perturba.

Enfin, nous nous attaquâmes aux traînées abandonnées par cette fameuse substance détectée sur l'adhésif. L'analyse avait révélé qu'il s'agissait d'hydrocarbures, le nom savant de la graisse. Ce résultat ne nous fit pas progresser, ni dans un sens ni dans l'autre, parce que, malheureusement, la graisse, c'est de la graisse. Les hydrocarbures que l'on avait identifiés sur certains des bouts de ruban pouvaient provenir d'à peu près n'importe quoi, d'une voiture comme d'un camion Mack en Arizona.

12

Il était seize heures trente lorsque Wesley et moi pénétrâmes au Red Sage, une heure un peu précoce pour prendre un verre, mais ni lui ni moi ne nous sentions au mieux de notre forme.

J'éprouvais une grande difficulté à croiser son regard, maintenant que nous étions seuls. J'avais besoin qu'il évoque ce qui s'était passé entre nous l'autre nuit. Je ne voulais pas être seule à penser qu'il s'agissait de quelque chose d'important.

« Ils servent de la bière à la pression, m'annonça-t-il alors que j'étais plongée dans la lecture du menu. C'est très agréable lorsqu'on est amateur. »

Un peu vexée qu'il semble ignorer ce détail de moi, je répondis :

« Je ne suis pas une fan de bière, sauf lorsque j'ai fait de l'exercice deux bonnes heures en pleine canicule, que je meurs de soif et que j'ai une envie folle de pizza. En réalité, je n'aime pas la bière. Je n'en bois que lorsqu'il n'y a vraiment rien d'autre, et même dans ces cas je ne peux pas dire que cela m'enchante.

– Enfin, Kay, cela ne mérite vraiment pas de s'énerver.

– Je ne m'énerve pas.

– Ah bon, j'avais cru, et vous évitez de croiser mon regard.

– Je me sens très bien.

– Mon métier consiste à étudier les gens, et je peux vous certifier que vous n'êtes pas convaincante.

– Non. Votre métier consiste à étudier les réactions de psychopathes, pas celles des médecins experts généraux, de sexe féminin, qui se tiennent du bon côté de la loi, et qui désirent simplement se détendre après une longue journée d'intense réflexion ayant pour objet des enfants assassinés.

– Vous savez, ce n'était pas facile d'obtenir une table dans ce restaurant.

– Oui, je vois pour quelle raison, et je vous remercie de la peine que vous avez prise.

– Il a fallu que j'use de toute mon influence.

– J'en suis bien certaine.

– Bien, nous allons commander du vin pour accompagner notre repas. Je suis étonné qu'ils servent de l'Opus One. Peut-être cela nous aidera-t-il à nous détendre?

– C'est beaucoup trop cher pour ce que c'est: une imitation de Bordeaux. Un peu lourd, peut-être, pour déguster comme cela. D'autant que je ne savais pas que nous dînions, et j'ai un avion à prendre dans moins de deux heures. Non, je crois que je vais opter pour un verre de cabernet.

– Comme vous voulez. »

L'ennui, c'est que je ne savais pas ce que je voulais à ce moment précis.

Wesley reprit la parole :

« Je repars pour Asheville demain. Nous pourrions faire le voyage ensemble si vous restiez ici cette nuit.

– Pour quelle raison vous y rendez-vous ?

– Ils ont réclamé notre assistance avant même la mort de Ferguson et l'attaque de Mote. Et faites-moi confiance, Kay, leur panique face à la situation est parfaitement sincère, et guère exagérée. J'ai été clair avec eux, et je leur ai promis que nous allions les aider du mieux possible. S'il s'avérait que je doive mettre davantage d'agents sur l'enquête, je le ferai. »

Wesley avait l'habitude de toujours demander le prénom du serveur qui s'occupait de notre table, et de s'adresser à lui durant tout le repas. Celui de l'homme qui nous servait cet après-midi-là était Stan. Il eut son content de « Stan par-ci », « Stan par-là » à chaque fois qu'il discuta avec Wesley de la carte des vins ou des plats du jour. C'était la seule chose ridicule que l'on pouvait reprocher à Wesley, une espèce de maniérisme bizarre, mais, ce soir-là, le spectacle me porta sur les nerfs.

« Vous savez, Benton, ce n'est pas ce qui lui fera croire à la naissance d'une grande amitié entre vous ! En réalité, cette habitude me semble légèrement démagogique, c'est le genre de choses que ferait une star de la radio.

– Quoi donc ? demanda-t-il, totalement dans le brouillard.

– Cette façon de l'appeler par son prénom avec insistance. »

Il me dévisagea.

« Enfin, je ne veux pas vous juger, persistai-je, en m'enfonçant encore un peu. C'est juste à titre amical que je vous dis cela, parce que personne d'autre ne le fera et que je pense que vous devriez en prendre conscience. Ce que je veux dire, c'est qu'un ami doit être honnête, enfin, du moins, un ami *sincère*.

– Vous avez terminé ?

– Tout à fait, répondis-je avec un petit sourire crispé.

– Bien ! Alors allez-vous me dire ce qui vous ennuie vraiment, ou dois-je témérairement suggérer une idée ?

– Mais rien ne m'ennuie, rien du tout », affirmai-je en fondant en larmes.

Il me tendit sa serviette :

« Oh, mon Dieu, Kay !

– Merci, mais j'ai la mienne, dis-je en m'essuyant les paupières.

– C'est au sujet de ce qui s'est passé l'autre nuit, n'est-ce pas ?

– Peut-être devriez-vous préciser à quelle "autre nuit" vous faites allusion. Peut-être êtes-vous familier des "autres nuits" ? »

Wesley éclata de rire en dépit de ses efforts pour juguler son hilarité. Nous fûmes incapables de parler durant plusieurs minutes, lui parce qu'il pouffait et moi parce que j'hésitais entre le fou rire et la crise de larmes.

Stan revint vers notre table et servit les boissons que nous avions commandées. J'avalai plusieurs gorgées de vin avant d'être capable de parler :

« Je suis désolée. Je suis très fatiguée, cette enquête vire au cauchemar et me mine, Marino et moi ne nous supportons plus, et Lucy a de graves ennuis.

– Un état des lieux propice à pousser n'importe qui à fondre en larmes. »

Je sentis qu'il était frustré que je ne l'aie pas inclus dans ma liste de problèmes, et en fus ravie d'une façon assez perverse. J'ajoutai :

« Et, en effet, ce qui s'est passé en Caroline du Nord me préoccupe également.

– Des regrets ?

– Si tel était le cas, à quoi servirait-il d'en faire état ?

– Parce que cela me ferait du bien que vous admettiez le contraire.

– Je ne peux pas.

– Donc, vous regrettez.

– Non.

– Vous ne regrettez rien ?

– Mince à la fin ! Laissez tomber, Benton.

– C'est exclu. Je vous rappelle que j'y étais, moi aussi.

– Je vous demande pardon ? demandai-je perplexe.

– La nuit où cela s'est produit ? Vous vous souvenez ? En réalité, c'était au petit matin. Ce genre de choses se fait *à deux.* J'y ai pris part. Vous n'êtes pas la seule à vous être posé des questions pendant des jours. Pourquoi ne pas me demander si je regrette quelque chose, Kay ?

– Non, puisque c'est vous qui êtes marié.

– Si je suis coupable d'adultère, vous aussi, Kay. Il faut être *deux*, répéta-t-il.

– Mon avion décolle dans une heure, il faut que j'y aille.

– Il fallait y penser avant d'engager une telle conversation. Vous ne pouvez pas vous lever et partir au beau milieu.

– Si, je peux.

– Kay? »

Il me regarda droit dans les yeux, sa voix se fit murmure. Il tendit le bras vers moi et saisit ma main.

Je réservai une chambre au Willard pour la nuit. Wesley et moi discutâmes durant un long moment. Nous résolûmes suffisamment notre problème et finîmes par trouver un semblant de logique à notre récidive. Lorsque nous sortîmes de l'ascenseur le lendemain de bonne heure, nous étions éteints et abusivement courtois l'un avec l'autre, comme si nous venions juste de nous rencontrer mais partagions déjà beaucoup de choses. Nous prîmes le même taxi jusqu'à National Airport et le même avion jusqu'à Charlotte. Arrivée là-bas, je passai plus d'une heure au téléphone de l'US Air Club avec Lucy.

« Oui, dis-je, je m'en suis occupée. Je crois que je t'ai trouvé quelqu'un.

– Il faut que je fasse quelque chose, répéta-t-elle.

– Essaie d'être patiente, je t'en prie.

– Non. Je sais qui est en train de me faire plonger et j'ai bien l'intention de me défendre.

– Qui ? demandai-je, inquiète.

– Ça se saura le moment venu.

– Lucy, te faire plonger comment ? Je t'en prie, dis-moi ce qui te trotte dans la tête.

– Je ne peux pas pour l'instant. J'ai quelque chose à faire, d'abord. Quand penses-tu rentrer ?

– Je ne sais pas. Je t'appellerai d'Asheville dès que j'aurai davantage d'informations.

– Ça t'ennuie si j'emprunte ta voiture ?

– Pas du tout.

– Tu es sûre que tu n'en auras pas besoin pendant deux jours, au moins ?

– Je ne crois pas. Lucy, qu'est-ce que tu as derrière la tête ? insistai-je, mon malaise augmentant.

– Il faudra peut-être que je fasse un saut à Quantico. Si tel est le cas, j'y passerai la nuit et je voulais m'assurer que tu n'aurais pas besoin de la voiture.

– Non. Tout ce que je demande, Lucy, c'est que tu fasses attention à toi. »

Wesley et moi nous installâmes à bord d'un avion à hélices si bruyant qu'il nous fut impossible de parler durant le trajet. Il s'endormit et je fermai les yeux. La lumière du soleil qui inondait la cabine par les hublots nappait l'intérieur de mes paupières d'une onde rouge. Je laissai mes pensées errer où bon leur semblait, et des images émergèrent de recoins de ma mémoire, que j'avais presque oubliées. Je revis mon père, la bague en or blanc qu'il portait à la place d'une alliance, parce qu'il avait perdu la sienne à la plage et qu'il n'avait pas les moyens de la remplacer.

Mon père n'était jamais allé au collège. Le chaton de sa bague d'école était orné d'une pierre rouge. Je me souvins d'avoir souhaité qu'il s'agisse en réalité d'un gros rubis, tant nous étions pauvres. Je me disais que nous pourrions la vendre, et que cet argent nous permettrait de vivre un peu mieux. Le souvenir de ma déception, lorsque mon père m'annonça que cette bague ne valait pas le prix de l'essence pour aller jusqu'à Miami Sud, me revint. À son ton, je compris ce jour-là qu'il n'avait pas vraiment perdu son alliance.

À court de solutions, il l'avait vendue, sans jamais l'avouer à maman, qui ne l'eût pas supporté. Cela faisait tant d'années que je n'avais plus repensé à cette histoire. Ma mère avait dû conserver sa bague quelque part, à moins qu'elle ne l'ait enterrée avec lui. Peut-être, après tout. Je ne m'en souvenais pas, je n'avais que douze ans lorsqu'il était mort.

Mes pensées vagabondaient d'un souvenir à l'autre, et des scènes silencieuses défilèrent, sans que je les eusse provoquées. C'était une sensation si déroutante. Que venait faire sœur Martha, mon institutrice de 9e, écrivant à la craie sur un tableau noir? Pourquoi cette fille appelée Jennifer ouvrait-elle une porte pour sortir alors qu'une pluie de grêle rebondissait dans la cour de l'église comme un million de petites billes blanches?

Tous ces visages de mon passé resurgissaient puis s'évanouissaient et je faillis m'endormir, comme un chagrin terrible s'installait, me faisant sentir le bras de Wesley. Je me concentrai sur le point précis du contact de son bras. Je sentis l'odeur de la laine de son veston réchauffée par le soleil. J'imaginai les longs doigts de ses mains élégantes qui évoquaient les notes d'un piano, un stylo-plume, ou un verre de cognac dégusté au coin du feu.

Je crois bien que c'est à cet instant précis que je me rendis compte que j'étais amoureuse de Benton Wesley. J'avais perdu tous les hommes que j'avais aimés. Je ne rouvris pas les yeux avant que le steward nous demande de redresser nos sièges pour l'atterrissage.

Comme s'il s'agissait de la seule préoccupation qui m'ait occupé l'esprit durant toute l'heure de vol, je demandai à Wesley :

« Quelqu'un vient nous chercher ? »

Il me considéra durant un long instant. Ses iris devenaient presque verts lorsque la lumière se réfléchissait sur eux selon un certain angle. Et puis, l'ombre d'une pesante hantise restaura leur véritable couleur, noisette pailleté d'or. Lorsque ses pensées devinrent trop insupportables, même pour lui, il détourna le regard.

« Je suppose que nous retournons au Travel-Eze ? » demandai-je alors.

Wesley ramassa sa sacoche et déboucla sa ceinture de sécurité avant qu'on nous ait autorisés à le faire. Le steward prétendit ne rien voir. Wesley envoyait des messages très personnels qui faisaient un peu peur à la plupart des gens.

« Vous avez longuement parlé à Lucy, à Charlotte ?

– Oui. »

Nous dépassâmes une manche à air que l'absence de vent faisait pendre lamentablement.

« Eh bien ? »

Le soleil redonna à ses yeux leur lumière.

«Eh bien, elle croit savoir qui est derrière tout ce qui s'est passé.

– Que voulez-vous dire? demanda-t-il en fronçant le front.

– Cela me semble limpide... Sauf, bien sûr, si vous êtes convaincu qu'il n'y a personne derrière parce que vous êtes certain de la culpabilité de Lucy.

– L'empreinte de son pouce a été scannée à trois heures du matin, Kay.

– Du moins ce point est-il clair.

– Oui, et ce qui est clair aussi, c'est que cette empreinte ne pouvait pas être enregistrée, à moins que son pouce soit appliqué. Cela implique la présence physique de son pouce, donc de sa main, donc d'elle, au moment signalé par l'ordinateur.

– Je suis tout à fait consciente de la façon dont les choses se présentent, Benton.»

Il chaussa ses lunettes de soleil et nous nous levâmes.

«Et c'est moi qui vous le rappelle», murmura-t-il contre mon oreille en me suivant dans l'allée de la cabine.

Nous aurions pu éviter un deuxième séjour au Travel-Eze et installer nos quartiers dans un hôtel plus luxueux d'Asheville. Cependant, ce détail avait bien peu d'importance à nos yeux, lorsque nous rejoignîmes Marino au Coach House restaurant, un endroit célèbre pour des raisons qui me paraissaient un peu floues.

Dès que le policier de Black Mountain venu nous accueillir à l'aéroport nous déposa sur le parking du restaurant puis redémarra lentement, une sensation étrange m'envahit. La superbe Chevrolet de Marino était garée devant l'entrée de l'établissement. Quant à lui, il était attablé à l'intérieur, seul, face à la caisse, comme le ferait n'importe quel flic.

Il ne se leva pas à notre entrée et nous détailla sans émotion en remuant le contenu d'un grand verre de thé glacé. J'avais la troublante sensation que le Marino avec lequel j'avais travaillé durant des années, l'homme juste, le flic rusé qui détestait les potentats et le protocole, nous accordait une audience. La prudence calme de Wesley m'indiqua qu'il était également conscient que quelque chose ne tournait pas rond. Détail troublant, Marino portait ce jour-là un costume sombre qui semblait neuf.

« Bonjour Pete, lança Wesley en attrapant une chaise.

— Bonjour, dis-je en m'installant à mon tour.

— Ils ont vraiment d'excellents steaks de poulet frits, ici, annonça Marino en évitant notre regard. Ils ont aussi des chef-salades, si vous préférez quelque chose de plus léger », ajouta-il à mon seul bénéfice.

La serveuse apparut, nous versa de l'eau, puis nous tendit les menus en débitant à toute vitesse la liste des plats du jour avant qu'aucun de nous n'ait eu le temps d'ouvrir la bouche. Lorsqu'elle repartit avec nos commandes passées sans enthousiasme, la tension à la table frisait le point de rupture.

« Marino, le labo d'analyses a du nouveau qui devrait vous intéresser, mais pourquoi ne pas commencer par nous mettre au courant de ce que vous avez déniché ? » attaqua Wesley.

Je n'avais pas le souvenir d'avoir déjà vu Marino si malheureux. Il attrapa son verre de thé glacé et le reposa sans y avoir goûté. Il palpa sa poche de chemise à la recherche de ses cigarettes pour se rendre compte qu'elles étaient sur la table. Il n'ouvrit pas la bouche avant d'en avoir allumé une. Les efforts qu'il fournissait pour éviter nos regards me paniquaient. Il était devenu si distant que j'avais le sentiment de ne plus le connaître. Pour avoir déjà rencontré cette attitude dans le passé de la part de personnes avec lesquelles je travaillais, je savais ce que cela signifiait : Marino avait de gros problèmes. Il s'était retranché en lui-même, nous fermant son esprit parce qu'il ne voulait pas que nous apprenions ce qui s'y passait.

Il exhala une longue bouffée de fumée et tapota nerveusement la cendre de sa cigarette :

« Oh, le gros truc en ce moment, c'est ce gardien de l'école d'Emily Steiner. Euh, le nom du type est Creed Lindsey, mâle caucasien, trente-quatre ans. Il travaille depuis deux ans à l'école. Avant d'occuper ce poste, il était gardien à la bibliothèque municipale de Black Mountain, et encore avant gardien d'une école secondaire à Weaverville. Il faut que j'ajoute qu'à l'époque où il travaillait à Weaverville un petit garçon de onze ans a été renversé par une bagnole. Le conducteur s'est enfui et Lindsey a été soupçonné de ne pas être étranger à l'affaire.

– Attendez... l'interrompit Wesley.

– Un délit de fuite ? m'enquis-je. Qu'est-ce que vous voulez dire par "pas étranger à l'affaire" ?

– Attendez, attendez, attendez, répéta Wesley. Avez-vous parlé à Creed Lindsey ? »

Il dévisagea Marino, qui ne lui rendit que fugacement son regard.

« J'y venais. Ce bon à rien a disparu. Dès qu'il a su qu'on cherchait à lui parler, il s'est barré. Je ne sais pas qui s'est senti obligé de l'ouvrir, mais ça lui est venu aux oreilles. Il se pointe plus au boulot, ni dans sa piaule. »

Marino alluma une autre cigarette. La serveuse apparut comme par enchantement et s'empressa de lui servir un autre verre de thé. Il lui fit un petit signe de tête, comme s'il était un vieux client, coutumier des généreux pourboires.

« J'aimerais en savoir davantage au sujet de cette histoire de délit de fuite, insistai-je.

– Ça fera quatre ans en novembre. Alors, le gosse de onze ans est sur son vélo, il se fait percuter par un connard qui a pris son virage trop sec et roule au milieu de la route. Le môme est tué sur le coup. Tout ce que les flics arrivent à dégoter, c'est des témoins qui ont aperçu un pick-up blanc qui roulait super vite, au moment où l'accident s'est produit. Ils retrouvent aussi des résidus de peinture blanche sur le jean du gosse. Creed Lindsey possède un pick-up de ce genre, blanc. Un Ford. On sait qu'il emprunte souvent le chemin où l'accident s'est produit. On sait également qu'il fait une descente les jours de paye au magasin de spiritueux, et, comme par hasard, c'est un jour de paye que le gamin a été tué. »

Durant tout le temps qu'il parla, le regard de Marino

sembla incapable de se poser une seconde. Wesley et moi-même nous sentions de plus en plus mal à l'aise.

«Lorsque les flics veulent l'interroger, bingo, il a filé! Il ne réapparaîtra dans le coin que cinq semaines plus tard, prétendant qu'il a rendu visite à un parent malade, ou une connerie de ce genre. Seulement, à ce moment-là, son pick-up blanc est devenu bleu pétant. Tout le monde est certain que c'est cet enfoiré qui a fait le coup, mais y'a aucune preuve.»

Wesley interrompit Marino d'un ton ferme:

«D'accord. C'est très intéressant, et peut-être bien que ce gardien est impliqué dans l'accident du petit garçon. Mais où ça vous mène-t-il?

– Ben, moi qui pensais que c'était évident!

– Non, ça ne l'est pas. Aidez-moi à comprendre, Pete.

– Lindsey aime les gosses, c'est aussi simple que ça. Alors il choisit des boulots qui le mettent en contact avec eux.

– Selon moi, c'est surtout parce qu'il est incapable de faire autre chose que de balayer par terre.

– Mais merde! Il pourrait balayer chez l'épicier ou chez des vieux. Or, il bosse toujours dans des endroits bourrés de gamins.

– Admettons. Donc il est balayeur dans des endroits où il y a des enfants, et alors?»

Wesley étudia Marino, qui de toute évidence s'était forgé une hypothèse dont il ne démordrait pas.

«Alors, il tue ce premier gosse il y a quatre ans. Attention, j'affirme certainement pas que c'était intentionnel. Bon, mais c'est comme ça que ça se passe et il est forcé de mentir. Et puis, cet affreux secret qu'il traîne finit par complètement le bouffer. C'est comme ça que d'autres trucs débutent chez les gens.

– D'autres trucs? Lesquels, Pete? s'enquit Wesley d'un ton apaisant.

– Il se sent coupable. Et il regarde ces mômes chaque foutu bordel de journée et il veut aller vers eux, se faire pardonner, les approcher, réparer le mal qu'il a fait. Merde, j'sais pas, moi! Et puis ses émotions lui montent à la tête et il voit cette petite fille. Il essaie d'être gentil avec elle, il veut l'atteindre. Peut-être qu'il l'a aperçue la nuit où elle rentrait chez elle après la réunion à l'église. Peut-être même qu'il lui a adressé la parole. Et puis, c'est pas un problème de savoir où elle habite. C'est une putain de petite ville, ici. Il connaît. »

Marino avala une gorgée de son thé glacé et alluma une autre cigarette avant de reprendre :

« Il l'enlève. Son idée, au début, c'est de la garder un peu avec lui pour lui faire comprendre qu'il n'a jamais voulu faire de mal à personne, qu'il est super-gentil. Il veut devenir son ami. Il veut qu'on l'aime. Si la petite fille l'aime, ça réparera la chose terrible qu'il a commise quatre ans plutôt. Seulement, ça fonctionne pas comme il souhaitait. Elle veut rien savoir parce qu'elle est morte de trouille. Et quand la réalité colle pas aux fantasmes, c'est à ce moment-là que ça commence à foirer. Il panique et il la tue. Et maintenant, bordel de merde, il a recommencé. Il a buté deux gosses ! »

Wesley ouvrit la bouche pour parler mais la serveuse

s'approcha de notre table, apportant nos plats sur un grand plateau marron.

C'était une femme assez âgée, aux jambes lourdes et épaisses, des jambes fatiguées. Elle nous servit avec lenteur. Elle voulait que tout soit parfait et convienne au monsieur important, à l'étranger vêtu d'un beau costume bleu marine neuf.

La serveuse y alla de ses «certainement, monsieur» et parut contente lorsque je la complimentai sur ma salade, salade que je n'allais pas toucher. Mon appétit s'était envolé, si tant est que j'en aie eu en entrant au Coach House restaurant, célèbre pour quelque chose. J'évitais de regarder la julienne de jambon, dinde et cheddar. J'évitais principalement de regarder l'œuf dur en tranches. Je ne me sentais pas bien.

«Vous désirez autre chose?

– Non merci.

– Ça a l'air super bon, tout ça, Dot. Vous pourriez m'amener un peu de beurre?

– Mais certainement, monsieur. Ça vient tout de suite. Et vous, madame, peut-être désirez-vous encore un peu d'assaisonnement?

– Oh non, merci beaucoup, c'est parfait comme cela.

– Merci, mille fois. Vous êtes vraiment des gens charmants, et je peux vous dire qu'on est rudement contents que vous soyez ici. Je ne sais pas si vous êtes au courant, mais on fait un buffet tous les dimanches après l'église.

– Nous nous en souviendrons, madame», déclara Wesley.

J'avais déjà décidé de lui laisser un pourboire de

5 dollars, si elle me pardonnait de ne pas avoir avalé ma salade.

Wesley tentait de trouver quelque chose à dire à Marino, et c'était la première fois que j'assistais à quelque chose de cet ordre entre eux. Il y parvint enfin : « Ce que je me demande, Pete, c'est si vous avez abandonné votre première théorie ?

– Laquelle ? »

Marino entreprit de découper son steak grillé avec le tranchant de sa fourchette. Devant ses piètres résultats, il attrapa le poivre et la bouteille de sauce A1.

« Temple Gault. J'ai l'impression qu'il ne vous intéresse plus.

– J'ai rien dit de ce genre.

– Marino, insistai-je. Parlez-moi de ce petit garçon qui a été écrasé. »

Marino fit un geste de la main en direction de la serveuse :

« Dot, je crois que je vais avoir besoin d'un couteau qui coupe bien. Ce délit de fuite est important parce que ça prouve que ce type a un passé violent. Les gens du coin commencent à s'énerver à cause de cette histoire, mais aussi parce qu'il s'intéressait un peu trop à Emily Steiner. Moi, je vous mets au courant de ce qui se passe.

– Comment la culpabilité de Creed expliquerait-elle la présence de peau humaine dans le congélateur de Ferguson ? demandai-je. À propos, Marino, le groupe sanguin des tissus correspond bien à celui d'Emily Steiner. Nous attendons toujours les résultats de l'analyse d'ADN.

– Ça explique rien du tout. »

Dot, la serveuse, revint avec un couteau à dents et Marino la remercia. Il scia son steak. Wesley grignotait du bout des lèvres son filet de flétan grillé, absorbé par la contemplation de son assiette, tout en écoutant son partenaire du VICAP. Marino reprit :

« Écoutez, si on s'en tient à ce qu'on sait, c'est Ferguson qui s'est fait la gamine. Alors, c'est sûr qu'on peut pas exclure la possibilité que Gault soit dans le coup, et du reste, c'est pas ce que j'ai dit.

– Qu'avez-vous appris d'autre sur Ferguson ? demanda Wesley. À propos, saviez-vous que l'empreinte qu'on a relevée sur la culotte de dame qu'il portait est celle de Denesa Steiner ?

– C'est parce qu'elle a été volée chez elle, la nuit où le type s'est introduit dans la maison pour kidnapper sa gosse. Vous vous rappelez ? Elle a dit que lorsqu'elle était bouclée dans le placard elle l'a entendu ouvrir ses tiroirs et qu'après elle a eu l'impression qu'on avait piqué un truc.

– Cette histoire et la présence de cette peau dans son congélateur me donnent très envie de fouiller dans la vie de Ferguson, remarqua Wesley. À votre avis, a-t-il pu avoir des contacts avec l'enfant ?

– Avec sa profession, il est évident qu'il connaissait l'affaire de Virginie, celle du petit Eddie Heath. Il a pu tenter de maquiller le meurtre d'Emily pour faire croire que c'était le même assassin. Ou alors, peut-être les meurtres de Virginie lui ont-ils donné des idées, lançai-je.

– Ferguson était un drôle de mec. Ça, j'peux vous le

dire. Pour ce qui est du reste, les gens d'ici n'ont pas l'air de savoir grand-chose à son sujet, précisa Marino en débitant un autre morceau de viande.

– Durant combien d'années a-t-il travaillé pour le SBI? demandai-je.

– Une dizaine. Avant cela il était flic de la route, et avant encore, dans l'armée.

– Divorcé? demanda Wesley.

– Pourquoi, y a des gens qui le sont pas?»

Wesley garda le silence.

«Deux fois. Une de ses ex-femmes vit dans le Tennessee et l'autre à Enka. Il a quatre gosses, des grands, dispersés dans tout le pays.

– En quels termes sa famille parle-t-elle de lui?» m'enquis-je.

Marino attrapa à nouveau la bouteille de sauce A1 :

«Vous savez, c'est pas comme si j'étais déjà ici depuis six mois! Je peux juste interroger un certain nombre de gens chaque jour, et encore, quand j'ai du bol et que j'arrive à les coincer chez eux à ma première ou deuxième visite. Si on ajoute à ça que vous vous êtes tirés tous les deux en me laissant le bébé sur les bras, j'espère que je ne vous vexerai pas en vous rappelant qu'y a que vingt-quatre foutues heures par jour.

– Nous en sommes bien conscients, Pete, l'apaisa Wesley d'un ton égal. C'est pour cette raison que nous sommes ici, parce que nous sommes convaincus qu'il y a un énorme travail d'enquête à fournir. Peut-être même davantage que ce que j'avais cru au début, parce que rien ne colle dans cette histoire. J'ai l'impression que nous partons dans trois directions différentes et jusque-là aucun point commun ne se dégage, si ce n'est que j'ai vraiment envie de m'intéresser de près à la vie de Ferguson. Après tout, nous avons des résultats d'analyse qui le désignent du doigt, la peau dans son congélateur et la lingerie de Denesa Steiner.»

Marino chercha la serveuse du regard. Elle se tenait juste devant la porte de la cuisine, guettant la moindre de ses réactions.

«Ils ont une super tourte aux cerises.

– Vous venez souvent?» demandai-je.

Il haussa le ton au profit de notre vigilante serveuse lorsqu'elle arriva à notre table.

«Faut bien que je mange quelque part, pas vrai, Dot?»

Wesley et moi commandâmes un café.

«Eh bien mon petit, la salade n'était pas bonne? me demanda-t-elle d'un ton sincèrement désolé.

– Au contraire, elle était excellente. J'avais juste moins faim que je ne le pensais.

– Vous voulez que je vous l'emballe?

– C'est inutile, merci.»

Lorsqu'elle eut disparu, Wesley aborda les différents détails des analyses. Nous parlâmes un moment du bois de moelle et du ruban adhésif. Lorsque la tourte de Marino eut été engouffrée, et qu'il se remit à fumer, il devint évident que nous avions épuisé tous les sujets de conversation. Marino n'avait pas plus d'idée que nous au sujet du bois ou du ruban adhésif ignifugé.

«Bordel, lâcha-t-il. C'est une vraie merde, cette histoire. Rien de ce que j'ai appris n'a de relation avec ces trucs.»

L'attention de Wesley faiblissait. Il ajouta pourtant:
« Ce ruban orange fluorescent est très inhabituel.
Quelqu'un d'ici l'a forcément remarqué. Enfin, s'il
vient du coin. Dans le cas contraire, on finira bien par
remonter jusqu'à son origine, promit-il en se levant.

– Je m'en charge, dis-je en ramassant l'addition.

– Ils n'acceptent pas la carte American Express dans
ce restaurant, précisa Marino.

– Il est treize heures cinquante. Convenons de nous
retrouver à l'hôtel à dix-huit heures afin d'établir un
plan, proposa Wesley.

– Ne m'en veuillez pas de vous rappeler ces détails,
mais il s'agit d'un motel, pas d'un hôtel, et de surcroît,
nous n'avons pas de voiture.

– Je vais vous déposer au Travel-Eze. Votre voiture
devrait y être. Et puis vous, Benton, on pourra vous en
dégoter une si vous pensez en avoir besoin. »

Marino parlait comme s'il était devenu le nouveau
chef de la police de Black Mountain, ou peut-être son
maire.

« Je ne sais pas de quoi je vais avoir besoin », murmura Wesley.

13

Le détective Mote avait été installé dans une chambre privée, lorsque je lui rendis visite un peu plus tard ce jour-là. Son état de santé était stationnaire mais toujours réservé, et il était sous surveillance.

Trop peu familière avec les alentours, je me rabattis sur la petite boutique de cadeaux de l'hôpital qui proposait un choix fort restreint de bouquets de fleurs exposés à l'abri derrière la glace d'une armoire réfrigérée.

« Détective Mote ? » m'annonçai-je depuis le pas de la porte de la chambre, d'un ton hésitant.

Il était assis dans son lit, somnolant malgré le volume sonore de la télévision.

« Bonjour », insistai-je en haussant la voix.

Il ouvrit les yeux et je sentis que durant quelques secondes il cherchait qui je pouvais être. Puis, la mémoire lui revint et il me sourit comme s'il avait rêvé de moi depuis des nuits.

«Doux Jésus, si je m'attendais, le docteur Scarpetta... Je croyais que vous étiez repartie.»

Lui tendant le pitoyable bouquet de marguerites serré dans un épais vase vert, je précisai :

«Je suis désolée... Le choix de la boutique d'en bas était limité. Je peux les poser là?»

Je déposai le vase sur une table de nuit. La vue des rares autres fleurs qui s'y trouvaient déjà m'attrista : elles étaient encore plus piteuses que les miennes!

«Prenez cette chaise, si vous avez le temps de rester un petit moment.

– Comment vous sentez-vous, détective Mote?»

Il était pâle et amaigri, et le regard qu'il dirigea vers la fenêtre par laquelle filtrait la lumière de cette jolie journée d'automne semblait un peu vidé de sa vitalité.

«Oh, j'essaie de nager avec le courant, comme on dit. On ne peut jamais prévoir ce qui vous attend, mais j'ai bien envie de me mettre à pêcher, et puis aussi à bricoler le bois. Vous savez, ça fait longtemps que j'ai envie de me construire un petit chalet, dans un gentil coin. J'aime bien sculpter le tilleul aussi, pour confectionner des cannes de marche.»

J'avançai avec prudence de crainte de le bouleverser :

«Détective Mote, vous avez reçu la visite de vos collègues?»

Il me répondit, le regard toujours perdu vers l'éclatant ciel bleu :

«Oh, bien sûr, une ou deux personnes sont passées ou m'ont appelé.

– Pourriez-vous me donner votre avis au sujet de l'enquête concernant la petite Steiner ?

– Pas trop bon.

– Pourquoi cela ?

– Ben, d'abord parce que j'en fais plus partie, et puis ensuite, j'ai l'impression que chacun part comme le vent le pousse et ça m'inquiète un peu.

– Vous étiez un des premiers sur l'affaire. Vous deviez bien connaître Max Ferguson ?

– Pas aussi bien que je le pensais, j'ai l'impression !

– Êtes-vous au courant des soupçons qui pèsent sur lui ?

– Oui, je sais tout cela. »

La clarté du soleil éclaircissait ses yeux, au point qu'on eût cru de l'eau. Il cligna des yeux à plusieurs reprises et essuya quelques larmes : la lumière trop vive, ou l'émotion.

« Je suis aussi au courant qu'ils s'intéressent de près à Creed Lindsey, reprit-il. Et vous voyez, je trouve que, dans un cas comme dans l'autre, c'est assez moche.

– Que voulez-vous dire ?

– Ben, docteur Scarpetta, Max est plus là pour se défendre.

– C'est exact.

– Quant à Creed, il saurait pas par où commencer pour se défendre, même s'il était là.

– Vous savez où il se trouve ?

– J'ai entendu dire qu'il s'était caché quelque part. C'est pas la première fois, d'ailleurs. Il a fait la même chose quand ce petit garçon a été écrasé et qu'il est mort. À l'époque, tout le monde pensait que Creed était coupable comme le péché. Du coup, il a disparu et il est revenu un peu plus tard. De temps en temps, il refait une apparition dans ce qu'ils appelaient la ville de Couleur, dans le temps. Et il boit comme un trou.

– Où vit-il?

– Après la route de Montreat, plus haut dans Rainbow Mountain.

– Je ne sais pas très bien où cela se trouve.

– Quand vous arrivez à hauteur de la grande porte de Montreat, c'est la route qui part à droite vers la montagne. Avant, y avait que des montagnards qui habitaient là-haut, ce que vous appelleriez des ploucs. Au fil des années, pas mal sont morts, d'autres ont déménagé et les gens comme Creed les ont remplacés. (Il s'interrompit un instant, songeur.) Vous pouvez apercevoir l'endroit depuis la route en contrebas. Il y a une vieille machine à laver sur son porche, et il balance toutes ses ordures de la porte de derrière, directement dans les arbustes. (Mote soupira.) Faut avouer que Creed a pas été verni le jour de la distribution de neurones.

– C'est-à-dire?

– Ça veut dire qu'il ne comprend pas grand-chose et qu'il a peur de ce qu'il ne comprend pas. Il doit pas avoir la moindre idée de ce qui se passe en ce moment par ici.

– Cela signifie-t-il que vous ne croyez pas non plus qu'il soit impliqué dans le meurtre de la petite Steiner?» demandai-je.

Le détective Mote ferma les yeux. Le moniteur scellé

au-dessus de sa tête enregistrait un rythme de 66 battements cardiaques par minute. Il avait l'air épuisé.

« Non, m'dame. J'y crois pas une seconde. Je reconnais qu'il doit avoir une raison pour se cacher. Et j'arrive pas à me sortir cette idée de la tête.

– Mais vous dites qu'il a pris peur. C'est une excellente raison pour se cacher.

– J'ai comme l'impression qu'il y a autre chose. D'un autre côté, ça ne sert à rien que je me creuse les méninges à ce sujet, vu que je peux plus rien faire. Sauf s'ils acceptent tous de faire la queue devant ma porte et de répondre à mes questions. Et y'a peu de chances que ça se produise. »

Je n'avais pas envie de l'interroger au sujet de Marino mais je sentis que je devais le faire.

« Et le capitaine Marino ? Avez-vous eu l'occasion de le voir souvent ? »

Mote me regarda droit dans les yeux :

« Il est passé l'autre jour avec une bouteille de Wild Turkey. Je l'ai rangée dans le placard, là-bas », dit-il en sortant un bras des couvertures pour m'indiquer la cachette.

Nous demeurâmes silencieux un moment.

« Mais je sais qu'il faut pas que je boive, ajouta-t-il.

– Vous devez suivre les conseils des médecins, détective Mote. Il va falloir apprendre à vivre avec ce que vous avez, et cela signifie renoncer à ce qui vous a mis dans cet état.

– Je sais que je dois arrêter de fumer.

– On peut y parvenir. Moi-même, je n'aurais jamais cru en être capable.

– Ça vous manque?

– Ce qui ne me manque pas, c'est la façon dont je me sentais lorsque je fumais.

– C'est tout comme moi. J'aime pas la façon dont je me sens avec toutes ces mauvaises habitudes. Mais ça n'a rien à voir.

– J'avoue, ça me manque toujours, mais c'est de moins en moins pénible, répondis-je en souriant.

– J'ai dit à Pete que je ne voulais pas le voir finir ici, comme moi, docteur Scarpetta. Mais il a la tête dure. »

Le souvenir de Mote, écroulé par terre, de son visage virant au bleu pendant que je m'acharnais à lui sauver la vie, me revint et me secoua. Tôt ou tard, Marino subirait le même sort. Je songeai au steak frit, à son nouveau costume, à la voiture et à son étrange comportement. On aurait dit qu'il avait décidé de faire comme s'il ne m'avait jamais connue. La seule façon pour lui d'y parvenir consistait à devenir quelqu'un que je ne pourrais reconnaître.

« Marino s'est terriblement investi dans cette affaire. C'est une enquête très éprouvante, argumentai-je faiblement.

– Mrs Steiner ne pense à rien d'autre. Remarquez, je la comprends. Si j'étais à sa place, je crois bien que je mettrais tout ce que je possède dedans aussi.

– Qu'a-t-elle mis dedans?

– Elle est très riche, répondit Mote.

– La question m'avait effleurée, concédai-je en me souvenant de la voiture de Denesa Steiner.

– Elle s'est décarcassée pour aider l'enquête.

– Quel genre d'aide?

– Ben, pour les voitures. Comme celle que Pete conduit, par exemple. Faut bien que quelqu'un paie pour tout ça.

– Je croyais que ce genre d'équipements était offert par les entreprises du coin.

– C'est-à-dire que Mrs Steiner a, en quelque sorte, donné l'exemple aux autres. Grâce à elle, toute la région se sent concernée par cette histoire et compatit avec elle. Personne ne veut qu'un autre enfant subisse la même chose. Je dois reconnaître que je n'avais jamais rien vu de tel au cours de mes vingt-quatre ans de carrière dans la police. D'un autre côté, j'avais jamais connu de cas comme celui-ci. »

Ce fut au prix d'un effort considérable que je conservai une voix calme et m'efforçai de paraître parfaitement à l'aise lorsque je demandai à Mote:

«La voiture que je conduis est également un de ses dons?

– Oui, c'est elle qui a offert les deux voitures et puis d'autres commerçants ou industriels ont donné de l'argent pour les projecteurs, les radios ou les scanners.

– Détective Mote, quelle somme d'argent Mrs Steiner a-t-elle offert à votre police?

– Pas loin de cinquante, je dirais. »

Je le dévisageai avec incrédulité:

«Cinquante? Vous voulez dire cinquante mille dollars?

– Oui, c'est ça.

– Et tout le monde trouve cela normal?

– Ben, en ce qui me concerne, je trouve pas ça très

différent de quand la station hydroélectrique nous a offert une voiture il y a quelques années, parce qu'ils voulaient qu'on surveille d'un peu plus près un de leurs transformateurs. Il y a aussi les Quick Stops et les 7-Eleven qui nous offrent toujours le café, comme ça les gars y passent souvent et ils jettent un œil. Les gens nous aident à les protéger. Ça marche bien tant que personne n'essaie de tirer la couverture à lui. »

Son regard me fixait toujours, et ses mains reposaient sur les couvertures :

« Je me doute que dans une grande ville comme Richmond la réglementation doit être plus stricte.

– Toute donation faite à la police de Richmond dont le montant excède deux mille cinq cents dollars doit d'abord être approuvée par un O et R.

– Je sais pas ce que c'est.

– Une Ordonnance et Résolution qui passe devant le conseil municipal.

– Ça m'a l'air rudement compliqué.

– Il y a d'excellentes raisons à ce que ça le soit.

– Sûr », approuva-t-il.

Cependant, il semblait surtout las et assommé par une autre révélation : il ne pouvait plus faire confiance à son corps.

« Pouvez-vous me dire à quoi seront utilisés ces cinquante mille dollars, en dehors de l'achat des voitures ? demandai-je.

– Il nous faut un nouveau chef de police. Avant, j'étais à peu près le seul candidat possible, mais, pour être franc, les choses n'ont plus l'air trop radieuses pour moi en ce moment. Même si j'arrive à reprendre mes fonctions, on me réservera quelque chose de pas trop contraignant. Il est temps que cette ville ait à sa tête quelqu'un qui a de la bouteille. Les choses ne sont plus ce qu'elles étaient.

– Je vois. »

Les événements se dessinaient peu à peu d'une façon assez perturbante.

« Je vais vous laisser vous reposer.

– Je suis bien content que vous soyez passée. »

Il me serra la main avec une telle vigueur qu'il me fit mal. Je sentis en lui un désespoir si profond qu'il n'aurait probablement pas pu l'expliquer, même s'il en avait été conscient. Échapper d'un cheveu à la mort, c'est l'évidence qu'un jour on mourra, et il est impossible ensuite d'envisager les choses de la même façon.

Avant de retourner au Travel-Eze, je me rendis jusqu'à la porte de Montreat, pour la contourner. Une fois parvenue de l'autre côté, je me demandai ce qu'il convenait de faire. La circulation était très fluide et lorsque je m'arrêtai un instant sur le bas-côté, les automobilistes me dépassant durent penser que j'étais une autre touriste égarée ou cherchant la maison de Billy Graham. D'où j'étais garée, j'avais une vue parfaite du coin de montagne qu'habitait Creed. Je pouvais même distinguer sa maison et le gros cube de sa machine à laver blanche sous la véranda.

On avait dû baptiser Rainbow Mountain par un après-midi d'octobre comme celui-là. Les feuilles se paraient de nuances plus ou moins intenses de rouge, d'orange et de jaune, ardentes sous le soleil et profondes dans la pénombre. Les ombres gagnaient en épaisseur comme le soleil tombait, recouvrant les vallées et les crevasses. Dans moins d'une heure, il ferait nuit. Si je n'avais aperçu des volutes de fumée s'échapper de la cheminée inclinée en pierre de Creed, peut-être n'aurais-je pas décidé d'emprunter le chemin de terre qui conduisait chez lui.

Je remis le contact, traversai la route et obliquai dans le chemin étroit et défoncé de nids de poule. Le passage de ma voiture soulevait un nuage de poussière rouge comme je progressais vers cet endroit, un des plus inhospitaliers qu'il m'ait été donné de visiter. La route continuait vers le sommet de la montagne pour s'arrêter soudain. Quelques vieilles caravanes bombées, quelques maisons délabrées faites de planches ou de rondins crus étaient disséminées tout le long. Les toits étaient de papier goudronné ou de tôle. Je n'aperçus que de rares et antiques pick-up en piètre état, et même une estafette dont la carrosserie était peinte d'une étrange couleur crème de menthe.

Sous les arbres, un petit carré de poussière de terre était vierge, et j'en conclus que ce devait être l'endroit où Creed garait sa voiture. Je m'y faufilai et coupai le moteur. Je restai un instant assise, contemplant sa cabane branlante et la véranda de guingois. J'eus l'impression que la lumière brillait à l'intérieur, à moins qu'il ne se fût agi de la réflexion du soleil couchant contre les vitres. Je songeai à cet homme qui vendait des cure-dents épicés aux enfants et avait cueilli des fleurs sauvages pour les offrir à Emily, à ce gardien qui balayait les sols et vidait les poubelles de l'école, et je me demandai si j'avais bien fait de venir jusqu'ici.

Mon intention première était de savoir où vivait Creed par rapport à l'église presbytérienne et au lac Tomahawk. J'avais résolu ce point, et d'autres questions me harcelaient. Je ne pouvais me résigner à tourner le dos à cette maison dans laquelle brûlait un feu de cheminée alors que nul n'était censé s'y trouver. Je ne parvenais pas à m'ôter de l'esprit les phrases de Mote. S'y ajoutaient ces Fireballs que j'avais retrouvés près du lac. Ces bonbons étaient la raison première de ma visite, et c'était à cause d'eux qu'il fallait que je parle à cet homme qui s'appelait Creed.

Je frappai à la porte à plusieurs reprises. Je crus surprendre les mouvements de quelqu'un à l'intérieur et eus la nette impression qu'on m'observait. Personne ne vint m'ouvrir, et nul ne répondit à mes appels. La fenêtre qui se trouvait sur ma gauche était dépourvue de rideau. J'aperçus au travers un plancher de bois sombre et une chaise en bois, éclairée par la lumière d'une petite lampe posée sur une table.

Je me raisonnai en pensant que cette lampe allumée ne signifiait pas que quelqu'un fût à l'intérieur. Pourtant, une odeur de feu de bois me parvenait, et je remarquai que le tas de petit bois entreposé sous la véranda était assez fourni et avait été coupé depuis peu.

Je frappai à nouveau et sentis la porte jouer sous la

pression de mes phalanges. Une bonne pression aurait
suffi à l'ouvrir d'un coup.

« Hello ? Il y a quelqu'un ? »

Seules les rafales de vent qui agitaient les arbres me
répondirent. Il faisait très frais à l'ombre, et les relents
légers de la putréfaction et de la moisissure me parvinrent. Des monticules d'ordures s'accumulaient
– sans doute depuis des années – dans les bois qui
flanquaient cette cabane d'une ou deux pièces au toit
rouillé et à l'antenne de télé tordue. Miraculeusement, ils avaient été recouverts d'un tapis de feuilles
mortes. Mon regard balaya des bouteilles de lait en
plastique, des bouts de papier, des bouteilles de soda
qui avaient traîné assez longtemps dehors pour que
leurs étiquettes se soient délavées.

J'en déduisis que le seigneur du château avait renoncé
à son habitude de balancer ses ordures depuis sa
porte, puisque aucun des détritus ne me semblait
récent. Plongée dans cette contemplation, je mis un
certain temps à me rendre compte que quelqu'un se
tenait derrière moi. Soudain, le poids d'un regard rivé
dans mon dos fit se hérisser les cheveux de ma nuque.
Je me retournai avec lenteur.

Quelle étrange apparition que cette fillette qui se
tenait près du pare-chocs arrière de ma voiture. Elle
était aussi immobile que l'eût été un daim, et me fixait
dans la lumière crépusculaire. Ses cheveux châtains,
ternes, pendaient autour de son petit visage pâle. Elle
louchait légèrement. À la tension de ses longues
jambes maigres, je compris qu'elle bondirait et se sau-
verait au moindre geste brusque ou au moindre son

trop fort. Elle continua à me scruter durant un long moment, et je lui rendis son regard, comme si j'étais consciente de l'importance de cette déroutante rencontre. Elle changea enfin de posture, et parut capable de respirer et de cligner des paupières à nouveau. Je me risquai à parler.

«Je me demandais si tu pourrais m'aider», dis-je d'un ton tranquille et doux.

Elle fourra ses mains nues dans les poches d'un manteau en laine sombre bien trop petit pour elle. Elle portait un pantalon kaki froissé et retourné sur les chevilles et des bottes de cuir marron éraflé. Elle devait avoir treize ou quatorze ans, mais l'évaluation était ardue.

«Je ne suis pas du coin et il est important que je trouve Creed Lindsey. Il habite cette maison, enfin du moins, je crois. Peux-tu m'aider?

– Et qu'est-ce qu'y veut avec l'aut'?»

Sa voix était très aiguë et assez métallique. À son accent, je compris que j'allais éprouver beaucoup de difficultés à saisir quelques mots de ce qu'elle voudrait bien me dire.

«Il faut que je le rencontre parce que j'ai besoin de son aide», articulai-je en détachant chaque syllabe.

Elle se rapprocha de moi de quelques pas, sans jamais me lâcher du regard. Elle avait les yeux très pâles et un strabisme léger qui m'évoquèrent un chat siamois.

«Je sais qu'il croit qu'on le recherche, insistai-je avec un calme parfait. Je ne fais pas partie de ces gens là. Pas du tout. Je ne veux lui faire aucun mal.

– C'est quoi-t'est-ce son nom?

– Je suis le docteur Kay Scarpetta. »

Elle me fixa avec une intensité renouvelée, comme si je venais de lui confier le plus étonnant des secrets. Soudain, l'idée me traversa que, si elle savait peut-être ce qu'était un docteur, elle n'en avait probablement jamais vu qui soit de genre féminin.

« Tu sais ce que c'est qu'un médecin? » demandai-je.

Elle détailla mon véhicule comme s'il était en totale contradiction avec ce que je venais de lui annoncer.

« Il y a des médecins qui aident la police quand des gens ont des problèmes. C'est ce que je fais. J'aide la police d'ici. C'est pour cela que j'ai cette voiture-là. La police me permet de la conduire tant que je suis ici, parce que je ne suis pas d'ici. Je viens de Richmond, en Virginie. »

Ma voix mourut sur ces derniers mots. Elle contemplait toujours la voiture en silence. J'eus soudain la sensation déprimante que j'étais allée trop loin, que j'en avais trop dit et que tout était perdu. Je ne retrouverais jamais Creed Lindsey. Quelle stupidité de ma part d'avoir cru, ne serait-ce qu'un instant, que je pourrais communiquer avec quelqu'un que je ne connaissais pas et que j'avais un mal fou à comprendre.

Décidée à repartir, je m'apprêtai à retourner vers mon véhicule, lorsque la toute jeune fille s'avança vers moi. Je sursautai lorsqu'elle saisit ma main et me tira par la manche, sans un mot, jusqu'à ma voiture. Elle pointa la vitre de portière par laquelle on aperce-

vait ma trousse médicale posée sur le siège passager.
« C'est ma trousse médicale. Tu veux que je la
prenne ?

– Han, faut qu'y le prenne. »

Ce que je fis. Je me demandai s'il s'agissait d'une
simple curiosité de sa part, mais elle me tira vers le
chemin où nous nous étions rencontrées un peu plus
tôt. Sans un mot, elle se dirigea vers la colline, serrant
toujours mes doigts avec fermeté. Sa paume était
rugueuse et sèche.

Nous gravîmes la colline à une allure soutenue et je
lui demandai :

« Tu veux bien me dire ton nom ?

– Deborah. »

Ses dents étaient très abîmées. Elle était efflanquée,
paraissait sans doute plus âgée qu'elle ne l'était réelle-
ment, signes typiques des cas de malnutrition chronique dont j'avais souvent été le témoin dans une
société où la quantité de nourriture ne s'avère pas nécessairement être la solution adéquate. J'étais convaincue
que la famille de Deborah, comme tant d'autres de
celles qu'il m'arrivait de croiser en ville, subsistait
sur des repas trop riches en calories vides, le genre
de repas que permettent les coupons alimentaires des
nécessiteux.

« Deborah comment ? »

Nous étions arrivées à hauteur d'une petite cabane
faite de plaques. Elle avait sans doute été montée avec
les ébarbures d'une scierie et recouverte de feuilles de
papier goudronné dont certaines avaient été peintes
afin d'imiter le dessin de la brique.

« Deborah Washburn. »

Je gravis à sa suite les marches branlantes qui menaient à une véranda délabrée sur laquelle s'empilait du bois de chauffage et reposait une balancelle d'un bleu turquoise délavé. Elle poussa une porte qui n'avait pas été repeinte depuis si longtemps que sa couleur d'origine devenait un mystère, et me guida à l'intérieur. La raison de sa mission me devint évidente.

Deux petits visages, beaucoup trop vieux pour leurs tendres années, se levèrent vers moi. Les enfants étaient assis sur un matelas nu posé à même le sol. Un homme aussi. Il tentait de recoudre la coupure qui entaillait son pouce droit. Le sang dégoulinait dans les guenilles dont il protégeait ses genoux. Une carafe en verre était posée à même le sol, non loin de lui. Elle contenait un liquide clair dont j'aurais parié qu'il ne s'agissait pas d'eau. Il avait déjà réussi à poser un ou deux points à l'aide de son aiguille et de son fil de couture. Durant un instant, nous nous dévisageâmes dans la lueur que dispensait une ampoule nue pendue au-dessus de nos têtes.

« L'est un docteur », lui annonça Deborah.

Il m'examina encore un moment, le sang dévalait de son pouce. Il devait approcher de la trentaine. Ses cheveux noirs, trop longs, lui tombaient devant les yeux, et une pâleur maladive avait envahi son visage que le soleil ne semblait jamais avoir effleuré. Il était de grande taille, trop lourd. Des remugles de vieille graisse, de sueur et d'alcool mêlés me parvinrent.

«Où c'est que tu l'as trouvée?» demanda l'homme à la gamine.

Les deux petits fixaient d'un regard vide la télévision qui semblait être le seul appareil électrique de la pièce, en dehors de l'ampoule qui pendait du plafond.

«Y'le cherchait.»

Je réalisai que Deborah utilisait «y» et «le» pour désigner toutes choses, et que l'homme que j'avais en face de moi devait être Creed Lindsey.

«Pourquoi que tu l'as ramenée ici? demanda-t-il à la jeune fille sans pour autant paraître fâché, ni même inquiet.

– Y souffre.

– Comment vous êtes-vous blessé? demandai-je en ouvrant ma sacoche.

– Avec mon couteau.»

J'examinai sa main de près. Il était parvenu à rapprocher un bon pan de peau.

«Les points de suture ne sont pas la meilleure solution dans ce genre de cas.»

Je sortis de ma trousse un antiseptique, des pansements et de la Benzoïne.

«Quand vous êtes-vous fait cela?

– Cet après-midi. J'ai essayé d'ouvrir une boîte de conserve avec mon couteau.

– Vous vous souvenez à quand remonte votre dernier rappel antitétanique?

– Nan.

– Il faudrait que vous vous fassiez faire une injection de sérum dès demain. Je l'aurais bien fait, mais je n'ai pas le nécessaire ici.»

293

Je cherchai du regard des serviettes en papier et je sentis qu'il m'observait. L'équipement de la cuisine se limitait à un réchaud à bois et une pompe au-dessus de l'évier. Je me lavai et me séchai les mains du mieux que je pus puis retournai m'agenouiller à côté de lui. Je saisis sa main. Une main dure et pleine de callosités, aux ongles sales et cassés.

Jetant un regard vers la carafe remplie d'un liquide clair, je le prévins :

« Ça va faire mal et je n'ai aucun antalgique pour vous soulager. Si vous avez quelque chose, n'hésitez pas. »

Il suivit mon regard, attrapa la carafe de sa main valide et avala une longue gorgée de ce qu'elle contenait, liqueur de maïs ou autre. En tout cas, l'alcool lui fit monter les larmes aux yeux. J'attendis qu'il ait avalé une autre rasade avant de poursuivre le nettoyage de sa plaie, puis tirai le lambeau de peau pour le maintenir en place avec un cicatrisant spécial et un pansement adhésif. Lorsque j'eus terminé, Creed était apaisé. J'enveloppai son pouce dans de la gaze et regrettai de n'avoir pas trouvé de bande dans ma trousse.

« Où est ta mère ? demandai-je à Deborah en rangeant l'aiguille et les linges souillés dans ma sacoche, puisqu'il ne semblait pas y avoir de poubelle dans la pièce.

– Y l'est au *Burger Hut.*

– C'est là qu'elle travaille ? »

Elle acquiesça d'un signe de tête. Un de ses frères se souleva du matelas pour changer de chaîne.

«Vous êtes Creed Lindsey, n'est-ce pas? demandai-je d'un ton dégagé à mon étrange patient.

– Pourquoi que ça vous intéresse?»

Il avait, lui aussi, ce même accent nasillard, mais contrairement à ce que le lieutenant Mote m'avait affirmé, j'aurais juré qu'il était loin d'être idiot.

«Il faut que je lui parle.

– Pourquoi?

– Parce que je suis convaincue qu'il n'a rien fait de mal à Emily Steiner, tout comme je suis sûre qu'il sait quelque chose qui peut nous conduire jusqu'au coupable.

– Et qu'est-ce qu'il pourrait bien savoir? rusa-t-il en attrapant la carafe d'alcool.

– C'est la question que j'aimerais lui poser. Je crois qu'il aimait beaucoup Emily et qu'il est bouleversé par ce qui lui est arrivé. Je crois aussi que lorsqu'il est bouleversé de la sorte, il se sauve comme en ce moment, surtout lorsqu'il craint qu'on lui colle tout sur le dos.»

Il fixait la carafe, faisant tournoyer lentement le liquide qu'elle contenait.

«Il lui a jamais rien fait cette nuit-là!

– Cette nuit-là? Vous voulez dire, la nuit où Emily a disparu?

– Il l'a vue partir avec sa guitare. Il était au volant de sa caisse, alors il a ralenti, juste pour lui dire bonsoir. Mais l'a rien fait. L'a pas fait monter à côté de lui, ni rien du tout!

– Lui a-t-il demandé si elle voulait qu'il la dépose chez elle?

– Non, parce qu'il savait qu'elle aurait rien voulu savoir.

– Et pourquoi cela?

– Parce qu'elle l'aimait pas. Elle aime pas Creed. Pourtant, il lui donne des cadeaux. »

Sa lèvre inférieure tremblait.

« Oui, j'ai entendu dire qu'il était très gentil avec Emily. Il lui a offert des fleurs et même des bonbons.

– Non, il lui a jamais donné des bonbons, parce qu'elle les aurait pas pris.

– Elle n'en aurait pas voulu?

– Non, elle les aurait pas pris. Même ceux qu'elle aimait. Et pourtant j'l'ai vue qu'elle les acceptait d'autres gens.

– Des Fireballs?

– Wren Maxwell me les échange contre des cure-dents et j'ai vu qu'il lui filait des bonbons, à Emily, j'veux dire.

– Était-elle toute seule, ce soir-là, lorsqu'elle a quitté l'église avec sa guitare?

– Ouais.

– Où était-elle, à ce moment-là?

– Quand que j'l'ai vue, elle marchait sur la route, à plus d'un kilomètre de l'église.

– Elle n'a donc pas emprunté le raccourci qui contourne le lac?

– Elle marchait sur la route et y'faisait nuit.

– Où se trouvaient les autres enfants de son groupe de jeunes?

– L'étaient loin derrière… ceux que j'ai vus, trois ou quatre. Elle marchait vite et elle pleurait. J'ai ralenti quand j'ai vu qu'elle pleurait. Mais elle a continué à marcher, alors j'suis reparti. J'ai continué à la surveiller un moment parce que j'avais peur que quelque chose déraillait.

– Pourquoi avez-vous pensé que quelque chose n'allait pas?

– Elle pleurait.

– L'avez-vous surveillée jusqu'à ce qu'elle arrive chez elle?

– Ouais.

– Vous savez où elle habitait?

– Ouais, j'sais.»

Je posai la question suivante en étant parfaitement consciente des raisons qui poussaient la police à le rechercher. Leurs soupçons étaient compréhensibles et il était clair que, s'ils avaient entendu ce que Creed me disait, ils n'en seraient devenus que plus épais.

«Et que s'est-il passé?

– L'est rentrée chez elle.

– Emily vous a-t-elle aperçu?

– Nan, parce que la plupart du trajet j'avais éteint mes phares.»

Oh, mon Dieu!

«Creed, est-ce que vous comprenez pourquoi la police se pose des questions à votre sujet?»

Il fit à nouveau tourner le liquide dans la carafe, et ses yeux prirent une étrange couleur marron vert.

«J'y ai rien fait de mal», répéta-t-il, et je le crus.

– Vous la surveilliez parce que vous avez vu qu'elle avait de la peine et que vous l'aimiez bien, c'est cela?

– J'ai vu qu'elle avait de la peine, c'est la vérité ! s'exclama-t-il avant d'avaler une gorgée au goulot.

– Creed, savez-vous où on a retrouvé son corps ? Où le pêcheur l'a retrouvée ?

– Ouais, j'sais.

– Vous y êtes allé ? »

Il ne répondit pas.

« Vous êtes allé là-bas et vous lui avez laissé des bonbons ? Après sa mort.

– Y'a beaucoup de gens qui sont allés là-bas. Y vont pour voir. Mais son sang y va pas.

– Son sang ? Vous voulez dire sa mère ?

– L'y va pas.

– Quelqu'un vous a-t-il vu là-bas ?

– Nan.

– C'est vous qui avez laissé les bonbons, n'est-ce pas ? Un cadeau pour Emily. »

Ses lèvres tremblèrent à nouveau et ses yeux se remplirent de larmes.

« J'y ai laissé des Fireballs. »

Son accent était si prononcé que j'eus du mal à comprendre qu'il parlait des bonbons.

« Pourquoi là-bas, pourquoi pas sur sa tombe ?

– Je voulais pas que personne me voit.

– Pourquoi ? »

Il fixa la carafe sans répondre, mais je n'avais nul besoin qu'il le fasse. Je savais. J'imaginais les sobriquets dont l'affublaient les enfants alors qu'il balayait leurs couloirs. J'imaginais les moqueries, les rires et les plaisanteries malveillantes dont il deviendrait l'objet si l'on se rendait compte qu'il éprouvait une petite tendresse pour quelqu'un. Et Emily Steiner l'avait attendri, et elle avait un petit béguin pour Wren.

Il faisait nuit noire lorsque je ressortis de la cabane. Deborah me suivit comme un chat silencieux jusqu'à la voiture. Mon cœur me blessait physiquement, comme si j'avais malmené les muscles de ma cage thoracique. J'aurais aimé lui offrir un peu d'argent mais je savais que c'était une mauvaise idée.

Je me tournai vers la fillette en ouvrant la portière de ma Chevrolet :

«Assure-toi qu'il fait attention à sa main et qu'il garde la plaie propre. Il faut que vous alliez chez le médecin. Vous en avez un dans le coin?»

Elle secoua la tête en signe de dénégation.

«Demande à ta mère d'en trouver un. Quelqu'un devrait pouvoir la renseigner au *Burger Hut*. Tu t'en occupes?»

Elle me considéra et prit ma main.

«Deborah, si tu as besoin de moi, tu peux m'appeler au Travel-Eze. Je n'ai pas le numéro sur moi, mais il est dans l'annuaire. Tiens, prends ma carte de visite, comme cela tu te souviendras de mon nom.»

Cramponnant toujours ma main, elle me fixa avec une étrange intensité et lâcha :

«Y a pas l'téléphone.

— Je sais, mais si tu as besoin de téléphoner, il doit y avoir une cabine quelque part, non?»

Elle acquiesça d'un signe de tête.

Le bruit d'une voiture escaladant la colline nous parvint.

«L'voiture de sa mère.

– Quel âge as-tu, Deborah ?
– Onze.
– Tu vas à l'école à Black Mountain ? » demandai-je,
stupéfaite à l'idée qu'elle ait le même âge qu'Emily.
Elle hocha la tête à nouveau.
« Tu connaissais Emily Steiner ?
– L'était avant.
– Vous n'étiez pas dans la même classe, c'est cela ?
– Non, répondit-elle en libérant ma main. »
La voiture, un antique tas de ferraille de marque
Ford, nous dépassa en bringuebalant. J'aperçus de
façon fugace la femme qui conduisait et regardait
dans notre direction. Je sus à cet instant-là que je ne
parviendrais jamais à oublier la fatigue qui se lisait sur
ce visage flasque, cette bouche avachie, ces cheveux
serrés dans un filet. Deborah sautilla derrière le véhicule de sa mère et je refermai ma portière.

De retour au motel, je pris un long bain chaud en
songeant qu'il était grand temps de manger quelque
chose. Pourtant, lorsque j'épluchai la carte du service
en chambre quelques minutes plus tard, je restai pen-
sive, les yeux fixés sur le mur, et optai pour un peu de
lecture à la place. Le téléphone me réveilla en sursaut
à vingt-deux heures trente.
« Allô ?
– Kay ? Il faut que je vous parle, c'est très important,
débita Wesley.
– J'arrive, Benton. »
Je fonçai jusqu'à sa chambre et frappai :
« C'est Kay.

– Une seconde. »

Un instant s'écoula puis la porte s'ouvrit. Le visage de Wesley confirma ma peur : un événement affreux venait de se produire. Je pénétrai dans sa chambre

« Que se passe-t-il ?

– Il s'agit de Lucy. »

Il referma la porte derrière moi, et, à en juger par l'état de désordre de sa table jonchée de notes, je compris qu'il avait passé la majeure partie de l'après-midi au téléphone. Sa cravate gisait sur le lit, et les pans de sa chemise sortaient de son pantalon.

« Lucy a eu un accident, Kay.

– Quoi ? »

Mon sang se glaça. Quant à Wesley, il était dans un état d'agitation extrême.

« Comment va-t-elle ? demandai-je, incapable d'aligner deux idées.

– Ça s'est produit un peu plus tôt, sur l'autoroute 95, au nord de Richmond. Il semble qu'elle se soit rendue à Quantico. Elle en est ensuite repartie, a mangé un morceau quelque part et puis a repris la voiture pour rentrer à Richmond. Elle s'était arrêtée au Outback, vous savez, ce *steak house* australien de Virginie, au nord de l'État. Nous avons appris qu'elle s'était rendue chez un armurier de Hanover, le Green Top. C'est après cela qu'elle a eu cet accident, annonça-t-il en arpentant la chambre.

– Benton, est-ce qu'elle va bien ? balbutiai-je, prostrée.

– Elle est à l'hôpital de la fac de médecine de Virginie. C'est assez sérieux.

– Oh mon Dieu.

– Il semble que son véhicule soit sorti de la route non loin de la bretelle qui va vers Atlee-Elmont. Elle a trop redressé. La police locale est remontée jusqu'à vous grâce aux plaques minéralogiques. Ils ont contacté votre bureau depuis le lieu de l'accident, et l'un de vos assistants a demandé à Fielding de vous joindre. Il m'a appelé parce qu'il avait peur qu'on vous apprenne cela par téléphone. En fait, et puisqu'il est de la partie, il craignait que vous ne vous affoliez si on vous disait juste que Lucy venait d'avoir un accident...

– Benton !»

Il posa les mains sur mes épaules:

«Je suis désolé. Je ne suis vraiment pas à la hauteur pour ce genre de chose, surtout lorsque... Enfin, surtout lorsque vous êtes concernée. Elle a été blessée et souffre d'une commotion cérébrale. C'est un véritable miracle qu'elle s'en soit sortie vivante. La voiture a fait plusieurs tonneaux, votre voiture. Un vrai tas de ferraille, maintenant. Ils ont dû découper la tôle au chalumeau pour parvenir à sortir Lucy de là. Elle a été transportée à l'hôpital par hélicoptère. Pour être parfaitement franc avec vous, ils m'ont dit que lorsqu'ils avaient vu l'état de la voiture, ils ont pensé qu'elle était morte. C'est incroyable qu'elle en ait réchappé.

– Elle avait bu ? murmurai-je en m'affaissant sur le bord du lit et en fermant les yeux.

– Oui.

– J'attends la suite.

– Elle va être poursuivie pour conduite en état d'ébriété. À l'hôpital, ils lui ont fait une prise de sang et son alcoolémie était élevée. Je ne sais pas exactement combien.

– Il n'y a pas d'autres victimes ?

– Non, aucune autre voiture.

– Merci, mon Dieu. »

Il s'installa à côté de moi et me massa la nuque.

« Je me demande même comment elle a réussi à parcourir cette distance depuis le restaurant. Elle a dû trop boire là-bas. (Il m'entoura les épaules de son bras et m'attira contre lui.) Je vous ai retenu une place dans le premier avion.

– Pourquoi cet arrêt au magasin Green Top ?

– Elle a acheté une arme. Un Sig Sauer P230. La police l'a retrouvé dans la voiture.

– Il faut que je rentre à Richmond, tout de suite, déclarai-je.

– Il y a un avion demain matin, très tôt. Ça peut attendre jusque-là, Kay.

– J'ai froid. »

Wesley alla chercher son veston et le posa sur mes épaules. Je frissonnais. La terreur que j'avais ressentie en le rejoignant un peu plus tôt dans sa chambre, en déchiffrant l'expression de son visage et la tension de sa voix, fit resurgir le souvenir de cette nuit, lorsqu'il m'avait téléphoné pour m'apprendre la mort de Mark.

Dès que j'avais entendu la voix de Wesley, j'avais compris que la suite serait épouvantable. Il avait commencé à évoquer cet attentat à Londres. Il m'avait ensuite expliqué que Mark se trouvait dans la gare au moment où la bombe avait explosé. Mark n'avait rien à voir dans tout cela, il n'était pas visé, pourtant il était mort. La souffrance m'avait submergée comme un raz de marée, me secouant sans ménagement. À la violence de cette peine avait fait suite un épuisement comme je n'en avais jamais ressenti, pas même lorsque mon père était mort. J'étais encore si jeune à cette époque-là, incapable d'une quelconque réaction face à ma mère en larmes et à notre vie en ruine.

« Ça va aller, Kay, assura Wesley en se levant pour me servir un verre.

– Vous ne savez rien d'autre ?

– Rien. Tenez, ça va vous faire du bien. »

Il me tendit un scotch sec.

Si, à cet instant, j'avais trouvé une cigarette dans la chambre, je l'aurais allumée. J'aurais mis fin à mon abstinence, juste comme ça.

« Connaissez-vous le nom de son médecin ? Où a-t-elle été blessée ? Les airbags se sont-ils libérés ? »

Wesley me massa à nouveau la nuque, sans répondre, parce qu'il ne savait rien de plus, ainsi qu'il me l'avait dit. J'avalai mon verre d'un trait. J'avais besoin de la sensation de l'alcool.

« Je partirai donc demain matin. »

La pression des doigts de Wesley, qui remontaient jusqu'à mon cuir chevelu, me procura un précieux soulagement.

Mes paupières se fermèrent et je contai à Wesley mon après-midi, la visite que j'avais rendue au lieutenant Mote à l'hôpital. Je lui racontai ma découverte des habitants de Rainbow Mountain et de la petite fille qui ne connaissait qu'un pronom. Enfin, je lui parlai de Creed Lindsey, qui savait qu'Emily n'avait pas emprunté le raccourci contournant l'étang cette nuit-là, après avoir quitté sa réunion de jeunes à l'église.

Repensant à ce qu'Emily avait écrit dans son journal, je dis à Wesley :

« C'était tellement triste, parce qu'au fur et à mesure que Creed me parlait j'imaginais la scène. Wren lui avait donné rendez-vous à l'église un peu avant l'arrivée des autres et, bien sûr, il n'est pas venu. Ensuite, il a fait comme s'il ne la voyait pas pendant toute la soirée. Alors, elle n'a pas attendu la fin de la réunion et elle s'est sauvée dès qu'elle a pu. Elle s'est sauvée parce qu'elle avait de la peine, parce qu'il l'avait humiliée et qu'elle ne voulait pas que les autres s'en aperçoivent. Creed passait à proximité au volant de son pick-up. Il a vu la fillette, a compris qu'elle était bouleversée et l'a suivie pour s'assurer qu'elle rentrerait chez elle sans problème. Il l'aimait de loin, de la même façon qu'Emily aimait Wren de loin. Et maintenant, elle est morte, d'une affreuse façon. C'est encore une de ces histoires de gens qui aiment des gens qui ne les aiment pas. Une de ces histoires où la souffrance se transmet de l'un à l'autre.

– Au fond, c'est le cas de tous les meurtres.

– Où est Marino ?

– Je l'ignore.

– Il est en train de faire n'importe quoi. Et pourtant, c'est un pro, dis-je.

– Je crois qu'il a une liaison avec Denesa Steiner.

– Cela fait un moment que j'en suis arrivée à la même conclusion.

– Je vois très bien comment les choses ont pu basculer. Marino est seul et il n'a jamais eu de chance avec les femmes. En fait, sa vie amoureuse est désertique depuis que Doris l'a quitté, et il ne comprend toujours pas grand-chose aux femmes. Denesa Steiner est désespérée, elle a besoin de se reposer sur quelqu'un, bref tout cela flatte son ego masculin, qui en avait pris un sale coup dans l'aile.

– Elle a beaucoup d'argent, si j'en crois ce que l'on m'a raconté.

– En effet.

– Comment se fait-il qu'elle soit si riche? Je croyais que son mari était professeur.

– D'après ce que j'ai cru comprendre, sa famille à lui était très fortunée. Ils étaient dans le pétrole, ou quelque chose dans ce goût-là, à l'ouest du pays. Kay, il va falloir que vous fassiez état de tous les détails de votre rencontre avec Creed, et cela n'arrangera pas ses affaires. »

Je ne l'ignorais pas.

« Je comprends fort bien ce que vous ressentez, poursuivit-il. Mais, je vous avoue qu'il y a certaines choses qui me perturbent, moi aussi, dans ce que vous m'avez raconté. Ça me chiffonne qu'il ait suivi Emily au volant de son pick-up, tous phares éteints. Ça me chiffonne qu'il ait connu son adresse et ait été si focalisé sur elle, lorsqu'elle était à l'école. Et ce qui me chiffonne le plus, c'est qu'il soit allé au bord du lac, à l'endroit où son corps a été retrouvé, pour y déposer des bonbons.

— Et en ce qui concerne la peau retrouvée dans le congélateur de Ferguson ? Comment Creed intervient-il là-dedans ?

— L'alternative est simple : ou c'est Ferguson qui l'y a rangée, ou c'est quelqu'un d'autre. Et la candidature de Ferguson ne me séduit pas.

— Pourquoi cela ?

— Son profil psychologique ne colle pas, et vous le savez aussi bien que moi.

— Et Gault ? »

Wesley ne répondit pas.

Je le fixai. J'avais appris à me guider au travers de ses silences. Je pouvais les suivre, comme l'on suit du bout des doigts les murs frais d'une cave.

« Vous me cachez quelque chose, Benton.

— Nous venons juste de recevoir un appel de Londres. Nous pensons qu'il a sévi de nouveau, là-bas cette fois.

— Ah, mon Dieu, non, murmurai-je en fermant les yeux.

— Un jeune garçon de quatorze ans. Il a été tué il y a quelques jours.

— La même mise en scène qu'Eddie Heath ?

— Assez semblable, en effet. Les marques de morsures ont été excisées, et l'adolescent abattu d'une balle dans la tête. Le cadavre a été soigneusement mis en scène.

— Cela ne signifie pas que Gault n'était pas à Black Mountain avant cela, argumentai-je, alors même que mes doutes s'intensifiaient.

– Au point où nous en sommes, on ne peut effectivement rien affirmer de tel. Gault pourrait être partout. Cependant, j'ai l'impression de ne plus renifler sa piste. Il existe beaucoup de points communs entre le meurtre d'Eddie Heath et celui d'Emily Steiner, mais il y a également pas mal de dissimilitudes.

– Ces différences sont logiques puisque le cas n'est pas le même. De surcroît, Benton, je ne crois pas que ce soit Creed qui ait déposé les bouts de peau dans le congélateur de Ferguson.

– Kay. Nous ignorons pour quelle raison ces tissus humains se sont retrouvés chez lui. On pourrait par exemple imaginer que quelqu'un ait déposé le paquet sur le perron de Ferguson. Celui-ci le découvrant en rentrant de la réunion aurait pu le placer au froid, comme n'importe quel bon enquêteur ferait. Simplement, il n'a pas eu le temps d'en parler à quiconque.

– Vous suggérez que Creed a attendu le retour de Ferguson et a déposé la peau?

– Ce que je suggère, c'est que la police envisagera sérieusement la culpabilité de Creed à ce sujet.

– Pourquoi aurait-il fait une telle chose?

– Le remords.

– Alors que Gault s'amuserait à nous mener en bateau pour le bonheur de se payer notre tête?

– Tout juste.»

Je gardai le silence un moment avant de reprendre:

«Si on admet que le coupable est Creed, comment expliquez-vous que l'empreinte retrouvée sur la culotte que portait Ferguson soit celle de Denesa Steiner?

– Si Ferguson avait des tendances fétichistes lorsqu'il pratiquait ses séances d'auto-érotisme, il peut avoir dérobé le sous-vêtement chez les Steiner alors qu'il s'y rendait pour l'enquête. Cela ne devait présenter aucune difficulté pour lui. Peut-être que le fait de porter la lingerie de Mrs Steiner alors qu'il se masturbait ajoutait au fantasme.

– Est-ce véritablement ce que vous pensez ?

– Je n'en sais plus rien. Si je balance ces raisonnements, c'est que je sais ce qui va se passer, je sais ce que Marino va penser. Creed Lindsey est un suspect. Pour tout vous dire, ce qu'il vous a confié au sujet d'Emily, et le fait qu'il l'ait suivie dans son pick-up, tous feux éteints, nous donne une raison valable pour fouiller chez lui et cela inclut son véhicule. Si nous découvrons quoi que ce soit, ou si Mrs Steiner pense qu'il ressemble à l'homme qui s'est introduit cette nuit-là chez elle, ou qu'il possède la même voix, Lindsey sera accusé de meurtre avec préméditation.

– Où en sont les analyses ? Avons-nous du nouveau ? » demandai-je.

Wesley se leva et rentra les pans de sa chemise dans son pantalon.

« Ils ont réussi à identifier la provenance du ruban orange fluorescent : la maison de correction d'Attica, dans l'État de New York. Il semble qu'un des directeurs de la prison en ait eu marre qu'on dérobe son adhésif à canalisations. Il a passé commande pour des rouleaux plus difficiles à subtiliser. Cette couleur très voyante lui a plu parce que c'était également celle de l'uniforme que portaient ses pensionnaires. L'adhésif était utilisé pour des travaux internes de la prison, la réparation des matelas par exemple, d'où la nécessité d'avoir du matériel ignifugé. Shuford Mills n'a réalisé qu'une seule fabrication, en 1986, environ huit cents boîtes.

– Très étrange.

– Quant aux traces détectées sur le bord de certaines des bandes, l'analyse confirme qu'il s'agit de paillettes de vernis, cohérentes avec celui qui recouvre la table de nuit de la chambre de Denesa Steiner. Cette information n'a pas grand intérêt puisque nous savons déjà qu'elle a été ligotée dans sa chambre.

– Gault n'a jamais été incarcéré à Attica, n'est-ce pas ?» demandai-je.

Wesley passa sa cravate devant le miroir de la chambre :

«Non, mais cela ne nous permet pas d'exclure la possibilité qu'il se soit quand même procuré leur ruban. Quelqu'un peut lui en avoir donné. Après tout, il avait une relation très intime avec la surveillante du pénitencier de Richmond, celle qu'il a tuée un peu plus tard. Cela vaudrait le coup d'être vérifié, au cas où l'adhésif aurait atterri au pénitencier de Richmond, d'une façon ou d'une autre.»

Il fourra un mouchoir propre dans la poche arrière de son pantalon et rangea son pistolet dans son holster de ceinture.

«Nous sortons ? demandai-je.

– Je vous invite à dîner.

– Et si je n'en ai pas envie ?

– Vous en aurez envie !

– Vous êtes drôlement sûr de vous, dites-moi. »

Il se pencha vers moi, retira sa veste toujours posée sur mes épaules et m'embrassa :

« Je ne veux pas que vous restiez seule. »

Il enfila sa veste. Il était très beau, dans un genre austère et précis.

Nous dénichâmes un gigantesque restaurant de routiers, violemment éclairé, dont la carte proposait à peu près tout depuis les côtes de bœuf jusqu'à la cuisine chinoise. Je commandai une soupe aux œufs et du riz à la vapeur parce que je ne me sentais pas trop bien. Des hommes en vêtements de travail et bottes empilaient dans leurs assiettes des montagnes de côtes de bœuf, de travers de porc ou de crevettes baignant dans d'épaisses sauces orange. Ils nous dévisageaient comme si nous tombions de la planète Mars. Le petit biscuit chinois qui contenait ma prédiction me mit en garde contre les amis volages, quant à celui que découvrit Wesley, il lui annonça son prochain mariage.

Lorsque nous rentrâmes au motel, peu après minuit, Marino nous attendait. Je lui racontai mes découvertes et le moins qu'on puisse dire, c'est qu'elles ne lui firent pas plaisir.

Après que nous fûmes retournés dans la chambre de Wesley, Marino me lança :

« J'aurais préféré que vous n'alliez pas là-bas. C'est pas votre rôle d'interroger les gens.

– Marino, mes fonctions m'autorisent à enquêter comme je le souhaite dans n'importe quelle affaire de mort violente. Je suis fondée à interroger quiconque. C'est vraiment ridicule de votre part de sortir une chose pareille ! Je vous rappelle que nous travaillons ensemble depuis pas mal d'années.

– Nous formons une équipe, Pete. C'est l'essence même de cette unité d'enquête. C'est pour cette raison que nous sommes tous là, renchérit Wesley. Écoutez, je ne veux pas être un emmerdeur, mais je souhaite que vous ne fumiez pas dans ma chambre. »

Marino fourra son paquet de cigarettes et son briquet dans sa poche :

« Denesa m'a dit qu'Emily se plaignait souvent au sujet de Creed.

– Elle sait que la police le recherche ? demanda Wesley.

– Elle s'est absentée quelque temps, répondit Marino de façon évasive.

– Où est-elle ?

– Sa sœur, qui habite le Maryland, est malade. Elle est montée lui rendre visite pour quelques jours. Ce que je veux dire, c'est que ce Creed foutait les jetons à Emily. »

L'image de Creed assis sur son matelas, recousant son pouce, me revint. Je me souvins de son regard de biais, de son teint terreux. Qu'il ait pu faire peur à une petite fille ne m'étonna pas.

« Nombre de questions sont toujours en suspens, dis-je.

– Ouais… Ben, beaucoup d'autres ont quand même trouvé une réponse, rétorqua Marino.

– L'hypothèse selon laquelle Creed est coupable ne tient pas la route, m'obstinai-je.

– Moi, je trouve que ça accroche de plus en plus !

– Je me demande s'il possède une télévision dans sa cabane?» intervint Wesley.

Je réfléchis une seconde avant de répondre.

«Sans doute. Ces gens n'ont pas grand-chose, mais on dirait qu'ils ont la télé.

– Creed pourrait avoir glané des renseignements sur le meurtre d'Eddie Heath. D'abord, il y a les journaux télévisés, et ensuite plusieurs reality-shows en ont pas mal parlé.

– Merde, des trucs de l'enquête ont été vus par toute cette foutue planète.

– Je vais me coucher», annonçai-je.

Marino se leva et nous transperça du regard:

«Surtout, que je vous en empêche pas. Je m'en voudrais vachement.

– Je commence à en avoir par-dessus la tête de vos insinuations! attaquai-je, ma colère montant dangereusement.

– J'insinue rien du tout et j'ai l'habitude d'appeler un chat par son nom quand j'en vois un.

– Évitons ce genre de discussion», nous interrompit Wesley avec un calme olympien.

J'étais fatiguée, tendue et remontée par le verre de whisky, et contre-attaquai:

«Je ne suis pas d'accord. Discutons-en, au contraire, et tout de suite, dans cette chambre, tous les trois puisqu'il semble que cette relation nous concerne tous!

– Oh que non! lâcha Marino. Y a qu'une seule relation dans cette pièce et j'en fais pas partie. Quant à l'opinion que j'en ai, c'est mes oignons et c'est mon droit le plus absolu!

– Votre opinion est stupide et c'est une autre preuve de votre autocomplaisance. Vous vous conduisez comme un adolescent de treize ans qui aurait un béguin pour l'un de ses profs! sifflai-je, hors de moi.

– C'est la connerie la plus gigantesque que j'aie entendue de toute ma vie! cracha Marino, le visage sombre.

– Vous êtes tellement possessif et jaloux que vous me rendez folle.

– C'est ça… Vous pouvez toujours vous brosser.

– Cessez, Marino. Vous êtes en train de saccager notre relation.

– Ah, parce qu'on en avait une?

– Bien sûr.

– Il se fait tard, tenta d'intervenir Wesley. Tout le monde est à bout de nerfs. Nous sommes fatigués. Kay, je ne crois vraiment pas que ce soit le bon le moment de parler de tout cela.

– C'est le seul moment dont nous disposons. Enfin, Marino, je tiens à vous, mais vous essayez de me repousser. Vous vous collez dans des histoires qui me terrorisent. Je ne suis même pas sûre que vous soyez conscient de ce que vous faites en ce moment. »

Marino me regarda comme s'il me détestait:

« Sans blague? Ben, permettez-moi de vous dire que je crois pas que vous soyez en position de me donner des leçons. D'abord, vous savez que dalle. Ensuite, moi, je m'envoie pas quelqu'un qui est marié!

– Ça suffit, maintenant, Pete, jeta Wesley.

– Ça, vous avez foutrement raison: ça suffit! »

Marino cria presque ces derniers mots et sortit en claquant la porte si violemment que j'étais sûre que tous les autres clients du motel avaient dû l'entendre.

« Oh, mon Dieu, c'est épouvantable !

– Kay, vous avez repoussé Marino. Il y a vu du mépris et ça le rend dingue.

– Je ne l'ai pas repoussé.

– Je savais qu'il avait beaucoup d'affection pour vous, continua-t-il en faisant les cent pas dans la chambre. Au fil des années, il était devenu évident qu'il tenait beaucoup à vous. Mais j'ignorais que ses sentiments étaient si profonds. *Je n'en avais aucune idée.* »

Je restai silencieuse, ne sachant que répondre.

« Marino est loin d'être stupide, reprit-il. Il était évident qu'il finirait tôt ou tard par comprendre ce qui se passait. Cela étant, je n'ai jamais pensé que cela pourrait le bouleverser de la sorte.

– Je vais me coucher », répétai-je.

Je parvins à m'assoupir un peu, puis me réveillai tout à fait. Les yeux grands ouverts, fixant l'obscurité de ma chambre, je repensai à Marino et à ce que j'étais en train de vivre. J'avais une liaison. Pourtant, je ne me sentais pas vraiment affectée, et c'était là un sentiment que je ne parvenais pas à comprendre. Marino avait senti ce qui se passait entre Wesley et moi, et il était fou de jalousie. Il m'était impossible de tomber amoureuse de Marino. Il faudrait que je tente de le lui faire comprendre, mais une telle discussion me paraissait hautement improbable.

Je me levai à quatre heures du matin et sortis m'asseoir sur le balcon. Il faisait très froid, et je m'absorbai un moment dans la contemplation des étoiles. La grande ourse brillait juste au-dessus de ma tête et le souvenir de Lucy enfant, alors même qu'elle marchait à peine, me revint. Elle en avait peur parce que, disait-elle, l'ourse allait montrer les crocs si elle la fixait trop longtemps. Mon souvenir s'arrêta sur les traits parfaits de son visage, sur la finesse de sa peau et ses invraisemblables yeux verts.

Je me souvins aussi de la façon dont elle avait regardé Carrie Grethen. Selon moi, ce regard était une des raisons pour lesquelles les choses avaient mal tourné.

14

Lucy n'avait pas obtenu de chambre privée. J'arpentai les salles communes de l'hôpital, dépassant d'abord son lit, sans la reconnaître. Ses cheveux, raidis d'un sang rouge sombre, se hérissaient sur sa tête, et des coquards endeuillaient ses yeux. Elle était assise dans son lit, assommée par les sédatifs et les antalgiques, et semblait errer dans un univers intermédiaire. Je me rapprochai d'elle et lui pris la main :

« Lucy ? »

Elle souleva à peine les paupières et répondit d'un ton pâteux :

« Salut !

– Comment te sens-tu ?

– Ça pourrait être pire. Je suis désolée, tante Kay. Comment es-tu venue ?

– J'ai loué une voiture.

– Quelle marque ?

– Une Lincoln.

– Je suis sûre que tu en as choisi une avec des air-bags de chaque côté, remarqua-t-elle avec un petit sou-rire triste.

– Lucy, que s'est-il passé?

– La seule chose dont je me souvienne, c'est que je suis allée au restaurant. Ensuite, je me suis retrouvée aux urgences et quelqu'un était en train de me recoudre le cuir chevelu.

– Tu as une commotion cérébrale.

– Je crois que ma tête a heurté le toit de la voiture lorsqu'elle s'est retournée. Je suis vraiment embêtée de l'avoir massacrée, tu sais. »

Ses yeux se remplirent de larmes.

«Ne t'en fais pas pour la voiture, Lucy. Ce n'est pas le plus important. Te souviens-tu de l'accident, de quelque chose?»

Elle eut un geste de dénégation et attrapa un mou-choir en papier.

«Tu te rappelles que tu as dîné dans un restaurant qui s'appelle le Outback, et qu'ensuite tu t'es rendue chez un armurier, le Green Top?

– Comment tu sais cela?»

Son esprit vagabonda durant quelques secondes. Ses paupières se fermaient. Elle reprit:

«Je suis arrivée au restaurant aux environs de seize heures.

– Avec qui avais-tu rendez-vous?

– Une amie. J'en suis ressortie trois heures plus tard et j'ai repris la route pour rentrer à Richmond.

– Tu avais beaucoup bu.

– Je ne me souviens pas d'avoir bu tant que cela. Je

ne sais pas pourquoi j'ai perdu le contrôle de la voiture, mais j'ai le sentiment qu'un truc a dû se produire.

– Que veux-tu dire?

– Je ne sais pas. Je ne me souviens pas mais j'ai vraiment l'impression qu'il s'est passé quelque chose.

– Et l'armurier? Te souviens-tu de t'être arrêtée làbas?

– Je ne me revois pas quittant la boutique.

– Tu as acheté un pistolet semi-automatique. 380, Lucy. Ça t'évoque quelque chose?

– Je sais que c'est pour cette raison que j'y suis allée.

– Tu te rends chez un armurier alors que tu as bu? Qu'avais-tu dans ta tête?

– Je ne voulais pas rester chez toi sans moyen de défense. C'est Pete qui m'a conseillé d'acheter le pistolet.

– Marino? répétai-je, sidérée.

– Je l'ai appelé. Il m'a dit d'acheter un Sig et que lui se fournissait toujours au Green Top, à Hanover.

– Marino est en Caroline du Nord.

– Je ne sais pas où il était. J'ai juste laissé un message sur son *pager* et il m'a rappelée.

– Pourquoi ne pas en avoir discuté avec moi? J'ai des armes à la maison.

– Je voulais le mien, tante Kay, et j'ai l'âge légal pour en acheter un », expliqua-t-elle, incapable de garder les yeux ouverts.

Je rencontrai le médecin qui s'occupait d'elle et lui parlai quelques minutes. Il était très jeune, et me répondit d'un ton qui indiquait qu'il me prenait pour une mère ou une tante inquiète incapable de distinguer un rein d'une rate. Lorsqu'il m'expliqua de façon assez désagréable qu'une commotion cérébrale était conséquente à un choc violent qui provoquait une sorte d'ecchymose sur le cerveau, je demeurai impassible et ne pipai mot. Un étudiant en médecine nous dépassa dans le couloir. Il s'agissait d'un de ceux que j'encadrais. Il me salua par mon nom. Un fard envahit les joues du jeune médecin.

Après avoir quitté l'hôpital, je me rendis à mon bureau, où je n'avais pas mis les pieds depuis plus d'une semaine. Ma table de travail était dans l'état où je redoutais de la retrouver, et je passai les heures qui suivirent à tenter d'y apporter un semblant d'ordre, tout en essayant de contacter l'officier de police chargé de l'enquête sur l'accident de Lucy. Je laissai un message en le priant de me contacter dès son retour, puis téléphonai à Gloria Loving, de l'état civil.

«Tu as trouvé quelque chose?

– Quelle chance j'ai de te parler deux fois dans la même semaine! Tu as réintégré l'autre côté de la rue?

– Oui, répondis-je sans parvenir à réprimer un sourire.

– Pas grand-chose jusque-là, Kay. Nous n'avons rien déniché au sujet d'une petite Mary Jo Steiner qui serait morte d'un syndrome de mort subite du nourrisson en Californie. On va croiser nos données avec d'autres codes de maladies. Pourrais-tu me fournir la date du décès et l'endroit précis où il a été enregistré?

– Je vais voir ce que je peux faire», l'assurai-je.

L'idée de téléphoner à Denesa Steiner me tenta, mais je me contentai de fixer l'appareil. J'allais enfin me décider à composer son numéro lorsque l'officier de police qui s'occupait de l'accident me rappela :

«Vous serait-il possible de me faxer votre rapport? demandai-je.

– En fait, c'est Hanover qui les a.

– Je croyais que l'accident s'était produit sur l'autoroute 95.»

L'autoroute faisait partie de la juridiction de la police d'État.

«L'officier de police Sinclair est arrivé au même moment que moi et il m'a donné un coup de main. Lorsqu'on a réussi à identifier les plaques minéralogiques et qu'on s'est rendu compte que c'étaient les vôtres, je me suis dit qu'on ferait mieux de tout vérifier.»

Je n'avais pas imaginé un seul instant que l'identification des plaques minéralogiques de ma Mercedes puisse provoquer une telle animation.

«Vous connaissez le prénom de l'officier de police Sinclair?

– Je crois que ses initiales sont A. D.»

J'eus la chance de tomber immédiatement sur Andrew D. Sinclair lorsque j'appelai son bureau. Il me raconta que Lucy était à l'origine d'un accident n'ayant impliqué qu'un seul véhicule, le mien. Elle conduisait très vite sur la branche de la 95 se dirigeant vers le sud. L'accident s'était produit juste au nord de la frontière du comté d'Henrico.

«À quelle vitesse?

– 110 kilomètres/heure.

– Y a-t-il des marques de dérapage sur la chaussée?

– On en a retrouvé, une longue d'une dizaine de mètres. Elle a sans doute été faite au moment où elle a écrasé le frein et perdu le contrôle.

– Pourquoi aurait-elle freiné comme cela?

– Elle allait très vite, m'dame, et elle était en état d'ébriété. Il se peut qu'elle se soit endormie quelques secondes et, lorsqu'elle s'est réveillée, le pare-chocs d'un autre véhicule se trouvait à quelques mètres devant elle.

– Officier Sinclair, il faut exactement 99 mètres à une voiture lancée à 110 kilomètres/heure pour stopper! La marque que vous avez retrouvée est longue de 10 mètres. En d'autres termes, je ne vois pas comment vous pouvez affirmer qu'elle roulait à cette allure.

– La vitesse limite sur cette portion d'autoroute est fixée à 95 kilomètres/heure, se contenta-t-il d'énoncer.

– Quel était son taux d'alcoolémie?

– 1,2.

– Je vous serais très reconnaissante de me faxer vos rapports et de m'indiquer dans quel garage on a remorqué ma voiture.

– Le garage s'appelle Covey, c'est une station Texaco, dans Hanover. La nationale 1 passe juste devant. Elle est complètement foutue, m'dame. Donnez-moi votre numéro de fax, je vous envoie mes rapports tout de suite. »

Je les reçus moins d'une heure plus tard. Lorsque j'eus fini d'interpréter les codes, je me rendis compte que Sinclair s'était contenté de simples hypothèses, dont il ressortait que Lucy était ivre et s'était assoupie au volant. Si l'on en croyait sa théorie, Lucy, se réveillant quelques fractions de secondes plus tard, avait écrasé le frein, perdu le contrôle du véhicule, lequel avait dérapé pour sortir de la chaussée. Ma nièce avait alors contre-braqué trop brusquement. La voiture s'était redressée pour retraverser en sens inverse les deux voies de l'autoroute en effectuant une série de tonneaux. Elle s'était enfin stabilisée sur le toit pour terminer sa course contre un arbre.

Les conjectures de l'officier de police Sinclair me laissaient sceptique, et un détail me perturbait énormément. Ma Mercedes était équipée d'un système de freinage antiblocage. Lorsque Lucy avait freiné, la marque de dérapage abandonnée sur la chaussée aurait dû être bien différente de celle que l'on venait de me décrire.

Je sortis de mon bureau et descendis à la morgue. Mon premier assistant, Fielding, et deux jeunes femmes anatomopathologistes que j'avais engagées l'année précédente s'affairaient autour de trois cadavres allongés sur les tables en acier inoxydable. L'écho mordant de l'acier contre l'acier se détacha du bruit sourd de l'eau s'écoulant dans les éviers, du ronronnement de l'air conditionné et des générateurs électriques. Un assistant de la morgue tira la porte en inox d'une imposante chambre froide. Elle s'ouvrit avec un bruit de succion et il poussa un autre cadavre.

«Docteur Scarpetta, pourriez-vous jeter un œil?» me demanda le docteur Wheat, une des jeunes femmes, originaire de Topeka.

Son regard gris d'une vive intelligence me fixait de derrière son masque de protection en plastique éclaboussé de sang.

Je m'approchai de sa table d'autopsie.

«Selon vous, ces traces, là dans la blessure, correspondent-elles à de la suie? demanda-t-elle en désignant d'un doigt ganté la marque laissée derrière le cou par une balle.

– Les contours de la plaie sont brûlés. Il pourrait s'agir de marques de cautérisation, remarquai-je en me penchant vers le corps. Il portait des vêtements?

– Il ne portait pas de chemise. La chose s'est produite chez lui.

– C'est assez déroutant. Il faut faire un examen microscopique.»

Fielding, plongé dans la contemplation de la blessure par balle de son cadavre, me lança:

«J'en profite tant que je vous ai sous la main. À votre avis, il s'agit d'un orifice d'entrée ou de sortie?

– Entrée.

– Je vote pour. Vous restez dans les parages?

– Plus ou moins. J'ai pas mal de choses à faire à l'extérieur.

– À l'extérieur de la ville ou du bureau?

– Les deux, mais j'ai mon *pager* sur moi.

– Comment ça se passe? s'enquit-il, ses impressionnants biceps saillant sous sa blouse comme il commençait de découper la cage thoracique:

– C'est un véritable cauchemar.»

Il me fallut plus d'une demi-heure pour parvenir à la station service Texaco. Son garage, ouvert vingt-quatre heures sur vingt-quatre, avait remorqué ma voiture.

Je découvris ma Mercedes, dans un coin, garée contre la grille. Mes jambes se dérobèrent sous moi et mon estomac se noua lorsque je constatai l'étendue des dégâts.

L'avant de la voiture était complètement écrasé et remontait vers le pare-brise. L'ouverture, côté conducteur, béait comme une bouche édentée. On avait forcé les portières à l'aide de vérins hydrauliques, les arrachant en même temps que le levier de vitesse. Mon cœur s'emballa au fur et à mesure que je me rapprochais, et je sautai littéralement lorsqu'une voix traînante et grave tonna derrière moi.

« J'peux vous aider ? »

Je me retournai pour me retrouver nez à nez avec un vieil homme grisonnant arborant une casquette de base-ball d'un rouge fané avec PURINA imprimé sur la visière.

« C'est ma voiture, dis-je.

– Ben, j'espère que c'était pas vous qui la conduisiez. »

Je constatai que les pneus ne s'étaient pas dégonflés et que les deux airbags avaient bien fonctionné.

« Pour sûr, c'est une vraie pitié ! (Il secoua la tête en contemplant ma Mercedes-Benz, hideusement mutilée.) Je crois bien que c'est la première fois que j'en vois une. Une 500E. Un des gamins qui travaillent ici connaît bien la marque, et y m'a dit que c'était Porsche qui avait aidé à mettre le moteur au point. Y m'a dit qu'y en avait pas beaucoup en circulation. C'est quoi, comme modèle? Une 1993? Votre mari a pas dû la trouver dans le coin, hein?»

Je m'aperçus que le feu arrière gauche était brisé et repérai une égratignure sur la peinture qui semblait maculée par quelque chose de verdâtre. Je me penchai un peu, et mes nerfs se tendirent.

L'homme poursuivait son monologue:

«D'un autre côté, elle avait pas beaucoup de kilomètres au compteur... C'est peut-être un modèle 94. Ça va chercher dans les combien, une voiture comme ça? Enfin, sauf si c'est indiscret. Dans les cinquante mille, non?»

Je me redressai. Mon cerveau enregistrait à toute vitesse des détails, chacun déclenchant des sonneries d'alarme.

«C'est vous qui l'avez remorquée?

– Non, c'est Toby qui l'a ramenée cette nuit. Vous devez pas connaître la puissance, hein?

– La voiture était-elle *exactement* dans cet état lorsqu'il l'a chargée depuis le lieu de l'accident?»

L'homme me jeta un regard incertain.

«Par exemple, est-ce que le téléphone était décroché?

– Ben, quand une voiture se renverse et qu'elle se balance dans un arbre, ça peut se décrocher.

– Le pare-soleil est abaissé.»

Il se pencha et inspecta le pare-brise arrière:

«J'ai pensé que c'était sombre parce que le verre était coloré. J'avais pas remarqué qu'on avait baissé le pare-soleil. Mais pourquoi puisque l'accident s'est produit en pleine nuit ?»

Je m'allongeai précautionneusement dans l'habitacle et inspectai le rétroviseur. Il était basculé pour minimiser l'aveuglement provoqué par les phares d'une voiture se trouvant à l'arrière. Je sortis mes clefs de mon sac et m'installai sur le siège conducteur, les jambes toujours à l'extérieur.

«À votre place, m'dame, je ne ferais pas ça. Le métal est tout déchiqueté, comme des petits couteaux, et il y a plein de sang sur les sièges et partout.»

Je raccrochai le téléphone et tournai la clef de contact. Au petit bip, je sus que l'appareil fonctionnait toujours, et un témoin rouge s'alluma pour me prévenir que j'étais en train de décharger la batterie. La radio et la platine de CD étaient éteintes. Les phares avant et les feux de brouillard étaient allumés. Je décrochai le combiné et appuyai sur la touche *bis*. La sonnerie résonna, et une voix de femme répondit :

«911.»

Le numéro d'urgence. Je raccrochai. Mon pouls cognait à la base de mon cou, et des frissons glacés remontèrent jusque dans ma nuque. J'examinai les éclaboussures rouges qui maculaient les sièges en cuir gris foncé, le tableau de bord et l'intérieur de toit. Les traces étaient beaucoup trop rouges et trop épaisses. Des petits bouts de pâtes cheveu-d'ange s'étaient collés un peu partout dans l'habitacle.

Je grattai les paillettes de peinture verte incrustées à hauteur du feu arrière à l'aide d'une lime à ongles métallique. Je les déposai dans un mouchoir en papier puis tentai de soulever le capuchon endommagé du feu. Devant mon insuccès, je demandai à l'homme d'aller chercher un tournevis.

Avant de quitter les lieux, je lançai au garagiste qui me dévisageait bouche ouverte :

« C'est un modèle de l'année 92. Elle développe 315 chevaux et vaut quatre-vingt mille dollars. Il y en a, ou plutôt il y en avait, six cents dans tout le pays. Je l'ai achetée au garage McGeorge de Richmond. Et je n'ai pas de mari. »

J'étais à bout de souffle lorsque je remontai dans la Lincoln. Je claquai la portière en marmonnant :

« Il n'y a pas de sang à l'intérieur, merde, merde, merde ! »

Les pneus hurlèrent lorsque je démarrai en trombe pour rejoindre la 95, direction sud. Je refis le chemin inverse à vive allure jusqu'à la sortie d'Atlee/Elmont. Parvenue à cette hauteur, je ralentis et me garai sur le bas-côté. J'essayai de rester aussi loin que possible de la chaussée, mais des murs de vent me déséquilibraient lorsque les voitures ou les camions me dépassaient.

Selon le rapport de Sinclair, ma Mercedes avait quitté la route vingt-cinq mètres environ avant la borne qui indiquait le kilomètre 130. À soixante mètres de la borne, je repérai une première trace d'embardée. Non loin de là, sur la partie droite de la chaussée, je découvris des morceaux de plastique rouge provenant d'un feu arrière. Cette trace de moins d'un mètre, laissée par les pneus, était oblique. Trois mètres plus loin, je distinguai une autre série de marques de frottement, droites celles-là, et longues d'une dizaine de mètres. Je ramassai les morceaux de verre éparpillés sur la chaussée en faisant de fréquents sauts vers la bande d'arrêt pour éviter les voitures.

Je continuai d'avancer et ne découvris que 30 mètres plus loin les fameuses traces sur la chaussée dont le dessin figurait sur le rapport de Sinclair. Mon cœur rata un battement comme je contemplai, abasourdie, les traînées de caoutchouc noir laissées par mes pneus Pirelli, la nuit précédente. Il ne s'agissait pas de traces de dérapage mais d'accélération, comme peuvent en laisser des pneus qui se mettent à tourner à toute vitesse sur une ligne droite. Comme j'en avais laissé tout à l'heure en quittant la station Texaco.

Lucy avait perdu le contrôle de la voiture juste après, et elle avait quitté la route. Je suivis l'empreinte dans la poussière de la bande d'arrêt, la traînée de caoutchouc laissée par un pneu contre le rebord de l'asphalte alors qu'elle tentait de contre-braquer. Les tonneaux de la voiture avaient entaillé le revêtement de la route, et une gouge bâillait dans le tronc de l'arbre planté sur la bande médiane. Des morceaux de plastique et de métal avaient volé un peu partout.

Lorsque je rentrai vers Richmond, je ne savais trop que faire ni qui appeler. Soudain, je pensai à l'inspecteur McKee, qui faisait partie de la police d'État. Nous avions souvent collaboré sur des affaires d'accidents de la circulation, examinant les lieux et passant de longues heures ensuite dans mon bureau à avancer des voitures miniatures jusqu'à ce que nous soyons certains d'avoir reconstitué le déroulement des accidents. Je laissai un message à son bureau, et il me rappela peu de temps après mon retour chez moi.

Je résumai brièvement les détails de l'affaire à son profit, et remarquai :

« Je n'ai pas demandé à Sinclair s'il avait procédé à un moulage des marques de pneus à l'endroit où Lucy a quitté la route. J'en doute. »

McKee confirma mon sentiment :

« Oh non, docteur Scarpetta. Il faut vous dire que l'accident a créé pas mal de remous et j'en ai beaucoup entendu parler. La chose qui a vraiment marqué Reed lorsqu'il a répondu à l'appel, c'est le petit numéro minéralogique de vos plaques.

– J'ai évoqué ce point avec Reed. Il a très peu participé aux premières constatations.

– C'est juste. Dans un cas classique, l'officier de la police d'Hanovre… Euh, Sinclair, c'est ça, serait arrivé sur les lieux et Reed lui aurait sûrement dit que la situation était sous contrôle, et il aurait réalisé tous les croquis et rédigé le rapport lui-même. Mais quand il a aperçu le petit nombre à trois chiffres de votre plaque minéralogique, il a balisé. Il a compris tout de suite que la voiture appartenait à quelqu'un d'important dans le gouvernement. Du coup, Sinclair s'est chargé des examens préliminaires pendant que Reed téléphonait à un supérieur. Ils ont fait une recherche au sujet des plaques et bingo, ils apprennent que la voiture était à vous. La première chose à laquelle il a dû penser, c'est que c'était vous qui étiez à l'intérieur, je vous laisse imaginer la panique.

– Un vrai cirque !

— Vous l'avez dit! Le problème, c'est que Sinclair est frais émoulu de l'école de police. Cet accident est son deuxième.

— Même si cela avait été son vingtième, je peux comprendre qu'il se soit trompé. Il n'avait aucune raison de rechercher des traces de dérapage soixante mètres avant l'endroit de l'accident.

— Et vous êtes certaine que c'est bien une trace d'embardée que vous avez vue?

— Sans l'ombre d'un doute. Faites les moules des différentes marques, de celle-ci et de celle qu'on a trouvée plus loin, et vous constaterez qu'elles sont similaires. Et la seule raison qui explique cette embardée, c'est si une contrainte extérieure a nécessité un changement de trajectoire.

— Et ensuite, les traces d'accélération violente, continua-t-il. Lucy se fait rentrer dedans par-derrière. D'abord elle tente de freiner, et poursuit sa route. Quelques secondes plus tard, elle accélère brutalement et perd le contrôle du véhicule.

— C'est probablement à ce moment-là qu'elle a composé le numéro d'urgence, poursuivis-je.

— Je vais appeler la compagnie de téléphone et me renseigner sur l'heure exacte de son appel. Il suffira ensuite de le repérer sur la bande.

— Quelqu'un collait à son pare-chocs arrière et avait allumé ses feux de route. Lucy a d'abord fait basculer le rétroviseur parce qu'elle était aveuglée et ensuite il a fallu qu'elle abaisse le pare-soleil du pare-brise arrière. Elle avait éteint la radio et la platine CD parce qu'elle se concentrait sur sa conduite et était parfaitement réveillée. Elle avait peur parce que quelqu'un la pourchassait. Et puis l'autre voiture l'a percutée par l'arrière et Lucy a tenté de freiner...»

Parlant au fur et à mesure que la scène se construisait dans mon esprit, je poursuivis pour McKee à l'autre bout de la ligne :

«... Elle continue à rouler et soudain elle se rend compte que son poursuivant gagne du terrain. Paniquée, Lucy écrase l'accélérateur et perd le contrôle. Cela n'a dû durer que quelques secondes.

— Si ce que vous avez découvert sur place est exact, l'accident a pu se passer comme cela.

— Pourriez-vous vous en occuper ?

— Je veux ! Et la peinture que vous avez ramassée ?

— Je vais confier les copeaux, les éclats du capuchon du feu arrière et le reste au labo, et leur demander de s'en occuper en priorité.

— Vous n'avez qu'à mentionner mon nom sur le rapport et leur demander de me contacter dès qu'ils ont quelque chose.»

Il était dix-sept heures et la nuit était déjà tombée lorsque je reposai enfin le combiné du téléphone de mon bureau, installé à l'étage de ma maison. Je jetai un regard hagard autour de moi. J'avais l'impression d'être une étrangère chez moi. Une nausée remplaça la faim qui me ravageait l'estomac. J'avalai quelques gorgées de Mylanta au goulot et fouillai dans le tiroir à médicaments à la recherche de Zantac. Mon ulcère m'avait abandonnée au début de l'été, mais, contrairement aux anciens amants, il refaisait toujours surface.

Mes deux lignes téléphoniques sonnèrent en même temps et le serveur vocal répondit à ma place. J'entendis le fax se déclencher alors que je marinais dans la baignoire en sirotant un verre de vin par-dessus les médicaments. J'avais tant de choses à faire. J'étais sûre que ma sœur Dorothy allait exiger de venir dès qu'elle apprendrait la nouvelle. Les situations de crise la faisaient toujours réagir parce qu'elles nourrissaient son besoin de drame. Elle l'utiliserait ensuite. J'étais certaine que dans un de ses prochains livres pour enfants, un des personnages devrait affronter un accident de voiture. Les critiques se répandraient encore en éloges sur la sensibilité, la sagesse de ma sœur, qui semblait davantage capable de s'occuper des êtres qu'elle inventait que de son unique fille.

Le fax résumait les horaires de vols de Dorothy. Elle arriverait le lendemain en fin d'après-midi et s'installerait chez moi afin de tenir compagnie à Lucy.

« Elle ne va pas rester longtemps à l'hôpital, n'est-ce pas ? demanda ma sœur lorsque je la joignis quelques minutes plus tard au téléphone.

– Je crois que je pourrai la ramener dès demain après-midi.

– Elle doit avoir une tête épouvantable.

– C'est assez fréquent chez les gens qui ont eu un accident de voiture. »

Murmurant presque, elle me demanda :

« Mais, s'agit-il de blessures… définitives ? murmura-t-elle presque. Je veux dire, ses blessures à la tête.

– L'hôpital de la faculté de médecine est réputé pour son expertise des traumatismes crâniens. Lucy ne pouvait pas tomber entre des mains plus expertes, affirmai-je.

— Elle ne sera pas défigurée, n'est-ce pas?

— Non, Dorothy, elle ne sera pas défigurée! Étais-tu au courant qu'elle buvait?

— Et comment veux-tu que je le sache? Je te signale qu'elle passe son temps à l'université, pas très loin de chez toi, et qu'elle ne manifeste pas grande envie de descendre nous voir. Et lorsqu'elle passe, elle ne se confie ni à moi ni à sa grand-mère. Si quelqu'un devait être au courant, je pense que ce serait toi.

— Si elle est reconnue coupable de conduite en état d'ébriété, il se peut que la cour exige qu'elle suive un traitement, poursuivis-je d'un ton aussi patient que possible. »

Silence.

Puis : « Mon Dieu!

— Si tel n'est pas le cas, un traitement ne serait quand même pas une mauvaise chose, et pour deux raisons, repris-je. La plus évidente c'est, bien sûr, qu'il faut qu'elle résolve ce problème. La deuxième, c'est que le juge risque d'être plus indulgent si Lucy requiert de l'aide.

— Bon... Eh bien, je crois que je vais te laisser t'en charger. Après tout, tu es le médecin avocat de la famille. Mais je connais ma petite fille. Elle n'accep-tera jamais de suivre ce genre de choses. Je ne la vois vraiment pas se rendre d'elle-même dans un service de psychiatrie où ils n'ont même pas d'ordinateurs! Elle ne pourrait plus jamais regarder les autres en face.

– Il ne s'agit pas d'un *service de psychiatrie* et il n'y a rien de honteux à chercher de l'aide afin de se débarrasser d'une dépendance à l'alcool ou à la drogue. Ce qui est honteux, c'est de permettre que ces choses démolissent votre vie.

– Je m'arrête toujours après trois verres de vin.

– Il existe de nombreuses formes de dépendance. La tienne, ce sont les hommes.

– *Oh, Kay.* Ça ne manque pas de sel, venant de toi, pouffa-t-elle. À ce propos, tu fréquentes quelqu'un en ce moment ?

15

Une rumeur parvint aux oreilles du sénateur Frank Lord, selon laquelle j'avais été blessée dans un accident de voiture. Il m'appela chez moi le lendemain matin, avant même que le jour ne soit levé.

J'étais assise sur le rebord de mon lit, à moitié habillée :

« C'est Lucy qui conduisait ma voiture.

– Oh, mon Dieu !

– Elle s'en sort relativement bien, Frank. Je la ramène à la maison cet après-midi.

– Un de nos journaux a publié un article qui prétendait que vous aviez eu un accident de voiture et que vous aviez trop bu.

– Lucy est restée coincée dans la voiture pendant un bon moment. J'ai l'impression qu'un policier a tiré des conclusions un peu hâtives lorsqu'ils ont identifié le propriétaire des plaques de la voiture. L'histoire a dû atterrir sur le bureau d'un journaliste qui s'apprêtait à boucler. »

Je songeai à l'officier Sinclair. En voilà un qui pouvait compter sur moi pour me souvenir de sa bêtise !

« Kay, puis-je vous être d'une aide quelconque ?

– Avez-vous d'autres informations sur ce qui a pu se produire à l'ERF ?

– J'ai des pistes alléchantes. Lucy a-t-elle mentionné une femme du nom de Carrie Grethen ?

– Elles travaillaient ensemble. Je l'ai rencontrée.

– Sa piste remonte jusqu'à une boutique pour espions. Vous savez, ces magasins, parfaitement légaux, où l'on vend du matériel de haute technologie pour la surveillance.

– Vous plaisantez ?

– Pas du tout.

– Ah, ah… je commence à comprendre qu'elle ait été fort motivée pour un poste à l'ERF. Ce qui me sidère, c'est que le FBI n'ait pas fait d'enquête préalable et l'ait engagée sans vérifier ses contacts.

– Personne n'était au courant, Kay. À ce que j'ai cru comprendre, son petit ami est le propriétaire du magasin en question. En réalité, si l'on sait qu'elle s'y rend très souvent, c'est parce qu'elle est sous surveillance.

– Son petit ami, dites-vous ?

– Je vous demande pardon, ma chère ?

– Vous dites que le propriétaire du magasin est un homme ?

– Oui.

– Comment sait-on qu'il s'agit d'un amant ?

– Parce qu'elle l'a déclaré lorsqu'elle a été interrogée au sujet de ses visites dans le magasin.

– Que savez-vous d'autre à leur sujet ?

– Pas grand-chose. Mais j'ai l'adresse du magasin. Attendez une seconde, je devrais la retrouver quelque part.

– Et son adresse à elle, et celle de son petit ami ?

– Je ne les ai pas, je suis désolé.

– Tant pis, donnez-moi déjà ce que vous avez, Frank. »

Je cherchai des yeux un crayon et notai l'adresse. Mon esprit fonctionnait à toute vitesse. Le nom de la boutique était Eye-Spy, et elle se trouvait à Springfield, sur l'autoroute 95. Si je partais tout de suite, j'y serais aux environs de midi, et je pourrais être de retour à temps pour aller chercher Lucy.

« Pour votre information, Miss Grethen a été renvoyée de l'ERF en raison de ses rapports avec cette boutique d'espions, rapports qu'elle avait omis de mentionner lorsqu'elle a rempli son dossier d'embauche, poursuivit le sénateur Lord. Toutefois, jusque-là, Kay, nous n'avons aucune preuve de sa participation dans cette histoire de cambriolage informatique. »

Tentant de maîtriser ma colère, je lui répondis :

« Avouez qu'elle avait un mobile en or. L'ERF est une véritable caverne d'Ali Baba pour quelqu'un qui fait le commerce d'équipements destinés à l'espionnage. (Je m'interrompis une seconde pour réfléchir avant de poursuivre.) Savez-vous à quelle date elle a été engagée par le FBI ? Est-ce elle qui a soumis sa candidature ou le bureau qui l'a recrutée ?

– Attendez, voyons voir, c'est dans mes notes quelque part. Ah, il est indiqué ici qu'elle a soumis un dossier d'embauche au mois d'avril dernier et qu'elle a été engagée vers la mi-août.

– Mi-août. Soit la date approximative à laquelle Lucy a commencé son stage. Que faisait Carrie avant cela ?

– Il semble qu'elle ait passé sa vie avec des ordinateurs : électronique, informatique, création de logiciels. Son domaine d'excellence est principalement l'ingénierie, ce qui explique l'intérêt du Bureau pour sa candidature. Il s'agit de quelqu'un de très créatif et d'ambitieux, mais aussi, et malheureusement, de malhonnête. Parmi les gens qui la connaissaient et qu'on a interrogés récemment, certains ont brossé le portrait d'une femme qui est parvenue à se hisser aux premiers rangs à coups de mensonges et de tromperies.

– Frank, si elle a voulu entrer à l'ERF, c'est parce qu'elle souhaitait espionner pour le compte de la boutique. On ne peut pas non plus exclure qu'elle fasse partie de ces gens qui détestent le FBI.

– Les deux scénarios sont plausibles, admit-il. Le problème, c'est qu'il nous faut des preuves. Et même si on en trouve, on ne peut pas la poursuivre, à moins de prouver qu'elle a dérobé quelque chose.

– Avant toute cette histoire, Lucy m'avait confié qu'elle participait à une recherche dans le cadre du programme de verrouillage biométrique de l'ERF. Que savez-vous à ce sujet ?

– Je n'ai eu aucune connaissance de projets de cet ordre.

– Seriez-vous nécessairement informé si un projet de cette nature était lancé ?

– C'est très probable. On me tient en courant – et en détail – des programmes confidentiels en cours à Quantico, à cause de cette loi anticriminalité. Bref, parce que j'essaie de récupérer de l'argent pour le FBI.

– Ce serait tout de même étrange que Lucy me dise qu'elle travaille sur un projet qui n'a pas l'air d'exister, dis-je.

– Malheureusement, Kay, ce détail risque d'alourdir encore son dossier. »

Je savais qu'il avait raison. Aussi suspecte que Carrie Grethen apparaisse, il n'en demeurait pas moins que les preuves contre Lucy s'accumulaient.

« Frank, auriez-vous des informations sur le genre de voiture que possèdent Carrie Grethen et son petit ami ?

– Non, mais je peux trouver sans difficulté. Pourquoi la chose vous intéresse-t-elle ?

– J'ai de bonnes raisons de penser que l'accident de Lucy n'était pas un accident, et de craindre qu'elle soit toujours en danger. »

Il resta silencieux durant quelques instants puis proposa :

« Ce serait peut-être une bonne idée qu'elle reste à l'étage de haute sécurité du FBI, du moins pour quelque temps ?

– En temps normal, ce serait la meilleure solution. Cependant, en ce moment, je crois qu'il ne faut surtout pas qu'elle s'approche de trop près de Quantico.

– Je vois. Il existe d'autres endroits très sûrs. Je suis à votre disposition si mon intervention peut vous être utile.

– Je crois avoir trouvé quelque chose.

– Je m'envole pour la Floride demain matin. En cas de besoin, vous savez où me joindre.

– Une autre chasse aux crédits ? »

Il devait être épuisé. L'élection avait lieu dans un peu plus d'une semaine.

« Entre autres. Et puis, il va falloir éteindre les habituels feux de forêt. L'organisation nationale de défense des droits de la femme sort ses pancartes et brosse de moi le portrait d'un homme qui déteste les femmes, vous voyez, avec les cornes et la queue fourchue.

– Vous avez fait plus pour la cause des femmes que n'importe quel homme de ma connaissance. Particulièrement pour celle qui est en train de vous parler. »

Je terminai de m'habiller. Il était sept heures et demie et j'avalai ma première tasse de café, au volant de ma voiture de location. Le temps était sinistre et froid, et je remarquais à peine ce que je dépassais en me dirigeant vers le nord.

Il avait fallu *crocheter* la serrure biométrique pour pénétrer dans l'ERF, comme on l'eût fait avec n'importe quel autre type de serrure. Parfois, une simple carte de crédit faisait l'affaire. Dans d'autres cas, on pouvait les démolir ou les faire jouer en utilisant divers outils comme une pince-monseigneur. Mais violer un système capable de reconnaître les empreintes digitales requérait des moyens autrement plus subtils que de simples outils mécaniques. Je réfléchissais sur l'effraction ayant eu lieu à l'ERF, et sur les différents stratagèmes possibles pour pénétrer dans cette zone de haute sécurité, quand des pensées s'imposèrent à moi.

L'empreinte de Lucy avait été scannée dans le système à trois heures du matin environ. Cela supposait donc que son pouce ait été physiquement présent ou, du moins, une reproduction de son pouce. Le souvenir des congrès annuels de l'association internationale d'identification auxquels j'avais assisté me revint en mémoire. Nous y avions parfois discuté de ces criminels fameux qui avaient tenté d'altérer leurs empreintes, avec parfois des méthodes assez imaginatives.

John Dillinger, l'impitoyable gangster, avait brûlé ses empreintes digitales à l'acide alors que Roscoe Pitts, un autre brigand de moindre célébrité, avait fait disparaître les siennes chirurgicalement depuis le bout du doigt jusqu'à l'articulation de la phalange. Toutes ces tentatives avaient échoué, et ces messieurs auraient bien mieux fait de conserver, sans souffrance, les empreintes digitales que Dieu leur avait concédées. Leurs empreintes modifiées atterrissaient, sans autre cérémonie, dans le fichier que le FBI réservait aux mutilations. Détail savoureux, il est beaucoup plus aisé de repérer une empreinte mutilée qu'une empreinte native, d'autant qu'un individu suspect dont le bout des doigts est brûlé ou mutilé éveille encore plus la curiosité de la police.

Le souvenir de ce cambrioleur particulièrement ingénieux, dont le frère était employé par une entreprise de pompes funèbres, s'imposa soudain dans mon esprit. L'idée de ce voleur, qui avait longuement séjourné en prison, consistait à confectionner des gants qui abandonneraient les empreintes de quelqu'un d'autre. Grâce à la complicité de son frère, il avait trempé de façon répétitive les mains d'un homme décédé dans une solution de caoutchouc liquide, formant une sorte de paire de gants qu'il pouvait enfiler.

Le plan avait échoué pour deux raisons. Notre cambrioleur avait omis d'expulser les petites bulles d'air qui s'étaient formées entre chaque couche de caoutchouc. Les empreintes qu'il avait abandonnées dans la maison qu'il avait ensuite dévalisée avaient une bien étrange allure. La deuxième raison, c'était que l'homme avait négligé de se renseigner sur le passé du décédé qui lui avait servi de moule. S'il l'avait fait, il se serait rendu compte qu'il s'agissait d'un malfaiteur bien connu de la police, mort paisiblement alors qu'il jouissait d'une remise en liberté sous parole.

Le souvenir de ma visite à l'ERF, ce bel après-midi ensoleillé, me revint. J'avais l'impression que cela remontait à une éternité. J'avais senti le déplaisir de Carrie Grethen lorsqu'elle avait constaté notre présence, à Wesley et à moi, dans les locaux. Elle s'était dirigée vers son bureau, mélangeant toujours la substance visqueuse contenue dans la timbale qu'elle tenait et, rétrospectivement, je me demandai si ce liquide n'était pas de la silicone ou du caoutchouc. C'était, du reste, au cours de cette visite que Lucy avait évoqué le programme de sécurité biométrique sur lequel elle travaillait. Peut-être Carrie Grethen s'apprêtait-elle, à ce moment précis, à mouler l'empreinte de Lucy.

Si ma théorie était exacte, je me faisais fort de la prouver. Pourquoi aucun de nous ne s'était-il encore posé une question très simple? L'empreinte scannée par le système de verrouillage biométrique était-elle *physiquement* la réplique de celle de Lucy? N'étions-nous pas en train de nous satisfaire de la parole de l'ordinateur?

«Cela me semble évident, répondit Wesley lorsque je l'eus appelé depuis ma voiture.

— Bien sûr que "cela semble évident", et à tout le monde. Mais si quelqu'un a coulé une empreinte de Lucy et l'a scannée sur l'ordinateur, l'enregistrement doit être *inversé* par rapport à la réalité. Il suffit de comparer avec le relevé de ses dix doigts conservé au FBI. Ce que je veux dire, c'est que nous avons affaire à une image symétrique, comme celle qu'on obtiendrait dans un miroir.»

Wesley resta silencieux quelques secondes puis lâcha, d'un ton surpris:

«Merde! Mais, le scanner n'aurait-il pas détecté qu'il s'agissait d'une image inverse, auquel cas il l'aurait rejetée?

— Je ne connais pas beaucoup d'appareils de ce type capables de distinguer une empreinte de sa matrice. Un spécialiste, par contre, s'en aperçoit tout de suite. Benton, l'empreinte scannée doit toujours être stockée dans la banque de données de l'ordinateur.

— En admettant que Carrie Grethen soit à l'origine de tout cela, ne croyez-vous pas qu'elle s'est débrouillée pour effacer cette partie de la banque de données?

– J'en doute, répliquai-je. Elle n'est pas spécialiste de l'analyse d'empreintes. Je ne crois pas qu'elle ait compris qu'à chaque fois qu'une empreinte est retrouvée sur une surface il s'agit en fait de l'empreinte inverse de celle qui est sur le doigt. Elle est donc en tous points identique à celle qu'on voit sur une carte d'identification, parce qu'il s'agit dans ce cas d'une empreinte photographiée, et qu'elle est également inverse de celle de la personne.

– En d'autres termes, une empreinte laissée par le moule d'un pouce en plastique est donc une empreinte inverse de celle qu'aurait laissée le vrai pouce?

– Vous avez tout compris.

– Mon Dieu, ce n'est pas mon fort, ce genre de trucs.

– Ne vous inquiétez pas, Benton, je sais que tout cela n'est pas évident, mais croyez-moi sur parole.

– Je vous crois toujours sur parole. J'ai l'impression qu'il nous faut une copie de ce qui est stocké dans la mémoire.

– Et au plus vite! Je voulais vous demander autre chose. Êtes-vous au courant d'un programme ayant trait au système de verrouillage biométrique de l'ERF?

– Un projet de recherche concernant le Bureau?

– Oui.

– Je n'ai pas la moindre idée de ce que cela pourrait être.

– C'est ce que je pensais. Merci, Benton. »

Un silence s'installa des deux côtés de la ligne, chacun attendant de l'autre un mot, quelque chose de plus intime. Je ne savais pas quoi dire, tant de choses m'habitaient.

« Soyez prudente, Kay », ajouta-t-il avant de raccrocher.

Une demi-heure plus tard, je repérai la fameuse boutique vendant des technologies de surveillance coincée entre Ralph Lauren et Crabtree & Evelyn, dans l'énorme centre commercial bondé de gens et de voitures. De taille assez modeste, sa vitrine exposait tout ce que l'espionnage légal a de mieux à offrir. J'hésitai devant la porte, me tenant à une prudente distance, jusqu'à ce qu'un client qui se trouvait devant la caisse fasse un mouvement me permettant de distinguer la personne qui officiait derrière le comptoir, un homme d'un certain âge, beaucoup trop gros. Je n'arrivai pas à croire qu'il puisse s'agir de l'amant de Carrie Grethen. Encore un de ses mensonges, probablement.

Lorsque le client eut réglé et fut sorti de la boutique, il ne restait à l'intérieur que le gros homme et un dernier acheteur : un jeune homme vêtu d'une veste de cuir qui déchiffrait attentivement les étiquettes d'une vitrine d'exposition proposant des magnétophones à déclenchement sonore et des analyseurs vocaux portables. L'homme gras installé derrière la caisse portait des lunettes aux verres épais et une multitude de chaînes en or, le genre de type qui a toujours une excellente affaire à vous proposer.

« Excusez-moi, je cherche Carrie Grethen », attaquai-je d'une voix aussi détachée que possible.

Il me détailla :

«Elle est sortie boire un café. Elle ne devrait pas tarder. Je peux vous aider?

– Je vais jeter un œil sur ce que vous avez en l'attendant.

– D'accord.»

J'examinai un attaché-case, d'un modèle assez spécial, qui dissimulait un petit magnétophone, un système de sécurité protégeant l'ouverture, un décodeur de brouillage des lignes téléphoniques et des lunettes permettant la vision de nuit, lorsque Carrie Grethen pénétra dans la boutique. Elle s'immobilisa lorsqu'elle m'aperçut et, durant un déroutant instant, je songeai qu'elle allait me balancer son café bouillant au visage. Son regard me transperça.

«J'aimerais vous parler, dis-je.

– Je ne crois pas que le moment soit bien choisi.»

Elle força un sourire, conservant un ton aimable parce que quatre autres clients venaient d'entrer.

«Au contraire, c'est le moment idéal», insistai-je en lui rendant son regard.

Elle se tourna vers l'homme de la caisse:

«Jerry, tu peux t'en sortir seul pour quelques minutes?»

Il me fixa comme un chien qui s'apprête à sauter à la gorge d'un intrus.

«Je te promets que nous n'en avons pas pour longtemps, le rassura-t-elle.

– Ouais, c'est ça», répondit-il avec la méfiance systématique des gens malhonnêtes.

Je sortis à la suite de Carrie Grethen, et nous nous assîmes sur un banc libre, près d'une fontaine.

«J'ai appris pour l'accident de Lucy, et je suis désolée. J'espère qu'elle va bien, déclara-t-elle d'un ton froid en dégustant son café.

– Vous vous contrefichez de la santé de Lucy et il est inutile de jouer de vos charmes avec moi parce que je sais exactement à qui j'ai affaire. Je *sais* ce que vous avez fait.»

L'air bruissait de l'écho de l'eau qui giclait dans la fontaine, et elle m'adressa un sourire gelé:

«Vous ne savez rien du tout!

– Je sais que vous avez fait un moule en caoutchouc du pouce de Lucy. Quant à dénicher son numéro personnel d'identification, la chose était aisée pour vous, puisque vous passiez tant de temps en sa compagnie. Il vous suffisait de rester attentive et de noter son code lorsqu'elle l'utiliserait devant vous. C'est de cette façon que vous avez "forcé" le système de sécurité biométrique ce matin-là, et que vous avez pénétré dans l'ERF.»

Elle éclata de rire et ses yeux devinrent encore plus durs:

«Oh là, là… Mais, vous avez une imagination délirante, dites-moi? Cela étant, si vous voulez un bon conseil, à votre place, je ferais très attention avant de porter ce genre d'accusations sur les gens.

– Vos conseils me laissent indifférente, Miss Grethen. En revanche, permettez-moi une petite mise en garde. Nous serons bientôt en mesure de prouver que ce n'est pas Lucy qui a violé l'ERF. Vous êtes fine, pas assez toutefois, et vous avez commis une fatale omission.»

Elle restait muette mais, derrière son expression impénétrable, je sentais que son cerveau fonctionnait à plein régime. Elle cherchait désespérément à quoi je faisais allusion.

D'une voix dont l'assurance commençait à s'effriter, elle lança :

« J'avoue que je suis dans le flou.

– Vous êtes peut-être un as de l'informatique mais vous n'êtes pas spécialiste en médecine légale. Ce que nous avons contre vous est d'une simplicité enfantine, assénai-je en retrouvant mon aplomb d'avocate familière des règles du jeu. Vous avez demandé à Lucy de vous aider dans le cadre d'un prétendu projet de recherche ayant pour objet le système de verrouillage biométrique de l'ERF.

– Il n'existe aucun projet de recherche de cet ordre, rétorqua-t-elle, haineuse.

– Précisément, Miss Grethen, il n'y en a pas ! Vous avez menti à Lucy, dans le but de la convaincre de vous laisser prendre un moule de caoutchouc de l'empreinte de son pouce. »

Elle eut un petit rire :

« Doux Jésus ! Vous regardez beaucoup trop les films de James Bond. Vous ne croyez quand même pas que quiconque va croire… »

Je l'interrompis :

« Le moule de plastique de cette empreinte a ensuite été utilisé pour pénétrer dans le système, et vous ou vos complices vous êtes livrés alors à ce qui s'appelle de l'espionnage industriel. Manque de chance, vous avez commis *une erreur.* »

Elle était livide, mais je n'en avais pas fini :

« Aimeriez-vous savoir de quelle erreur il s'agit, Miss Grethen ? »

Elle demeura muette, pourtant je sentis l'intensité de sa curiosité. Sa paranoïa enflait et irradiait d'elle comme de la chaleur. Du même ton posé, je repris :

« Voyez-vous, Miss Grethen, lorsque vous moulez une empreinte, l'impression que vous obtenez est, en réalité, une image inverse du vrai doigt. Il s'agit, en quelque sorte, de la même image que celle que vous observeriez dans un miroir. En résumé, l'empreinte de Lucy que vous avez fabriquée était l'empreinte symétrique de celle de son pouce, vous comprenez ? *L'empreinte que vous aviez était à l'envers !* L'analyse des données qui ont été enregistrées par l'ordinateur à trois heures ce matin-là prouvera sans équivoque ce que je vous explique. »

Elle déglutit avec peine, et la phrase qui lui vint valida toutes mes spéculations :

« Vous ne pouvez pas prouver que je suis la coupable.

— Oh, on y parviendra. Attendez, voici une information encore plus intéressante, et qui vous permettra d'occuper votre journée… (Je me penchai vers elle et sentis l'odeur de café de son haleine.) Vous avez utilisé ma nièce, vous avez abusé des sentiments qu'elle éprouvait pour vous. Vous avez tiré profit de sa jeunesse, de sa candeur et de sa droiture… (J'étais maintenant si proche de son visage que je pouvais presque le frôler.) Ne tentez jamais de la revoir, ne vous avisez pas d'essayer de lui parler, ni même de lui téléphoner. Cessez même de penser à elle. »

Ma main, fourrée dans ma poche, se resserra autour de la crosse de mon calibre 38. J'avais presque envie qu'elle me donne un bon motif pour l'utiliser. Ma voix me faisait penser au son produit par un acier chirurgical, et je poursuivis avec un calme glacial:

« Si je parviens à la conclusion que vous conduisiez la voiture qui a provoqué l'accident de Lucy, je ne vous lâcherai plus, et pour le restant de votre misérable vie. Vous m'aurez en permanence derrière vous. J'interviendrai systématiquement en votre défaveur lorsqu'il sera question de vous libérer sur parole. Je frapperai à toutes les portes, jusqu'à celle du gouverneur, pour convaincre tout le monde que vous êtes une menace pour la société et un danger public. Suis-je parfaitement claire?

– Allez au diable!

– Moi, je n'irai jamais, mais vous, vous y êtes déjà!»

Elle se leva d'un élan brusque, et d'une démarche rageuse rentra dans la boutique. J'aperçus l'homme qui pénétra derrière elle et lui parla. J'étais toujours assise sur le banc, et mon cœur battait la chamade. Quel instinct me poussa à le dévisager sans bouger? Peut-être un détail de son profil aigu, ou quelque chose dans sa silhouette, ses larges épaules et son dos mince et musclé, peut-être même sa chevelure lisse d'un noir artificiel. Vêtu d'un superbe costume en soie bleu nuit, il tenait à la main un attaché-case en alligator. J'étais sur le point de rejoindre ma voiture, lorsque l'homme se tourna vers moi. Durant quelques intenses secondes, nos yeux se rencontrèrent. Les siens étaient d'un bleu perçant.

Je ne fuis pas. Je restai là, comme un écureuil figé au milieu d'une route, aveuglé par les phares d'une voiture et qui hésiterait à s'élancer à droite ou à gauche. Enfin, je commençai à marcher, aussi vite que je le pus, puis à courir. Le bruit de l'eau de la fontaine me parvenait, se transformant en course de pas derrière moi, je me crus poursuivie. Je dépassai la cabine téléphonique, terrorisée à l'idée de m'arrêter pour appeler quelqu'un. Mon cœur menaçait d'exploser dans ma poitrine tant il battait de plus en plus fort et s'affolait.

Je fonçai, me ruant dans le parking. Mes mains tremblaient lorsque j'essayai d'ouvrir ma portière de voiture. Je ne décrochai le téléphone que lorsque je fus loin du centre commercial, de lui.

« Benton ? Oh, mon Dieu !

— Kay, que vous arrive-t-il ? »

La voix inquiète de Wesley me parvenait dans un épouvantable crachotis. La Virginie du Nord est réputée pour sa population beaucoup trop excessive de téléphones cellulaires.

« Gault ! m'écriai-je, hors de souffle, en pilant pour éviter d'un cheveu la Toyota que je suivais de trop près. J'ai vu Gault !

— Vous avez vu Gault ? Où ?

— Dans la boutique, Eye-Spy.

— Quoi ? Que dites-vous ?

— La boutique dans laquelle travaille Carrie Grethen. Il était là-bas, Benton. Je l'ai vu entrer dans la boutique au moment où je partais. Il a commencé à discuter avec Carrie et ensuite il m'a vue et je me suis sauvée.

— Calmez-vous, Kay. Où vous trouvez-vous ? »

La voix de Wesley était tendue à l'extrême.

«Je suis en voiture, sur l'autoroute 95 en direction du sud. Je vais bien.

– Roulez, ne vous arrêtez pas. Ne vous arrêtez sous aucun prétexte, Kay, vous m'entendez? Vous croyez qu'il vous a vue monter en voiture?

– Je ne crois pas... Merde, je ne sais pas!

– Kay? Calmez-vous! ordonna-t-il d'une voix autoritaire. Il faut que vous vous calmiez. Je n'ai pas envie que vous ayez un accident. Je passe quelques coups de fil et nous allons lui mettre la main dessus.»

Je savais qu'on ne le trouverait pas. Je savais que Gault serait déjà loin lorsque Wesley passerait le premier de ses appels. Je l'avais lu dans son regard bleu de glace. Il avait compris sur-le-champ ce que je ferais dès que je le pourrais, et il n'attendrait pas pour se volatiliser à nouveau.

«Mais vous disiez qu'il était en Angleterre, argumentai-je sottement.

– J'ai dit que nous pensions qu'il s'y trouvait», rectifia Wesley.

Mon esprit s'affolait, cherchant des liens de tous côtés. Je poursuivis:

«Gault a un rapport avec tout cela, Benton. Il est directement impliqué dans ce qui s'est passé à l'ERF. Si cela se trouve, *c'est lui qui a commandité Carrie Grethen, c'est lui qui l'a convaincue de faire ce qu'elle a fait, elle est son espion.*»

Wesley resta muet à l'autre bout du fil, digérant cette hypothèse, une hypothèse si terrible qu'il refusait de la considérer.

Je perçus la fissure dans sa voix. Je savais qu'il paniquait, entre autres parce que ce genre de conversations ne doit pas avoir lieu par l'intermédiaire d'un téléphone de voiture non protégé.

« Pour obtenir quoi, qu'est-ce qui l'intéressait à l'ERF ? »

Je le savais. Je savais exactement ce qui intéressait Gault.

« CAIN. »

La communication fut coupée juste après mon dernier mot.

16

Je retournai à Richmond sans discerner l'ombre malfaisante de Gault derrière moi. Peut-être avait-il d'autres priorités, d'autres démons à combattre plutôt que de me poursuivre. Je rebranchai pourtant le système d'alarme de ma maison sitôt que je fus rentrée, et me promenai partout chez moi mon revolver à la main, même aux toilettes.

Je me rendis à l'hôpital à quatorze heures, et Lucy se traîna jusqu'à la voiture dans son fauteuil roulant. J'avais essayé de la convaincre que je pouvais pousser son fauteuil, avec douceur, en tante aimante digne de ce nom, mais elle avait insisté pour se déplacer sans mon aide. Pourtant, dès que nous arrivâmes à la maison, elle se laissa attendrir et subit mes attentions sans protester. Je la mis au lit et elle s'assit, s'endormant à moitié.

Je réchauffai une casserole de *zuppa di aglio fresco*, une soupe à l'ail frais, très prisée des habitants des collines de Brisighella, dont on avait nourri de tout temps les bébés et les personnes âgées. Je préparai pour la suite des raviolis fourrés de purée de marron et de courges. Le feu qui crépitait dans le salon et les odeurs de cuisine qui embaumaient l'air allégèrent un peu mon humeur. Lorsque je ne cuisinais pas durant une longue période, j'avais le sentiment que nul n'habitait ma ravissante maison, que personne ne s'y intéressait, et même les murs semblaient devenir tristes.

Un peu plus tard, alors que le ciel se chargeait en pluie, je me rendis à l'aéroport pour chercher ma sœur. Cela faisait pas mal de temps que je ne l'avais vue, et elle avait changé. Il est vrai qu'elle me faisait toujours cette impression. Dorothy était une inquiète, c'était sans doute la raison pour laquelle elle pouvait également être si mauvaise. C'est peut-être aussi ce qui expliquait cette manie qu'elle avait de changer régulièrement de coiffure et de garde-robe.

J'attendais près du guichet de l'USAir, dévisageant les passagers qui sortaient de l'avion, cherchant un détail, quelque chose qui me parût un peu familier. Je reconnus Dorothy à son nez et à la fossette de son menton, deux caractéristiques difficilement modifiables. Elle portait, cette fois-ci, ses cheveux courts, très bruns, plaqués contre sa tête comme un casque de cuir. Ses yeux étaient protégés par de grosses lunettes, et un foulard d'un rouge vif s'enroulait autour de son cou. Elle se dirigea vers moi, d'une allure alerte. Sa silhouette mince, comme l'exigeait la mode, était moulée dans des jodhpurs et ses pieds chaussés de bottes lacées. Elle déposa un baiser sur ma joue.

« Kay... C'est si bon de te voir ! *Tu as l'air très fatiguée.*

— Comment va maman ?

— Sa hanche... Tu sais ! Qu'est-ce que tu as comme voiture ?

— Une voiture de location.

— Écoute, c'est vraiment la première chose à laquelle j'ai pensé : comment allais-tu faire sans ta Mercedes ? Personnellement, je ne sais pas ce que je deviendrais sans la mienne. »

Dorothy possédait une 190E. Elle l'avait rachetée alors qu'elle sortait avec un flic de Miami. Le véhicule avait été confisqué à un trafiquant de drogue et bradé pour une bouchée de pain. De couleur bleu marine, équipée de becquets, sa carrosserie spéciale était peinte de fines rayures.

« Tu as des valises ? demandai-je.

— Juste ceci. À quelle allure conduisait-elle ?

— Lucy ne se souvient de rien.

— Tu ne peux pas savoir ce que j'ai ressenti lorsque le téléphone a sonné. Mon Dieu, mon cœur s'est littéralement arrêté de battre ! »

Il pleuvait et j'avais oublié mon parapluie.

« Personne ne peut comprendre ces choses, à moins d'être passé par là. Ce moment ! Ce moment précis durant lequel tu ne sais pas exactement ce qui s'est passé, mais tu sens que les nouvelles sont mauvaises et qu'elles concernent quelqu'un que tu aimes. J'espère que tu n'es pas garée trop loin. Le mieux serait peut-être que je t'attende ici ?

– Il faut que je sorte du parking, que je paie et que je fasse demi-tour pour revenir te prendre ici. Cela prendra au moins dix à quinze minutes. »

D'où nous nous trouvions, j'apercevais ma voiture sur le parking.

« Oh, mais cela ne fait rien, c'est très bien. Ne t'inquiète pas pour moi. Je vais rester à l'intérieur de l'aéroport et t'attendre. De toute façon, il faut que j'aille aux toilettes. Ce que ça doit être bien de ne plus avoir à se préoccuper de ces choses-là ! »

Elle ne rentra pas dans les détails, du moins pas avant que nous soyons en voiture.

« Tu prends des hormones ?

– Pour quoi faire ? »

Il commençait à pleuvoir très fort. Les gouttes de pluie s'écrasaient sur le toit de la voiture, tambourinant avec obstination.

Dorothy tira une pochette en plastique de son sac à main et déballa un biscuit au gingembre qu'elle grignota :

« Mais le changement, voyons.

– Quel changement ?

– Mais enfin tu sais bien, la ménopause, quoi ! Les bouffées de chaleur, les crises de déprime. Je connais une femme qui a commencé à prendre des hormones dès son quarantième anniversaire. Le mental est si puissant. »

J'allumai la radio.

« Ils nous ont juste donné d'affreux amuse-bouche dans l'avion, et tu sais dans quel état je suis lorsque je ne mange pas. »

Elle attaqua un autre biscuit.

«Chacun de ces biscuits représente vingt-cinq kilocalories, et je m'en autorise huit par jour. Il va falloir qu'on s'arrête quelque part pour que j'en achète. Et puis je mange des pommes, bien sûr. Tu as tellement de chance, Kay. Tu n'as jamais eu à te préoccuper de ton poids! D'un autre côté, si je faisais le même métier que toi, je suis convaincue que je n'aurais pas non plus beaucoup d'appétit.

– Dorothy, il y a un centre de soins à Rhode Island dont j'aimerais te parler.

– Je suis si inquiète au sujet de Lucy, soupira-t-elle.

– Ils ont un programme qui dure quatre semaines.

– Je me demande si je pourrais supporter l'idée qu'elle soit là-bas, si loin, enfermée.»

Elle entama un autre biscuit.

«Eh bien, il va falloir que tu t'y fasses, Dorothy. C'est très sérieux, tu sais?

– Elle acceptera jamais de s'y rendre. Tu sais combien elle est obstinée. (Elle réfléchit une seconde.) D'un autre côté, ce séjour serait sûrement une bonne chose. (Elle soupira de nouveau.) Peut-être que lorsqu'elle sera là-haut, ils pourront également régler d'autres problèmes.

– Quels autres problèmes, Dorothy?

– Je peux bien t'avouer que je ne sais vraiment pas quoi faire avec Lucy. Je ne parviens pas à comprendre comment les choses ont pu tourner de cette façon… (Elle y alla de quelques larmes.) Avec tout le respect que je te dois, tu ne peux pas imaginer ce que c'est d'avoir un enfant qui dévie de la sorte. Je ne sais pas ce qui a pu se passer. Et ce n'est certainement pas à cause de mon exemple. Je veux bien accepter certaines responsabilités, mais pas celle-là!»

J'éteignis la radio et lui jetai un regard:

«Mais de quoi parles-tu?»

La vive antipathie que j'éprouvais pour ma sœur me surprit encore une fois. Qu'elle fût du même sang que moi n'avait pas grande signification, et nous n'avions rien en commun si ce n'était notre mère et le souvenir d'avoir habité un jour la même maison.

«Tu ne me feras pas croire que tu ne t'es jamais posé de questions à ce sujet, à moins que pour toi la chose soit, en quelque sorte, normale…»

Ses émotions gagnaient en force, et notre conversation s'enfonçait de plus en plus.

«… Et ce ne serait pas honnête de ma part si je ne te confiais pas que je me suis inquiétée de l'influence que tu pouvais avoir sur elle à ce sujet. Je ne te juge pas, Kay, parce que je suis consciente que ta vie privée te regarde et qu'il est des choses contre lesquelles on ne peut pas lutter…»

Elle pleura de plus belle et se moucha. La pluie redoublait.

«Oh, c'est tellement difficile!

— Dorothy! De quoi veux-tu parler, à la fin?

— Elle épie tout ce que tu fais. Si tu te brosses les dents d'une certaine façon, tu peux être assurée qu'elle le copiera. Et par ailleurs, pour ta gouverne, sache que j'ai été d'une rare tolérance toutes ces années, et je ne connais pas beaucoup de mères qui en auraient tant supporté. Tante Kay par-ci, tante Kay par-là, toutes ces années !

– Dorothy...

– Je ne me suis jamais plainte, je n'ai jamais tenté de l'écarter de ton giron, si tu me passes l'expression. J'ai toujours désiré ce qu'il y avait de mieux pour elle, aussi ai-je admis son admiration pour le héros.

– Dorothy...»

Elle se moucha bruyamment :

«Tu ne peux pas comprendre le sacrifice que cela représente. Comme si ce n'était pas assez que l'on me compare sans cesse à toi à l'école, et de supporter les réflexions de maman parce que toi, tu étais toujours si *parfaite en tout* ! Bordel ! Tu savais faire la cuisine, tu bricolais, tu réparais tout à la maison, tu t'occupais de la voiture et tu payais les factures. C'était toi l'homme de la maison lorsqu'on a grandi, et ensuite tu es devenue *le père de ma fille*, pour couronner le tout !

– Dorothy !»

Rien n'aurait pu l'arrêter.

«Je ne suis pas de taille pour lutter contre ça. Je ne peux pas être *son père*. J'admets que tu es beaucoup plus virile que moi. Oh oui, là-dessus, tu gagnes à cent pour cent. *Monsieur le docteur Scarpetta !* Merde, enfin ! C'est tellement injuste, et par-dessus le marché, c'est toi qui as hérité des nichons dans la famille. *Les plus gros nichons de la famille sont ceux de l'homme de la famille !*

– Dorothy, ferme-la !

– Non, je ne la fermerai pas, et tu ne peux pas m'y forcer», murmura-t-elle, furieuse.

Les années défilaient en sens inverse. Nous nous retrouvions dans notre petite chambre, meublée d'un petit lit que nous devions partager, où nous apprenions à nous haïr sans bruit pendant que mon père se mourait. Nous étions à nouveau attablées dans la cuisine, avalant une assiette de macaronis en silence, alors qu'il dominait toujours nos vies depuis son lit de malade installé dans le couloir du bas.

Nous parvînmes devant chez moi, où Lucy blessée reposait. J'avais du mal à comprendre que Dorothy ne reconnaisse pas un scénario éculé et aussi prévisible que nous.

J'ouvris la porte du garage et lui demandai :

« Qu'est-ce que tu me reproches, au juste ?

– Eh bien, disons que si Lucy n'a pas de petit ami, ce n'est pas de moi qu'elle le tient. Alors ça, c'est certain ! »

J'arrêtai le moteur et la contemplai.

« Personne ne recherche et n'apprécie la compagnie des hommes autant que moi. Alors la prochaine fois que tu entreprends de me critiquer dans mon rôle de mère, il serait souhaitable que tu aies l'honnêteté d'analyser ta propre contribution à son éducation. Non, mais c'est vrai : à qui ressemble-t-elle ?

– Lucy ne ressemble à personne, dis-je.

– Foutaises ! C'est ton portrait craché. Et en plus maintenant, elle est alcoolique, et je crois qu'elle est gouine. »

Elle éclata à nouveau en larmes.

« Es-tu en train d'insinuer que je suis lesbienne ? rétorquai-je, au-delà de la colère.

– Ça lui vient bien de quelque part!
– Je crois qu'on ferait mieux de rentrer. »
Elle sortit de la voiture et parut surprise que je ne l'imite pas.
« Tu ne viens pas ? »
Je lui tendis les clefs de la maison et le code de l'alarme en déclarant :
« Je dois passer chez l'épicier. »
Une fois chez Ukrop's, j'achetai des biscuits au gingembre et des pommes, et flânai entre les rayons. Je n'avais nulle envie de rentrer chez moi. À la vérité, je ne tirais aucun plaisir de la présence de Lucy lorsque sa mère était présente, et cette visite avait débuté encore plus mal que les autres. Certes, je parvenais à comprendre une partie de ce que me reprochait Dorothy. Ses insultes et ses jalousies ne me surprenaient pas, parce que rien de tout cela n'était très nouveau.

Au fond, ce n'était pas tant son comportement qui me blessait, mais plutôt le fait que cela me remettait en mémoire ma solitude. Je dépassai les présentoirs de bonbons, de gâteaux, de condiments et de pâtes de fromage, déplorant de ne pas pouvoir m'apaiser en me gavant. Si une boulimie de scotch avait pu combler les espaces vides, je crois que je me serais laissé tenter. Au lieu de cela, je rentrai avec mon petit sac de provisions et servis le dîner familial, une famille pathétiquement restreinte.

Après le repas, Dorothy s'installa sur une chaise non loin du feu pour lire et siroter son verre de Rumple Minze. Je me préparai à coucher Lucy.
« Tu as mal ? demandai-je.

– Non, pas vraiment. Mais je n'arrive pas à rester éveillée. Mes yeux papillonnent.

– Il n'y a rien de mieux en ce moment pour toi que le sommeil.

– Je fais des rêves affreux.

– Tu veux m'en parler ?

– Quelqu'un me fonce dessus, par-derrière. C'est souvent une voiture, d'ailleurs. Et puis j'entends les bruits de l'accident et ça me réveille.

– Quel genre ?

– Le métal qui heurte quelque chose, le bruit de l'air-bag qui se déploie, des sirènes. Quelquefois j'ai l'impression de dormir, mais c'est faux, et toutes ces images défilent devant mes yeux. Je vois des lumières rouges qui palpitent sur l'asphalte et des hommes engoncés dans des cirés jaunes. J'essaie de me débattre et je suis en nage.

– C'est normal, il s'agit d'un stress post-traumatique. Cela devrait durer encore un peu. »

Elle me fixa, affolée, et les ecchymoses de son visage me bouleversèrent.

« Tante Kay, est-ce que je vais être arrêtée ?

– Tout ira bien. Mais je voudrais te suggérer quelque chose, et je sais que cela ne va pas te plaire. »

Je lui parlai du centre de traitement privé de Newport, Rhode Island, et elle fondit en larmes.

« Lucy, tu es accusée de conduite en état d'ivresse. En conséquence, il y a de fortes chances pour que ce traitement soit intégré à ta peine. Ne serait-il pas préférable que tu décides toi-même de le suivre pour en finir au plus vite ?

– Je n'arrive pas à croire que ça m'arrive à moi. Tout ce dont j'ai rêvé s'effondre, murmura-t-elle en s'essuyant doucement les yeux.

– C'est absolument faux, voyons. Tu es vivante et personne d'autre n'a été blessé. Tes problèmes ne sont pas insolubles et je veux t'aider. Mais il faut que tu me fasses confiance et que tu m'écoutes. »

Elle fixait ses deux mains qui reposaient sur les couvertures. Les larmes dévalaient le long de ses joues.

« Lucy, tu dois me dire la vérité. »

Elle ne leva pas la tête.

« Tu n'as pas dîné à l'Outback. À moins qu'ils n'aient très récemment ajouté des spaghettis à leur menu. Il y en avait des bouts collés un peu partout dans l'habitacle, et je parierais qu'ils provenaient du petit carton à emporter que le restaurant t'a préparé. Où es-tu allée cette nuit-là ? »

Elle leva le regard :

« Chez Antonio's.

– À Stafford ? »

Elle acquiesça sans un mot.

« Pourquoi as-tu menti ?

– Parce que je ne veux pas en parler. Où je vais ne regarde personne.

– Qui était avec toi ?

– Cela n'a pas de rapport, biaisa-t-elle en secouant la tête.

– Carrie Grethen, n'est-ce pas ? Et quelques semaines auparavant, elle était parvenue à te convaincre de participer à un petit projet de recherche, et c'est la raison de tous tes ennuis présents. Tu te rappelles, lorsque je suis venue te rendre visite à l'ERF ? Elle mélangeait une solution de caoutchouc liquide. »

Lucy détourna le regard.

« Pourquoi ne me dis-tu pas la vérité, Lucy ? »

Une larme glissa le long de sa joue. Quoi que je tente, elle refuserait d'évoquer Carrie. Prenant une grande inspiration, je me lançai :

« Je crois que quelqu'un a essayé de te faire quitter la route... »

Ses yeux s'écarquillèrent.

« ... J'ai examiné la voiture et je suis allée voir l'endroit où s'est produit l'accident. Beaucoup de détails me perturbent. As-tu essayé de composer le numéro d'urgence ? »

Elle me dévisageait, stupéfaite :

« Pourquoi, je l'ai fait ?

— En tout cas, c'est le dernier numéro qu'on a composé, et je pense qu'il s'agissait de toi. Un officier de la police d'État recherche la bande d'enregistrement correspondant à cette nuit-là. Ainsi, nous saurons exactement à quel moment le coup de fil a été passé et ce que tu as dit.

— Mon Dieu !

— D'autres indices me permettent de penser que quelqu'un serait ton pare-chocs arrière, et que cette personne avait ses feux de route allumés. Tu avais basculé le rétroviseur et abaissé le pare-soleil. À mon avis, la seule chose qui puisse expliquer cela, alors que tu conduisais en pleine nuit sur l'autoroute, c'est qu'une autre voiture arrivait derrière toi et que la réverbération de ses phares dans le pare-brise t'éblouissait. (Je m'interrompis quelques instants. Elle était sous le choc.) Tu ne te souviens de rien ?

– Non.

– Tu ne te souviens pas d'avoir aperçu une voiture verte ? Vert pâle, peut-être ?

– Non.

– Connais-tu quelqu'un qui possède une voiture verte ?

– Il faut que je réfléchisse.

– Carrie ? »

Elle nia d'un signe de tête :

« Non, elle conduit une décapotable rouge, de marque BMW.

– Et l'homme qui travaille avec elle ? T'a-t-elle parlé de quelqu'un qui s'appelle Jerry ?

– Non.

– Quoi qu'il en soit, un véhicule a abandonné des traces de peinture verte à l'arrière de ma voiture, en arrachant du même coup le feu stop. En bref, l'histoire est la suivante : lorsque tu es sortie de chez l'armurier de Hanover, quelqu'un t'a prise en filature et a percuté ma voiture par l'arrière. Quelques centaines de mètres plus loin, tu as brusquement accéléré, perdu le contrôle de la voiture et quitté la route. Je pense que tu as dû composer le numéro d'urgence au moment où tu tentais d'augmenter la distance entre ton poursuivant et toi. Tu étais affolée, peut-être parce que la personne qui t'avait déjà heurtée revenait à la charge. »

Lucy remonta les couvertures sous son menton. Elle était décomposée :

« Quelqu'un a essayé de me tuer.

– On peut même affirmer que quelqu'un a bien failli y parvenir. C'est la raison de toutes les questions que je t'ai posées, et qui t'ont peut-être paru indiscrètes. Lucy, quelqu'un d'autre te les posera. Tu ne crois pas qu'il serait préférable que tu me le dises ?

– Tu en sais assez.

– Établis-tu un lien entre cet accident et ce qui t'est arrivé à l'ERF ?

– Bien sûr, affirma-t-elle avec force. Je me suis fait piéger, tante Kay. Je n'ai jamais mis les pieds là-bas à trois heures du matin et je n'ai jamais rien dérobé.

– Il va falloir que nous le prouvions.

– Je ne suis pas sûre que tu me croies », lâcha-t-elle en me fixant droit dans les yeux.

Je la croyais mais ne pouvais le lui avouer, pas plus que je ne pouvais lui raconter ma rencontre avec Carrie Grethen. Il me fallait rassembler toute la discipline dont j'étais capable pour être aussi professionnelle que possible avec ma nièce. Je ne devais pas l'influencer.

« Lucy, je ne pourrais vraiment t'aider que si tu me dis tout. Je fais mon possible pour garder l'esprit ouvert et clair afin de décider au mieux. Mais sincèrement, je ne sais que penser.

– Je n'arrive pas à croire que tu… Putain, merde ! Et puis, pense ce que tu veux, s'écria-t-elle, ses yeux se remplissant à nouveau de larmes.

– Je t'en prie, Lucy, ne te mets pas en colère contre moi. Nous nous retrouvons avec un problème très grave sur les bras, et la façon dont nous l'aborderons influencera toute ta vie. Nous avons deux priorités. La première, c'est ta sécurité. Après ce que je t'ai raconté au sujet de ton accident, peut-être comprends-tu mieux pourquoi je tiens à ce que tu séjournes dans ce centre de traitement? Personne ne saura où te trouver. Tu y seras en parfaite sécurité. La deuxième priorité, c'est de te tirer de ce sac d'embrouilles pour que ton avenir ne soit pas compromis.

– Je ne serai jamais agent du FBI, c'est trop tard.

– Pas si on arrive à te laver de tout soupçon à Quantico et si le juge se laisse attendrir et réduit ta peine pour conduite en état d'ivresse.

– Comment cela?

– Tu m'as demandé de te trouver un as du barreau, je crois que nous en avons un.

– Qui?

– Tout ce que tu dois savoir pour le moment, c'est que tu as de bonnes chances de t'en sortir, si tu m'écoutes et que tu fais ce que je te dis.

– J'ai l'impression qu'on m'envoie en prison.

– La thérapie te fera du bien, pour beaucoup de raisons.

– Je préférerais rester avec toi. Je ne veux pas qu'on me colle une étiquette d'alcoolique pour le restant de mes jours. D'autant que je ne suis même pas certaine de l'être.

– Peut-être pas, en effet. Mais il est important que tu comprennes pour quelles raisons tu as commencé à trop boire.

– Ça me fait peut-être du bien d'avoir l'impression de ne pas être là. Personne n'a jamais voulu que je sois là, de toute façon, alors c'est logique », déclara-t-elle d'un ton amer.

Nous parlâmes encore un peu, puis je m'installai au téléphone. J'appelai des compagnies aériennes, le personnel de l'hôpital et un vieil ami, psychiatre dans le coin. Edgehill, un centre de traitement très réputé de Newport, pouvait recevoir ma nièce dès le lendemain après-midi. J'aurais aimé accompagner moi-même Lucy, mais Dorothy ne voulut rien savoir. « Il y a des moments où une mère se doit d'être avec sa fille », me déclara-t-elle. Ma présence n'était ni nécessaire ni même appropriée.

Je me sentais dans un curieux état d'esprit lorsque le téléphone sonna aux environs de minuit.

« J'espère que je ne vous ai pas réveillée, commença Wesley.

— Non, je suis ravie que vous appeliez.

— Vous aviez raison au sujet de l'empreinte, elle est à l'envers, et Lucy ne peut pas l'avoir laissée, à moins d'avoir coulé un moule de son propre pouce.

— Évidemment qu'elle n'a pas moulé sa propre empreinte ! Mon Dieu, c'est ahurissant ! J'espérais qu'on en avait fini avec ça, Benton ! m'exclamai-je d'un ton que l'impatience gagnait.

— Non, ce n'est pas encore fini.

— Et Gault ?

— Aucun signe. Et le sale abruti du magasin Eye-Spy nie formellement que Gault ait jamais mis un pied dans sa boutique. Vous êtes sûre de l'avoir reconnu ?

— Je suis prête à le déclarer sous serment. »

J'aurais été capable de reconnaître Temple Gault

n'importe où. Son regard me poursuivait jusque dans mon sommeil, un regard tranchant comme un morceau de glace bleue, me fixant par l'entrebâillement d'une porte qui ouvrait sur une pièce dont se dégageaient des relents putrides. Le souvenir d'Helen, la gardienne de prison, encore vêtue de son uniforme, décapitée, se reformait dans mon cerveau. Elle était soutenue par le dossier de la chaise, assise par Gault. Je pensais parfois au pauvre fermier qui avait commis l'erreur d'ouvrir le sac bien rond qu'il avait découvert dans son champ.

« Je suis désolé, vous ne pouvez pas savoir à quel point je suis désolé. »

Je lui racontai alors que j'envoyais Lucy à Rhode Island. En fait, je lui racontai tout ce à quoi je pouvais penser et qu'il ignorait encore. Lorsqu'à son tour Wesley me relata ce qu'il avait appris, j'éteignis la lampe de ma table de chevet pour l'écouter dans l'obscurité.

– Ça ne va pas très fort, ici. Comme je vous l'ai dit, Gault s'est encore évanoui dans la nature. Il s'amuse avec nous. On ne sait pas dans quoi il a trempé au juste, et ce dont il est innocent. On a d'un côté une affaire en Caroline du Nord, et de l'autre, l'histoire de ce petit garçon en Angleterre. Et soudain, il refait surface à Springfield et tout laisse à penser qu'il est impliqué dans cette affaire d'espionnage à l'ERF.

– Il n'y a pas de *laisse à penser* qui tienne, Benton ! Gault a pénétré dans le cerveau du Bureau. La question est simple : que comptez-vous faire ?

– Pour le moment, l'ERF modifie tous les codes et

les mots de passe, ce genre de choses. Espérons qu'il n'ait pas appris trop de choses.

— C'est cela, continuez à espérer !

— Kay, la police de Black Mountain a obtenu un mandat de perquisition pour fouiller le domicile et le véhicule de Creed Lindsey.

— Ils l'ont trouvé ?

— Non.

— Qu'en pense Marino ? demandai-je.

— Qui sait ?

— Vous ne l'avez pas vu ?

— Pas beaucoup. Je crois qu'il passe pas mal de temps en compagnie de Denesa Steiner.

— Je croyais qu'elle n'était pas en ville ?

— Elle est revenue.

— À votre avis, Benton, c'est sérieux entre eux ?

— Pete semble obsédé. Je ne l'ai jamais vu dans cet état. Je crois que nous aurons pas mal de difficultés à le convaincre de repartir.

— Et vous ?

— Oh, je serai ici et là, c'est difficile à dire, répondit-il d'un ton désabusé. Tout ce que je peux faire c'est proposer des conseils, mais les flics du coin ne jurent que par Marino, et Marino ne veut plus écouter personne.

— Mrs Steiner a-t-elle fait une déclaration au sujet de Creed ?

— Elle dit que l'homme qui s'est introduit chez elle, cette nuit-là, pourrait être Creed. Cependant, elle n'est pas formelle parce qu'elle n'a pas eu le temps de vraiment le voir.

372

– Il parle pourtant d'une façon caractéristique.

– On le lui a fait remarquer. Elle ne se souvient pas très bien de sa voix, si ce n'est qu'elle croit qu'il s'agissait d'une voix de Blanc.

– Il sent également très fort.

– Peut-être qu'il ne sentait pas cette nuit-là ?

– Je doute que son hygiène corporelle s'améliore d'une nuit sur l'autre.

– En réalité, les hésitations de Mrs Steiner renforcent les soupçons des flics contre Creed. Ils commencent à recevoir des tas de coups de fil à son sujet. On l'a aperçu ici ou là, commettant des choses suspectes, comme observer un gamin alors qu'il était au volant de son pick-up. Ou alors, on a vu un véhicule ressemblant au sien aux abords du lac Tomahawk peu de temps après la disparition d'Emily. Vous n'ignorez pas ce qui se passe dans ce genre de situation lorsque les gens se mettent une idée en tête.

– Et vous, quelle idée avez-vous en tête ? »

L'obscurité m'enveloppait, comme une couverture chaude et réconfortante. Je parvenais à distinguer le timbre derrière les mots de Wesley. Il avait une voix mince et puissante, comme lui, subtile jusque dans sa beauté et dans sa force.

– Ce type, Creed, ne colle pas. Ajoutez à cela que le cas Ferguson m'embarrasse toujours. À ce propos, nous avons reçu l'analyse d'ADN des tissus trouvés dans son congélateur. Il s'agit bien de la peau d'Emily.

– Ce n'est pas vraiment une surprise.

– Un truc coince dans cette histoire avec Ferguson.

– Vous avez d'autres renseignements à son sujet ?

– Non, mais j'attends des retours.

– Et Gault? demandai-je.

– On ne doit pas l'oublier. On doit toujours garder en tête qu'il a pu la tuer. (Il s'interrompit, puis:) J'ai envie de vous voir.»

Mes paupières devenaient lourdes, et le son de ma voix me parvint comme dans un rêve. J'étais adossée contre mes oreillers dans l'obscurité.

«Il faut que je me rende à Knoxville. Ce n'est pas très loin de vous, dis-je.

– Une visite à Katz?

– Et au docteur Omber. Ils expérimentent pour moi. Ils devraient avoir bientôt fini.

– La Ferme est le dernier endroit où j'irais me promener.

– En d'autres termes, vous ne m'y rejoindrez pas?

– Non, mais ce n'est pas la raison.

– Vous rentrez chez vous pour le week-end? demandai-je.

– En effet, je pars demain matin.

– Tout va bien?»

C'était si gênant de lui poser des questions au sujet de sa famille, d'autant que nous ne mentionnions que très exceptionnellement sa femme.

«Les enfants sont maintenant trop grands pour Halloween et nous échappons donc aux surprises-parties et à la confection des costumes.

– Personne n'est jamais trop vieux pour Halloween.

– C'est vrai que la tradition du "des bonbons ou des farces" était une grande spécialité domestique. Il fallait que j'accompagne les enfants en voiture dans tout le quartier.

– Et vous portiez sûrement votre revolver ainsi qu'un appareil pour passer les bonbons qu'on leur offrait aux rayons X.

– C'est l'hôpital qui se moque de la charité ! »

17

Le lendemain, samedi, je préparai ma valise à l'aube pour mon voyage à Knoxville, et j'aidai Dorothy à rassembler la garde-robe nécessaire au séjour de Lucy. Ce ne fut pas une mince affaire de rentrer dans la tête de ma sœur que ma nièce n'aurait pas besoin de vêtements de couturiers, ou de tenues exigeant un nettoyage à sec ou un coup de fer à repasser. Lorsque j'insistai sur le fait que sa fille ne devait emmener aucun objet de valeur, Dorothy en fut chavirée :

« Oh mon Dieu, mais on dirait qu'elle entre dans un pénitencier ! »

Nous nous affairions dans la chambre d'amis qu'elle occupait, ne souhaitant pas réveiller Lucy.

« Écoute, je ne crois pas non plus qu'il soit raisonnable d'étaler des bijoux de valeur dans un hôtel, même dans un hôtel de luxe, déclarai-je en fourrant un survêtement dans la valise ouverte sur le lit.

— Eh bien, moi, j'emmène mes bijoux les plus précieux dans les hôtels de luxe où je séjourne ! Mais il est vrai que, moi, je n'ai pas à redouter que des drogués traînent dans les couloirs !

– Dorothy, il y a des drogués partout, et il n'est pas nécessaire d'aller jusqu'à Edgehill pour les trouver.

– Elle va nous faire une crise lorsqu'elle se rendra compte qu'elle ne peut pas emmener son ordinateur portable.

– Je lui expliquerai que ce n'est pas autorisé et je suis certaine qu'elle comprendra.

– Je trouve cela très rigide de leur part.

– Dorothy, Lucy entre dans cet établissement pour réfléchir sur elle-même, pas sur des programmes informatiques. »

Je ramassai les Nikes de Lucy, et la scène du vestiaire de Quantico me revint. Elle était couverte de boue de la tête aux pieds et en sang parce qu'elle venait de courir le parcours de Yellow Brick Road. Elle m'avait semblé si heureuse à ce moment-là et, pourtant, elle ne pouvait pas l'être. La certitude de n'avoir eu aucune prescience de ses problèmes me blessa. Si seulement je m'étais davantage occupée d'elle, peut-être que rien de tout cela ne serait arrivé.

« Enfin, je demeure convaincue que tout ceci est parfaitement ridicule. Si j'étais forcée de séjourner dans un endroit pareil, ils pourraient se mettre sur la tête pour m'empêcher d'écrire. Écrire, c'est ma meilleure thérapie. Du reste, c'est vraiment dommage que Lucy ne soit pas accro à un truc de ce genre, parce qu'elle n'aurait pas tous ces problèmes. Et la clinique Betty Ford, ce n'était pas mieux ?

– La clinique est sur la côte ouest et c'est plus long pour y être admis. »

Dorothy plia une paire de jeans délavés d'un air pensif :

« Oui, ils doivent avoir une énorme liste d'attente. Imagine un peu, tu passes un mois en compagnie d'une star de cinéma ! Après tout, ça peut finir par une histoire d'amour et avant que tu aies compris, tu te retrouves dans une sublime demeure de Malibu.

– Je doute que le besoin primordial de Lucy en ce moment soit une star de cinéma, répondis-je d'un ton irrité.

– Enfin, j'espère que tu es consciente qu'elle n'est pas la seule à angoisser au sujet du qu'en-dira-t-on ! »

Je m'arrêtai net pour la dévisager :

« De temps en temps, j'éprouve une envie folle de te cogner dessus. »

Dorothy me regarda, interloquée et un peu effrayée. Elle ne connaissait rien des excès dans lesquels pouvait me pousser la fureur. Je ne lui avais jamais renvoyé son narcissisme, ni sa petite vie de vétilles au visage. Je les contemplais pourtant. Elle n'aurait rien vu, bien sûr, et c'était bien là le problème.

« Ce n'est pas toi qui as un livre sur le point d'être publié. C'est une affaire de jours maintenant, et ensuite je pars en tournée de promotion. Et qu'est-ce que je suis censée répondre si un journaliste me demande des nouvelles de ma fille ? Comment crois-tu que mon éditeur va réagir ? »

Je jetai un regard circulaire dans la chambre, cherchant ce que nous avions pu oublier de fourrer dans la valise :

« Très sincèrement Dorothy, je me fous complètement de ce que peut ressentir ton éditeur à ce sujet ! Vraiment, je me contrefous de ce qu'il peut penser. »

Elle poursuivit comme si elle n'avait rien entendu :

« Cette histoire pourrait discréditer mon travail. Il faut que j'appelle mon agent pour que nous discutions de la meilleure stratégie à adopter.

– Tu ne diras pas un mot de Lucy à ton agent, Dorothy.

– Tu deviens très violente, Kay !

– C'est bien possible.

– Je suppose que ça fait partie des risques du métier. À force de découper des gens toute la journée, il fallait s'y attendre », pesta-t-elle.

Lucy aurait besoin de son savon. Ils n'auraient pas ceux qu'elle utilisait. Je passai dans la salle de bains pour récupérer le savon Lazlo à l'argile et sa bouteille de Chanel. La voix de Dorothy me parvenait toujours. Je me dirigeai ensuite vers la chambre qu'occupait Lucy, elle était assise sur le lit.

« Je ne savais pas que tu étais réveillée, dis-je en l'embrassant. Il faut que je me sauve. Une voiture passera vous prendre, toi et ta mère.

– Et les points de suture, sur mon cuir chevelu ?

– On devrait pouvoir les retirer d'ici quelques jours. Quelqu'un s'en chargera au centre. Je les ai mis au courant. »

Elle tâta son crâne, fit une grimace et dit:
«J'ai mal à la tête.
– Ce sont des petits nerfs qui ont été atteints. Ça finira par disparaître.»

Je pris ma voiture jusqu'à l'aéroport. Une pluie triste tombait, une autre. Les feuilles mortes qui jonchaient le sol se transformaient en pâte détrempée et peu ragoûtante, et la température avait baissé d'un coup. Il faisait tout juste dix degrés.
Mon avion atterrit d'abord à Charlotte, puisqu'il semblait impossible de se rendre de Richmond dans une autre ville sans faire escale quelque part, et parfois complètement à l'opposé de sa destination. Lorsque enfin j'arrivai à Knoxville, le temps était un peu similaire à celui que j'avais quitté, en plus froid, et il faisait nuit.
Je grimpai dans un taxi. Le chauffeur était un gars du coin qui s'était lui-même rebaptisé «Cowboy». Il me raconta qu'il composait des chansons et jouait du piano lorsqu'il quittait son taxi. Lorsque nous arrivâmes au Hyatt, j'avais appris qu'il se rendait une fois l'an à Chicago pour faire plaisir à sa femme et qu'il promenait souvent des clientes de Johnson City qui venaient à Knoxville pour faire du shopping. Son monologue m'avait rappelé que certains êtres ont su préserver cette innocence que des gens comme moi ont perdue, et je donnai à Cowboy un pourboire très généreux. Il m'attendit dans la voiture pendant que je montais dans ma chambre en coup de vent, puis me conduisit chez Calhoun's, un restaurant qui surplom-

bait la rivière Tennessee et se vantait de proposer les meilleures côtes de tous les États-Unis.

C'était le coup de feu, et je dus patienter au bar. Au bout d'un moment, je compris que la soirée était consacrée à la réunion des anciens de l'université du Tennessee. J'étais entourée de gens qui arboraient des vestes et des sweaters d'un orange flamboyant et de représentants de tous âges des diverses associations d'anciens élèves, buvant, riant et paraissant tous obsédés par le match de l'après-midi. Leurs commentaires tonitruants fusaient de partout à la fois, et un grondement persistant me parvenait.

Les Vols avaient défait les Gamecocks, et il s'agissait là d'une des batailles les plus sérieuses que le monde eût jamais connues.

Certains des hommes coiffés de la casquette de l'université du Tennessee se tournaient parfois vers moi, quêtant une approbation. Mes petits hochements de tête, mes onomatopées d'approbation avaient un bel accent de sincérité. En effet, admettre en ce lieu que je *n'avais pas suivi* le match passerait au mieux pour une trahison. Lorsqu'on me conduisit jusqu'à ma table, il était plus de vingt-deux heures, et mon inquiétude était à son comble.

Ce soir-là, je ne commandai rien qui fût italien, ni même raisonnable, parce que je n'avais pas mangé correctement depuis plusieurs jours et que j'étais affamée. Je m'offris des côtes de veau, des biscuits, une salade et puisqu'une étiquette « Essayez-moi » entourait la bouteille de sauce pimentée *Tennessee Sunshine*, je me laissai tenter. Je conclus avec une tarte Jack Daniel's.

Mon repas fut délicieux. Ma table, située dans un coin assez calme du restaurant, était éclairée par des lampes Tiffany et donnait sur la rivière. Le fleuve Tennessee palpitait de lumières d'intensité variable qui s'y réfléchissaient depuis les ponts. L'eau devenait une sorte d'étalon électronique pour mesurer des musiques que je ne pouvais pas entendre.

Je tentai de repousser les images de crimes mais l'orange flamboyant brûlait autour de moi comme des petits incendies, ravivant le souvenir des bouts du ruban adhésif qui entourait les minces poignets d'Emily. Je le revoyais plaqué sur sa bouche. Je repensais aux créatures révoltantes hébergées dans des endroits comme Attica, je repensais à Gault et aux individus de son espèce. Lorsque je demandai au serveur de m'appeler un taxi, Knoxville me sembla être devenue une ville aussi effrayante que n'importe laquelle de celles que je connaissais.

Mon malaise ne fit que croître lorsque je dus attendre Cowboy et son taxi dix minutes, puis quinze, plantée devant l'entrée du restaurant, puis une demi-heure. De toute évidence, il s'était envolé vers d'autres horizons et à minuit, je me retrouvai au même endroit, seule et en plan, suivant du regard les serveurs et les cuisiniers qui quittaient le restaurant pour rentrer chez eux.

Je rentrai dans l'établissement une dernière fois :

« Cela fait plus d'une heure que j'attends dehors le taxi que vous avez commandé pour moi, dis-je au jeune homme qui nettoyait le bar.

— C'est que ce soir, c'est la fête. Les gars de l'université rentrent. Fatalement, ça pose un problème.

– Oui, je comprends, mais il faut que je retourne à mon hôtel.

– Où vous êtes descendue ?

– Au Hyatt.

– Ils ont une navette. Vous voulez que je les appelle ?

– S'il vous plaît. »

La navette était une estafette et le jeune homme bavard qui conduisait me posa mille questions au sujet d'un match de football auquel je n'avais pas assisté. En lui répondant, je ne pus m'empêcher de penser comme il était facile d'engager la conversation avec un parfait étranger qui pouvait se révéler être un Ted Bundy ou un Gault. C'était à cause de cela qu'Eddie Heath était mort. Sa mère l'avait envoyé chercher une boîte de soupe au magasin le plus proche et on l'avait retrouvé, plusieurs heures plus tard, nu, mutilé et une balle dans la tête. Lui aussi avait été ligoté avec du ruban adhésif, à ceci près que l'on ignorait sa couleur puisqu'on ne l'avait jamais retrouvé.

Le petit jeu de dingue de Gault avait consisté à ligoter les poignets du garçonnet après l'avoir abattu. Puis, il avait arraché les bouts d'adhésif avant d'abandonner le corps contre un conteneur à ordures. Nous n'étions pas parvenus à élucider les raisons de ce geste. Il est vrai que les motivations sous-jacentes à ces fantasmes aberrants nous échappaient souvent.

Pourquoi avoir opté pour un nœud du pendu plutôt que pour un nœud coulant que l'on pouvait desserrer, et donc beaucoup moins risqué ? Pourquoi un adhésif à canalisations d'un orange fluorescent ? Je me posai la question de savoir si Gault aimerait utiliser un ruban de cette couleur, et la réponse fut affirmative. Gault était indiscutablement une personnalité flamboyante, et il manifestait un goût certain pour le *bondage*.

Tuer Ferguson, et placer un bout de la peau d'Emily dans son congélateur, lui ressemblait aussi. Cependant, faire subir des violences sexuelles à la fillette n'entrait pas dans son schéma habituel, et ce point m'obsédait. Gault avait déjà tué deux femmes, sans manifester aucun intérêt sexuel à leur égard. C'était le jeune garçon qu'il avait déshabillé et mordu. C'était Eddie qu'il avait enlevé sur une impulsion pour lui infliger son plaisir de pervers, pas les femmes. S'ajoutait à ce tableau de chasse cet autre adolescent en Angleterre, du moins le croyait-on.

Une foule bruyante et joviale était massée au bar de l'hôtel. Lorsque je montai tranquillement à ma chambre, des éclats de rire me parvinrent, et je songeai à allumer la télé pour regarder un film lorsque mon *pager* posé sur la table de nuit vibra. Je crus d'abord que ma sœur Dorothy ou même Wesley tentaient de me joindre. Le numéro de mon correspondant s'afficha sur le petit écran. Il débutait par 704, le code de zone pour l'ouest de la Caroline du Nord. Je pensai immédiatement à Marino, et cette perspective me surprit et me ravit à la fois. Assise sur le bord du lit, je composai le numéro d'appel.

«Allô?» répondit une voix douce de femme.

D'abord trop surprise pour parler, je demeurai silencieuse quelques instants.

«Allô?

– Je vous rappelle, hésitai-je. Euh… ce numéro s'est inscrit sur mon *pager*, aussi, je rappelle.

– Oh, c'est le docteur Scarpetta?

– Qui êtes-vous?» demandai-je.

Et pourtant, je le savais. J'avais déjà entendu cette voix dans le bureau du juge Begley, et dans la maison des Steiner.

«C'est Denesa Steiner, dit-elle. Je suis désolée de vous appeler si tard, et je suis tellement contente de vous avoir au téléphone.

– Comment avez-vous trouvé mon numéro de *pager*? m'informai-je.

Il n'était pas inscrit sur ma carte de visite parce que je n'avais pas envie qu'on me dérange pour un oui ou pour un non. De fait, fort peu de gens en avaient connaissance.

– C'est Pete qui me l'a donné. Je viens de vivre une période affreuse et je lui ai dit que cela me ferait du bien de pouvoir vous parler. Je suis vraiment désolée de vous embêter.»

J'étais atterrée que Marino ait pu faire une telle chose, et c'était une nouvelle preuve de son changement radical. Je me demandai s'il était avec elle en ce moment, et ce qui pouvait être si important aux yeux de Denesa Steiner pour justifier un appel à cette heure tardive.

D'un autre côté, il m'était impossible de me montrer désagréable avec une femme qui avait tant perdu, aussi demandai-je :

«En quoi puis-je vous être utile?

– Eh bien, c'est-à-dire que j'ai entendu la nouvelle pour votre accident de voiture...

– Je vous demande pardon ?

– Je suis tellement reconnaissante à Dieu que vous alliez bien.

– Je n'étais pas dans la voiture, expliquai-je, un peu perplexe. Quelqu'un d'autre conduisait.

– Oh, je suis si heureuse. Le Seigneur veille sur vous. Mais j'ai pensé à quelque chose et je voulais vous en faire part... »

Je l'interrompis :

« Mrs Steiner, comment avez-vous appris la nouvelle ?

– Ils en ont parlé dans le journal local, et mes voisins étaient au courant. Les gens du coin savent que vous êtes venue aider Pete, vous et ce monsieur du FBI, M. Wesley.

– Que disait l'article au juste ? »

Elle hésita, soudain embarrassée :

« Eh bien... Ils disaient que vous aviez perdu le contrôle de votre véhicule et que vous aviez été arrêtée pour conduite en état d'ébriété.

– Il s'agissait du journal d'Asheville ?

– Oui, et ensuite l'article a été repris dans le *Black Mountain News*, et ils en ont parlé à la radio. Je suis tellement soulagée que vous soyez en parfaite santé. Vous savez, ces accidents laissent des séquelles psychologiques affreuses et personne ne peut comprendre, sauf lorsqu'on a soi-même subi ce genre de traumatisme. J'ai eu un accident horrible lorsque j'étais encore en Californie et j'en ai encore des cauchemars.

– Je suis désolée de l'apprendre», répondis-je, ne trouvant rien d'autre à lui dire.

Cette conversation me paraissait très étrange.

«Cela s'est produit de nuit. Et ce conducteur a changé soudain de file. Je me trouvais sans doute dans son angle mort, il ne m'a pas vue. Il m'a percutée par-derrière et j'ai perdu le contrôle. J'ai traversé toute la chaussée pour m'encastrer dans une voiture qui arrivait, une Volkswagen. La conductrice que j'ai heurtée, une pauvre femme âgée, a été tuée sur le coup. Je ne m'en suis jamais remise. Ce genre de souvenir peut laisser des cicatrices profondes qui ne s'effacent jamais.

– Certainement.

– Et quand je pense à ce qui est arrivé à Socks. En fait, je crois que c'est pour cette raison que je vous appelle.

– Socks?

– Oui, vous vous souvenez? Le petit chaton qu'il a tué?»

Je gardai le silence.

«Vous voyez, il m'a fait cela et, comme vous le savez, j'ai reçu des coups de téléphone.

– Persistent-ils toujours, Mrs Steiner?

– De temps en temps. Pete veut que je fasse installer un identificateur d'appels.

– Ce serait une bonne idée.

– Ce que j'essaie de vous faire comprendre, docteur Scarpetta, c'est que d'abord toutes ces choses me sont tombées dessus et ensuite, cela a été le tour de Max Ferguson et puis celui de Socks et, maintenant, c'est vous qui avez un accident. J'ai peur qu'il y ait un lien dans tout ceci. J'ai dit et redit à Pete qu'il devait faire attention lui aussi, surtout depuis qu'il a glissé hier. Je venais juste d'essuyer le sol de la cuisine et il a perdu l'équilibre. Il s'est affalé de tout son long. On croirait une malédiction de l'Ancien Testament.

– Marino va-t-il bien?

– Il est un peu endolori. Cependant, ça aurait pu tourner à la catastrophe, parce qu'il fourre toujours son gros pistolet dans la poche arrière de son pantalon. C'est un homme tellement bon! Je ne sais pas ce que je deviendrais sans lui en ce moment.

– Où est-il?

– Oh, il doit dormir.»

Je finissais par me rendre compte que Denesa Steiner était passée maître dans l'art d'éluder les questions.

«Si vous voulez, docteur Scarpetta, je me ferai un plaisir de lui dire de vous rappeler. Vous n'avez qu'à me donner le numéro où il peut vous joindre.

– Il a mon numéro de *pager*.»

À son bref silence, il fut évident qu'elle sentait que je me défiais d'elle.

«Oui... bien sûr.»

Je ne parvins pas à m'endormir après cet appel, et je composai le numéro du *pager* de Marino. Le téléphone retentit dans ma chambre quelques secondes plus tard, mais la sonnerie s'interrompit au moment où j'allais décrocher. J'appelai la réception.

«Avez-vous essayé de me passer un appel, juste à l'instant?

– Oui madame, mais la personne avait raccroché.

– Savez-vous qui m'appelait?

– Non, madame, je n'en ai pas la moindre idée.

– Était-ce un homme ou une femme?

– Une femme.

– Merci. »

Lorsque la signification de ce qui venait de se passer s'imposa à moi, l'effroi me réveilla tout à fait. J'imaginai Marino endormi dans le lit de Denesa Steiner, et la main que je vis se tendre pour saisir le *pager* dans l'obscurité était la sienne à elle. Le numéro de l'hôtel s'était affiché sur l'écran et elle s'était levée pour m'appeler d'une autre chambre.

De cette façon, elle avait découvert que le numéro était celui de l'hôtel Hyatt de Knoxville. Elle avait appelé la réception pour vérifier que j'y séjournais et avait raccroché dès que le réceptionniste m'avait passé la communication. Elle ne souhaitait pas me parler, elle désirait seulement savoir où je me trouvais, et maintenant elle était renseignée.

Merde! Knoxville n'était qu'à deux heures de route de Black Mountain. Non, elle ne viendrait pas jusqu'ici, tentai-je de me raisonner. Pourtant, un pesant sentiment de malaise ne me lâchait pas, et je redoutais de suivre les chemins ténébreux vers lesquels mon esprit tentait de m'entraîner.

Je téléphonai à différentes personnes dès le lever du jour. Le premier de mes appels fut destiné à l'officier McKee de la police de l'État de Virginie, et je compris au son de sa voix que je le tirais d'un profond sommeil.

« Ici le docteur Scarpetta. Je suis désolée de vous appeler aux aurores.

– Oh... attendez une seconde. (Il s'éclaircit la voix.) Bien, bonjour. Vous avez bien fait de m'appeler, j'ai des informations qui devraient vous intéresser.

– C'est magnifique ! m'exclamai-je, terriblement soulagée. J'espérais que vous me diriez cela.

– Bien, donc le feu stop est en acrylate de méthyle, comme la plupart des feux stop que l'on produit maintenant. On a reconstitué le feu complet grâce aux morceaux que vous nous avez transmis. On a retrouvé le logo de Mercedes gravé sur l'un d'entre eux. Conclusion : ces morceaux proviennent bien du feu arrière de votre voiture.

– Donc, cela confirme ce que nous pensions. Et ceux provenant d'un phare avant ?

– C'était un peu plus coton mais on a eu du bol. Ils ont analysé le morceau de verre que vous aviez retrouvé, et si on se fie à l'index de réfraction, la densité du matériau, la forme et le logo, on peut affirmer qu'il provient d'une Infiniti J30. Cette trouvaille nous a permis d'éliminer pas mal de pistes pour la peinture. On s'est focalisé sur celles qui ont été utilisées sur les Infiniti J30. La carrosserie d'un de leurs modèles était vert pâle, dit "brume de bambou". Pour nous résumer, vous avez été percutée par une Infiniti J30, modèle 1993, de couleur verte. »

J'étais assommée, incapable de réfléchir. Des frissons me parcoururent et je parvins à murmurer :

« Mon Dieu !

– Ça vous dit quelque chose ? demanda-t-il, surpris.

– Il doit y avoir une erreur, c'est impossible!»

J'avais accusé Carrie Grethen, je l'avais menacée parce que j'étais certaine de sa culpabilité.

«Vous connaissez quelqu'un qui possède une voiture comme celle-là?

– Oui.

– Qui?

– La mère d'une petite fille qui a été assassinée en Virginie du Nord, répondis-je. Je suis sur cette enquête et j'ai déjà eu différents contacts avec cette femme.»

McKee garda le silence. J'étais consciente que ce que je lui annonçais devait lui paraître complètement fou.

«De surcroît, elle n'était pas à Black Mountain lorsque l'accident s'est produit, poursuivis-je. Elle a prétendu qu'elle était allée rendre visite à une sœur malade au nord du pays.

– Si c'est bien elle qui a fait le coup, sa voiture devrait être abîmée, docteur Scarpetta. Et vous pouvez être sûre qu'elle l'a déjà déposée au garage. Elle est peut-être déjà réparée.

– Il n'en demeure pas moins que la peinture que j'ai retrouvée sur ma voiture doit correspondre à celle de son véhicule, dis-je.

– Espérons.

– Vous avez l'air dubitatif.

– Si elle a conservé la peinture d'origine, que la voiture n'a jamais été repeinte depuis qu'elle est sortie de l'usine, on risque d'avoir un problème. Vous voyez, docteur, la technologie a beaucoup évolué. La plupart des fabricants de voiture passent d'abord une sorte d'enduit pâle, un émail de polyuréthane. C'est beaucoup plus économique pour eux, bien que cela donne des reflets très luxueux. Cette technique leur évite de passer ensuite plusieurs couches sur la carrosserie. Or, ce qui est unique dans une peinture de voiture, c'est la superposition des différentes couches.

— Et donc, si dix mille Infiniti "brume de bambou" sont sorties de l'usine au même moment, on est feinté.

— Et dans les grandes largeurs ! L'avocat de la défense se servira du fait que vous ne pouvez pas prouver que la peinture que vous avez retrouvée provient bien de sa voiture, d'autant que l'accident s'est produit sur une autoroute, donc un axe qu'empruntent des véhicules de tout le pays. Même si on apprenait combien d'Infiniti de cette couleur ont été livrées à une certaine époque et à qui, cela ne servirait à rien. Ajoutez à cela que cette femme n'habite pas dans le coin où a eu lieu l'accident.

— Vous avez quelque chose au sujet de l'appel au service d'urgence ?

— J'ai écouté la bande. L'appel a été enregistré à vingt heures quarante-sept. Votre nièce a dit : "C'est une urgence." Elle n'a rien eu le temps de sortir d'autre avant d'être interrompue par un énorme bruit et des parasites. À sa voix, on sent qu'elle était paniquée. »

Cette histoire était un vrai cauchemar, et lorsque j'appelai ensuite Wesley à son domicile et que sa femme décrocha, mon moral ne s'arrangea pas.

Elle alla chercher son mari, et, pendant que je

patientais à l'autre bout de la ligne, des idées ineptes me traversèrent. Je me demandai s'ils dormaient dans la même chambre, ou si elle s'était levée avant lui. Bref, je me demandai pourquoi elle devait se déplacer pour aller le prévenir de mon appel.

Bien sûr, il se pouvait aussi qu'elle fût toujours dans leur lit alors qu'il était déjà dans la salle de bains. Les suppositions se succédaient dans mon esprit, et mes sentiments prenaient un tour bien déconcertant. J'appréciais beaucoup la femme de Wesley mais je ne voulais pas qu'elle soit sa femme. Du reste, je ne voulais pas qu'il soit marié du tout. Lorsque enfin il prit le téléphone, je m'essayai en vain au calme.

J'eus l'impression que je venais de le réveiller, lui aussi :

« Kay, une seconde. Vous êtes restée debout toute la nuit ?

— Pratiquement. Benton, il faut que vous retourniez là-bas. On ne peut plus faire confiance à Marino, et si vous tentez de le joindre, elle l'apprendra aussitôt.

— Comment pouvez-vous être certaine que l'appel émanait bien d'elle ?

— Et de qui d'autre ? J'avais laissé mon numéro à l'hôtel sur le *pager* de Marino et le téléphone de ma chambre a sonné quelques instants plus tard.

— C'était peut-être Marino.

— Le réceptionniste a dit qu'il s'agissait d'une femme.

— Oh mince ! C'est l'anniversaire de Michèle, aujourd'hui. »

J'étais à un cheveu de la crise de larmes sans vraiment savoir pourquoi.

«Je suis désolée, Benton. Nous devons vérifier si la voiture de Denesa Steiner a été endommagée. Quelqu'un doit y aller. Il faut que je sache pour quelle raison elle a pris Lucy en chasse.

– Mais pourquoi s'en prendrait-elle à Lucy? Comment aurait-elle pu être au courant des allées et venues de Lucy cette nuit-là? Et comment aurait-elle su qu'elle conduisait votre Mercedes?»

Une des phrases de Lucy me revint. Elle avait téléphoné à Marino pour lui demander conseil au sujet de l'arme qu'elle voulait acheter. Il se pouvait que Mrs Steiner ait entendu leur conversation. Je confiai mon hypothèse à Wesley.

«Lucy a-t-elle pris un rendez-vous précis chez l'armurier, où est-elle simplement passée à la boutique en quittant Quantico?

– Je ne sais pas, répondis-je, mais je vais trouver. La salope! Lucy aurait pu être tuée! sifflai-je, la rage me faisant trembler.

– Bon sang, Kay, *vous* auriez pu être tuée.

– Foutue salope!

– Kay, calmez-vous et écoutez-moi. (Il articulait avec lenteur, dans le but de m'apaiser:) Je vais retourner en Caroline du Nord et essayer de comprendre de quoi il retourne. Je veux que vous quittiez l'hôtel aussi vite que vous le pourrez. Combien de temps pensez-vous rester à Knoxville?

– Je pourrai repartir lorsque j'aurai vu les docteurs Katz et Omber à la Ferme. Katz passe me prendre à huit heures. Oh mon Dieu, j'espère qu'il s'est arrêté de pleuvoir. Je n'ai même pas regardé par la fenêtre.

– Il fait beau ici, annonça-t-il d'un ton qui semblait impliquer que cette clémence devait s'être généralisée à Knoxville. Si quelque chose se produisait et que vous décidiez de prolonger votre séjour, changez d'hôtel.

– D'accord.

– Ensuite, rentrez à Richmond.

– Non, je ne serais d'aucune utilité là-bas. En plus, Lucy n'y est plus. Au moins, elle est en sécurité maintenant. Si vous parvenez à joindre Marino, ne lui dites rien à mon sujet. Et surtout, ne mentionnez pas l'endroit où se trouve Lucy en ce moment. Partez du principe qu'il pourra le raconter à Denesa Steiner. Il a perdu les pédales, Benton. Il lui fait confiance, c'est une certitude.

– Kay, je doute qu'il soit sage que vous retourniez en Caroline du Nord en ce moment.

– Il le faut.

– Pourquoi?

– Il faut que je mette la main sur tous les anciens dossiers médicaux d'Emily Steiner, que je les étudie un à un. Je veux aussi découvrir tous les endroits où a vécu Denesa Steiner et si elle a eu d'autres enfants, d'autres maris, voire des frères ou des sœurs. Il n'est pas exclu que nous tombions sur des décès, et que nous ayons besoin d'autres exhumations.

– À quoi pensez-vous?

– En premier lieu, je vous parie qu'il n'y a jamais eu de sœur malade habitant le Maryland. La seule raison de son voyage vers le nord, c'était de pousser ma voiture hors de la route et d'espérer que Lucy périrait dans l'accident. »

395

Wesley ne répondit pas. Je pouvais presque sentir ses tergiversations, et je n'aimais pas cela. Je craignais de lui avouer le fond de ma pensée, mais me taire eût été coupable. Je poursuivis donc :

« Benton, nous ne parvenons pas à retrouver la trace de cette enfant qu'elle prétend avoir perdue d'un syndrome de mort subite du nourrisson. Le bureau de l'état civil de Californie, où le décès est censé avoir été enregistré, n'a rien concernant une petite Mary Jo. Je crois que la petite fille n'a jamais existé, et c'est en parfaite adéquation avec le profil.

– Quel profil ?

– Rien ne nous dit que Denesa Steiner n'a pas tué sa propre fille !

– Vous avez raison, nous n'avons aucune preuve de son innocence, admit-il dans une longue expiration. En fait, nous ne savons toujours pas grand-chose.

– Lors de notre première réunion à Quantico, Mote a souligné qu'Emily était une enfant chétive, souvent malade.

– Où voulez-vous en venir ?

– Munchausen par procuration !

– Kay, personne n'acceptera de croire une telle chose, moi-même je n'ai pas envie d'y croire. »

Il s'agit d'un syndrome presque incroyable dans lequel ceux qui distribuent les soins, le plus souvent les mères, maltraitent intelligemment et de façon très sournoise leurs enfants pour attirer l'attention et la compassion de leur entourage. Les enfants sont lacérés, empoisonnés, leurs os brisés, ils sont parfois étouffés presque jusqu'à ce que mort s'ensuive. Ensuite, ces mères se précipitent chez le médecin, aux urgences, et inventent des histoires à dormir debout pour expliquer de quelle façon leurs petits amours se sont blessés, sont tombés malades, et le personnel de l'hôpital ou le médecin s'apitoient sur le sort de Maman. Et Maman est l'objet de tant de prévenances. Elle finira par devenir experte dans l'art de mentir, d'abuser les professionnels de santé, jusqu'au jour où, éventuellement, l'enfant décédera.

« Songez à toute l'attention dont Mrs Steiner a été l'objet depuis la mort d'Emily.

– D'accord, mais laissons pour l'instant cet aspect de côté. Comment un syndrome de Munchausen vous permet-il d'expliquer la mort de Ferguson et ce qui est arrivé à Lucy ?

– Une femme capable de faire subir à un enfant ce qu'a subi Emily est capable de n'importe quoi. D'un autre côté, peut-être que Mrs Steiner est à court de parents à assassiner. Je serais vraiment étonnée que son mari soit mort d'une crise cardiaque. Elle l'a probablement tué en faisant preuve d'une grande subtilité et de pas mal de sournoiserie. Ces femmes sont des menteuses pathologiques et elles ignorent le remords.

– Ce que vous avancez dépasse largement du cadre de Munchausen, Kay. Là, nous sommes en train d'évoquer un véritable tueur en série.

– Les cas ne sont pas figés parce que les gens ne le sont pas non plus. Vous le savez aussi bien que moi, Benton. Et les tueurs en série de sexe féminin tuent le plus souvent leurs maris, leurs enfants ou des gens qui ont un lien avec elles. Leurs méthodes sont également très distinctes de celles qu'adoptent leurs congénères masculins. Les psychopathes féminins ne violent pas et n'étranglent pas. Elles aiment les poisons. Elles aiment surtout étouffer des gens qui ne peuvent pas se défendre parce qu'ils sont trop jeunes, trop âgés ou incapables de se rebeller en raison d'un handicap quelconque. Leurs fantasmes sont différents parce que les femmes sont différentes des hommes.

– Aucune des personnes qui la connaît ne voudra croire ce que vous me suggérez, et ce sera une vraie galère à prouver, même si vous avez raison.

– C'est une loi générale dans des cas de ce genre.

– Souhaitez-vous que j'en discute avec Marino, Kay?

– Certainement pas. Je ne veux surtout pas que Mrs Steiner ait vent de nos soupçons. J'ai besoin de lui poser certaines questions et je veux qu'elle coopère.

– Je suis d'accord. À la vérité, nous ne pouvons plus nous permettre de laisser Marino sur l'enquête. Au mieux, il entretient une relation sentimentale avec un suspect, au pire, il couche avec une meurtrière.»

À son ton, je sus que cette décision lui coûtait beaucoup.

«Comme Max Ferguson.»

Wesley ne répondit pas. Nul n'était besoin d'expliquer tout haut notre inquiétude mutuelle pour Marino. Max Ferguson était mort. L'empreinte digitale de Denesa Steiner avait été retrouvée sur la lingerie qu'il portait au moment de son décès. Cela n'aurait pas été difficile pour elle de l'entraîner dans un jeu sexuel inhabituel puis de pousser le tabouret sur lequel il était juché.

«Kay, je déteste l'idée que vous vous impliquiez encore plus dans cette affaire.

– C'est un des gros désavantages lorsqu'on se connaît si bien. Moi non plus, je n'aime pas cela. Et moi aussi, je préférerais que vous ne soyez pas tant impliqué.

– Ce n'est pas la même chose : vous êtes une femme et vous êtes médecin. Si vous avez raison à son sujet, Kay, vous allez provoquer son déclic. Elle va vouloir jouer avec vous.

– Elle a déjà commencé.

– Le jeu va devenir beaucoup plus sérieux.

– Mais je l'espère bien, rétorquai-je, la rage me soulevant à nouveau.

– Je veux vous voir, murmura-t-il.

– Bientôt.»

18

L'ensemble des locaux et équipements que l'université du Tennessee réservait aux recherches sur les processus de décomposition était connu sous le nom de «la Ferme des Corps». C'était du reste sous cette appellation que je l'avais toujours connu. Ce surnom n'était teinté d'aucune irrévérence. Personne ne respecte davantage les morts que les gens qui travaillent comme nous avec eux, qui écoutent leurs histoires muettes. Notre objet est d'aider les vivants.

C'était, au demeurant, l'idée qui avait sous-tendu la création de la Ferme, une vingtaine d'années auparavant, lorsque les scientifiques avaient senti la nécessité d'en connaître davantage sur la séquence de décomposition des corps et sur l'heure de survenue de la mort. Le terrain boisé qu'occupait la Ferme recelait en permanence des dizaines de cadavres dans différents états de décomposition. Des expériences m'avaient souvent conduite en ces lieux et, bien que consciente que je ne saurais jamais déterminer le moment du décès avec une précision d'horloge, ces visites m'avaient permis d'améliorer mes estimations.

La Ferme des Corps était la propriété et la responsabilité administrative du département d'anthropologie dirigé par le docteur Lyall Omber, et bizarrement situé sous le stade où avaient lieu les matchs de football.

À huit heures quinze ce matin-là, le docteur Katz et moi-même descendîmes, dépassâmes les laboratoires consacrés à l'étude des mollusques fossiles et des primates néotropicaux, la collection de tamarins et autres ouistitis, et toute une série d'études étranges répertoriées par des chiffres romains. Des petits dessins humoristiques et des citations pleines de verve étaient placardés sur la plupart des portes menant aux laboratoires, et ils me tirèrent un sourire.

Nous découvrîmes le docteur Omber, penché au-dessus de son bureau, absorbé dans l'examen de fragments d'os humain carbonisés.

« Bonjour, dis-je.

– Bonjour Kay, répondit-il avec un sourire distrait. »

Le docteur Omber portait admirablement son nom, et pour des raisons qui ne tenaient pas toutes au rappel ironique de sa profession. Certes, il communiait avec les ombres des gens décédés par l'intermédiaire de leurs chairs et de leurs os et grâce à ce qu'ils voulaient bien révéler après être restés des mois allongés sur le sol.

Le docteur Omber était un esprit plein de bonté,

sans prétention et très réservé, bien plus ancien que les soixante années de sa vie. Ses cheveux gris, coupés court, encadraient un visage à la fois avenant et préoccupé. C'était un homme de grande stature, charpenté comme un fermier. Il s'agissait là d'une autre ironie puisqu'on l'avait baptisé le «fermier Omber». Sa mère, une dame âgée, vivait dans une maison de retraite, et confectionnait pour son fils des «anneaux à crâne» à partir de chutes de tissus. Ceux que m'avait envoyés le docteur Omber ressemblaient à des beignets en tissu, mais se révélaient fort utiles lorsque je devais examiner un crâne. Il est très malaisé de manipuler un crâne car il a tendance à rouler, quel que soit le cerveau qu'il ait un jour contenu.

Me rapprochant du bureau, je jetai un regard sur les fragments d'os qui ressemblaient à de petites brindilles carbonisées:

«Qu'est-ce que c'est?

— Une femme assassinée. Son mari a tenté de brûler son cadavre. Il s'est très bien débrouillé d'ailleurs, mieux que certains crématoriums. Mais il a commis une erreur vraiment stupide: il a construit le feu dans son jardin.

— Ce n'était pas malin de sa part, mais on peut en dire autant des violeurs qui font tomber leurs portefeuilles lorsqu'ils s'enfuient.

— Oh, j'ai eu un cas de ce genre, approuva Katz. J'avais réussi à trouver une empreinte du violeur dans la voiture de la jeune femme. J'étais très fier de moi, jusqu'à ce qu'on m'apprenne que le type avait fait tomber ses papiers sur le siège arrière. Du coup, ils n'ont pas eu besoin de mon empreinte !

– Et comment se porte votre "Bidule Souffleur de colle", docteur Katz ? demanda Omber à son confrère.

– C'est pas avec ça que je deviendrai riche !

– En tout cas, il nous a permis de relever une empreinte latente sur une culotte de dame, rectifiai-je.

– C'est le type qui la portait qui était *latent* pour s'habiller de cette façon. »

Katz sourit de sa réplique. Il pouvait parfois se laisser aller à des plaisanteries assez lourdingues.

« Votre expérience est prête, m'annonça Omber en se levant. Je suis impatient de voir ce que cela donne.

– Vous n'avez pas encore vérifié ?

– Pas aujourd'hui. Nous préférions attendre votre visite pour le lever de rideau final.

– Comme à l'accoutumée.

– Je trouve que c'est mieux, sauf si un jour vous ne souhaitiez pas être présente. Certaines personnes ne tiennent pas à être là.

– Ce n'est pas mon cas. Sans cela, il vaudrait mieux que je change de métier, répondis-je.

– La météo a été très accommodante, intervint Katz.

– Parfaite, approuva Omber d'un ton enjoué. Je pense que nous avons eu des conditions météorologiques très comparables à celles qui existaient entre le moment où la petite fille a disparu et celui où on a retrouvé son corps. En plus, nous avons eu beaucoup de chance avec les cadavres parce qu'il nous en fallait deux et, jusqu'au dernier moment, nous avons bien cru ne pas parvenir à nous les procurer. Vous savez ce que c'est ! »

Oui, je le savais.

« Parfois, on en reçoit plus que ce que nous pouvons en traiter et parfois, pas moyen d'en avoir un seul », poursuivit Omber.

Nous étions dans l'escalier lorsque Katz me dit :

« Les deux que nous avons reçus... Quelle triste histoire.

– C'est toujours triste, déclarai-je.

– Oh, comme vous avez raison, parfaitement raison. L'homme avait un cancer et il nous a téléphoné pour savoir s'il pouvait donner son corps à la science. Nous avons accepté et il est venu remplir tous les formulaires. Et puis, il est parti se promener dans les bois et il s'est tiré une balle dans la tête. Le lendemain matin, sa femme, qui n'était pas non plus dans une santé resplendissante, a avalé un flacon de Nembutal. »

J'eus l'impression que mon cœur sautait quelques battements, comme à chaque fois qu'on me racontait ce genre d'histoires. Je demandai :

« Et ce sont ces corps-là ?

– Ils se sont suicidés juste après que vous nous avez appelés pour nous expliquer votre protocole, m'informa le docteur Omber. Le moment était parfait parce que nous n'avions pas de cadavres frais. Et puis, ce pauvre homme a téléphoné. Ces deux-là nous auront apporté une aide vraiment précieuse.

– En effet. »

J'aurais voulu trouver un moyen de remercier ces pauvres gens malades qui avaient préféré la mort

parce que la vie les abandonnait d'une façon insup-
portablement douloureuse.

Une fois dehors, nous montâmes dans le camion
blanc bâché qui arborait le sceau de l'université. Les
docteurs Katz et Omber l'utilisaient pour recueillir les
corps offerts à la recherche ou ceux que personne ne
réclamait. Ils les déposaient ensuite à l'endroit où
nous nous rendions.

C'était une matinée claire et fraîche, et si les sup-
porters de l'équipe de Calhoun ne m'avaient donné
une leçon sur la loyauté inflexible que l'on doit à son
équipe de football, j'aurais pu baptiser cette couleur
« bleu de Caroline ».

On apercevait au loin les contreforts des Smoky
Mountains et les arbres qui nous entouraient flam-
boyaient. Je revis les taudis que j'avais visités le long de
ce chemin de terre non loin de Montreat Gate, je
repensai à Deborah et à ses yeux qui louchaient, ainsi
qu'à Creed. Il s'agissait d'un moment d'accablement,
comme j'en connaissais parfois lorsque le monde me
semblait tout à la fois merveilleux et si affreux. Creed
Lindsey irait en prison, sauf si je parvenais à l'empêcher. L'idée que Marino puisse mourir me paniquait,
et je ne voulais pas que la dernière vision que j'empor-
terais de lui ressemble à celle que m'avait laissée Max
Ferguson.

Nous discutâmes durant le trajet et dépassâmes les
fermes occupées par la faculté de Sciences vétérinaires
puis les champs de maïs et de blé expérimentaux réservés à la faculté d'Agriculture. Je songeai à Lucy, là-haut
à Edgehill, et j'avais peur pour elle, aussi. J'avais peur

pour tous les gens que j'aimais. Pourtant j'étais d'une nature si réservée, si cartésienne. Peut-être ma plus grande honte était-elle d'être incapable de manifester ce que je ressentais, et l'idée que nul ne saurait jamais combien j'avais tenu à certaines personnes m'affolait. Des corbeaux picoraient le long de la route, et le soleil qui tapait sur le pare-brise me fit cligner des yeux.

« Que pensez-vous des photos que je vous ai fait parvenir ? demandai-je.

– Je les ai avec moi, répondit le docteur Omber. J'ai placé différents objets sous les corps pour voir ce qui se passerait.

– Des clous, une section de tuyau de canalisation en acier, une capsule de bouteille, des pièces et différents autres objets en métal, précisa Katz.

– Pourquoi en métal ? m'enquis-je.

– C'est l'hypothèse qui me séduit le plus, répondit le docteur Omber.

– Vous aviez cette conviction avant de commencer l'expérience ?

– Oui. Le corps de la petite fille a reposé sur un objet qui a commencé à s'oxyder. Après sa mort.

– Qu'est-ce qui aurait pu produire cette marque ?

– Je l'ignore, mais nous en saurons beaucoup plus dans quelques minutes. Selon moi, cette décoloration bizarre retrouvée sur la fesse de la gamine a été provoquée par quelque chose qui s'est oxydé et qui se trouvait sous son corps.

– J'espère que la presse n'est pas là, soupira Katz. J'ai beaucoup de problèmes avec eux, surtout à cette époque de l'année.

– À cause d'Halloween, traduisis-je.

– Vous n'avez pas idée. On en a même retrouvés accrochés au fil de fer barbelé qui protège la Ferme, ils ont fini à l'hôpital. La dernière fois, on a eu affaire aux étudiants de la faculté de droit.»

Nous nous garâmes sur un parking, qui dans quelques mois, lorsque la chaleur serait revenue, deviendrait très désagréable à fréquenter pour les employés de l'hôpital situé à proximité. Une haute palissade en bois cru surmontée de torsades de fil de fer barbelé s'élevait au bout. De l'autre côté commençait la Ferme. Des relents à peine perceptibles mais nauséabonds semblaient ternir la lumière solaire lorsque nous descendîmes du camion. C'était une odeur que je connaissais et à laquelle, pourtant, je ne parviendrais jamais à m'habituer. J'avais appris à la tenir à distance sans cependant l'ignorer. Je n'usais jamais de subterfuges tels les cigares, le parfum ou le baume Vicks pour la minimiser, parce que les odeurs font partie intégrante du langage des morts, au même titre que les tatouages ou les cicatrices.

Le docteur Omber composa la combinaison qui déverrouillait le gros cadenas du portail d'entrée.

«Combien avez-vous de résidents aujourd'hui? lui demandai-je.

– Quarante-quatre.

– Ils sont tous là depuis un certain temps, ajouta Katz, sauf les deux vôtres. Eux, cela fait exactement six jours que nous les avons.»

Je suivis les deux hommes dans leur étrange mais nécessaire royaume. L'odeur n'était pas trop incommodante grâce à l'air glacial, mais aussi parce que la majorité des pensionnaires du docteur Katz et du docteur Omber reposaient là depuis assez longtemps pour avoir dépassé les pires étapes de la décomposition. En dépit de cela, les scènes qui s'offraient à la vue étaient suffisamment anormales pour que je m'arrête. Je vis une civière à cadavres abandonnée non loin de moi, un de ces grands chariots d'hôpital, des petits monticules d'argile rouge, et des puits remplis d'eau et tapissés de feuilles de plastique dans lesquels étaient plongés des corps lestés par des blocs de ciment. De vieilles carcasses rouillées de voiture recelaient d'infectes surprises dissimulées dans leurs coffres ou assises derrière leurs volants. Du conducteur d'une Cadillac blanche, il ne restait qu'un squelette aux os nus.

D'autres corps, nombreux, reposaient à même le sol et se fondaient si parfaitement dans le paysage que j'aurais pu en dépasser certains sans les apercevoir, n'eût été l'éclat d'une dent en or ou une mâchoire béante. Les os finissaient par ressembler à des branches d'arbres ou à des cailloux, et les mots ne blesseraient plus ceux qui reposaient là, à l'exception peut-être des amputés ayant fait don de leurs membres, et dont j'espérais qu'ils étaient toujours en vie.

Un crâne à moitié dissimulé derrière le tronc d'un mûrier m'adressa une grimace. L'orifice du projectile qui avait pénétré entre ses sourcils lui faisait comme un troisième œil. Un peu plus loin, je tombai sur un cas parfait de dents roses. L'émail s'était probablement teinté lors de l'hémolyse, c'est-à-dire la rupture des membranes des globules rouges, bien que cette théorie fût encore contestée à tous les congrès de médecine légale. Des noyers poussaient partout alentour mais je n'aurais jamais consommé un de leurs fruits pour un empire, parce que la mort saturait le sol et que les fluides corporels filaient sous terre et s'infiltraient dans les collines. La mort était dans l'eau, chargeait le vent et montait jusqu'aux nuages. Il pleuvait de la mort sur les terres de la Ferme, et les insectes et les animaux en étaient gavés. Le plus souvent, ils ne parvenaient pas à terminer ce qu'ils avaient commencé parce que le stock était trop important.

Les docteur Katz et Omber avaient reproduit deux situations pour moi. Dans le premier cas, un cadavre reposait dans un sous-sol, ceci afin de nous permettre d'enregistrer toutes les altérations *post mortem* survenant à l'obscurité et dans une atmosphère très fraîche. Dans le deuxième, le corps était resté dehors pour la même durée.

Le protocole devant reproduire les conditions d'un sous-sol avait été mis en scène dans l'unique bâtiment de la Ferme, qui n'était rien de plus qu'une espèce de hangar en ciment. Le sujet, l'homme atteint d'un cancer, avait été déposé sur une dalle à l'intérieur du bâtiment, et une sorte de gros cube en carton l'entourait pour protéger le corps des prédateurs et des variations météorologiques. Des photographies de son état avaient été prises quotidiennement, et le docteur Omber me les passa. Les quelques premières photos ne révélaient que des altérations bien mineures. Puis, je constatai que ses doigts et ses yeux se déshydrataient.

« Vous êtes prête ? demanda le docteur Omber. »
Je lui rendis les photographies et leur enveloppe :
« Allons-y. »

Ils soulevèrent l'espèce de grosse boîte et je m'accroupis à côté du cadavre pour l'examiner avec soin. Le mari était un homme mince et de petite taille. Sur son bras s'étalait un magnifique tatouage représentant une ancre à la Popeye, et une barbe blanche de plusieurs jours recouvrait le bas de son visage lorsqu'il était mort. Au cours des six jours passés sous sa tente de carton, ses yeux s'étaient enfoncés dans leurs orbites, sa peau était devenue pâteuse, quant au quart gauche inférieur du corps, il était décoloré.

L'état de sa femme, au contraire, était bien moins satisfaisant, en dépit du fait que les conditions atmosphériques en dehors du hangar n'étaient guère différentes de celles qui régnaient à l'intérieur. Mes collègues m'informèrent qu'il avait plu à une ou deux reprises et que le soleil avait réchauffé le corps par intermittence. Quelques plumes de busard qui traînaient non loin du cadavre expliquaient en partie les dégâts que je constatai. La décoloration de la femme était beaucoup plus avancée, la peau s'était désolidarisée des chairs par endroits et n'avait pas l'aspect pâteux que nous avions remarqué chez le mari.

Elle reposait dans un bosquet, non loin du hangar. Je l'examinai quelques instants. Elle était nue, allongée sur le dos contre le tapis de feuilles abandonnées par les faux acacias et les noyers d'Amérique avoisinants. Elle me parut plus âgée que son mari. Elle était voûtée et parcheminée par les ans, au point que son

410

corps avait retrouvé cette espèce d'androgynie qu'ont les enfants. Ses ongles étaient vernis de rose et elle portait un dentier. Les lobes de ses oreilles étaient percés.

Katz nous héla :

« Nous venons de le retourner, si vous voulez jeter un coup d'œil. »

Je retournai dans le bâtiment et m'accroupis de nouveau près du cadavre. Le docteur Omber éclaira de sa lampe torche les marques abandonnées sur le dos de l'homme. La trace laissée par la section de canalisation en métal était facile à reconnaître. En revanche, les clous avaient creusé des rayures rouges qui évoquaient des brûlures. Cependant, ce furent les cicatrices provoquées par les pièces de monnaie qui retinrent toute notre attention, et notamment celle qui correspondait à une pièce d'un *quarter*. Même en scrutant de près les contours de la marque, j'eus peine à reconnaître le profil de l'aigle incrusté partiellement sur l'épiderme de l'homme. Je sortis les photographies d'Emily pour comparer les deux dessins.

Le docteur Omber reprit :

« Ma conclusion, c'est que les impuretés contenues dans le métal provoquent par endroits une oxydation non homogène des tissus biologiques en contact avec la pièce. C'est pour cette raison que vous constatez des zones vierges et une incrustation irrégulière. Ça ressemble beaucoup à l'empreinte d'une chaussure dans le sol, laquelle n'est jamais complète sauf si vous répartissez parfaitement votre poids et que vous marchez sur une surface rigoureusement plane.

– A-t-on réalisé des agrandissements des photographies Steiner ? demanda le docteur Katz.

– Les labos du FBI s'y sont attelés, répondis-je.

– Ils sont parfois si lents, commenta Katz. Ils ont tant de retard, et cela ne va pas en s'arrangeant puisque le nombre d'enquêtes à traiter augmente.

– Quant aux crédits, je ne vous ferai pas de dessin !

– Ne m'en parlez pas, les nôtres sont devenus squelettiques.

– Thomas, Thomas, quel affreux jeu de mots ! »

De fait, j'avais même fourni les morceaux de carton épais nécessaires à cette reconstitution expérimentale, et proposé d'offrir un appareil à air conditionné. Cependant, grâce aux conditions météo, un tel achat s'était révélé superflu.

« Évidemment, il n'est pas très aisé d'appâter les politiques avec notre travail... mais vous rencontrez le même problème, Kay.

– Eh oui... les morts ne votent pas, approuvai-je.

– Pourtant, je connais des cas où ils l'ont fait. »

Nous rejoignîmes le camion et roulâmes le long de Neyland Drive. Je suivais la rivière des yeux. Au détour de l'un de ses méandres, j'aperçus le haut de la palissade qui protégeait la Ferme et dominait les arbres, et songeai à la rivière Styx. Je m'imaginai la traversant pour finir au même endroit que cet homme et cette femme qui nous avaient permis de travailler. Je les remerciai silencieusement parce que les morts forment de muettes armées que je rassemblais pour qu'elles nous sauvent tous.

« Quel dommage que vous n'ayez pas pu arriver un

peu avant, remarqua Katz avec sa coutumière bienveillance.

– Vous avez raté un drôle de match, précisa Omber.

– J'ai pourtant l'impression d'y avoir assisté. »

19

En dépit des conseils de Wesley, je conservai ma chambre à l'hôtel Hyatt. Je n'avais nulle envie de passer le reste de la journée à déménager dans un autre hôtel alors que j'avais tant de coups de téléphone à donner et un avion à prendre.

Je demeurai pourtant en permanence sur le qui-vive lorsque je traversai le hall de réception ou montai dans l'ascenseur, dévisageant toutes les femmes que je croisais. Et puis, je me souvins que Denesa Steiner était d'une vive intelligence, et que je ferais bien de surveiller également les hommes. Elle avait passé sa vie à tromper les gens et à monter d'incroyables stratagèmes. Et je savais comme le mal peut être retors.

Personne n'attira mon attention comme je fonçai au pas de charge jusqu'à ma chambre. Je sortis mon revolver de ma serviette et le posai à côté de moi pendant que je téléphonais. Mon premier appel fut pour l'armurier Green Top, et Jon me répondit, charmant à son habitude. Il s'occupait très souvent de moi lorsque je passais au magasin, aussi n'hésitai-je pas à lui poser des questions précises au sujet de Lucy.

«Docteur Scarpetta, je n'arrive pas à trouver les mots, je suis tellement désolé. Lorsque j'ai lu la nouvelle dans le journal, je n'en croyais pas mes yeux.

– Elle s'en sort plutôt bien, répondis-je. Son ange gardien était à ses côtés cette nuit-là.

– C'est une jeune fille comme on n'en voit pas tous les jours, et vous devez être drôlement fière d'elle.»

Je m'aperçus soudain que je n'en étais plus si certaine, et cette pensée me causa un choc.

«Jon, j'ai besoin de certains détails, c'est très important. Étiez-vous au magasin lorsqu'elle est passée ce soir-là pour acheter le Sig?

– Bien sûr, c'est moi qui le lui ai vendu.

– A-t-elle acheté autre chose?

– Un chargeur supplémentaire, et plusieurs boîtes de balles à pointes vides. Euh... Je crois qu'il s'agissait de Federal Hydra Shock. Euh... oui, j'en suis presque sûr. Je lui ai également vendu un holster matelassé Uncle Mike et un holster de cheville comme celui que vous m'avez pris l'année dernière. Le mieux dans le genre, un Bianchi en cuir.

– Comment a-t-elle réglé?

– En liquide. Pour être franc, ça m'a un peu surpris, parce que la facture était rondelette, comme vous vous en doutez.»

Lucy avait toujours su faire des économies, et je lui avais offert une somme d'argent substantielle pour son vingt et unième anniversaire. Toutefois, elle possédait aussi des cartes de crédit, et j'en déduisis qu'elle n'avait pas voulu les utiliser parce qu'elle craignait que ses achats soient enregistrés. En soi, la chose me semblait assez logique. Elle était d'une nature anxieuse et paranoïaque, comme tous les gens qui ont beaucoup frayé avec la loi et le crime. Tout le monde devient suspect potentiel aux yeux des gens de notre espèce. Nous avons tendance à réagir de façon parfois excessive, à regarder en permanence par-dessus notre épaule et à recouvrir nos traces dès que nous nous sentons un tant soit peu menacés.

« Lucy avait-elle pris rendez-vous avec vous ou est-elle venue juste comme cela ?

– Oh, elle a téléphoné d'abord pour nous avertir de l'heure de son passage. Du reste, elle a même rappelé un peu plus tard pour confirmer le rendez-vous.

– C'est vous qui lui avez répondu les deux fois ?

– Non, juste la première fois. Ensuite c'est Rick qui a pris la communication.

– Jon, pouvez-vous vous souvenir avec précision de ce qu'elle a dit la première fois ?

– Pas grand-chose. Elle a dit que c'était le capitaine Marino qui lui avait conseillé d'acheter un Sig P230, en lui recommandant de s'adresser à moi. Peut-être n'êtes-vous pas au courant, mais nous sommes compagnons de pêche. Enfin bref, elle m'a demandé si je serais encore à la boutique vers vingt heures mercredi.

– Vous souvenez-vous quel jour elle a appelé ?

– Eh bien, c'était la veille ou l'avant-veille de sa visite, je dirais le lundi précédent. Tiens, à propos, je lui ai demandé si elle avait vingt et un ans.

– Vous a-t-elle précisé que j'étais sa tante?

– Oui. Et c'est fou ce qu'elle m'a fait penser à vous, jusqu'à sa voix. Vous avez toutes les deux des voix graves et calmes. Je dois dire qu'elle m'a fait une excellente impression au téléphone. Elle avait l'air si intelligente, et très courtoise également. Et puis, elle s'y connaissait en armes, et j'ai tout de suite vu qu'elle savait s'en servir. Du reste, elle m'a confié qu'elle avait appris avec le capitaine Marino.»

J'étais très soulagée d'apprendre que Lucy s'était présentée comme étant ma nièce. Ce détail impliquait qu'elle ne craignait pas que j'apprenne la nature de son achat. De toute façon, Marino le savait également, et aurait bien fini par me le dire. Pourtant, j'étais un peu attristée qu'elle n'ait pas jugé souhaitable d'en discuter d'abord avec moi.

«Jon, poursuivis-je, vous m'avez dit qu'elle avait rappelé un peu plus tard. Vous souvenez-vous de cet appel? Quand était-ce?

– Le même lundi, deux heures plus tard peut-être.

– Donc, c'est Rick qui lui a répondu cette fois?

– Oui. Ils ont parlé quelques instants. Je m'occupais d'un client, c'est pour cela que Rick a répondu. Il m'a dit que c'était Scarpetta au bout du fil, et qu'elle ne parvenait pas à se souvenir de l'heure dont nous étions convenus. J'ai répondu que c'était mercredi à vingt heures, il lui a passé le message et voilà.

– Je vous demande pardon? *Qu'est-ce qu'elle a dit?*

– Euh… Je ne comprends pas le sens de votre question, hésita Jon.

417

– Le nom de famille qu'a donné Lucy lorsqu'elle vous a rappelé est bien *Scarpetta*?

– Ben, c'est ce que m'a dit Rick. Il a dit: "C'est Scarpetta au bout du fil!"

– Lucy ne s'appelle pas Scarpetta.»

La surprise le rendit muet quelques instants, puis il s'exclama:

«Mince, vous plaisantez! Ça n'a pas du tout fait tilt dans ma tête! C'est bizarre.»

J'eus la vision de Lucy appelant Marino sur son *pager*, puis de Marino la rappelant, probablement de chez les Steiner. Denesa Steiner avait dû s'imaginer qu'il s'agissait de moi. Cela n'avait pas dû être compliqué pour elle d'attendre que Marino sorte de la pièce puis d'appeler les renseignements et de se procurer le numéro de téléphone de Green Top. Ensuite, il lui suffisait de contacter l'armurier et de poser quelques questions. Un curieux mélange de soulagement mêlé de fureur noire m'envahit. Denesa Steiner, pas plus que Carrie Grethen, ni n'importe qui d'autre, n'avait jamais essayé de tuer Lucy. La victime désignée n'était autre que moi.

Je posai une dernière question à Jon:

«Jon... ce qui va suivre est un peu délicat, mais, à votre avis, Lucy semblait-elle avoir bu lorsque vous vous êtes occupé d'elle?

– Si j'avais eu cette impression, je ne lui aurais certainement pas vendu d'arme.

– Comment s'est-elle comportée?

– Elle avait l'air pressée, mais elle a plaisanté un peu et elle était charmante.»

Si, comme je le soupçonnais, Lucy avait pris l'habitude de trop boire, et ce depuis des mois ou même davantage, son alcoolémie aurait pu plafonner à 1,2 g sans que son comportement en soit altéré. En revanche, son appréciation des situations et ses réflexes auraient été considérablement modifiés. En d'autres termes, elle n'aurait pas réagi aussi bien lors de l'accident survenu un peu plus tard.

Je raccrochai pour appeler aussitôt le *Asheville-Citizen Times*. La personne qui me répondit m'informa que l'auteur de l'article concernant l'accident était Linda Mayfair. Heureusement, elle se trouvait au journal et je l'eus rapidement en ligne.

«Je suis le docteur Scarpetta.

– Oh, mon Dieu, que puis-je faire pour vous?»

Je conclus à sa voix qu'il s'agissait d'une très jeune femme.

«J'aimerais vous poser quelques questions au sujet d'un article que vous avez écrit. Il s'agissait de l'accident de ma voiture en Virginie, commençai-je d'un ton très calme mais ferme. Êtes-vous consciente que ce que vous avez écrit était erroné, puisque vous précisiez que j'étais au volant, et que j'avais ensuite été arrêtée pour conduite en état d'ébriété?

– Oh, oui, madame! Je suis vraiment désolée, mais permettez-moi de vous expliquer comment les choses se sont déroulées. On a reçu un télégramme succinct, très tard cette nuit-là. Ça disait juste qu'un accident s'était produit sur l'autoroute, que la Mercedes vous appartenait, que l'on soupçonnait que vous conduisiez et que l'alcool était en partie responsable de ce qui s'était passé. Il se trouve que j'étais encore au journal cette nuit-là, parce que j'avais quelque chose à terminer. Lorsque le rédacteur m'a montré le texte en question, il m'a dit de le faire passer si je parvenais à confirmer que vous étiez la conductrice du véhicule. On était en pleine fin de bouclage et je ne pensais pas avoir l'information à temps pour envoyer l'article. Et puis, tout d'un coup, on me passe un appel. Et cette femme se présente comme l'une de vos amies. Elle affirme qu'elle se trouve à votre chevet dans un hôpital de Virginie. Elle souhaite nous informer que vous n'avez pas été grièvement blessée mais qu'elle pensait préférable de nous contacter puisque vous – le docteur Scarpetta – avez encore des collègues qui enquêtent dans notre coin sur le meurtre Steiner. En fait, cette dame craignait que nous recevions de fausses nouvelles à votre sujet et que nous imprimions des erreurs qui affoleraient vos collègues si jamais ils tombaient sur le journal le lendemain matin.

– Vous avez cru sur parole une étrangère, et avez écrit une telle histoire ?

– Mais elle m'a communiqué son nom et son numéro de téléphone, que j'ai vérifiés. Et je me suis dit qu'elle devait vous connaître puisqu'elle était au courant des détails de l'accident, et qu'elle savait que vous travailliez chez nous sur l'enquête Steiner.

– Comment avez-vous vérifié son nom et son numéro de téléphone ?

– Je l'ai immédiatement rappelée au numéro qu'elle m'avait donné, et qui commençait par un code de Virginie.

– Vous l'avez toujours ?

– Mince, je dois l'avoir quelque part... Ça devrait être inscrit sur mon calepin.

– Pourriez-vous regarder ? »

J'entendis le bruit de feuilles qu'on tournait, de papier froissé, de frottements divers, puis elle retrouva le numéro que je notai.

« Vous envisagez, bien sûr, de publier un démenti, n'est-ce pas ? »

Je sentis qu'elle était impressionnée. J'étais désolée pour elle, et certaine qu'elle n'avait voulu porter préjudice à personne. Elle devait être très jeune et inexpérimentée, et elle n'était pas de taille à lutter contre une psychopathe décidée à s'amuser avec moi.

« Nous avons publié un "Désolé, nous avions tort" hier. Voulez-vous que je vous en envoie un exemplaire ?

– Ce ne sera pas nécessaire », répondis-je.

La scène où les journalistes avaient déboulé au cimetière lors de l'exhumation me revint en mémoire. Je connaissais maintenant l'identité de leur informateur. Mrs Steiner. Elle ne pouvait pas résister à un surcroît d'attention.

Je composai le numéro que la journaliste m'avait donné et la sonnerie retentit longuement. Enfin, un homme décrocha.

« Excusez-moi, dis-je.

– Allô ?

– J'aimerais savoir où se trouve ce téléphone ?

– Lequel ? Le vôtre ou le mien ? répondit l'homme en riant. Parce que si vous ne savez pas où se trouve votre appareil, vous avez un problème.

– Le vôtre.

– Je suis dans une cabine téléphonique, devant le *Safeway*, et je m'apprêtais à appeler ma femme pour savoir quelle glace elle voulait que j'achète. Elle a oublié de me le dire. Le téléphone s'est mis à sonner et j'ai répondu.

– Quel *Safeway* ? demandai-je. Où cela ?

– Dans Cary Street.

– À *Richmond* ? insistai-je, pétrifiée.

– Ben oui. Et vous, où êtes-vous ? »

Je remerciai l'homme puis raccrochai. Je fis les cent pas dans ma chambre. Ainsi, elle s'était rendue à Richmond. Pourquoi ? Voir où j'habitais ? Était-elle passée devant chez moi ?

Je contemplai de ma fenêtre ce bel après-midi, le ciel d'un bleu clair et les feuilles aux couleurs vives. Tout semblait se concerter pour affirmer que rien d'aussi mauvais ne pouvait arriver. Aucune force obscure n'œuvrait et rien de ce que j'étais en train de découvrir n'avait de réalité. J'étais toujours saisie par la même incrédulité lorsque le temps était radieux, lorsque la neige tombait, ou encore lorsque la ville s'éclairait et s'emplissait de chants de Noël. Et pourtant, chaque matin, lorsque j'arrivais à la morgue, d'autres cadavres m'attendaient. Il y avait toujours et encore des gens violés, abattus, ou décédés dans de stupides accidents.

Avant de quitter ma chambre, je passai un dernier appel aux labos du FBI. Je fus surprise de tomber sur le scientifique que je cherchais et auquel je m'apprêtais à laisser un message. Il passait sa vie à travailler, comme bon nombre d'entre nous. Les week-ends semblaient réservés aux autres.

«J'ai fait ce que j'ai pu, m'annonça-t-il au sujet des agrandissements sur lesquels il s'obstinait depuis plusieurs jours.

– Et vous n'avez rien trouvé? demandai-je, déçue.

– J'ai obtenu des clichés un peu plus clairs, mais je n'ai toujours pas la moindre idée de ce qu'on aperçoit dessus.

– Vous restez au labo jusqu'à quelle heure?

– Encore une heure ou deux.

– Où habitez-vous?

– Aquia Harbor.»

La perspective du trajet que devaient affronter les résidents du coin tous les jours pour aller travailler m'aurait découragée. Pourtant, beaucoup d'agents en poste à Washington et leurs familles habitaient cette ville, ainsi que Stafford ou Montclair. Aquia Harbor devait être à une trentaine de minutes de voiture de l'endroit où vivait Wesley.

«Écoutez, je m'en veux de vous demander cela, dis-je, mais il est d'une extrême importance que je puisse examiner une copie de vos agrandissements au plus vite. Serait-il possible que vous les déposiez chez Benton Wesley? Aller et retour cela devrait vous retarder d'une heure seulement.»

Il hésita avant de répondre:

«C'est possible si je pars tout de suite. Bon, je vais l'appeler et lui demander le chemin.»

J'attrapai mon sac de voyage et ne remis mon revolver dans ma mallette qu'une fois derrière la porte fer-

mée des toilettes pour dames de l'aéroport de Knoxville. Comme à l'accoutumée, j'enregistrai ce bagage
en signalant la présence d'une arme à feu à l'intérieur. Ils y apposèrent l'habituel repère : une étiquette
orange fluorescente qui me rappela instantanément le
ruban adhésif pour canalisations. Je me demandai
pour quelle raison Denesa Steiner avait ce ruban en sa
possession, et où elle avait pu l'obtenir. Comment
aurait-elle pu avoir un contact quelconque avec la prison d'Attica? Comme je traversais la piste pour grimper à bord du petit avion à hélice, je parvins à la
conclusion que le pénitencier n'avait rien à voir dans
cette affaire.

Je m'installai à ma place, côté couloir, si absorbée
dans mes réflexions que je ne me rendis pas compte
de la tension qui régnait parmi les vingt autres passagers, jusqu'à ce que je m'aperçoive soudain que la
police était montée à bord. L'un des policiers discutait
avec un des employés du sol, et leurs regards passaient
d'un visage à l'autre. Inconsciemment, mes yeux adop-
tèrent le même mouvement. Je connaissais si bien ce
comportement que mon esprit s'emballa, cherchant
qui était le fugitif qu'ils traquaient et ce qu'il avait pu
commettre. J'anticipai déjà sur mes réactions dans
l'éventualité où il bondirait de son siège. Je le ferais
trébucher, je le plaquerais par-derrière au moment où
il passerait devant moi.

Il y avait maintenant trois policiers dans l'avion,
essoufflés et suant, et l'un d'entre eux s'arrêta à ma
hauteur, son regard tombant sur ma ceinture. Sa main
frôla avec discrétion la crosse de son pistolet semi-

automatique, dont il repoussa le cran de sécurité. Je me figeai.

De son ton le plus officiel, il me déclara :

« Madame, je vous demanderai de me suivre. »

J'étais sidérée.

« Ces sacs sous le siège sont à vous ?

– En effet. »

L'adrénaline dévalait dans mes veines. Les autres passagers semblaient prostrés.

Le policier se pencha d'un mouvement vif pour ramasser mon sac à main et mon petit sac de voyage, sans jamais me quitter des yeux. Je me levai et les suivis à l'extérieur de l'appareil. Une seule idée tournait dans mon esprit : quelqu'un avait dissimulé de la drogue dans l'un de mes bagages. Denesa Steiner. Je regardai comme une folle autour de moi, les pistes, les cloisons vitrées du terminal. Je fouillai des yeux alentour, à la recherche d'un regard qui m'aurait observée, d'une femme dissimulée dans l'ombre se délectant du dernier coup qu'elle me destinait.

Un des membres de l'équipage au sol, revêtu d'une combinaison rouge, me pointa du doigt et s'écria d'un ton excité :

« C'est bien elle. Il est à sa ceinture ! »

Je compris soudain de quoi il s'agissait. J'écartai lentement les coudes du corps pour leur permettre de voir ce que dissimulait ma veste de tailleur.

« C'est juste un téléphone portable. »

Lorsque je portais un pantalon, j'accrochai très souvent mon téléphone à ma ceinture afin d'éviter de retourner mon sac pour mettre la main dessus.

Un des policiers fit la grimace. L'homme en combinaison rouge, quant à lui, avait l'air horrifié.

« Oh non ! gémit-il. Ça ressemble à s'y méprendre à un neuf millimètres. J'ai déjà vu des agents du FBI, et elle leur ressemble comme deux gouttes d'eau. »

Je me contentai de le fixer.

« Madame, avez-vous une arme à feu dans l'un de ces sacs ? demanda l'un des policiers.

– Non, répondis-je en secouant la tête.

– Nous sommes désolés, mais il a cru que vous aviez un revolver dans votre ceinture, et lorsque les pilotes ont vérifié la liste des passagers, aucun n'était enregistré avec l'autorisation de conserver son arme à bord.

– Quelqu'un vous a-t-il dit que je portais une arme ? demandai-je à l'homme en combinaison. Qui ? » insistai-je en regardant encore autour de moi.

Il répondit d'un ton piteux :

« Non, personne ne m'a rien dit. J'ai cru apercevoir un revolver lorsque vous êtes passée devant moi. C'est à cause de cet étui noir. Je suis vraiment désolé.

– Ce n'est pas grave », conclus-je avec une courtoisie de commande. Vous faites votre travail.

Un des policiers m'autorisa à remonter à bord.

Lorsque je retrouvai ma place, je tremblai si violemment que mes genoux s'entrechoquaient presque. Des regards m'escortèrent. Je ne regardai personne et tentai de lire un journal. Le pilote eut l'élégance d'annoncer ce qui s'était passé.

« Notre passagère était armée d'un téléphone portable de calibre neuf millimètres », précisa-t-il pour expliquer les raisons de notre retard.

Tout l'avion s'esclaffa.

Je ne pouvais pas la rendre responsable de cet incident. Je réalisai pourtant avec une implacable lucidité que je l'avais soupçonnée presque aussitôt. Denesa Steiner contrôlait ma vie. Les gens que j'aimais étaient devenus ses pions. Elle avait fini par dominer mes actions et mes pensées, et ne me lâchait plus. Cette constatation me rendit malade. J'avais l'impression de perdre à demi la raison. Une main légère se posa sur mon bras, me faisant sursauter.

Une hôtesse se pencha vers moi. Elle était jolie, blonde permanentée, et me dit d'une voix douce :

« Nous sommes vraiment désolés de ce qui s'est passé. Permettez-nous de vous offrir un verre.

— Non, merci.

— Vous voulez manger quelque chose ? Malheureusement, nous n'avons que des sachets de cacahuètes.

— Ne vous inquiétez pas. En fait, je trouve plutôt rassurant que vous vérifiiez toutes choses risquant de mettre la sécurité de vos passagers en péril. »

Je parlai, choisissant exactement les bons mots, pourtant, j'étais ailleurs et mon esprit s'affolait très loin.

« C'est vraiment très gentil de votre part d'être si compréhensive. »

Nous atterrîmes à Asheville au moment où le soleil se couchait, et ma mallette apparut rapidement sur l'unique tapis roulant de l'aéroport. Je refis une visite aux toilettes pour dames et transférai mon revolver de ma sacoche à mon sac à main. Je sortis de l'aéroport et hélai un taxi du bord du trottoir. Le chauffeur était un homme âgé, avec une casquette en tricot enfoncée jusque sous ses oreilles. Sa veste en nylon défraîchi était effilochée aux poignets, et ses grosses mains qui reposaient sur le volant avaient l'air à vif. Il conduisait à une allure prudente, et mit un point d'honneur à m'expliquer que la route était longue entre l'aéroport et Black Mountain. Il semblait s'inquiéter de ce que la course atteindrait au moins vingt dollars. Je sentis mes yeux s'embuer et les fermai, blâmant la chaleur de l'habitacle.

Le vrombissement de la vieille Dodge rouge et blanc me rappela mon voyage en avion. Nous prîmes vers l'est, vers une bourgade dont la vie avait volé en éclats sans même qu'elle s'en aperçoive. Ses habitants ne parvenaient pas à comprendre ce qui avait bien pu arriver à une petite fille, alors qu'elle rentrait chez elle, sa guitare sous le bras. Ils ne pouvaient pas non plus comprendre ce qui nous arrivait à nous, ceux que l'on avait appelés à l'aide.

Nous étions détruits, les uns après les autres, parce que l'ennemi déployait une habileté peu commune pour découvrir nos faiblesses et nos points sensibles. Marino était le prisonnier et le porte-flingue de cette femme. Ma nièce, que je considérais comme ma fille, souffrait de blessures à la tête, était traitée dans un centre spécialisé, et elle avait frôlé la mort. Un homme, un peu simple d'esprit, qui balayait et qui sirotait de l'alcool de contrebande dans ses montagnes, risquait de se faire lyncher pour un crime immonde qu'il n'avait pas commis, et Mote serait mis à la retraite pour invalidité. Quant à Ferguson, il était mort.

Les conséquences de cette malignité se propageaient à la manière des racines d'un arbre, bloquant toute trouée lumineuse dans mon esprit. Il était impossible de savoir où avait commencé cette malfaisance et où elle se terminerait, et j'en venais à craindre de découvrir que l'un de ses tentacules tordus m'ait déjà rattrapée. Je redoutais de m'apercevoir que j'avais perdu contact avec le réel.

« Ma'am, je peux faire autre chose pour vous ? »

Je n'avais qu'une vague conscience que le chauffeur s'adressait à moi.

J'ouvris les yeux. Nous étions arrêtés devant le Travel-Eze, et je me demandai depuis combien de temps nous étions là.

« Ça m'ennuie de vous réveiller mais vous seriez plus confortablement installée dans votre lit, plutôt qu'assise dans mon taxi. Ce sera moins cher, aussi. »

Le même jeune homme aux cheveux jaunes m'accueillit à la réception et inscrivit mon nom sur son registre. Il me demanda dans quelle aile de l'hôtel je préférais une chambre. Si mon souvenir était exact, l'hôtel faisait face d'un côté à l'école que fréquentait Emily, et de l'autre à l'autoroute. Cela n'avait aucune importance puisque les montagnes nous environnaient, éclatantes sous le soleil et sombres contre la nuit étoilée.

« Donnez-moi une chambre du côté non-fumeur. Pete Marino est-il toujours à l'hôtel ?

– Oui, bien sûr, bien qu'on le voie pas souvent. Vous voulez que je vous donne une chambre située à côté de la sienne ?

– Non. Il fume et je préfère m'en écarter autant que possible. »

Ce n'était pas la vraie raison, bien sûr.

« Alors, je vais vous mettre dans une autre aile.

– Ce serait parfait. Lorsque Benton Wesley arrivera, pourriez-vous le prier de m'appeler aussitôt ? »

Je lui demandai ensuite de contacter une agence de location de voitures, et de leur demander de m'amener un véhicule équipé d'airbags dès le lendemain matin.

Une fois dans ma chambre, je repoussai le verrou, mis la chaîne de sûreté et poussai le dossier d'une chaise sous la poignée de la porte. Je déposai mon revolver au sommet du réservoir des toilettes pendant que je prenais un long bain très chaud, parfumé de quelques gouttes d'Hermès. Les effluves me caressèrent comme des mains tièdes et aimantes, remontant le long de ma gorge, de mon visage, jusqu'à la racine de mes cheveux. Pour la première fois depuis pas mal de temps, je me sentis apaisée, et je rajoutai de temps en temps un peu plus d'eau chaude. Les gouttelettes huileuses et sucrées du parfum s'évasaient comme de petits nuages à la surface du bain. J'avais tiré le rideau de douche et rêvais dans cette ambiance de sauna parfumée.

Je ne parvenais plus à compter le nombre de fois où j'avais revécu mes nuits avec Benton Wesley. Les images forçaient mes pensées jusqu'à ce que je n'y tienne plus et accepte de les laisser m'envelopper. Mais je n'avais pas envie de l'admettre. Elles étaient plus puissantes que tout ce que j'avais connu, et j'avais conservé au fond de moi chaque détail de notre première rencontre ici. J'avais mémorisé jusqu'au numéro de la chambre, et je savais que je ne l'oublierais jamais.

Je n'avais eu que peu d'amants, tous des hommes extraordinaires sachant faire preuve d'une réelle sensibilité. Tous avaient accepté, dans une certaine mesure, que je sois une femme qui n'en était pas une. J'avais le corps et les sensibilités d'une femme mais l'énergie et la volonté d'un homme, et prendre de moi, c'était aussi prendre d'eux. Aussi avaient-ils offert le meilleur d'eux-mêmes, jusqu'à mon ex-mari, Tony, sans doute le moins évolué de tous. Le sexe devenait une rivalité érotique partagée. Comme deux animaux de force égale qui se découvriraient dans la jungle, nous basculions et prenions autant que nous donnions.

Cependant, Benton était si différent que je ne parvenais pas encore à y croire. Nos facettes mâles ou femelles à tous deux s'étaient soudées d'une façon inattendue, déroutante. C'était comme s'il était l'autre face de moi-même. À moins que nous ne fussions pareils.

Je ne savais plus très bien ce que j'en avais attendu, même si j'avais imaginé, et depuis longtemps, que nous nous trouverions. Il devait être tendre sous son austère réserve. Pourtant, lorsque nous avions commencé à nous caresser sur le balcon à l'aube, ses mains m'avaient surprise.

Ses doigts avaient défait mes vêtements et m'avaient rejointe. Ils s'étaient mus comme s'ils connaissaient le corps d'une femme aussi bien qu'une femme et j'avais ressenti bien davantage que sa passion. J'avais perçu son empathie. Il voulait guérir ces endroits parce qu'il savait qu'ils avaient été tant détestés et abîmés. Il semblait accablé par tous ceux qui avaient un jour violé, frappé, ou manqué de compassion. On aurait cru que leur péché collectif lui avait retiré le droit d'aimer un corps de femme comme il aimait le mien.

Lorsque nous étions couchés l'un contre l'autre, je lui avais confié que je n'avais jamais connu un homme qui sache véritablement apprécier un corps de femme, que je n'aimais pas que l'on me dévore ou que l'on me domine, et que c'était la raison pour laquelle j'avais eu si peu de relations sexuelles.

«Pourtant, je comprends que l'on ait envie de dévorer ton corps, avait-il rétorqué dans l'obscurité de la chambre, comme s'il énonçait l'évidence.

– Moi aussi, je vois très bien pourquoi on voudrait dévorer le tien, avais-je déclaré, non sans une certaine candeur. Seulement, la constante raison pour laquelle toi et moi exerçons nos métiers, c'est parce que des êtres ont voulu en dominer d'autres.

– Bien, en ce cas, nous n'utiliserons plus les mots "dévorer" et "dominer". Nous allons trouver un autre langage.»

Le vocabulaire de notre nouvelle langue fut aisé à trouver, et nous le parlâmes très vite couramment.

Je me sentis nettement mieux après mon bain, et farfouillai dans mon sac de voyage à la recherche d'une tenue nouvelle et différente. La chose se révélant impossible, j'enfilai la même veste d'un bleu profond, le même pantalon et le même pull à col roulé que je portais depuis plusieurs jours. La bouteille de scotch était presque vide, et je bus lentement mon verre en regardant les informations nationales. Je décrochai à plusieurs reprises le combiné dans le but d'appeler Marino, pour le reposer à chaque fois sans avoir composé son numéro. Mes pensées s'envolaient sans cesse vers le nord, vers Newport, et j'aurais tant aimé discuter avec Lucy. Là encore, je résistai. Dans l'éventualité où on me la passerait, cette conversation ne pouvait pas faire de bien à ma nièce. Elle devait se concentrer sur son traitement, pas sur ce qu'elle avait laissé derrière elle. Je finis par téléphoner à ma mère.

« Dorothy passe la nuit au Marriott. Elle prend un vol pour Miami demain matin. Katie, où es-tu ? J'ai essayé d'appeler chez toi toute la journée.

– Je suis sur la route.

– Eh bien, ça ne m'avance pas beaucoup. Toujours ces histoires de détectives et de romans policiers. Enfin, tu pourrais quand même mettre ta mère un peu au courant ! »

Je l'imaginai comme si j'y étais, tirant sur une cigarette, le téléphone à la main. Ma mère affichait un penchant marqué pour les grosses boucles d'oreilles et les maquillages voyants. Elle n'avait pas du tout l'air d'une Italienne du Nord, contrairement à moi. Elle n'était pas blonde.

« Maman, comment va Lucy ? Qu'a dit Dorothy ?

– D'abord, elle dit que Lucy est lesbienne et que c'est de ta faute. Je lui ai dit que c'était ridicule. Je lui ai dit que ce n'était pas parce que tu ne sortais jamais avec un homme et que le sexe n'était sans doute pas ton truc, que tu étais forcément homo. Après tout, c'est la même chose pour les bonnes sœurs. Remarque, il y a des rumeurs qui courent à ce sujet...

– Maman, est-ce que Lucy va bien ? l'interrompis-je. Comment s'est passé le voyage à Edgehill ? Quel était son comportement ?

– Quoi ? Son *comportement* ? Non mais, cette façon que tu as de parler à ta mère, qui est une femme simple, et tu ne t'en rends pas compte. Elle s'est soûlée en chemin, si tu veux tout savoir !

– C'est ahurissant ! m'écriai-je, à nouveau furieuse contre ma sœur. J'avais cru comprendre que si Dorothy l'accompagnait, c'était précisément pour éviter ce genre de choses.

– Dorothy a dit que si Lucy n'était pas ivre en arrivant en cure de désintoxication, l'assurance ne rembourserait pas les frais du traitement. Alors, Lucy a ingurgité des cocktails durant tout le vol.

– Je me contrefiche que l'assurance paie ou pas, et Dorothy n'est pas exactement fauchée.

– Tu sais bien comment elle est avec l'argent.

– Je paierai pour tout ce dont aura besoin Lucy. Tu t'en doutes bien, maman.

– Tu parles comme si tu étais Rockefeller.

– Et qu'a dit encore Dorothy ?

– En résumé, tout ce que je sais, c'est que Lucy a fait une de ses crises, et qu'elle s'est rendue malade parce que tu n'as pas pris la peine de l'accompagner jusqu'à Edgehill. Après tout, c'est toi qui as choisi ce centre, et en plus tu es un docteur et tout ça. »

Je gémis. Cette discussion ne menait nulle part :

« Dorothy ne voulait pas que j'accompagne Lucy.

– Comme d'habitude, c'est ta parole contre la sienne. Tu descends quand pour Thanksgiving?»

Lorsque je mis un terme à notre conversation, c'est-à-dire lorsque je raccrochai parce j'étais au bout de ma résistance, les bienfaits de mon bain s'étaient volatilisés. J'entrepris de me resservir un scotch mais me ravisai: tout l'alcool du monde se révélait insuffisant lorsque ma famille me mettait hors de moi. Et puis, je repensai à Lucy. J'écartai la bouteille. Quelques minutes plus tard, on frappa à ma porte.

«C'est Benton.»

Il me serra dans ses bras durant un long moment, et perçut mon désespoir à la façon dont je me cramponnai à lui. Il m'entraîna vers le lit et s'assit à côté de moi. Il prit mes deux mains dans les siennes et proposa:

«Commencez par le commencement, d'accord?»

Ce que je fis. Lorsque j'eus fini, son visage avait repris son masque d'inaccessibilité, son masque professionnel. Cette constatation me perturba. Je ne voulais pas de cette expression dans cette chambre lorsque nous étions seuls.

«Kay, je crois qu'il faut que vous ralentissiez un peu. Vous rendez-vous compte de l'énormité d'une telle accusation? On ne peut pas foncer bille en tête. Nous ne pouvons pas éliminer la possibilité que Denesa Steiner soit innocente. *On ne sait pas!* Ce qui s'est produit dans l'avion devrait vous prouver que vous n'êtes plus totalement objective. *Mince!* Cet incident m'ennuie vraiment. Un débile de l'équipe au sol a envie de jouer les héros, et vous vous imaginez immédiatement que la femme Steiner est derrière ; qu'elle essaie de vous manipuler.

– Elle n'essaie pas seulement de bousiller mon esprit, elle a également tenté de me tuer, dis-je en retirant une de mes mains, toujours entre les siennes.

– Il s'agit encore d'une spéculation.

– Pas si on prend en considération ce que j'ai appris grâce à mes divers coups de téléphone, je vous l'ai dit.

– Vous ne pouvez pas le prouver, et je doute que vous y parveniez jamais.

– Peut-être… Il faut que nous trouvions sa voiture.

– Voulez-vous que nous passions devant chez elle, ce soir ?

– Oui, mais je n'ai pas encore de véhicule, dis-je.

– Moi, si.

– Avez-vous la photocopie de l'agrandissement ?

– Dans ma serviette. Je l'ai déjà regardée. (Il se leva et haussa les épaules.) Je ne vois pas très bien ce que cela pourrait être. C'est une sorte de machin flou sur lequel ils ont appliqué des billions de nuances de gris jusqu'à obtenir un autre machin, juste un peu plus délimité et dense.

– Benton, nous devons faire quelque chose. »

Il me regarda durant un long moment puis pinça les lèvres, une mimique qui traduisait chez lui tout à la fois la détermination et le scepticisme.

« C'est pour cette raison que nous sommes ici, Kay. Pour faire quelque chose. »

Nous descendîmes. Je pris conscience que l'hiver s'installait, sans doute parce que le changement de saison était plus perceptible dans cette région de montagnes. Wesley avait loué une Maxima rouge sombre. Je frissonnai lorsque je m'installai dans la voiture, des frissons que je devais en bonne part au stress.

«À propos, comment vont votre jambe et votre main? demandai-je.

— Presque comme neuves.

— Ah, mais cela tient du miracle, puisqu'elles n'étaient déjà plus neuves lorsque vous vous êtes coupé.»

Il éclata de rire, plus de surprise que d'autre chose. Wesley ne s'attendait pas à un trait d'humour en ce moment.

«J'ai une petite information au sujet du ruban adhésif, annonça-t-il alors. Nous avons recherché qui, dans ce coin, aurait eu des liens professionnels avec l'entreprise qui l'a fabriqué, Shuford Mills, à l'époque où ce produit est sorti de l'usine.

— Excellente idée.

— Il y avait ce type, Rob Kesley, qui était contremaître à l'usine. À l'époque où l'adhésif en question a été produit, il vivait dans la région d'Hickory, mais a pris sa retraite à Black Mountain, il y a cinq ans.

— Il vit toujours dans le coin?

— Il est mort.»

«Merde!» pensai-je.

«Que savez-vous de lui, Benton?

— Homme de race caucasienne, décédé à l'âge de soixante-huit ans d'une attaque. Son fils habitait Black Mountain. C'est pour cette raison, je suppose, que Rob Kesley y a pris sa retraite. Le fils est toujours en vie.

— Avez-vous son adresse? demandai-je.

– Je peux la trouver, répondit-il en se tournant vers moi.

– C'est quoi le prénom du fils?

– Le même que celui du père. La maison de Denesa Steiner est juste après le tournant. Vous avez vu comme le lac est sombre? On dirait un puits de goudron.

– L'image est juste, et vous savez parfaitement qu'Emily n'aurait jamais emprunté ce chemin de nuit. Ce que m'a confié Creed corrobore ce point.

– Je ne discute pas. Moi-même, je ne m'y engagerais pas.

– Benton, je ne vois pas sa voiture.

– Elle est peut-être sortie.

– Celle de Marino est là.

– Ça ne signifie pas qu'ils ne sont pas sortis.

– Non, mais cela ne veut pas non plus dire le contraire.»

Il ne répondit pas.

Les fenêtres étaient éclairées, et je sentais sa présence à l'intérieur. Je n'en avais ni preuve ni indice, pourtant j'étais convaincue qu'elle aussi percevait la mienne, même si elle n'en était pas consciente.

«À votre avis, que font-ils?

– À votre avis?»

Il m'avait répondu sur un ton qui indiquait sans équivoque ce à quoi il pensait.

«C'est un peu facile de penser que les gens sont en train de coucher ensemble.

– C'est facile d'y penser parce que c'est facile à faire.»

Sa sortie me blessait parce que j'aurais aimé que Benton fût plus profond que cela.

«Cela me surprend beaucoup venant de vous.

– Ça ne devrait pas vous surprendre venant d'eux. C'est ce que je voulais dire», rétorqua-t-il.

Pourtant, je n'étais pas convaincue.

«Kay, nous ne sommes pas en train de discuter de notre relation à nous, ajouta-t-il.

– Je n'y avais pas songé une seconde.»

Je ne disais pas toute la vérité, et il ne l'ignorait pas. Mon opposition vis-à-vis des relations sentimentales entre collègues ne m'avait jamais paru plus limpide.

«Nous devrions rentrer. On ne peut rien faire d'autre pour l'instant, dit-il.

– Mais comment va-t-on savoir pour sa voiture?

– Nous nous renseignerons demain matin. La voiture n'étant pas là, on ne peut pas vérifier si elle a, ou non, été accidentée.»

Le lendemain matin, un dimanche, je fus réveillée par une volée de cloches, et me demandai s'il s'agissait de celles de la petite église presbytérienne où Emily était enterrée. Je louchai sur ma montre. Sans doute pas. Il n'était que neuf heures passées de quelques minutes, et leur service religieux devait commencer à onze heures. D'un autre côté, j'ignorais presque tout des rites presbytériens.

Wesley était toujours endormi, allongé sur ce que j'avais l'habitude de considérer comme étant «mon côté du lit». C'était du reste peut-être notre seule incompatibilité d'amants. Nous avions, tous les deux, l'habitude de dormir du côté le plus éloigné de la fenêtre ou de la porte que risquait de forcer un intrus. Comme si cet espace de quelques dizaines de centimètres de matelas représentait une différence majeure, celle qui nous donnerait le temps de saisir notre arme. Le pistolet de Wesley était posé sur sa table de chevet et mon revolver sur la mienne. Avec un peu de chance, si un agresseur pénétrait dans notre chambre, Wesley et moi nous tirerions mutuellement dessus.

Les rideaux s'éclairaient comme des abat-jour annonçant une journée ensoleillée. Je me levai et téléphonai à la réception pour commander du café et m'informer au sujet de ma voiture de location. Le réceptionniste me promit qu'elle allait être livrée. Je m'installai sur une chaise, tournant le dos au lit pour ne pas être distraite par la vision des épaules nues et des bras de Wesley qui émergeaient des couvertures enchevêtrées. Je ramassai le tirage agrandi, repêchai quelques pièces de monnaie et sortis une loupe pour me mettre au travail. Wesley n'avait pas exagéré en me disant que les manipulations du FBI ne faisaient qu'ajouter des nuances de gris à une sorte de truc à peine discernable. Toutefois, plus je fixai la marque incrustée sur la fesse de la petite fille, plus j'avais l'impression que des formes apparaissaient.

L'intensité des gris semblait croître lorsqu'on s'éloignait du centre de cette cicatrice incomplètement circulaire. Il m'était impossible de préciser la localisation exacte de l'intensité maximale parce que j'ignorais l'orientation de l'objet qui avait créé la marque sur le corps d'Emily en s'oxydant. Ce que je voyais était-il le haut, le bas ? Avait-il été posé droit, à l'envers ou de côté ?

La forme qui retenait mon attention me rappelait un peu la tête d'un canard ou d'un oiseau quelconque. Je distinguai une sorte de dôme, ainsi qu'une espèce de protubérance qui aurait pu être un bec épais. Cependant, il ne pouvait s'agir de la tête de l'aigle qu'on trouve au verso d'un *quarter*, la forme étant beaucoup trop large. Ce que j'examinais occupait presque un quart de la marque, il y avait quelque chose qui ressemblait à une bosse, et qui aurait pu être la nuque du volatile.

Je ramassai le *quarter* dont je me servais et le fis tourner entre mes doigts, en le fixant. Et soudain, la réponse s'imposa. Cela collait parfaitement, et semblait si évident que j'en fus à la fois sidérée et folle de joie. L'objet qui s'était oxydé sous le corps de la petite Emily était bien un *quarter*, mais côté face ! Cette silhouette d'oiseau que j'avais cru distinguer n'était autre que le contour de l'œil de George Washington. Quant à ce que j'avais pris pour la tête et le bec d'un aigle, il s'agissait en réalité du crâne fier et de la frisure de la perruque poudrée de notre premier président. Bien sûr, cette identification n'était valable que dans une certaine position, lorsque je tournais la pièce de sorte que Washington contemple ma table de chevet et que son nez d'aristocrate soit pointé vers mon genou.

Où avait pu reposer le corps d'Emily ? Certes, on pouvait trouver des *quarters* à peu près n'importe où. Mais s'ajoutaient à cela les particules de bois de

441

moelle et de peinture. Où pouvait-on trouver du bois de moelle et un *quarter*? Dans un sous-sol, bien sûr, un sous-sol dans lequel, un jour, on avait entrepris un travail nécessitant l'utilisation de peinture, de bois de moelle, de noyer et d'acajou.

Peut-être s'agissait-il d'un sous-sol aménagé pour se livrer à un passe-temps... Nettoyer des bijoux? Non, ça n'avait pas de sens. Quelqu'un qui réparait des montres et des horloges? Ça ne collait pas non plus. Et puis, je me souvins de toutes les horloges que j'avais vues chez Denesa Steiner, et mon pouls s'accéléra un peu plus. Je finis par me demander si son mari n'avait pas installé le sous-sol de leur maison à cette fin, s'il n'avait pas eu besoin de bois de moelle pour fixer et nettoyer de petits engrenages d'horlogerie.

Wesley respirait profondément, lentes expirations de dormeur. Il se frotta la joue comme si quelque chose s'était posé dessus, et remonta le drap jusqu'à ses oreilles. Je saisis l'annuaire téléphonique pour découvrir le numéro de téléphone du fils de l'homme qui avait travaillé à Shuford Mills. Il existait deux Robert Kesley dans l'annuaire, un junior et un troisième du nom. Je composai un numéro:

«Allô? répondit une femme.

– Mrs Kesley?

– Ça dépend si vous voulez me parler à moi ou à Myrtle.

– Je voudrais parler à Robert Kesley junior.»

Elle éclata d'un rire chaleureux et joyeux.

«Ben alors, ce n'est pas du tout à moi que vous vouliez parler! Mais Rob n'est pas ici, il est à l'église. Vous savez, certains dimanches il aide le pasteur pour la communion. Alors, il part de bonne heure.»

J'étais sidérée qu'elle me raconte tout cela, sans même s'informer de mon identité. Une émotion se mêlait à ma surprise: il existait encore en ce monde des endroits où les gens se faisaient confiance.

«De quelle église s'agit-il? demandai-je encore à Mrs Kesley.

– Troisième église presbytérienne.

– Leur service commence bien à onze heures?

– Ça n'a pas changé. Je ne sais pas si vous connaissez le révérend Crow. C'est un homme remarquable. Je peux faire une commission à Rob quand il rentrera?

– Je le rappellerai plus tard.»

Je la remerciai de son aide et raccrochai. Lorsque je me tournai vers le lit, Wesley était assis et me fixait d'un air endormi. Son regard balaya la chambre, se posant quelques instants sur ma loupe, les pièces et l'agrandissement photographique abandonnés sur la table. Il s'étira en riant.

«Quoi?» lançai-je d'un ton assez indigné.

Il secoua la tête.

«Il est dix heures et quart et si tu veux m'accompagner à l'église, tu ferais bien de te dépêcher, dis-je.

– À l'église? répéta-t-il en fronçant les sourcils.

– Oui, tu sais, cet endroit où les gens vont prier Dieu.

– Ils ont une église catholique dans le coin?

– Je n'en ai pas la moindre idée», rétorquai-je.

Il avait l'air complètement perdu.

«Je vais assister au service de l'église presbytérienne,

ce matin. Si tu as mieux à faire, j'ai quand même besoin que tu me déposes là-bas. Ma voiture n'était toujours pas prête il y a une heure.

– Comment vas-tu rentrer à l'hôtel ?

– J'aviserai plus tard.»

Dans cette ville où les habitants aidaient encore des étrangers au téléphone, il me semblait que je pouvais me passer de planifier toutes choses dans le moindre détail. J'avais envie de voir ce qui se passerait.

«Au besoin, tu peux me contacter sur mon *pager*», conseilla Wesley.

Il posa les pieds par terre et je récupérai une des batteries supplémentaires qui se rechargeait dans la prise située à côté du poste de télévision.

«Parfait!»

Je fourrai mon téléphone portable dans mon sac à main.

20

Wesley me déposa devant la petite église, un peu avant le sermon. Les paroissiens arrivaient déjà. Je les observai. Ils garaient leurs véhicules, en sortaient en clignant des yeux sous le soleil, battaient le rappel de leurs enfants. Les portières claquaient dans un bruit sourd tout le long de l'étroite ruelle. Je sentis des regards curieux dans mon dos comme je descendais le petit chemin pavé qui obliquait sur la gauche et conduisait au cimetière.

Le froid était piquant, et en dépit de la lumière éclatante, j'avais l'impression que le soleil ne formait qu'un mince drap frais contre moi. Je poussai la grille en fer forgé rouillé qui n'avait d'autre utilité que d'indiquer de ses ornements le respect que l'on devait à ce lieu. Elle n'empêcherait personne de s'introduire dans le cimetière, mais qui pourrait en avoir envie ?

De nouvelles dalles de marbre poli brillaient d'un éclat froid et d'autres, anciennes, penchaient de guingois comme des excroissances sorties des tombes. Les morts parlaient, ici aussi. Ils s'exprimaient à chaque fois que nous nous souvenions d'eux. La gelée matinale craquait doucement sous mes semelles comme je me dirigeais vers l'endroit où elle reposait. Sa tombe avait conservé la cicatrice d'argile rouge infligée par l'exhumation puis la seconde inhumation. Les larmes me montèrent aux yeux lorsque je regardai le monument funéraire surmonté de son ange attendrissant, et déchiffrai à nouveau la poignante épitaphe :

« Il n'est nulle autre dans le monde,
La mienne était l'unique. »

Ce vers d'Emily Dickinson prenait aujourd'hui pour moi une signification bien différente. Je le lisais avec une nouvelle lucidité, et une opinion inverse de la femme qui l'avait choisi. C'est le mot « mienne » qui me sauta aux yeux soudain, « *mienne* » ! Emily n'avait jamais existé en tant qu'individu, elle n'avait été que l'extension narcissique de cette femme démente dont l'appétit pour son propre ego et sa satisfaction ne connaissait nulle borne.

Emily n'avait été pour sa mère qu'un pion, au même titre que nous tous. Nous étions les poupées de Denesa Steiner, des poupées qu'elle pouvait habiller puis déshabiller, dorloter puis désarticuler. La décoration de son intérieur me revint, ses dentelles et ses duvets, les imprimés de chambre de petite fille. Denesa était une petite fille affamée d'attention, et qui en grandissant avait appris comment la capter. Elle avait détruit toutes les vies qui l'avaient approchée, sanglotant à chaque fois dans le giron plein de compassion de ceux qui l'entouraient. Pauvre, pauvre Denesa! s'exclamait-on à chaque fois en parlant de cette mère meurtrière.

Des petites colonnes de givre s'élevaient de l'argile rouge qui recouvrait la tombe d'Emily. Bien qu'ignorant les lois physiques expliquant ce phénomène, j'en déduisis que lorsque l'humidité prisonnière de l'argile imperméable se changeait en glace, son volume augmentait, comme toujours lorsqu'un liquide se change en solide, et qu'elle ne pouvait plus que s'échapper vers le haut. C'était un peu comme si l'âme de la petite fille tentait de se dégager du froid pour s'élever au-dessus du sol. Elle étincelait sous la lumière solaire comme seuls étincellent l'eau pure et le cristal. Une vague de chagrin me submergea, et je m'aperçus que j'aimais cette enfant que je n'avais connue que dans la mort. Elle aurait pu être Lucy, ou bien Lucy aurait pu être Emily. Aucune des deux n'avait reçu d'amour maternel, l'une avait été renvoyée chez elle, l'autre était sauve pour l'instant. Je m'agenouillai pour une prière, puis me relevai en expirant longuement avant de m'en retourner vers l'église.

L'orgue jouait *Rock of Ages*. J'étais en retard, et la congrégation avait entamé le premier hymne. Je m'assis aussi discrètement que possible tout au fond, mais des regards et des têtes se tournèrent vers moi. C'était le genre d'église où l'on remarque très vite un étranger, car il en vient rarement. Le service se poursuivit, et je me signai après la prière. Un petit garçon assis sur le même banc que moi me dévisageait pendant que sa sœur sortait le bulletin paroissial.

Le révérend Crow, avec son nez busqué et sa longue robe noire, ressemblait effectivement à un corbeau. Ses bras étaient deux grandes ailes qu'il agitait en tous sens durant le sermon et, aux moments les plus intenses et théâtraux, j'avais l'impression qu'il allait s'envoler loin de nous. Des vitraux représentant les différents miracles du Christ brillaient comme des pierres précieuses, et les paillettes de mica qui saupoudraient les blocs de pierre des murs de l'église miroitaient comme une poussière d'or.

Lorsque vint le moment de la communion, nous entonnâmes *Just as I am*. Je jetai un regard discret autour de moi afin de suivre les autres. Ils ne se levèrent pas pour se rapprocher en file indienne de l'hostie et du vin. Au lieu de cela, les enfants de chœur remontèrent les bas-côtés en silence, apportant aux fidèles des petits dés à coudre remplis de jus de raisin ainsi que de petits morceaux de pain sec. Je pris ce que l'on me tendait, puis tout le monde entama la doxologie et les bénédictions et, brusquement, tous se levèrent pour sortir. Je ne me hâtai pas. J'attendis que le pasteur ait fini de saluer chacune de ses ouailles et reste seul à la porte de l'église. Puis, je l'appelai :

«Merci de cet édifiant sermon, Révérend Crow. J'ai toujours beaucoup apprécié l'histoire du voisin importun.

– Cette histoire est si riche en enseignements, sourit-il en prenant ma main. Je la raconte souvent à mes enfants.

– Elle n'était pas non plus superflue dans notre cas, dis-je.

– Nous sommes très heureux que vous vous soyez jointe à nous aujourd'hui. Vous êtes ce médecin qui collabore avec les gens du FBI, n'est-ce pas ? J'ai entendu parler de vous, et je vous ai vue aux informations télévisées l'autre jour.

– En effet, je suis le docteur Scarpetta. Je me demandais si vous pourriez m'indiquer où trouver Rob Kesley ? J'espère qu'il n'est pas déjà parti. »

Comme je l'espérais, le révérend se récria :

« Oh non ! Rob nous aide pour la communion. Il doit être en train de ranger. »

Il tourna son regard vers le sanctuaire.

« Voyez-vous un inconvénient à ce que j'aille le chercher ? demandai-je.

– Pas du tout. Et, à propos, je voulais vous dire combien nous sommes sensibles à l'aide que vous nous apportez, ajouta-t-il, l'affliction se peignant sur son visage. Personne ne sera jamais plus comme avant. (Il secoua la tête.) Sa pauvre, pauvre, maman. Certains se détourneraient de Dieu après ce qu'elle a subi. Mais non, madame ! Pas Denesa Steiner, pas elle. Elle vient assister à l'office tous les dimanches, une des meilleures chrétiennes que j'aie jamais rencontrées. »

Une sensation étrange grimpa le long de mon épine dorsale :

« Elle était là ce matin ?

– Mais oui, elle chantait dans le chœur, comme d'habitude. »

Je ne l'avais pas aperçue, mais il y avait au moins

deux cents fidèles dans l'église ce matin, et le chœur était installé au balcon, derrière les bancs.

Rob Kesley Jr était un homme sec et nerveux, âgé d'une cinquantaine d'années. Il portait un costume de qualité médiocre, bleu à fines rayures. Il ramassait les verres de communion déposés dans les porte-verres des bancs. Je me présentai, très ennuyée à l'idée que je risquais de l'affoler, mais il semblait être du genre imperturbable. Il s'installa à côté de moi sur un banc et se tira songeusement le lobe de l'oreille pendant que je lui expliquais l'objet de ma venue.

Il me répondit avec l'accent de Caroline du Nord le plus épais que j'aie jamais entendu.

« C'est ça. Papa a travaillé toute sa vie aux Mills. Quand il a pris sa retraite, ils lui ont offert une super console télé et une épingle de cravate en or massif.

– C'était, sans doute, un très bon contremaître, commentai-je.

– Ben, il n'est pas devenu contremaître tout de suite. Il est monté en grade avec les années. Avant ça, il était leur inspecteur de boîtes, et avant ça encore, c'est lui qui s'occupait des boîtes.

– En quoi consistait au juste son travail ? Lorsqu'il s'occupait des boîtes, par exemple ?

– Il vérifiait que tous les rouleaux soient bien dans les boîtes et, après, il a supervisé les autres pour s'assurer que le travail était bien fait.

– Je vois. Vous souvenez-vous si l'usine a un jour fabriqué un ruban adhésif orange fluorescent destiné aux canalisations ? »

Rob Kesley réfléchit à ma question. Il portait les cheveux très courts, coupés en brosse, et ses yeux étaient marron foncé. Enfin, une lueur s'alluma sur son visage : « Oui, ça me revient. C'était pas un adhésif qu'on voit partout. D'ailleurs, je l'avais jamais vu auparavant ni depuis. Je crois que c'était pour une prison quelque part.

— En effet. Je me demandais si un ou deux rouleaux n'avaient pas atterri dans le coin, vous voyez ?

— Normalement, ça devait pas. Mais, c'est des choses qui arrivent parce qu'il y a des déchets et des trucs comme ça. Des rouleaux qui sont pas impeccables. »

Je me souvins qu'on avait retrouvé des traces de graisse sur certains des morceaux utilisés pour ligoter Mrs Steiner. Peut-être ce rouleau-là était-il tombé dans une machine ou avait-il été souillé de graisse d'une autre façon.

Je poursuivis, extrapolant :

« Et en général, lorsque des produits sont rejetés à l'inspection, on les donne aux employés ou alors on leur vend à prix réduit. »

Kesley resta muet, l'air perplexe.

« Mr Kesley, savez-vous si votre père a offert un de ces rouleaux à quelqu'un ?

— La seule personne à laquelle je pense, c'est Jake Wheeler. Il est mort depuis déjà quelque temps mais c'était le propriétaire de la laverie automatique. Je crois qu'il possédait aussi le drugstore du coin.

— Pourquoi votre père lui aurait-il donné ce rouleau d'adhésif orange ?

— Eh bien, Jake était chasseur. Je me souviens que mon père disait toujours que Jake avait tellement peur de se faire tirer dessus par un copain qui le confondrait avec une dinde que plus personne voulait chasser avec lui.»

Je demeurai silencieuse ne sachant pas où tout cela nous mènerait.

«Il faisait un potin terrible pour qu'on l'entende, et il portait même des vêtements qui réfléchissent la lumière lorsqu'il faisait sombre. Du coup, aucun autre chasseur voulait plus l'accompagner. À part des écureuils, je ne crois pas qu'il ait jamais ramené grand-chose.

– Et le rapport avec l'adhésif?

– Je suis presque sûr que mon père lui en a offert un rouleau, un genre de plaisanterie. Il a conseillé à Jake d'en coller tout autour de son fusil et sur ses vêtements.»

Rob Kesley sourit à ce souvenir, et je remarquai qu'il lui manquait plusieurs dents.

«Où habitait Jake? demandai-je.

– Pas loin de Pine Lodge, c'est à mi-chemin entre le centre de Black Mountain et Montreat.

– Vous croyez qu'il aurait pu offrir ce rouleau à quelqu'un d'autre?»

Kesley contempla un moment le plateau qu'il tenait entre ses mains, et sur lequel étaient posés les verres de la communion. Son front se rida comme il cherchait dans ses souvenirs.

«Par exemple, Jake chassait-il avec un copain? Peut-être quelqu'un qui aurait également eu besoin du ruban, puisque les chasseurs utilisent l'orange fluorescent?

– Je ne sais pas s'il l'a donné à quelqu'un d'autre. Tout ce que je peux vous dire, c'est qu'il était très ami avec Chuck Steiner. Ils partaient tous les deux à la chasse à l'ours à la saison. Nous autres, on souhaitait tous qu'ils en rencontrent jamais un seul. J'arrive pas à comprendre comment des gens peuvent avoir envie qu'un grizzli débouche devant eux ! Et si vous en descendez un, qu'est-ce que vous pouvez en faire à part une descente de lit ? Vous pouvez même pas le manger, à moins que vous soyez Daniel Boone et sur le point de mourir de faim ! »

En essayant de contrôler ma voix pour ne pas laisser transparaître ma tension, je demandai :

« Chuck Steiner était bien le mari de Denesa Steiner ?

– Oui, c'est ça. C'était un type rudement bien, ça nous a démolis quand il a passé. Si on avait pu savoir qu'il avait un si mauvais cœur, on l'aurait retenu, on l'aurait obligé à s'économiser. »

Il fallait que je sache :

« Pourtant, il chassait ?

– Oh oui, bien sûr. Je les ai souvent accompagnés, lui et Jake. Ces deux-là adoraient se balader en forêt. Je leur disais toujours qu'ils devraient se rendre en Afrique. Parce que c'est là-bas qu'on chasse le gros gibier. Vous savez, personnellement, j'arriverais pas à tuer un insecte-brindille.

– Si c'est la même chose qu'une mante religieuse, vous faites bien de ne pas les tuer. Cela risquerait de vous porter malheur.

– Non, c'est pas la même chose, un insecte-brindille

c'est comme un phasme, répondit-il d'un ton anodin. Une mante religieuse, c'est tout différent. Mais, je pense comme vous à leur sujet. Non, Ma'am, j'en toucherais pas un.

— Mr Kesley, connaissiez-vous bien Chuck Steiner?

— Je le connaissais par la chasse et l'église.

— Il enseignait, je crois?

— Il enseignait la Bible dans une école religieuse privée. Si j'avais pu, j'aurais envoyé mon fils là-bas.

— Et que savez-vous d'autre sur Mr Steiner?

— Il a rencontré sa femme en Californie lorsqu'il était dans l'armée.

— A-t-il un jour mentionné devant vous un bébé qu'il aurait eu et qui serait mort? Une petite fille qui s'appelait Mary Jo, et qui serait née en Californie?

— Ben non, répondit-il, surpris. J'ai toujours eu l'impression qu'Emily était leur seul petit. Ils ont aussi perdu une autre petite fille? Oh mon Dieu! murmura-t-il d'un ton peiné.

— Que s'est-il passé lorsqu'ils ont quitté la Californie, êtes-vous au courant?

— Ils sont venus vivre ici. Chuck n'aimait pas l'Ouest, et il connaissait le coin parce qu'il y venait en vacances avec ses parents. En général, ils occupaient un chalet situé sur Gray Beard Mountain.

— Où est-ce?

— À Montreat. La même ville que celle où vit Billy Graham. Sauf que le Révérend est plus trop souvent là, maintenant, mais j'ai vu sa femme. Est-ce qu'on vous a raconté que Zelda Fitzgerald avait brûlé vive dans un hôpital, dans le coin?

– Oui, je sais.

– Chuck était vraiment doué pour réparer les montres et les horloges. C'était une sorte de passe-temps pour lui et, petit à petit, il s'est retrouvé à réparer toutes les horloges de Biltmore House.

– Où les réparait-il ?

– Pour celles de la Biltmore House, il allait là-bas. Mais les gens du coin lui apportaient les leurs directement chez lui. Il avait aménagé une boutique dans son sous-sol.»

Mr Kesley aurait bien discuté toute la journée. Je parvins à prendre congé aussi gentiment que possible. Une fois dehors, je composai le numéro du *pager* de Wesley sur mon portable, et laissai le code de police «10-25» comme seul message, autrement dit «Rejoignez-moi». Il saurait où me trouver. Je songeai sérieusement à rentrer dans l'église pour me protéger du froid, lorsque je compris aux bribes de conversation qui me parvenaient d'un groupe de personnes qu'il s'agissait des membres du chœur. Je faillis céder à la panique. Je la découvris au moment même où je pensais à elle. Denesa Steiner attendait devant la porte de l'église, et elle me souriait.

Les yeux durs comme du métal mais la voix chaude, elle me salua :

«Bienvenue.

– Bonjour Mrs Steiner, répondis-je. Le capitaine Marino est-il avec vous ?

– Il est catholique.»

Elle portait un long manteau de laine noire qui effleurait le dessus de ses souliers à brides, noirs aussi.

Elle enfila des gants noirs de petite fille. Elle ne portait pas de maquillage, si ce n'est un soupçon de rouge à lèvres qui avivait ses lèvres sensuelles. Ses cheveux blonds comme le miel cascadaient en boucles indisciplinées sur ses épaules. Sa beauté était aussi glaciale que ce début de journée, et je me demandai comment j'avais pu éprouver du chagrin pour elle, ou même seulement croire au sien.

« Et qu'est-ce qui vous amène dans notre église ? poursuivit-elle. Il y a une église catholique à Asheville. »

Que savait-elle d'autre à mon sujet ? Que lui avait raconté Marino ? La fixant droit dans les yeux, je répondis :

« Je souhaitais me recueillir sur la tombe de votre fille. »

Souriant toujours et sans détourner son regard du mien, elle s'exclama :

« Oh, n'est-ce pas adorable !

– En fait, cela tombe bien que nous nous rencontrions. Je voulais vous poser quelques questions. Peut-être est-ce le moment approprié ?

– Ici ?

– Je préférerais que nous allions chez vous.

– J'avais l'intention de faire quelque chose de très léger pour le déjeuner. Je n'avais pas envie de préparer un vrai repas dominical, d'autant que Pete essaie de faire un peu de régime.

– Manger ne m'intéresse pas. »

Je ne faisais aucun effort pour dissimuler mes sentiments. Mon cœur était aussi dur que mon visage. Elle avait tenté de me tuer, et elle était presque parvenue à tuer ma nièce.

«Eh bien, je vous rejoindrai chez moi, répliqua-t-elle.

– Je vous serais reconnaissante de m'y conduire. Je n'ai pas de voiture.»

Je voulais voir sa voiture. Il le fallait.

«La mienne est chez le concessionnaire.

– Tiens, ce n'est pas banal? Elle est presque neuve pourtant, je crois?»

Si j'avais eu des lasers à la place des yeux, elle aurait été transpercée sur place.

«Oh, j'ai bien peur d'avoir hérité d'une casserole. J'ai dû la laisser chez le concessionnaire d'un autre État. La voiture est tombée en panne durant mon voyage. Une voisine m'a accompagnée ce matin. Je suis certaine qu'elle sera ravie de vous faire une petite place. Elle nous attend dans sa voiture.»

Nous descendîmes les marches de pierre qui conduisaient à l'église. Je lui emboîtai le pas le long d'une allée puis dévalai derrière elle une nouvelle volée de marches. Il ne restait que quelques voitures garées dans la rue, et une ou deux démarraient. La voisine était une dame âgée portant un chapeau rond de couleur rose, équipée d'un petit sonotone. Notre taxi était une vieille Buick blanche dont le chauffage était poussé au maximum. La radio était allumée et diffusait du gospel. Mrs Steiner me proposa de m'installer sur le siège passager, mais je déclinai. Je ne voulais pas la savoir dans mon dos. Je voulais surveiller ses moindres gestes en permanence, et je regrettai de ne pas avoir mon 38. Sur le coup, il m'avait paru déplacé de trimbaler une arme à l'église, d'autant que j'ignorais que tout ceci se produirait.

Mrs Steiner et sa voisine discutèrent sur le siège avant pendant que je conservais le silence à l'arrière. Le trajet ne dura pas plus de quelques minutes, et nous nous retrouvâmes devant la maison des Steiner. La voiture de Marino était toujours garée au même endroit que la nuit précédente, lorsque Wesley et moi l'avions aperçue. Je n'arrivais pas à anticiper ce que je ressentirais lorsque je verrais Marino. Je ne savais pas du tout comment il se conduirait à mon égard, ni ce que je lui dirais. Mrs Steiner ouvrit la porte. Je la suivis dans l'entrée, et remarquai que les clefs de la chambre de motel de Marino et de son véhicule traînaient dans un plat de Norman Rockwell posé sur la desserte du couloir.

« Où est le capitaine Marino ? demandai-je.

– À l'étage. Il dort. Il ne se sentait pas bien. Il y a une espèce de microbe qui traîne dans le coin en ce moment. »

Elle retira ses gants, déboutonna son manteau et s'en dégagea d'un petit mouvement d'épaules. Elle détourna le regard en l'enlevant, comme si elle avait l'habitude d'offrir aux éventuels intéressés l'opportunité de contempler ses seins, qu'aucun accoutrement austère n'aurait pu dissimuler. Le langage de son corps était séduisant, et elle le faisait parler pour mon seul bénéfice. Elle me tentait, pas pour les mêmes raisons qu'elle aurait jouées avec un homme. Denesa Steiner s'offrait une parade. Elle était en rivalité avec les autres femmes, et cela ne fit que renforcer l'image que je me faisais de sa relation avec sa fille.

« Je devrais peut-être monter le voir, dis-je.

– Pete a besoin de sommeil. Je vais lui apporter un peu de thé et je redescends tout de suite. Installez-vous à votre aise dans le salon en attendant. Voulez-vous du thé ou du café ?

– Non merci, rien », répondis-je.

Le silence de cette maison me pesait.

Dès que je l'entendis monter, je jetai un regard autour de moi. Je retournai dans l'entrée, attrapai les clefs de la voiture de Marino pour les mettre dans ma poche, puis pénétrai dans la cuisine. À gauche de l'évier ouvrait une porte menant à l'extérieur. À droite, une autre porte était fermée par une targette. Je repoussai la targette et tournai la poignée.

L'air froid et chargé d'une odeur de moisi m'indiqua qu'il s'agissait de la porte menant au sous-sol. Je tâtonnai le long du mur à la recherche d'un interrupteur. Mes doigts le frôlèrent. Un flot de lumière éclaira des marches en bois peintes de couleur rouge sombre. Je les descendis. Il fallait que je sache ce qui se trouvait en bas. Rien ne m'arrêterait, pas même la peur qu'elle me découvre. Mon cœur cognait contre ma cage thoracique comme s'il cherchait à s'en échapper.

L'atelier de Chuck Steiner était toujours là. Des outils, des engrenages et le cadran d'une vieille horloge figé dans le temps s'y entassaient. Des boutons de bois de moelle traînaient un peu partout, certains portant encore l'empreinte graisseuse des délicates pièces d'horlogerie qu'ils avaient retenues et permis de réparer ou de nettoyer. D'autres avaient roulé sur le sol en ciment, ici ou là, se mélangeant à de petits clous, des bouts de fils électriques et des vis. Les carcasses vides de vieilles horloges de grand-père veillaient en silence, muettes sentinelles de l'ombre. De vieilles radios, des postes de télévision et divers meubles étaient couverts d'une épaisse couche de poussière.

Les murs sans fenêtres étaient montés de blocs de ciment blanc. Des rouleaux de câble de téléphone, de ficelle et d'autres cordes de diamètre et de nature variables étaient suspendus avec soin à un grand tableau rabattable fixé au mur. Je me souvins des macramés qui décoraient les meubles de l'étage, des macassars faits d'un assemblage compliqué de cordelettes nouées qui servaient à protéger les accoudoirs et les dossiers des fauteuils, et des cache-pots dans lesquels étaient suspendues des plantes. La vision du nœud du pendu qu'il avait fallu trancher pour dégager le cou de Max Ferguson me revint. Rétrospectivement, il me semblait insensé que l'on n'ait pas songé à visiter ce sous-sol avant. Lorsque la police avait commencé à chercher Emily, la petite fille était encore probablement là.

Je tirai une cordelette qui pendait du plafond pour allumer une autre lampe, mais l'ampoule avait sauté. Je n'avais toujours pas remplacé ma torche. Mon cœur battait si fort que je respirais avec difficulté tout en continuant mon inspection. Non loin d'un mur contre lequel était empilé du bois de chauffage grisâtre de toiles d'araignées se trouvait une porte fermée qui menait à l'extérieur. Près du ballon d'eau chaude, une autre porte débouchait sur une salle de bains équipée dont j'allumai la lumière.

La vieille porcelaine blanche était constellée de taches de peinture, et l'on n'avait pas tiré la chasse d'eau des toilettes depuis des lustres puisque l'eau stagnante avait laissé sa marque couleur rouille dans la cuvette. Un pinceau recourbé comme une main, aux soies raidies, était toujours posé sur le rebord du lavabo. J'inspectai ensuite du regard le fond de la baignoire. Je découvris le *quarter*, presque au milieu, le visage de George Washington tourné vers moi, et je décelai une trace de sang autour de la bonde. Je me précipitai hors de la salle de bains lorsque j'entendis la porte de communication avec la cuisine se refermer plus haut, et le bruit de la targette que l'on tirait. Denesa Steiner venait de m'enfermer.

Je m'affolai, courant en tous sens, mes yeux cherchant autour de moi, tentant de trouver une solution. Je me ruai vers la porte située à côté du tas de bois, la déverrouillai et repoussai la chaîne de protection. Je me retrouvai dehors, dans la cour inondée de soleil. Je ne vis, ni n'entendis rien, mais je sus qu'elle m'observait. Elle n'ignorait pas que je parviendrais à m'échapper par cette porte-là. En proie à une panique croissante, je compris ce qui se passait. Denesa Steiner n'essayait pas de m'emprisonner. Elle essayait au contraire de m'interdire de revenir à l'intérieur et de monter à l'étage.

Soudain, je pensai à Marino, et mes mains se mirent à trembler si fort que je ne parvins pas à récupérer ses clefs de voiture dans la poche de ma veste. Je fonçai jusqu'à l'endroit où il s'était garé. J'ouvris la portière de sa rutilante Chevrolet. La Winchester en acier lui-sant était bien sous le siège, l'endroit où il rangeait toujours son fusil.

L'arme était froide comme de la glace dans ma main et je me ruai vers la maison, laissant la portière de la voiture ouverte. Comme je m'y attendais, la porte était fermée. Des panneaux en verre la flanquaient de chaque côté et j'en brisai un d'un coup de crosse. Le verre explosa et les éclats dégringolèrent sur la moquette. Bandant ma main de mon foulard, je passai avec précaution le bras à l'intérieur et repoussai le verrou. Je me vis monter l'escalier quatre à quatre, comme si une autre personne effectuait mes gestes ou que mon cerveau m'avait abandonnée pour un temps. J'avais l'impression d'être devenue une sorte de machine. Me rappelant la lumière que nous avions aperçue de la voiture hier soir en passant devant la maison, je fonçai dans cette direction.

La porte de la chambre était fermée. Je la repoussai et la découvris, assise sereinement sur le bord du lit où gisait Marino, un sac poubelle en plastique envelop-pant sa tête, maintenu autour de son cou par de l'ad-hésif. Les choses qui se produisirent ensuite furent si rapides qu'elles se mélangèrent dans mon esprit. Je basculai le cran de sécurité du fusil, l'armai en même temps qu'elle saisissait le pistolet de Marino posé sur la table et se levait. Les canons des deux armes se dres-sèrent ensemble et j'enfonçai la détente. Une détona-tion assourdissante la frappa comme une bourrasque violente. Elle bascula contre le mur. J'armai à nouveau et tirai, armai et tirai, encore et encore.

Elle glissa le long du mur, des traînées de sang maculant le papier peint de petite fille qui le recouvrait. La fumée et l'odeur de la poudre brûlée emplissaient la chambre. J'arrachai le sac qui recouvrait la tête de Marino. Son visage avait bleui. Je palpai sa gorge, cherchant la carotide, mais ne perçus aucun pouls. Je lui bourrai la poitrine de coups de poing, soufflai dans sa bouche puis comprimai son torse à quatre reprises. Enfin, il hoqueta. Sa respiration revint.

Agrippant le téléphone, je composai le numéro d'urgence et hurlai comme s'il s'agissait d'un SOS de police.

« Officier de police à terre ! Officier de police à terre ! Envoyez une ambulance !

– Où êtes-vous, madame ? »

Je ne connaissais pas l'adresse

« La maison des Steiner, dépêchez-vous, je vous en prie ! »

Je lâchai le téléphone, oubliant de le raccrocher.

J'essayai d'asseoir Marino dans le lit, mais il était trop lourd.

« *Allez. Faites un effort !* »

Je basculai son visage sur le côté, et glissai mes doigts sous sa mâchoire pour tirer son maxillaire vers l'avant et libérer son larynx. Puis je jetai un regard autour de moi à la recherche de boîtes de médicaments, de ce qu'elle avait pu lui faire avaler. Des verres étaient posés sur le chevet du lit. Je reniflai leur contenu, et reconnus l'odeur du Bourbon. Je la considérai, assommée. Du sang et des coulures de cervelle maculaient les murs, partout. Des tremblements incontrôlables me saisirent. Des tétanies crispaient mon corps, comme un animal dans les affres de l'agonie. Denesa Steiner s'était affaissée, presque assise, adossée au mur. Une nappe de sang s'élargissait autour d'elle. Ses vêtements noirs étaient trempés de rouge et criblés de balles, sa tête avait basculé sur le côté, et des gouttes vermillon s'écrasaient au sol.

Lorsque j'entendis les sirènes, il me sembla qu'elles résonnaient durant une éternité, avant que je ne perçoive la course d'une troupe gravissant l'escalier, le bruit d'une civière qui cognait contre quelque chose puis qu'on dépliait, et puis, je ne sais trop comment, Wesley fut là. Il m'entoura de ses bras et me serra avec force, et des hommes revêtus de combinaisons s'approchèrent de Marino. La pulsation de lumières bleues et rouges me parvint, et je me rendis compte que j'avais fait voler le carreau de la fenêtre en éclats. Un air glacial pénétrait dans la chambre, faisant flotter les rideaux éclaboussés de sang. Leurs petits ballons libérés s'envolaient vers un ciel jaune pâle. Je contemplai la couette bleu glace et les animaux en peluche alignés un peu partout. Le miroir était décoré de décalcomanies représentant un arc-en-ciel, et au mur était suspendu un poster de Winnie l'ourson.

« C'est sa chambre, dis-je à Wesley.

– Tout va bien, répondit-il en me caressant les cheveux.

– C'est la chambre d'Emily », insistai-je.

21

Je quittai Black Mountain le lendemain matin, un lundi. Wesley voulut m'accompagner, mais je préférai partir seule. Il fallait que je termine certaines choses, et il était préférable qu'il demeure à proximité de l'hôpital, aux côtés de Marino. Un lavage d'estomac avait permis de le débarrasser du somnifère qu'elle lui avait fait avaler. Il s'en sortirait bien, du moins physiquement. Ensuite, Wesley le conduirait à Quantico. Il fallait à Marino cette période de mise hors circuit, à l'instar de celle que l'on impose aux agents restés en sous-marin lors d'une mission. Il avait besoin de repos, de se sentir en sécurité et d'être entouré de ses amis.

Durant le vol, je m'offris une petite explication avec moi-même, et pris mentalement des notes. Le dossier Emily Steiner s'était refermé lorsque j'avais abattu sa mère. J'avais fait une déclaration à la police et une enquête aurait lieu. Je ne me faisais aucun souci, du reste je n'avais nulle raison de m'en faire. Cela étant, je ne savais que ressentir. Au fond, ce qui m'ennuyait un peu était de n'éprouver aucune peine, aucun remords.

Je me sentais seulement si épuisée que le moindre effort devenait insurmontable. On aurait dit que l'on m'avait transfusé du plomb dans les veines. Le simple fait de tenir mon stylo devenait laborieux, et mon cerveau fonctionnait au ralenti. De temps en temps, je me surprenais à fixer le vide, sans rien voir, ni même cligner des paupières. Parfois même, je perdais toute notion du réel, incapable de me souvenir combien de temps m'avait demandé une tâche quelconque, ni même où j'étais allée.

Mon premier travail consista à écrire un rapport relatant les événements, en partie parce que le FBI en avait besoin, mais aussi pour le donner à la police qui faisait une enquête à mon sujet. Les différentes pièces du puzzle s'agençaient à la perfection, pourtant certaines questions demeureraient sans réponse, parce que ceux qui auraient pu les fournir avaient disparu. Ainsi, nous ne saurions jamais exactement ce qui s'était passé la nuit où Emily était morte. Cependant, j'avais développé une théorie à ce sujet.

Selon moi, la petite fille était rentrée précipitamment chez elle avant la fin de la réunion à l'église et s'était disputée avec sa mère, peut-être au cours du dîner. Je soupçonnais Mrs Steiner d'avoir puni sa fille en salant abusivement ses aliments. L'ingestion forcée de sel est une forme de persécution contre les enfants, horriblement plus fréquente qu'on ne le croit.

Elle avait pu contraindre Emily à boire de l'eau salée. L'enfant avait sans doute vomi, offrant ainsi à sa mère un autre motif de fureur. La fillette avait ensuite probablement subi un choc hypernatrémique, tombant dans le coma. Elle était sûrement à l'agonie ou même déjà morte lorsque Mrs Steiner l'avait descendue dans le sous-sol. Un tel scénario expliquait les résultats physiologiques contradictoires que nous avions trouvés. Il expliquait la concentration plasmatique surélevée de sodium et l'absence de réactions vitales qui nous avaient étonnés.

Quant à la raison pour laquelle la mère avait choisi le modèle du meurtre d'Eddie Heath, mon opinion était qu'une femme présentant un syndrome de Munchausen par procuration devait avoir été particulièrement captivée par un cas aussi médiatisé. Mais la réaction de Denesa Steiner n'avait pas été celle de tout le monde. Elle avait dû penser à toute l'attention dont une mère serait l'objet si elle perdait un enfant d'une façon aussi monstrueuse.

Ce fantasme l'avait sûrement excitée, et elle avait longtemps joué avec. Peut-être avait-elle intoxiqué sa fille ce dimanche soir-là, afin de mener son plan à bien. Ou peut-être s'était-elle décidée à le réaliser après avoir empoisonné Emily lors d'une crise de rage. Je ne saurais jamais le fin mot de l'histoire. Quelle importance, maintenant ? L'affaire ne passerait jamais devant les tribunaux.

Une fois dans le sous-sol, Mrs Steiner avait déposé le corps de sa fille dans la baignoire. C'était probablement à ce moment-là qu'elle lui avait tiré une balle dans le crâne pour que le sang s'écoule dans la bonde. Elle avait ensuite déshabillé l'enfant. S'expliquait la présence du *quarter* dans la baignoire puisque Emily avait quitté à la hâte la réunion à l'église, avant que le garçon dont elle était amoureuse ne passe avec la corbeille de quête. La pièce qu'elle n'avait pas donnée était donc tombée de sa poche de pantalon lorsque sa mère le lui avait retiré. Et la fesse nue de la petite fille avait reposé dessus durant les six jours suivants.

Il devait faire nuit lorsque, presque une semaine plus tard, Mrs Steiner avait enlevé de la baignoire le corps réfrigéré par la température du sous-sol. Elle avait dû l'envelopper dans une couverture, d'où provenaient les fibres de laine que nous avions collectées sur Emily. Peut-être l'avait-elle enfoui dans les sacs de feuilles mortes. Les traces microscopiques de bois de moelle que nous avions détectées s'expliquaient aussi, puisque Mr Steiner l'avait utilisé en petits boutons durant des années pour réparer des horloges. Nous n'avions toujours pas retrouvé le rouleau d'adhésif orange fluorescent dont Mrs Steiner s'était servi pour ligoter sa fille et s'entraver elle-même, pas plus que le calibre 22 avec lequel elle avait fait feu. Je ne croyais d'ailleurs pas qu'ils resurgissent un jour. Mrs Steiner était trop intelligente pour conserver des preuves aussi accablantes.

Rétrospectivement, tout semblait très simple, presque évident, sous certains angles. Ainsi, l'ordre dans lequel avaient été découpés les morceaux de ruban adhésif était-il en concordance avec ce qui s'était produit. À l'évidence, Mrs Steiner avait commencé par ligoter sa fille. Il n'avait donc pas été utile de prédécouper les bandes et de les coller en attendant sur le rebord d'un meuble. La mère n'avait pas besoin de maintenir Emily puisque l'enfant devait être inconsciente. Elle avait donc les deux mains libres.

En revanche, lorsque la mère avait entrepris de s'entraver elle-même, les choses étaient devenues plus ardues. Elle avait découpé tous les segments d'adhésif dont elle avait besoin pour les coller sur le rebord de sa commode. Elle s'était débrouillée pour laisser des marques constatables de sa contention, tout en s'arrangeant pour pouvoir se libérer, sans s'apercevoir qu'elle utilisait les bouts de ruban dans le désordre, d'autant qu'elle n'avait aucun moyen de savoir que la chose pût revêtir une quelconque importance.

Une fois à Charlotte, je changeai d'avion pour me rendre à Washington. Arrivée à l'aéroport, je sautai dans un taxi qui me conduisit au Russel Building, où j'avais rendez-vous avec le sénateur Frank Lord. Lorsque j'arrivai, à quinze heures trente, il était encore à l'étage du Sénat où se déroulait un vote. Je patientai dans la salle de réception. Des jeunes gens répondaient sans discontinuer au téléphone : tout le monde réclamait l'aide du sénateur. Je me demandai comment il pouvait supporter cette pression. Il me rejoignit peu après et s'avança vers moi en souriant. À son regard, je sus qu'il était au courant de tout.

« Kay, c'est tellement bon de vous voir. »

Je lui emboîtai le pas et nous traversâmes une autre pièce meublée d'encore plus de bureaux dans laquelle d'autres gens s'activaient au téléphone. Nous pénétrâmes enfin dans son bureau privé, dont il referma la porte. Les murs étaient ornés de tableaux de qualité, signés d'excellents artistes, et le contenu des bibliothèques révélait que le sénateur Lord appréciait les bons ouvrages.

« Le directeur m'a téléphoné un peu plus tôt. Quelle épouvante, j'en perds les mots.

– Je vais bien.

– Asseyez-vous, je vous en prie. »

Il me conduisit jusqu'à un canapé et s'installa en face de moi sur une chaise sans prétention. Le sénateur Lord évitait en général de mettre un bureau entre lui et ses interlocuteurs. Au demeurant, il n'en avait nul besoin. Ainsi que je l'avais toujours constaté en présence d'hommes véritablement puissants – et ils sont rares – leur envergure les rend modestes et bienveillants.

« Je suis dans un état de stupeur, avouai-je. C'est assez indescriptible. Je risque d'en subir les retombées un peu plus tard. Le choc post-traumatique et tout le reste. Et ce n'est pas parce qu'on le sait qu'on y échappe.

– Je veux que vous preniez grand soin de vous, Kay. Partez un peu, et reposez-vous.

– Sénateur Lord, que peut-on faire pour Lucy ? Je veux laver son nom de tout soupçon.

– Je crois que vous y êtes déjà parvenue.

– Pas complètement. Le FBI sait que ce n'est pas le pouce de Lucy qui a été scanné par le système de sécurité biométrique. Pourtant, cela ne disculpe pas totalement ma nièce. Enfin, du moins est-ce l'impression que j'en ai.

– Non, non. Pas du tout... »

Le sénateur Lord décroisa puis recroisa ses longues jambes, et fixa un point derrière moi.

« Certes, cela n'exclut pas ce qui peut circuler à l'intérieur du Bureau. Les cancans, veux-je dire. Depuis que l'on sait que Gault a quelque chose à voir dans cette histoire, il y a certaines choses dont on ne peut plus parler.

– En d'autres termes, Lucy devra supporter le regard de tous sans jamais pouvoir divulguer ce qui s'est vraiment passé?

– En résumé, oui.

– Et il y en aura toujours qui ne lui feront pas confiance et qui penseront que sa place n'est pas à Quantico.

– C'est fort possible.

– Je ne trouve pas cela satisfaisant. »

Il me regarda et déclara d'un ton patient:

« Kay, vous ne pouvez pas protéger Lucy éternellement. Laissez-la prendre les coups qui lui sont destinés et lécher ses blessures seule. C'est comme cela qu'elle deviendra forte. Débrouillez-vous juste pour la garder du bon côté de la loi, conseilla-t-il dans un sourire.

– Je vais faire de mon mieux. Elle est toujours poursuivie pour conduite en état d'ivresse.

– Elle a été victime d'un accident avec délit de fuite, peut-être même d'une tentative de meurtre. Cela devrait un peu modifier l'appréciation du juge. De plus, je suggère qu'elle se porte volontaire pour un travail d'intérêt général.

– Vous pensez à quelque chose en particulier? demandai-je, tout en me doutant de la réponse, sans quoi il ne l'eût pas proposé.

– En effet. Je me demandai si elle accepterait de retourner à l'ERF ? Nous ne savons pas jusqu'où Gault a pu altérer le programme CAIN. J'aimerais pouvoir suggérer au directeur du FBI d'exploiter les talents de Lucy pour pister Gault à travers le système, et nous dire ce que nous pouvons récupérer du programme.

– Frank, elle serait ravie ! m'exclamai-je, un sentiment de gratitude m'envahissant.

– Je ne vois personne qui soit aussi qualifié qu'elle pour ce travail, poursuivit-il. Ce serait aussi une chance unique de réparer ce qu'elle a fait. Car si elle n'est coupable d'aucun délit volontaire, elle a fait preuve de qualités d'appréciation pour le moins médiocres.

– Je le lui dirai », promis-je.

En sortant de son bureau, je me rendis à l'hôtel Willard pour retenir une chambre. Je me sentais bien trop exténuée pour rentrer sur-le-champ à Richmond, d'autant que la seule chose qui me fasse envie était de prendre le premier avion à destination de Newport.

Je voulais voir Lucy, ne serait-ce qu'une ou deux heures. Je voulais lui rapporter tout ce que le sénateur Lord avait entrepris, lui annoncer que son nom était lavé de toute ombre, et que son avenir rayonnait.

Tout irait bien. Je le savais. Je voulais lui dire combien je l'aimais. Je voulais savoir si je trouverais ces mots qui m'étaient si difficiles. J'avais pris l'habitude de garder l'amour en otage, en moi, parce que je redoutais qu'une fois exprimé il m'abandonne, comme tant de gens avant. Je m'arrangeais donc

toujours pour provoquer ce que je craignais le plus.
J'appelai ma sœur Dorothy de ma chambre, en vain.
Je téléphonai ensuite à ma mère.

« D'où appelles-tu, aujourd'hui ? » demanda-t-elle.
À l'autre bout de la ligne, le bruit de l'eau qui coulait me parvenait.

« Je suis à Washington. Où est Dorothy ? demandai-
je.

– Juste à côté de moi. Elle m'aide à préparer le
dîner. On s'est cuisiné un poulet au citron et une
salade. Si tu voyais le citronnier, Katie, et les pample-
mousses sont énormes. Je lave la laitue pendant que je
te parle. Si tu te décidais à rendre visite à ta mère, une
fois tous les trente-six du mois, on pourrait manger
ensemble. Des repas normaux. On pourrait avoir l'air
d'une famille.

– Je voudrais parler à Dorothy.

– Attends. »

Le combiné dut heurter quelque chose, puis j'entendis la voix de ma sœur. J'attaquai sans m'embarras-
ser de préambules :

« Quel est le nom de la personne qui s'occupe de
Lucy à Edgehill ? Ils ont dû la faire encadrer par quelqu'un, je suppose ?

– Ça n'a plus d'importance. Lucy n'est plus là-bas.

– Je te demande pardon ? Que viens-tu de dire ?

– Elle n'appréciait pas leur programme, et elle m'a
annoncé qu'elle voulait partir. Je ne pouvais pas exiger
qu'elle reste là-bas. C'est une femme adulte, maintenant. Et ce n'est pas comme si elle y avait été contrainte
par une décision de justice, ou un truc de ce genre.

– Quoi ? m'exclamai-je sidérée. Elle est avec vous ? Elle est rentrée à Miami ? »

Ma sœur me répondit avec un calme olympien :

« Non. Elle a voulu rester encore un peu à Newport. Soi-disant, c'était dangereux pour elle de rentrer en ce moment à Richmond, ou une idiotie de ce genre. Et elle ne voulait pas venir ici.

– En résumé, elle est à Newport avec un traumatisme crânien et un problème d'alcoolisme, et tu ne fais absolument rien, c'est bien cela ?

– Kay, tu prends tout au tragique, comme d'habitude.

– Où est-elle descendue à Newport ?

– Je n'en ai aucune idée. Elle m'a juste dit qu'elle voulait glandouiller dans le coin durant quelque temps.

– Dorothy !

– Permets-moi de te rappeler qu'il s'agit de ma fille, pas de la tienne.

– La plus grande tragédie de sa vie !

– Et si, pour une fois, tu évitais de fourrer ton putain de nez dans mes affaires ? siffla-t-elle.

– Dorothy ! Pas le mot en "P" dans cette maison ! » cria ma mère derrière elle.

D'une voix glaciale, parfaitement mesurée, chaque mot véhiculant la rage meurtrière qui me secouait, j'assénai :

« Dis-toi bien une chose, Dorothy, si jamais quelque chose est arrivé à Lucy, je t'en tiendrai personnellement responsable. Non seulement tu es une mère épouvantable, mais tu es aussi un être humain minable. C'est un crève-cœur pour moi de t'avoir pour sœur. »

Je raccrochai sans attendre de réponse. J'attrapai l'annuaire et appelai différentes compagnies aériennes. Un vol décollait dans peu de temps pour Providence, et si je me dépêchais, je pouvais encore sauter à bord. Je me précipitai hors de ma chambre, traversai presque en courant l'élégant hall de réception du Willard. Les gens se retournaient sur mon passage.

Le portier héla un taxi et je promis au chauffeur de doubler le prix de sa course s'il me conduisait à l'aéroport, *très vite*. Il conduisit comme un dératé. Les passagers de mon vol étaient appelés au moment même où je débouchai dans le terminal. Une fois installée à ma place, je sentis les sanglots remonter dans ma gorge, et luttai pour les refouler. J'acceptai une tasse de thé chaud et fermai les yeux. Je ne connaissais pas très bien Newport, et n'avais aucune idée de l'endroit où j'allais dormir.

Le chauffeur du taxi que je pris à l'aéroport de Providence m'avertit que le trajet jusqu'à Newport durerait plus d'une heure en raison de la neige. Par les vitres de la voiture ruisselantes d'eau, j'observai les flancs à pic de granite sombre qui bordaient la route. Des trous avaient été forés dans la roche qui dégoulinait de glace fondue. Un courant d'air humide et désespérément froid remontait dans l'habitacle par le plancher de la voiture. De gros flocons de neige tourbillonnaient pour s'écraser sur le pare-brise comme de fragiles insectes blancs, et lorsque je les fixais trop longuement, la tête me tournait.

«Vous connaissez un bon hôtel à Newport? demandai-je au chauffeur.»

Il me répondit avec cet accent très particulier des gens de Rhode Island.

«Le Marriott serait le mieux. C'est juste au bord de l'eau, et tous les commerces et les restaurants sont à proximité. Il y a aussi le Doubletree sur Goat Island.

– Essayons le Marriott.

– D'accord, m'dame. En route pour le Marriott.

– Si vous étiez une jeune femme à la recherche d'un emploi à Newport, où vous adresseriez-vous? Ma nièce qui a vingt et un ans aimerait vivre quelque temps ici.»

C'était assez idiot de poser une telle question à un parfait étranger. Mais je ne savais que faire d'autre.

«Ben d'abord, je viendrais pas à cette époque de l'année. Newport est plutôt mort en cette saison.

– Mais si elle venait quand même en ce moment? Si, par exemple, elle avait des vacances.

– Hummm…»

Je me laissai bercer par le rythme des essuie-glaces qui balayaient le pare-brise.

«Peut-être dans les restaurants? proposai-je.

– Oh oui! Y a plein de jeunes qui travaillent dans les restaurants, surtout ceux qui donnent sur l'eau. Ils se font pas mal d'argent, parce que le tourisme est la première industrie de la région. Et ne croyez jamais ceux qui prétendent que c'est la pêche. De nos jours, un bateau qui pourrait ramener quinze tonnes de poisson rentre au port avec une tonne et demie, et encore, ça c'est pour les bons jours.»

Il continua à bavarder et je pensai à Lucy, à l'endroit

où elle avait pu atterrir. J'essayai de pénétrer dans son esprit, de le décrypter, en quelque sorte de le rejoindre par l'intermédiaire de mes pensées. Tant de prières défilèrent dans ma tête. Je retins tant de larmes, luttant contre la plus épouvantable des peurs. Je ne pourrais pas supporter une nouvelle tragédie. Pas Lucy. Cette perte-là serait la dernière. Ce serait trop.

«Ces endroits sont ouverts jusqu'à quelle heure?

– Quels endroits?»

Je me rendis compte qu'il était lancé sur les gonelles, un poisson surtout destiné aux boîtes de nourriture pour chats.

«Les restaurants, dis-je. Pensez-vous qu'ils soient encore ouverts à cette heure?

– Non, m'dame. Ils doivent être presque tous fermés maintenant. Il est pas loin d'une heure du matin. Le mieux si vous voulez trouver du travail pour votre nièce, c'est d'y aller demain matin. La plupart ouvrent à onze heures, ou un peu plus tôt s'ils servent aussi le petit déjeuner.»

Mon chauffeur de taxi avait raison. Je ne pouvais rien faire de plus cette nuit, si ce n'était me coucher et tenter de dormir un peu. Je pris une chambre au Marriott avec vue sur le port. Je regardai par ma fenêtre. L'eau était si noire. Je distinguai les petites taches des lumières qui éclairaient les pêcheurs au loin, vers la ligne d'horizon invisible.

Je me levai à sept heures, incapable de rester allongée plus longtemps. Je n'avais pas fermé l'œil de la nuit, terrorisée par ce que pouvaient me réserver mes rêves.

477

Je commandai un petit déjeuner et ouvris les rideaux. La journée était d'un gris d'acier, et l'eau se distinguait à peine du ciel. Plus haut, des oies sauvages volaient en formation, comme des avions de chasse, et la neige avait viré à la pluie. Rien n'ouvrirait avant plusieurs heures, pourtant, je n'y tins plus, et à huit heures j'étais dehors, munie de la liste des tavernes à la mode, des pubs et des restaurants que m'avait donnée le concierge de l'hôtel.

J'arpentai un moment les quais, croisant des marins revêtus de cirés jaunes et de pantalons à bavette. J'arrêtai de nombreux passants, quiconque voulait bien m'écouter, et ma question fut toujours la même, leur réponse aussi. Je décrivais ma nièce, mais ils ne savaient pas s'ils l'avaient croisée quelque part. Tant de jeunes femmes travaillaient dans les restaurants du port.

Je marchai, sans parapluie. Le foulard que j'avais noué autour de ma tête ne parvenait pas à me protéger de la pluie. Je dépassai des bateaux à la coque luisante, des yachts protégés d'épaisses bâches en plastique, des bouts d'ancres massives, brisées et rongées de rouille. Il n'y avait pas grand monde dehors, pourtant de nombreux restaurants et boutiques étaient ouverts. Ce ne fut que lorsque je remarquai les devantures des magasins de Brick Market Place, les fantômes, des gobelins et autres créatures inquiétantes qui s'y massaient, que je me souvins que nous étions le jour d'Halloween.

Je marchai des heures durant le long de la chaussée pavée de cailloux de Thames Street, contemplant la vitrine des magasins qui vendaient de tout, depuis la bimbeloterie pour touristes jusqu'aux œuvres d'art. J'obliquai vers Mary Street et passai devant une auberge, l'Inntowne Inn, dont le réceptionniste me précisa qu'il n'avait jamais entendu parler de ma nièce. La réponse ne varia pas chez Christie's, où je m'arrêtai pour boire un café, assise devant une fenêtre qui donnait sur la baie de Narragansett. Les docks étaient humides de pluie, pointillés par les taches blanches des mouettes qui s'y posaient pour se tourner toutes dans la même direction. Je suivis du regard deux femmes qui se rapprochaient du bord de l'eau. Elles étaient emmitouflées dans des chapeaux et des gants, et quelque chose dans leur attitude me fit penser qu'elles étaient plus que de simples amies. Le souvenir de Lucy me bouleversa à nouveau, et je dus quitter le café.

Je pénétrai tour à tour au Black Pearl, situé sur le quai du Bannister, puis chez Anthony's, au Brick Alley Pub, et à l'auberge de Castle Hill. Personne ne put me renseigner davantage au Callahan's Cafe Zelda, ni dans ce café un peu suranné qui proposait des strudels à la crème. J'entrai dans tant de bars que j'en perdis le compte, et retournai parfois deux fois au même endroit. Je ne découvris aucune trace d'elle. Personne ne semblait en mesure de m'aider. Je n'étais même pas certaine que mon histoire intéresse les gens. Je marchai, désespérée, le long du quai Boxden, et la pluie redoubla d'intensité. Des trombes d'eau s'abattirent d'un ciel gris ardoise, et une dame qui me dépassait à la hâte me sourit:

« Ne vous noyez pas, mon petit, lança-t-elle. Rien ne peut justifier cela. »

Mon regard l'escorta comme elle pénétrait dans une sorte de hangar situé au bout du quai, l'Aquidneck Lobster Company. Je me décidai à lui emboîter le pas parce qu'elle avait été cordiale. Elle entra dans un petit bureau séparé du reste par une grosse glace enfumée, recouverte de tant de souches de factures que seules quelques boucles de cheveux teints et des mains semblaient s'agiter entre les petites feuilles de papier.

Pour parvenir jusqu'à elle, il me fallut contourner des viviers larges comme des bateaux, remplis de homards, de crabes et de praires. Ils me rappelèrent la façon dont nous remisions les chariots à la morgue. Les viviers étaient empilés les uns au-dessus des autres jusqu'à hauteur de plafond, et l'eau de la baie pompée du dehors et acheminée par des tuyaux se déversait dans les bacs et trempait le plancher. Le bruit qui roulait en permanence dans le hangar me faisait penser à la mousson, et une odeur marine s'y engouffrait. Des hommes aux visages burinés, vêtus de pantalons à bavette orange et chaussés de hautes bottes en caoutchouc, s'interpellaient d'une voix forte.

« Excusez-moi », commençai-je, parvenue à la porte du petit bureau.

J'ignorais qu'un pêcheur était avec la femme, ne l'ayant pas aperçu derrière la vitre constellée de factures. Il avait les mains rouges, rudes, et fumait, installé sur une chaise en plastique.

La dame, trop forte et qui travaillait trop dur, me sourit à nouveau :

«Vous êtes trempée, mon petit. Entrez et réchauffez-vous. Vous voulez acheter des homards?» s'enquit-elle en se levant.

— Non. J'ai perdu ma nièce. Elle est allée se promener et nous avons dû mélanger les adresses de l'endroit où nous projetions de nous retrouver. Eh bien, je me demandais si vous ne l'auriez pas aperçue?

— À quoi elle ressemble?» intervint le pêcheur.

Je décrivis Lucy.

«Bon, mais où l'avez-vous vue la dernière fois?» demanda la femme, troublée.

J'inspirai avec difficulté, et l'homme comprit tout ce que je dissimulais. Il pouvait lire en moi. Je le déchiffrais dans ses yeux.

«Elle s'est barrée. Ça arrive parfois avec les gosses, déclara l'homme en tirant sur sa Marlboro. Maintenant, la question c'est : d'où elle s'est sauvée? Si vous me le dites, je pourrais peut-être avoir une idée de l'endroit où elle se trouve.

— Elle était à Edgehill.

— Et elle est sortie comme ça?»

Le pêcheur était originaire de Rhode Island, et il écrasait la dernière syllabe de ses mots comme s'il marchait dessus.

«Oui, elle est partie.

— Donc, elle a pas suivi leur programme, ou alors c'est que l'assurance a pas voulu payer. Ça arrive souvent dans le coin. J'ai vu plein de types qu'étaient passés dans cette taule puis qu'étaient forcés de repartir quatre ou cinq jours plus tard parce que leur assurance voulait pas payer. Ça leur fait du bien, tiens!

– Elle n'a pas suivi le programme », dis-je.

Il souleva sa casquette sale et lissa vers l'arrière une chevelure brune et indisciplinée.

« Oh, je comprends… Vous devez être morte d'inquiétude, compatit la dame. Vous voulez que je vous prépare une tasse de café instantané?

– Vous êtes très gentille, mais non, je vous remercie.

– Lorsqu'ils ressortent trop tôt comme ça, en général ils recommencent à boire et à se droguer, poursuivit l'homme. Ça m'ennuie de vous dire ça, mais c'est comme ça que ça se passe. Elle a probablement trouvé une place de serveuse ou de barmaid pour être proche de ce qu'elle a besoin. Les restaurants du coin paient bien. À votre place, j'essaierais chez Christie's, au Black Pearl sur le quai Bannister et chez Anthony's, c'est au quai Waites.

– J'en viens.

– Et vous avez tenté le coup au White Horse? Elle peut se faire pas mal d'argent là-bas.

– Où est-ce? »

Il pointa du doigt en direction des terres.

« Par là-bas. Dans Marlborough Street, à côté du Best Western.

– Mais où quelqu'un peut-il se loger? Elle doit faire attention à ne pas trop dépenser, demandai-je.

– Mon petit, je vais vous dire ce que je ferais à votre place. J'irais jeter un œil au Seaman's Institute. C'est juste à côté. Vous avez dû le dépasser pour venir ici », conseilla la dame.

Le pêcheur acquiesça d'un signe de tête et alluma une autre cigarette.

« Ouais, c'est ça. Ça c'est un bon coin pour chercher. Et ils emploient des serveuses et des filles aux cuisines.

– C'est quoi ? demandai-je.

– Un endroit où les pêcheurs en période de poisse peuvent séjourner. C'est un peu comme un petit YMCA, avec des chambres à l'étage et une salle à manger et un snack-bar. Ça dépend de l'église catholique. Vous pourriez vous renseigner auprès du père Ogren. C'est le prêtre qui s'occupe de ça.

– Mais pour quelle raison une jeune fille de vingt et un ans irait-elle dans cet endroit, alors qu'elle peut trouver un emploi dans les restaurants dont vous m'avez parlé ? m'enquis-je.

– Oh, elle ira pas, sauf si elle veut vraiment s'arrêter de boire. C'est interdit dans cet endroit, répondit le pêcheur. (Il hocha la tête et poursuivit :) C'est exactement le genre d'endroit où vous allez si vous avez été forcé de quitter le programme trop tôt mais que vous ne voulez pas replonger dans l'alcool ou la came. J'ai connu pas mal de gars qui y ont fait un petit séjour. J'y suis moi-même resté quelque temps. »

Il pleuvait si fort lorsque je ressortis du hangar que les gouttes de pluie rebondissaient du trottoir vers le ciel violent et liquide. J'étais trempée jusqu'aux genoux, affamée, j'étais transie de froid et je n'avais nul endroit où me réfugier, un peu comme tous ceux qui atterrissaient au Seaman's Institute.

Le bâtiment ressemblait à une petite église de brique,

si ce n'était qu'un tableau noir proposant un menu écrit à la craie était suspendu à l'extérieur. Une bannière flottait qui annonçait: «Vous êtes tous les bienvenus.» Je pénétrai à l'intérieur. Des hommes étaient assis au comptoir, devant une tasse de café. D'autres étaient attablés dans la salle à manger chichement décorée qui faisait face à la porte d'entrée. Des yeux se tournèrent vers moi, vaguement curieux, et tous ces visages conservaient la mémoire d'années de tempêtes cruelles et de trop de boisson. Une serveuse, guère plus âgée que Lucy, me demanda si je désirais manger.

«Je cherche le père Ogren.

– Ça fait un moment que je ne l'ai pas vu, mais allez faire un tour dans la bibliothèque ou à la chapelle.»

Je gravis l'escalier et pénétrai dans la chapelle, déserte à l'exception des saints peints en fresque sur les murs de plâtre. C'était une ravissante petite chapelle ornée de coussins brodés au point de croix représentant des scènes marines. Le sol, dallé de plaques de marbre de différentes couleurs, était incrusté de coquillages. Je restai parfaitement immobile à contempler saint Marc agrippé à un mât, et saint Antoine de Padoue bénissant les créatures de la mer. Saint André portait des filets de pêche, et les phrases de la Bible couraient le long du mur à hauteur de plafond.

«Il a réduit la tempête au silence,
et les vagues se sont apaisées.
Ils se sont réjouis de ce retour au calme
et Dieu les a guidés au port.»

Je trempai le bout des doigts dans un grand coquillage rempli d'eau bénite et me signai. Je priai un moment devant l'autel puis déposai une offrande dans un petit panier d'osier : un billet pour Lucy et pour moi, et un *quarter* pour Emily. Des portes closes de la chapelle me parvenaient des voix enjouées, et les petits sifflements des locataires grimpant les marches. La pluie tambourinait sur le toit et, au-delà des fenêtres opaques, les mouettes s'apostrophaient.

Une voix douce s'éleva derrière moi :

« Bonjour. »

Je me retournai pour découvrir le père Ogren dans sa longue robe noire.

« Bonjour, mon père. »

Son regard était bienveillant, et la tendresse se lisait sur son visage :

« Vous avez dû marcher longtemps sous la pluie.

– Je cherche ma nièce, mon père, et je suis désespérée. »

Je n'eus pas besoin de parler de Lucy très longuement. Je l'avais à peine décrite que je sus que le prêtre savait de qui il s'agissait. J'eus la sensation de revivre enfin.

« Dieu est bon et rempli de pitié, me dit-il dans un sourire. Il vous a menée ici, comme il y conduit ceux qui se sont égarés en mer… Votre nièce aussi, il y a plusieurs jours. Elle doit être à la bibliothèque. Je lui ai confié le catalogue de nos livres, et d'autres petites choses. Elle est très intelligente, et elle a eu une idée merveilleuse pour l'informatisation de tout ce que nous possédons. »

Je la découvris assise devant une longue table de réfectoire, dans une pièce obscure aux lambris sombres, dont la collection d'ouvrages semblait bien défraîchie. Elle me tournait le dos et travaillait à composer un programme sur une feuille de papier, sans l'aide d'un ordinateur, à la manière d'un grand musicien composant une symphonie dans le silence. Je la trouvai amaigrie. Le père Ogren me tapota le bras et sortit en refermant doucement la porte derrière lui.

«Lucy?»

Elle se retourna et me dévisagea, stupéfaite.

«Tante Kay? Oh, mon Dieu, dit-elle de ce murmure que l'on adopte dans les bibliothèques. Qu'est-ce que tu fais là? Comment as-tu su?»

Ses joues s'étaient enflammées, et une cicatrice rouge sombre barrait son front.

Je tirai une chaise et serrai ses mains entre les miennes.

«Je t'en prie, rentre avec moi.»

Elle continuait à me fixer comme si elle voyait une revenante.

«Tu as été innocentée.

— Complètement?

— Complètement.

— Tu m'as trouvé un super as, n'est-ce pas?

— Je t'avais dit que je le ferais.

— C'est toi, l'as, tante Kay, murmura-t-elle en détournant le regard.

— Le Bureau a admis que c'était Carrie qui t'avait fait plonger.»

Les larmes lui montèrent aux yeux.

« Ce qu'elle a fait était épouvantable, Lucy. Je me doute de ton chagrin et de ta colère. Mais tout va bien, maintenant. La vérité est connue de tous, et l'ERF veut que tu reviennes. On va s'occuper de cette accusation de conduite en état d'ébriété. Le juge se montrera moins sévère puisque nous pouvons prouver que quelqu'un t'a poussée hors de la route. Cela étant, je souhaite toujours que tu suives un traitement de désintoxication.

– Je ne pourrais pas plutôt le suivre à Richmond ? Je ne pourrais pas rester avec toi ?

– Si, bien sûr. »

Elle pencha la tête et des larmes dévalèrent le long de ses joues. Je n'avais nulle envie d'ajouter à sa peine, mais il fallait que je lui pose une question :

« C'est bien Carrie que j'ai vue cette nuit-là avec toi, installée à la table de pique-nique, n'est-ce pas ? Elle fume, non ?

– Parfois. »

Elle s'essuya les yeux.

« Je suis vraiment désolée, Lucy.

– Tu ne peux pas comprendre.

– Si, je peux comprendre. Tu l'aimais. »

Elle sanglota :

« Je l'aime toujours. C'est ce qui est le plus crétin. Comment puis-je l'aimer encore ? Mais je ne peux pas m'en empêcher. Et pendant tout ce temps... (Elle se moucha...) Pendant tout ce temps-là, elle était avec Jerry, ou n'importe qui. *Elle m'utilisait.*

– Elle utilise tout le monde, Lucy, pas seulement toi. »

Elle pleura comme si elle ne devait jamais plus s'arrêter.

«Je comprends. (Je l'enveloppai de mes bras avant d'ajouter:) On ne peut pas s'arrêter d'aimer quelqu'un comme cela. Cela prendra du temps.»

Je la serrai contre moi durant un long moment, ses larmes trempant mon cou. Je la serrai jusqu'à ce que l'horizon ne soit plus qu'une fine ligne bleu sombre barrant la nuit. Nous emballâmes ses affaires dans la petite chambre austère qu'elle occupait. Nous marchâmes le long de chaussées pavées de cailloux, luisantes de flaques d'eau. Halloween étincelait derrière les fenêtres, et la pluie commença à geler.